# O DOSSIÊ PELICANO

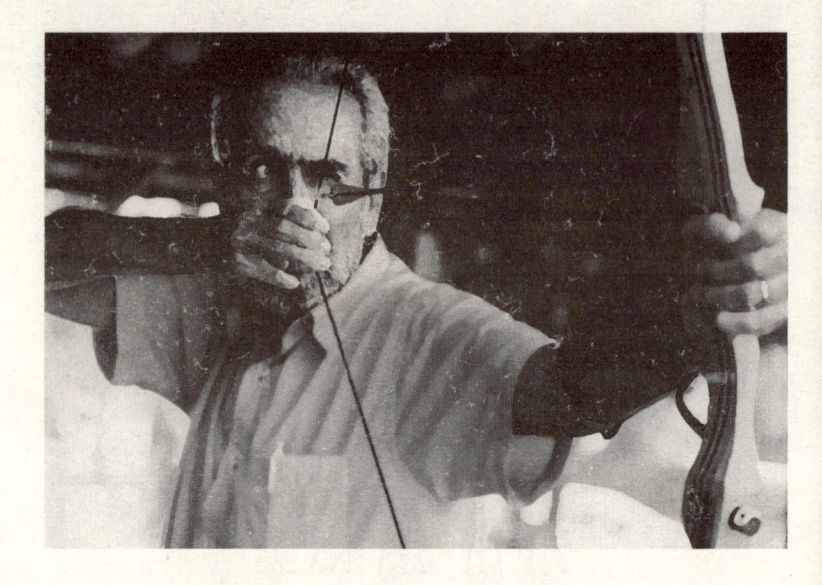

O ARQUEIRO

GERALDO JORDÃO PEREIRA (1938-2008) começou sua carreira aos 17 anos, quando foi trabalhar com seu pai, o célebre editor José Olympio, publicando obras marcantes como *O menino do dedo verde*, de Maurice Druon, e *Minha vida*, de Charles Chaplin.

Em 1976, fundou a Editora Salamandra com o propósito de formar uma nova geração de leitores e acabou criando um dos catálogos infantis mais premiados do Brasil. Em 1992, fugindo de sua linha editorial, lançou *Muitas vidas, muitos mestres*, de Brian Weiss, livro que deu origem à Editora Sextante.

Fã de histórias de suspense, Geraldo descobriu *O Código Da Vinci* antes mesmo de ele ser lançado nos Estados Unidos. A aposta em ficção, que não era o foco da Sextante, foi certeira: o título se transformou em um dos maiores fenômenos editoriais de todos os tempos.

Mas não foi só aos livros que se dedicou. Com seu desejo de ajudar o próximo, Geraldo desenvolveu diversos projetos sociais que se tornaram sua grande paixão.

Com a missão de publicar histórias empolgantes, tornar os livros cada vez mais acessíveis e despertar o amor pela leitura, a Editora Arqueiro é uma homenagem a esta figura extraordinária, capaz de enxergar mais além, mirar nas coisas verdadeiramente importantes e não perder o idealismo e a esperança diante dos desafios e contratempos da vida.

John Grisham

O Dossiê Pelicano

ARQUEIRO

Título original: *The Pelican Brief*
Copyright © 1992 por John Grisham
Copyright da tradução © 2020 por Editora Arqueiro Ltda.

Todos os direitos reservados. Nenhuma parte deste livro pode ser utilizada ou reproduzida sob quaisquer meios existentes sem autorização por escrito dos editores.

tradução: Bruno Fiuza e Roberta Clapp

preparo de originais: Cristiane Pacanowski | Pipa Conteúdos Editoriais

revisão: Ana Grillo, André Marinho, Jean Montassier e Rayana Faria

diagramação: Gustavo Cardozo

capa: Raul Fernandes

imagem de capa: © Elisabeth Ansley/Trevillion

impressão e acabamento: Associação Religiosa Imprensa da Fé

CIP-BRASIL. CATALOGAÇÃO NA PUBLICAÇÃO
SINDICATO NACIONAL DOS EDITORES DE LIVROS, RJ

G889d   Grisham, John
           O Dossiê Pelicano / John Grisham; tradução de Roberta Clapp, Bruno Fiuza. São Paulo: Arqueiro, 2020.
           432 p.; 12,8 x 19,8 cm.

           Tradução de: The pelican brief
           ISBN 978-85-306-0123-2

           1. Ficção americana. I. Clapp, Roberta. II. Fiuza, Bruno. III. Título.

19-61528   CDD: 813
                                              CDU: 82-3(73)

Todos os direitos reservados, no Brasil, por
Editora Arqueiro Ltda.
Rua Funchal, 538 – conjuntos 52 e 54 – Vila Olímpia
04551-060 – São Paulo – SP
Tel.: (11) 3868-4492 – Fax: (11) 3862-5818
E-mail: atendimento@editoraarqueiro.com.br
www.editoraarqueiro.com.br

PARA O MEU COMITÊ DE LEITORES:

Renée, minha esposa e editora não oficial; minhas irmãs, Beth Bryant e Wendy Grisham; minha sogra, Lib Jones; e meu amigo e cúmplice, Bill Ballard

1

Ele parecia incapaz de criar tamanho caos, mas muito do que via lá de cima podia ser considerado responsabilidade sua. E tudo bem. Ele tinha 91 anos, estava paralisado da cintura para baixo, preso a uma cadeira de rodas e a um balão de oxigênio. O segundo derrame, sete anos antes, quase o havia matado, mas Abraham Rosenberg ainda estava vivo e, mesmo com tubos no nariz, sua autoridade era maior do que a dos outros oito juízes. Ele era uma lenda viva na Corte, e o fato de ainda estar respirando irritava a maior parte da multidão lá embaixo.

Rosenberg estava sentado em uma pequena cadeira de rodas em um gabinete no primeiro andar do prédio da Suprema Corte. Estava próximo ao parapeito da janela e se inclinou para a frente quando o barulho começou a aumentar. Detestava policiais, mas a imagem daquelas fileiras numerosas e bem organizadas era, de alguma forma, reconfortante. Eles mantinham a postura reta e formavam uma barreira enquanto a multidão de pelo menos cinquenta mil pessoas clamava por sangue.

– Maior público da história! – gritou Rosenberg na direção da janela.

Ele era praticamente surdo. Jason Kline, seu principal assessor, estava atrás dele. Era a primeira segunda-feira de outubro, início do novo mandato, e celebrar a Primeira Emenda naquela data havia se tornado uma tradição. Celebrar de forma gloriosa. Rosenberg estava emocionado. Para ele, liberdade de expressão significava liberdade para se rebelar.

– Os índios estão lá fora? – perguntou ele, bem alto.
– Estão! – respondeu Jason Kline, bem próximo à sua orelha direita.
– Pintados pra guerra?
– Sim! Vestidos pra guerra.
– Eles estão dançando?
– Estão!

Indígenas, negros, brancos, mulheres, gays, ativistas ambientais, cristãos, defensores da legalização do aborto, arianos, nazistas, ateus, caçadores, protetores dos animais, supremacistas brancos, militantes anti-impostos, madeireiros, fazendeiros – um gigantesco mar de manifestantes. E a tropa de choque empunhava seus cassetetes.

– Os índios deveriam me amar!
– Tenho certeza que eles amam – assentiu Kline, sorrindo para aquele homenzinho frágil de pulso firme.

A ideologia de Rosenberg era simples: o governo acima dos negócios, o indivíduo acima do governo, o meio ambiente acima de tudo. E aos índios, deem a eles tudo o que quiserem.

As interrupções, as orações, as músicas, os cânticos e os gritos foram ficando cada vez mais altos, e a tropa de choque se aproximou. A multidão era maior e estava mais agitada do que nos anos anteriores. O clima estava mais tenso. A violência havia se tornado algo comum. Clínicas de aborto tinham sido alvo de atentados com bombas. Médicos foram atacados e espancados. Um deles foi morto em Pensacola, amordaçado, amarrado em posição fetal e queimado com ácido. Brigas de rua aconteciam toda semana. Igrejas e padres haviam sido agredidos por militantes gays. Os supremacistas brancos atuavam a partir de uma dezena de conhecidas organizações paramilitares clandestinas e tinham se tornado ainda mais ousados em seus ataques contra negros, hispânicos e asiáticos. O ódio era então o passatempo favorito dos Estados Unidos.

E a Corte, claro, era um alvo fácil. O número de ameaças

graves contra os magistrados havia aumentado dez vezes desde 1990. O efetivo da polícia da Suprema Corte triplicara de tamanho. Pelo menos dois agentes do FBI eram designados para proteger cada juiz, e outros cinquenta estavam bastante ocupados investigando ameaças.

– Eles me odeiam, não é? – perguntou ele em voz alta, olhando pela janela.

– Alguns deles sim – respondeu Kline de forma jocosa.

Rosenberg adorava ouvir aquilo. Ele sorriu e respirou fundo. Oitenta por cento das ameaças de morte eram direcionadas a ele.

– Você consegue enxergar os cartazes? – perguntou. Estava praticamente cego.

– Sim, vários.

– O que eles dizem?

– As coisas de sempre. "Morte para Rosenberg." "Aposentadoria para Rosenberg." "Cortem o oxigênio dele."

– Eles levantam os mesmos malditos cartazes há anos. Por que não arranjam outros?

O escrivão não respondeu. Abe deveria ter se aposentado anos antes, mas só sairia de lá carregado em uma maca. Os três assessores que trabalhavam para ele faziam a maior parte das pesquisas, mas Rosenberg insistia em escrever ele mesmo os seus votos na Corte. Para tanto, usava uma caneta de ponta porosa e um bloco de folhas brancas pautadas, no qual as palavras eram garranchos, como se ele fosse uma criança de 6 anos aprendendo a escrever. Um trabalho demorado, mas quem se importa com tempo quando se tem um cargo vitalício? Os assessores sempre revisavam os votos e raramente encontravam algum erro.

– Deveríamos dar Runyan de comer aos índios – disse Rosenberg com uma risadinha.

O presidente da Corte era John Runyan, um conservador durão que havia sido indicado por um republicano e que era odiado pelos índios e pela maior parte das demais minorias.

Sete dos nove juízes haviam sido nomeados por presidentes republicanos. Havia quinze anos que Rosenberg esperava que um democrata chegasse à Casa Branca. Ele queria se aposentar, precisava se aposentar, mas não conseguia suportar a ideia de que um sujeito de direita como Runyan ocupasse seu precioso lugar.

Rosenberg podia esperar. Podia ficar sentado ali em sua cadeira de rodas, respirando oxigênio de um balão, e proteger os índios, os negros, as mulheres, os pobres, as pessoas com deficiência e o meio ambiente até chegar aos 105 anos. E ninguém na face da Terra poderia fazer absolutamente nada em relação àquilo, a menos que o matassem. E isso também não seria uma má ideia.

Aquele era um grande homem. Sua cabeça pendeu para a frente, balançou e então repousou sobre o ombro. Tinha caído no sono novamente. Kline se afastou em silêncio e retomou sua pesquisa na biblioteca. Ele voltaria em meia hora para verificar o nível do oxigênio e dar a Abe seus remédios.

O GABINETE DO presidente da Corte fica no primeiro andar e é maior e mais ornamentado do que os outros oito. Há um salão externo, usado para pequenas recepções e reuniões formais, e um interno, onde o presidente trabalha.

A porta do salão interno estava fechada, e no recinto se encontravam o presidente, seus três assessores, o capitão da polícia da Suprema Corte, três agentes do FBI e K. O. Lewis, vice-diretor do FBI. O clima estava tenso, e eles faziam um grande esforço para ignorar o barulho que vinha da rua. Era difícil. Lewis e o presidente da Corte falavam sobre a mais recente sequência de ameaças de morte, e os demais apenas ouviam. Os assessores faziam anotações.

Ao longo dos últimos sessenta dias, o FBI tinha registrado mais de duzentas ameaças, um novo recorde. Havia a cota de "Vamos explodir a Corte!" de sempre, mas muitas traziam informações específicas – como nomes, casos e disputas judiciais.

Runyan não fazia nenhum esforço para esconder sua ansiedade. De uma compilação de documentos confidenciais do FBI, ele leu os nomes de indivíduos e grupos suspeitos de terem feito as ameaças. A Klan, os arianos, os nazistas, os palestinos, os separatistas negros, os pró-vida, os homofóbicos. Até o IRA. Todo mundo, ao que parecia, exceto os membros do Rotary e os escoteiros. Um grupo do Oriente Médio apoiado pelos iranianos ameaçara derramar sangue em solo americano em retaliação à morte de dois ministros da Justiça em Teerã. Não havia absolutamente nenhuma evidência de que os assassinatos tivessem qualquer relação com os Estados Unidos. Uma nova unidade de terrorismo doméstico, que havia pouco tempo tinha se tornado famosa e era conhecida como Underground Army, matara um juiz federal no Texas com um carro-bomba. Nenhuma prisão havia sido feita, mas a UA assumiu a responsabilidade. Eles também eram os principais suspeitos de dezenas de ataques a bomba nos escritórios da ACLU, a União Americana pelas Liberdades Civis, mas seu trabalho era muito limpo.

– E esses terroristas porto-riquenhos? – perguntou Runyan sem erguer os olhos.

– Pesos-leves. Não estamos preocupados com eles – respondeu K. O., despreocupado. – Há vinte anos que eles fazem ameaças.

– Bem, talvez agora eles façam alguma coisa. O momento é oportuno, você não acha?

– Esqueça os porto-riquenhos, presidente.

Runyan gostava de ser chamado de "presidente". Não de "presidente da Corte", nem "senhor presidente". Apenas "presidente".

– Eles só estão fazendo ameaças porque todo mundo está.

– Muito engraçado – disse Runyan sem sorrir. – Muito engraçado. Eu ia odiar que algum grupo fosse deixado de fora.

Ele jogou os papéis em cima da mesa e esfregou as têmporas.

– Vamos falar de segurança – acrescentou, fechando os olhos.

K. O. Lewis colocou sua cópia dos documentos na mesa do presidente.

– Bem, o diretor acha que devemos alocar quatro agentes pra cada juiz, pelo menos durante os próximos noventa dias. Vamos usar carros com motorista e batedores para levá-los e buscá-los no trabalho, e a polícia da Suprema Corte vai ficar responsável por oferecer reforço e pela segurança deste edifício.

– E no caso de alguma viagem?

– Viajar não é uma boa ideia, pelo menos por enquanto. O diretor acha melhor que os juízes permaneçam em Washington até o fim do ano.

– Você está maluco? Ele está maluco? Se eu pedir que os meus companheiros sigam essa ordem, todos eles vão deixar a cidade hoje à noite e ficar fora pelos próximos trinta dias. Isso é um absurdo.

Runyan franziu o cenho para seus assessores, que balançaram a cabeça em sinal de descontentamento. Um verdadeiro absurdo.

Lewis não se abalou. Isso já era esperado.

– Como quiser. Era apenas uma sugestão.

– Uma sugestão idiota.

– O diretor não esperava mesmo a cooperação de vocês nesse sentido. Mas ele gostaria de ser notificado com antecedência de todos os planos de viagem pra que a gente possa tomar medidas de segurança.

– Quer dizer então que vocês pretendem escoltar cada um dos juízes toda vez que eles saírem da cidade?

– Sim, presidente. É esse o plano.

– Isso não vai funcionar. Essas pessoas não estão acostumadas a ter babás.

– Sim, presidente. E também não estão acostumadas a ser perseguidas. Estamos só tentando proteger o senhor e seus honoráveis companheiros de trabalho. É claro que ninguém é obrigado a fazer nada que não queira. Até onde eu sei, presidente, foi o senhor que nos chamou aqui. Podemos nos retirar, se quiser.

Runyan se inclinou para a frente em sua cadeira, aproximando-se da mesa, e pegou um clipe de papel. Em seguida desfez suas dobras, tentando deixá-lo perfeitamente reto.

– E por aqui?

Lewis suspirou e quase esboçou um sorriso.

– Não estamos preocupados com este edifício, presidente. É fácil mantê-lo seguro. Não achamos que vamos ter problemas por aqui.

– Onde, então?

Lewis apontou com a cabeça em direção à janela. O barulho estava ainda mais alto.

– Lá fora, em algum lugar. As ruas estão repletas de idiotas, maníacos e fanáticos.

– E todos eles odeiam a gente.

– Sem dúvida. Olha, presidente, nós estamos muito preocupados com o juiz Rosenberg. Ele ainda se recusa a autorizar que nossos homens entrem na casa dele. Deixa os caras sentados dentro de um carro na rua a noite toda. Permite apenas que um de seus agentes favoritos da polícia da Suprema Corte... como é mesmo o nome dele...? Ferguson. Permite apenas que Ferguson fique sentado na porta dos fundos, do lado de fora, mas só entre dez da noite e seis da manhã. Ninguém pode entrar na casa além do juiz Rosenberg e do seu enfermeiro. O lugar não tem segurança nenhuma.

Runyan, que cutucava as unhas com o clipe, sorriu discretamente consigo mesmo. A morte de Rosenberg, por qualquer meio ou método, seria um alívio. Não, seria um momento glorioso. Na condição de presidente da Corte, Runyan teria que usar preto e fazer um discurso elogioso, mas a portas fechadas ele e seus assessores dariam boas risadas. Esse pensamento o agradou.

– O que você sugere? – perguntou o presidente.

– O senhor acha que pode conversar com ele?

– Eu tentei. Expliquei que ele é provavelmente o homem mais odiado do país, que milhões de pessoas praguejam contra ele todos os dias, que a maioria das pessoas gostaria de vê-lo morto, que ele recebe quatro vezes mais mensagens de ódio do que todos nós aqui juntos, e que ele seria um alvo perfeito e fácil pra um assassino.

Lewis esperou alguns instantes.

– E ele?

– Ele me mandou ir à merda e depois caiu no sono.

Os assessores deram uma risadinha discreta, então os agentes do FBI perceberam que estava autorizado expressar algum humor e também caíram na risada.

– Então o que vamos fazer? – perguntou Lewis, sem achar nenhuma graça.

– Proteja Rosenberg da melhor maneira possível, registre isso em algum lugar pra tornar oficial e deixe pra lá. Ele não tem medo de nada, nem da morte, e se ele não está preocupado, por que você deveria estar?

– O diretor está preocupado, então eu estou preocupado, presidente. É muito simples. Se um dos senhores se machucar, pega mal pro FBI.

O presidente se balançou bruscamente na cadeira. O alvoroço do lado de fora era insuportável. Aquela reunião já havia se arrastado por tempo demais.

– Esqueça o Rosenberg. Pode ser que ele morra dormindo. Estou mais preocupado com o Jensen.

– O Jensen é um problema – disse Lewis, folheando as páginas.

– Eu sei que ele é um problema – confirmou Runyan pausadamente.

– Ele é uma vergonha pra Corte. Agora está achando que é liberal. Na metade das vezes segue os votos do Rosenberg. Mês que vem ele vai ser um supremacista branco e apoiar a segregação das escolas. Depois disso vai se apaixonar pelos índios e vai querer dar Montana pra eles. É como ter um filho retardado.

– O senhor sabe que ele está tomando remédio pra depressão, não sabe?

– Eu sei, eu sei. Ele costuma falar comigo sobre isso. Ele me vê como um pai. O que ele está tomando?

– Fluoxetina.

O presidente cutucava as unhas.

– E aquela professora de aeróbica com quem ele estava saindo? Eles têm se visto?

– Não, presidente. Não acho que ele ligue muito pra mulheres.

Lewis estava se achando. Ele sabia de mais coisa. Olhou de relance para um de seus agentes, que aparentemente já tinha ouvido a fofoca também.

Runyan os ignorou. Não queria ouvir nada daquilo.

– Ele está cooperando?

– Claro que não. Ele consegue ser pior que o Rosenberg em vários aspectos. Autoriza que a gente o acompanhe até em casa, depois faz a gente passar a noite sentado no estacionamento. Ele mora no sétimo andar, veja bem. Nós não podemos nem ficar na portaria do prédio. Ele diz que podemos acabar irritando os vizinhos. Então ficamos dentro do carro. Existem dez maneiras diferentes de entrar e sair do prédio, e é impossível protegê-lo. Ele gosta de brincar de esconde-esconde com a gente. Vive saindo de fininho, então a gente nunca sabe se ele está no prédio ou não. Pelo menos no caso do Rosenberg a gente sabe exatamente onde ele está a noite inteira. Com o Jensen, é impossível.

– Ótimo. Se vocês não conseguem acompanhá-lo, nenhum assassino vai conseguir.

Lewis não tinha pensado por esse lado. E não via graça nenhuma naquilo.

– O diretor está muito preocupado com a segurança do juiz Jensen.

– Ele não recebe tantas ameaças assim.

– Ele é o número seis na lista, uma posição abaixo do senhor, excelência.

– Ah. Então estou em quinto lugar.
– Sim. Logo atrás do juiz Manning. A propósito, ele está cooperando. Totalmente.
– Ele tem medo até da própria sombra – disse o presidente, se precipitando. – Eu não deveria ter dito isso, me desculpem.

Lewis fingiu que não ouviu.

– Na verdade, o grau de cooperação tem sido satisfatório, exceto por Rosenberg e Jensen. O juiz Stone reclama muito, mas faz o que a gente pede.
– Ele reclama de tudo, então não leve pro lado pessoal. Pra onde você acha que o Jensen costuma ir quando sai escondido?
– Não temos ideia – respondeu Lewis, olhando de relance para um de seus agentes.

Uma enorme parcela da multidão de repente se uniu em um coro desenfreado, e pareceu então que todo o restante da rua se juntou a ela. O presidente não podia ignorar o barulho. As janelas estremeciam. Ele se levantou e encerrou a reunião.

O GABINETE DO juiz Glenn Jensen ficava no segundo andar, longe das ruas e do barulho. Era uma sala espaçosa, embora fosse a menor de todas. Jensen era o mais novo dos nove juízes e tinha sorte de ter um gabinete. Quando foi indicado, seis anos antes, aos 42, era considerado um construcionista rigoroso, com crenças profundamente conservadoras, muito parecido com o homem que o indicara. Sua confirmação no Senado havia sido uma batalha exaustiva. Sua performance diante do Comitê Judiciário, muito fraca. Ele ficou em cima do muro em assuntos delicados e acabou apanhando de ambos os lados. Os republicanos ficaram constrangidos. Já os democratas farejaram medo nele. O presidente pressionou até que cedessem e Jensen foi confirmado por um voto bastante relutante.

Mas ele conseguiu, e seria para a vida toda. Ao longo daqueles seis anos, não tinha agradado ninguém. Profundamente ressentido em razão das audiências para confirmação de sua indicação, ele se comprometeu a sempre tomar suas decisões com base na compaixão. Isso irritou os republicanos. Eles se sentiram traídos, principalmente quando Jensen descobriu uma paixão, antes desconhecida, pelos direitos dos criminosos. Desprovido de convicção ideológica, ele logo abandonou a direita, passou para o centro e chegou à esquerda. Então, sob o olhar de desaprovação dos juristas, Jensen voltou para a direita e se juntou ao juiz Sloan em um de seus asquerosos votos divergentes de teor misógino. Jensen não gostava de mulheres. Ele era neutro quanto a religião, cético em relação à liberdade de expressão, simpatizante dos militantes anti-impostos, indiferente aos índios, apavorado em relação aos negros, duro com os pornógrafos, mole com os criminosos e bastante consistente em sua defesa do meio ambiente. E, para o descontentamento dos republicanos que deram o sangue para que sua indicação fosse confirmada, Jensen havia mostrado uma simpatia preocupante pelos direitos dos homossexuais.

A pedido dele, um caso delicado chamado *Dumond* lhe havia sido atribuído. Ronald Dumond vivera com seu companheiro durante oito anos. Eles eram um casal feliz, totalmente dedicados um ao outro e muito satisfeitos em compartilhar a vida. Queriam se casar, mas as leis de Ohio proibiam tal união. Então seu companheiro contraiu HIV e teve um fim muito triste. Ronald sabia exatamente o que fazer em relação ao funeral, mas a família de seu companheiro interveio e excluiu Ronald do velório e do enterro. Atormentado, Ronald processou a família do falecido, alegando danos emocionais e psicológicos. O caso tinha pulado de mão em mão nas instâncias inferiores por seis anos, e agora de repente se encontrava na mesa de Jensen.

Estavam em pauta os direitos dos cônjuges gays. *Dumond* se tornara um slogan do ativismo gay. A simples menção a seu nome provocava brigas nas ruas.

E Jensen tinha o caso em suas mãos. A porta de seu salão

interno estava fechada. Jensen e seus três assessores estavam sentados ao redor da mesa de reuniões. Passaram duas horas examinando o processo e não chegaram a lugar nenhum. Estavam cansados de debater. Um dos assessores, um liberal formado na Universidade Cornell, queria um posicionamento oficial que concedesse direitos amplos e abrangentes aos casais gays. Jensen também queria isso, mas não estava pronto para admitir. Os outros dois assessores estavam céticos. Eles sabiam, assim como Jensen, que seria impossível alcançar uma maioria de cinco votos.

Então mudaram de assunto.

– O Runyan está irritado com você, Glenn – disse o assessor formado na Universidade Duke.

Em particular, eles o chamavam pelo primeiro nome. "Excelência" soava muito estranho.

– O que foi dessa vez? – perguntou Glenn, coçando os olhos.

– Um dos assessores dele deu um jeito de fazer chegar aos meus ouvidos que o Runyan e o FBI estão preocupados com a sua segurança. Dizem que você não está cooperando, e o Runyan está bem irritado. Ele queria que eu passasse isso adiante pra você.

Tudo era passado adiante por meio dos assessores. Tudo.

– Ele tem mesmo que ficar preocupado. É o trabalho dele.

– Ele está planejando designar mais dois agentes do FBI como guarda-costas, e eles querem ter acesso ao seu apartamento. E o FBI quer escoltar você na ida pro trabalho e na volta pra casa. E também querem limitar quando e pra onde você viaja.

– Já fiquei sabendo.

– Sim, a gente sabe. Mas o assessor do Runyan disse que ele quer que a gente convença você a cooperar com o FBI pra que eles possam salvar sua vida.

– Entendi.

– Então é só isso que a gente está fazendo.

– Obrigado. Diga ao assessor dele que você não só tentou

me persuadir, como também me alertou sobre todas as piores coisas que podem acontecer comigo, que eu ouvi tudo atentamente, mas que entrou por um ouvido e saiu pelo outro. Diga a eles que Glenn acha que já está bem grandinho.
– Claro, Glenn. Você não está com medo?
– Nem um pouco.

2

Thomas Callahan era um dos professores mais populares da Universidade de Tulane, principalmente porque se recusava a dar aulas antes das onze da manhã. Ele bebia muito, assim como a maioria de seus alunos, e precisava das primeiras horas da manhã para dormir e depois voltar à vida. Abominava as aulas das nove e das dez horas. Ele também era popular por ser descolado – usava jeans desbotados, jaquetas de tweed com remendos puídos nos cotovelos, sapatos sem meias e nada de gravatas. O look acadêmico-chique-e-liberal. Tinha 45 anos, mas com seus cabelos escuros e os óculos de armação de casco de tartaruga podia até passar por 35 – não que desse alguma importância para a idade que aparentava ter. Ele fazia a barba uma vez por semana, quando começava a coçar, e, quando fazia frio, o que raramente acontecia em Nova Orleans, a deixava crescer. Callahan tinha também um histórico de proximidade com suas alunas.

Somava-se à sua popularidade o fato de ele ensinar direito constitucional, uma das disciplinas menos apreciadas, mas obrigatória. Não apenas por ser descolado, mas por seu absoluto brilhantismo, ele realmente conseguia fazer do direito constitucional algo interessante. Nenhum outro professor em Tulane era capaz daquilo. Nenhum deles tentava, na verdade, então os alunos se digladiavam por uma vaga na turma de Callahan às onze da manhã, três vezes por semana.

Oitenta deles estavam sentados nas seis fileiras do auditório e cochichavam enquanto Callahan limpava os óculos, de pé à frente de sua mesa. Eram exatamente 11h05, "mesmo assim ainda cedo demais", pensou ele.

– Quem sabe explicar o voto divergente do Rosenberg no caso *Nash contra Nova Jersey*?

Todas as cabeças baixaram e a sala ficou em silêncio. Ele devia estar com uma ressaca terrível. Seus olhos estavam vermelhos. Quando ele começava com Rosenberg, geralmente significava que uma aula pesada estava por vir. Ninguém se candidatou. Callahan percorreu a sala com os olhos, lenta e metodicamente, e esperou. Silêncio mortal.

A maçaneta girou com um ruído e quebrou o momento de tensão. A porta se abriu e uma atraente jovem vestindo calça jeans apertada e suéter de lã passou por ela com elegância e praticamente deslizou ao longo da parede até a terceira fileira, onde se esgueirou entre os assentos lotados até encontrar o seu e se sentar. Os rapazes na quarta fileira a acompanharam com o olhar. Os da quinta fileira esticaram o pescoço para olhar para ela. Ao longo daqueles dois primeiros e penosos anos, um dos poucos prazeres da faculdade de direito era observá-la, mesmo que a distância, desfilando pelos corredores e pelas salas de aula com suas pernas compridas e seus suéteres folgados. Em algum lugar por baixo daquelas roupas havia um corpo belíssimo, dava para saber. Mas ela não costumava exibi-lo. A jovem tinha se misturado à multidão e aderido ao código de vestimenta da faculdade de direito – jeans, camisas de flanela, suéteres antigos e calças cáqui um manequim maior que o seu normal. O que os rapazes não fariam por uma minissaia de couro preto.

Ela deu um sorriso discreto para o rapaz sentado a seu lado e, por um segundo, Callahan e sua pergunta sobre o caso Nash foram esquecidos. Seus cabelos ruivos caíam sobre os ombros.

Ela parecia uma daquelas líderes de torcida, com dentes e cabelos perfeitos, por quem todo garoto se apaixonou ao menos duas vezes durante o ensino médio. E talvez pelo menos uma vez na faculdade de direito.

Callahan ignorou a chegada dela. Se a jovem fosse uma aluna do primeiro ano e tivesse medo dele, ele poderia ter ido para cima dela aos berros. "Você não pode nunca se atrasar pra uma audiência" era a velha máxima que os professores de direito repetiam até cansar.

Mas Callahan não estava a fim de gritar naquele dia, e Darby Shaw não tinha medo dele. Por uma fração de segundo ele se perguntou se alguém sabia que ele estava dormindo com ela. Provavelmente não. Ela insistiu em manter sigilo absoluto.

– Alguém leu o voto do Rosenberg no caso *Nash contra Nova Jersey*?

De repente, ele voltou a ser o centro das atenções e outro silêncio mortal se instalou. Levantar a mão poderia significar ser questionado ininterruptamente pelos trinta minutos seguintes. Nenhum candidato. Os fumantes na última fileira acenderam seus cigarros. A maior parte dos oitenta alunos rabiscava a esmo em seus blocos de anotações. Todos estavam de cabeça baixa. Seria óbvio e arriscado demais folhear o livro de casos já julgados e usados como referência, e pesquisar por "Nash". Era tarde demais para aquilo. Qualquer movimento poderia chamar atenção. Alguém estava prestes a ser escolhido.

Nash não estava no livro de casos julgados. Era um dentre uma dezena de casos menos importantes que Callahan mencionara superficialmente uma semana antes, e agora estava ansioso para ver se alguém havia lido a respeito. Ele era conhecido por fazer isso. Sua prova de final de período tinha abarcado 1.200 casos, dos quais mil não estavam no livro de referência. A prova foi um pesadelo, mas ele era realmente um professor bacana, não pegava pesado na correção, e só um idiota ou outro era reprovado na disciplina.

Ele não parecia ser um professor bacana naquele momento. Correu os olhos pela sala. Tinha chegado a hora de escolher uma vítima.

– Então, Sr. Sallinger? Você pode explicar o voto do Rosenberg?

– Não, senhor – respondeu Sallinger de pronto, da quarta fileira.

– Entendi. Provavelmente porque você não leu o voto do Rosenberg, eu suponho.

– Provavelmente sim, senhor.

Callahan olhou feio para ele. Seus olhos vermelhos deixaram sua expressão arrogante ainda mais ameaçadora. No entanto, apenas Sallinger a viu, já que todo o restante da turma tinha os olhos fixos em seus blocos de anotações.

– E por que não?

– Porque eu não costumo ler os votos divergentes. Principalmente os do Rosenberg.

Imbecil. Imbecil. Imbecil. Sallinger tinha escolhido revidar, mas não tinha munição.

– Alguma coisa contra o Rosenberg, Sr. Sallinger?

Callahan venerava Rosenberg. Idolatrava-o. Lia livros sobre o sujeito e seus votos na Suprema Corte. Estudava-o. Até jantou com ele uma vez.

Sallinger se remexeu na cadeira, inquieto.

– Não, senhor. Eu só não gosto de votos divergentes.

Havia algum humor nas respostas de Sallinger, mas ninguém esboçou um sorriso. Mais tarde, tomando uma cerveja, Callahan e seus amigos dariam gargalhadas ao passarem a noite falando sobre Sallinger e o fato de ele não gostar dos votos divergentes, principalmente os de Rosenberg. Mas não por enquanto.

– Entendi. Você lê os votos majoritários?

Hesitação. A débil tentativa de Sallinger de confrontar Callahan estava prestes a lhe causar uma humilhação.

– Sim, senhor. Muitos deles.

– Ótimo. Então, se puder, explique o voto da maioria no caso *Nash contra Nova Jersey*.

Sallinger nunca tinha ouvido falar naquele caso, mas agora se lembraria dele pelo resto de sua carreira jurídica.

– Acho que não li esse.

– Bem, além de não ler os votos divergentes, Sr. Sallinger, agora sabemos que você também negligencia os votos majoritários. O que você lê então, Sr. Sallinger? Romances de banca de jornal, revistas de fofoca?

Foi possível ouvir uma risadinha vindo de trás da quarta fileira, de alunos que se sentiam na obrigação de rir, mas ao mesmo tempo não queriam chamar atenção para si mesmos.

Sallinger, com o rosto vermelho, apenas encarou Callahan.

– Por que você não leu o caso, Sr. Sallinger? – inquiriu Callahan.

– Eu não sei, é... Só me passou batido, eu acho.

Callahan se deu por satisfeito.

– Não me surpreende. Eu o mencionei na semana passada. Na última quarta-feira, pra ser mais exato. Vai cair na prova do final do período. Não vejo motivo pra vocês não darem atenção a um caso que vai cair na prova final. – Callahan caminhava lentamente em frente à sua mesa, olhando para os alunos. – Alguém se deu ao trabalho de ler?

Silêncio. Callahan olhou para o chão e deixou o silêncio tomar conta da sala. Todos olhavam para baixo, todas as canetas e os lápis parados no ar. Fumaça subia da fileira de trás.

Por fim, lentamente, da quarta cadeira da terceira fila, Darby Shaw ergueu a mão delicadamente e a turma inteira suspirou aliviada. Ela os tinha salvado mais uma vez. Era algo que já esperavam dela. A segunda melhor aluna da turma, a pouca distância do primeiro colocado, ela era capaz de citar fatos, decisões, elementos do crime, votos divergentes e votos majoritários de praticamente todos os casos que Callahan pudesse cuspir em cima deles. Darby não deixava passar nada. A líder de torcida havia se formado com distinção em biologia e planejava alcançar o mesmo feito na graduação em direito, e depois disso ganhar uma fortuna processando indústrias de produtos químicos por destruírem o meio ambiente.

Callahan a encarou com um falso ar de frustração. Ela havia saído do apartamento dele três horas antes, depois de uma longa noite regada a vinho e direito. Mas ele não tinha falado nada sobre o caso Nash com ela.

– Muito bem, Srta. Shaw. Por que o Rosenberg está contrariado?

– Ele acha que o estatuto de armas de Nova Jersey viola a Segunda Emenda – respondeu ela sem olhar para o professor.

– Muito bem. E para que o restante da turma possa se beneficiar também, o que diz o estatuto?

– Proíbe metralhadoras semiautomáticas, entre outras coisas.

– Excelente. E só de curiosidade, o que o Sr. Nash tinha em mãos no momento em que foi preso?

– Um fuzil AK-47.

– E o que aconteceu com ele?

– Ele foi condenado a uma pena de três anos de reclusão e apelou da decisão em primeira instância.

Ela sabia os detalhes.

– O que o Sr. Nash fazia da vida?

– O voto não dava muitos detalhes em relação a isso, mas mencionava uma acusação adicional de tráfico de drogas. Ele não tinha antecedentes criminais no momento da prisão.

– Então ele era um traficante de drogas em posse de um fuzil AK-47. Mas o Rosenberg parece gostar dele, não é?

– Claro.

Neste momento, ela estava olhando para ele. A tensão havia diminuído. A maioria dos alunos o seguia com os olhos enquanto ele andava devagar, olhando ao redor da sala, selecionando outra vítima. Na maior parte do tempo, Darby imperava nesses debates, e Callahan queria uma participação mais abrangente.

– Por que vocês acham que o Rosenberg é simpático à causa de Nash? – perguntou à turma.

– Ele ama traficantes de drogas – disse Sallinger, ferido, mas tentando voltar ao embate.

Callahan valorizava as discussões em sala de aula. Ele sorriu para sua presa, como se quisesse oferecer boas-vindas por Sallinger dar a cara a tapa mais uma vez.

– É isso que você acha, Sr. Sallinger?

– Claro. Traficantes de drogas, pedófilos, traficantes de armas, terroristas. O Rosenberg admira essa gente. Trata todos eles como crianças frágeis e negligenciadas que ele precisa proteger – prosseguiu, tentando parecer indignado.

– E, na sua sábia opinião, Sr. Sallinger, o que deve ser feito com essas pessoas?

– Simples. Elas devem ter um julgamento justo, ser representadas por um bom advogado, a fase de apelação deve ser justa e rápida, e por fim devem ser punidas caso sejam culpadas.

Sallinger estava perigosamente perto de soar como um legalista de direita, um pecado mortal entre os estudantes de direito de Tulane.

Callahan cruzou os braços.

– Prossiga, por favor.

Sallinger sentiu que estava prestes a cair em uma armadilha, mas continuou. Não tinha nada a perder.

– O que eu quero dizer é que nós já vimos aqui vários casos nos quais o Rosenberg tentou reescrever a Constituição com o intuito de abrir uma brecha para descartar provas e tentar absolver um réu que é claramente culpado. É até revoltante. Ele acha que todas as prisões são espaços de punições cruéis e degradantes, proibidas pela Oitava Emenda e, portanto, todos os presos deveriam ser libertados. Felizmente, ele hoje é minoria, uma minoria que vem diminuindo cada vez mais.

– Você gosta do posicionamento da Corte, não é, Sr. Sallinger?

Callahan estava ao mesmo tempo sorrindo e franzindo o cenho.

– Com certeza.

– Você é um daqueles americanos ordinários, moderados, machões patriotas que sonham com que o velho morra dormindo, não é?

Algumas risadinhas foram ouvidas ao redor da sala. Era mais seguro rir agora. Sallinger sabia que era melhor não ser sincero na resposta.

– Eu não desejaria isso a ninguém – disse ele um pouco constrangido.

Callahan começou a andar pela sala novamente.

– Bem, obrigado, Sr. Sallinger. Seus comentários sempre me entretêm. Como sempre, o senhor nos dá a oportunidade de saber como um leigo enxerga o direito.

As risadas foram muito mais altas. As bochechas de Sallinger ficaram vermelhas e ele se afundou na cadeira.

Callahan não sorriu.

– Eu gostaria de subir o nível intelectual dessa discussão, ok? Vamos lá, Srta. Shaw, por que o Rosenberg é simpático à causa do Nash?

– A Segunda Emenda garante ao povo o direito de ter e portar armas. Pro juiz Rosenberg, esse é um direito literal e absoluto. Nada pode ser proibido. Se o Nash quer ter um fuzil AK-47, uma granada de mão ou uma bazuca, o estado de Nova Jersey não pode aprovar uma lei que proíba isso.

– Você concorda com ele?

– Não, e não sou a única. A decisão foi oito contra um. Ninguém votou com ele.

– Qual é o argumento dos outros oito juízes?

– Na verdade, é bastante óbvio. Os estados têm razões convincentes para proibir a venda e a posse de determinados tipos de arma. Os interesses do estado de Nova Jersey se sobrepõem aos direitos garantidos ao Sr. Nash pela Segunda Emenda. A sociedade não pode permitir que os indivíduos tenham em mãos armas sofisticadas.

Callahan a observava com cuidado. Era raro haver estudantes

de direito atraentes em Tulane, mas, quando encontrava uma, ele agia rápido. Nos últimos oito anos, havia sido muito bem-sucedido. Trabalho fácil, na maioria das vezes. As mulheres chegavam à faculdade de direito livres e desimpedidas. Com Darby foi diferente. Ele a viu pela primeira vez na biblioteca durante o segundo semestre dela na faculdade e levou um mês até conseguir levá-la para jantar.

– Quem escreveu o voto da maioria? – perguntou ele.
– Runyan.
– E você concorda com ele?
– Sim. É um caso bem simples, na verdade.
– Então o que houve com o Rosenberg?
– Eu acho que ele odeia os outros juízes.
– Ou seja, ele diverge só por diversão.
– Muitas vezes, sim. Os votos dele estão se tornando cada vez mais difíceis de ser defendidos. O caso *Nash*, por exemplo. Pra um liberal como o Rosenberg, a questão do controle de armas é fácil. Ele deveria ter escrito o voto da maioria, e dez anos atrás teria feito isso. No caso *Fordice contra Oregon*, de 1977, ele seguiu uma interpretação muito mais restrita da Segunda Emenda. As inconsistências dele são até um pouco constrangedoras.

Callahan tinha se esquecido do caso *Fordice*.

– Você está sugerindo que o juiz Rosenberg está senil?

Como um pugilista já trocando as pernas, Sallinger reapareceu para o último round.

– Ele é louco de pedra, e você sabe disso. Não dá pra concordar com os votos dele.
– Nem sempre, Sr. Sallinger, mas pelo menos ele ainda está lá.
– O corpo dele está, mas o cérebro já morreu.
– Ele está respirando, Sr. Sallinger.
– Sim, com a ajuda de aparelhos. Eles têm que bombear oxigênio pelo nariz dele.
– Não importa, Sr. Sallinger. Ele é o último dos grandes ativistas judiciais e ainda está respirando.

– É melhor você ligar pra lá e conferir – retrucou Sallinger, baixando o tom de voz.

Ele já tinha falado o suficiente. Não, tinha falado demais. Abaixou a cabeça enquanto o professor o encarava. Ele se curvou sobre seu caderno e começou a se perguntar por que dissera tudo aquilo.

Callahan olhou para ele e começou a andar pela sala de novo. Era de fato uma ressaca muito forte.

3

Pelo menos ele parecia um velho fazendeiro, com chapéu de palha, macacão limpo, camisa de manga comprida cáqui bem passada e botas. Mascava tabaco e o cuspia na água negra sob o píer. Mascava como um fazendeiro. Sua caminhonete, embora fosse de um modelo recente, estava bastante desgastada pelo tempo e muito empoeirada. A placa era da Carolina do Norte. Estava a centenas de metros de distância, estacionada na areia, do outro lado do píer.

Era meia-noite de segunda-feira, a primeira segunda-feira de outubro, e durante os trinta minutos seguintes ele deveria esperar no frio do píer escuro e abandonado, mascando pensativo, encostado no corrimão enquanto olhava atentamente para o mar. Ele estava sozinho, como sabia que estaria. O plano era esse. Àquela hora o píer estava sempre deserto. De vez em quando os faróis de um carro reluziam ao longo da costa, mas ninguém parava.

Ele observava as luzes vermelhas e azuis do canal, longe da costa. Conferia o relógio sem mover a cabeça. As nuvens estavam baixas e pesadas, e seria difícil enxergar qualquer coisa até que já estivesse chegando ao píer. O plano era esse.

A caminhonete não era da Carolina do Norte, nem o fazendeiro. As placas haviam sido roubadas de um caminhão amassado em um ferro-velho perto da cidade de Durham. A caminhonete tinha sido roubada em Baton Rouge. O fazendeiro não era de nenhum desses lugares e não fora responsável por nenhum dos roubos. Ele era um profissional, por isso outra pessoa fazia o trabalho sujo em seu lugar.

Depois de vinte minutos esperando, um objeto escuro veio flutuando na direção do píer. Era possível ouvir um motor silencioso e abafado zumbindo, e o ruído foi ficando cada vez mais alto. O objeto se transformou em uma pequena embarcação de algum tipo, com uma silhueta camuflada agachada operando o motor. O fazendeiro não se moveu nem um único centímetro. O zumbido cessou e o bote preto de borracha parou nas águas tranquilas, a 10 metros do cais. Não havia faróis indo ou vindo ao longo da costa.

O fazendeiro colocou cuidadosamente um cigarro entre os lábios, o acendeu, soltou a fumaça duas vezes e depois o atirou fora, na direção do bote.

– Que cigarro é esse? – perguntou o homem na água.

Ele podia ver a silhueta do sujeito encostado no corrimão, mas não seu rosto.

– Lucky Strike – respondeu o fazendeiro.

Aquela troca de senhas era ridícula. Quantos botes pretos de borracha sairiam do Atlântico em direção àquele píer velho exatamente naquela hora? Ridícula, mas extremamente importante.

– Luke? – disse a voz no barco.

– Sam? – retrucou o fazendeiro.

Seu nome era Khamel, não Sam, mas Sam serviria pelos cinco minutos seguintes, até que ele conseguisse estacionar o bote.

Khamel não respondeu, não era necessário, mas rapidamente ligou o motor e guiou o bote pela borda do píer em direção à praia. Luke o seguiu do píer. Ao se encontrarem na caminhonete não houve sequer um aperto de mão. Khamel colocou uma bolsa de ginástica preta da Adidas sobre o banco no espaço entre eles e a caminhonete seguiu ao longo da costa.

Luke dirigia e Khamel fumava, e ambos cumpriam perfeitamente o papel de ignorar um ao outro. Não ousaram se encarar. Com sua barba pesada, óculos escuros e camisa preta de gola alta, o rosto de Khamel era ameaçador, mas impossível de ser reconhecido. Luke não queria olhar para ele. Parte do que lhe havia sido designado, além de receber um estranho que viria do mar, era evitar olhar para ele. Isso era fácil, na verdade. Aquele rosto era procurado em nove países.

Do outro lado da ponte, em Manteo, Luke acendeu outro Lucky Strike e se deu conta de que eles já tinham se visto antes. Do que ele conseguia se lembrar, fora um encontro curto, mas precisamente cronometrado, no aeroporto de Roma, cinco ou seis anos antes. Não haviam sido apresentados. Tinham se encontrado em um banheiro público. Luke, à época um executivo americano vestido de maneira impecável, pôs no chão uma pasta de pele de enguia perto da parede ao lado da pia na qual ele lavou as mãos lentamente e, de repente, ela desapareceu. Ele teve um vislumbre do homem – Khamel, agora tinha certeza – no espelho. Trinta minutos depois, a pasta explodiu entre as pernas do embaixador britânico na Nigéria.

Nos bastidores de sua fraternidade secreta, Luke frequentemente ouvira falar de Khamel, um homem de muitos nomes, rostos e idiomas, um assassino que agia com rapidez e não deixava rastros, um matador meticuloso que vagava pelo mundo e nunca era encontrado. Enquanto seguiam pela escuridão em direção ao norte, Luke afundou no banco do motorista, a aba do chapéu quase tocando o nariz, a mão apoiada no volante, e tentou se lembrar das histórias que ouvira sobre seu passageiro. Histórias de terror incríveis. O embaixador britânico. A emboscada de dezessete soldados israelenses na Cisjordânia, em 1990, também creditada a Khamel. Ele era o único suspeito do assassinato, com um carro-bomba, de um rico banqueiro alemão e de sua família, em 1985. Circularam boatos de que ele recebera por esse trabalho três milhões, em dinheiro vivo. A maioria dos especialistas em inteligência acreditava que ele era o mentor da tentativa de matar o papa em 1981. Atribuíam-se a Khamel quase todos os ataques terroristas e assassinatos sem solução. Era fácil culpá-lo, porque ninguém tinha certeza se ele de fato existia.

Isso deixou Luke empolgado. Khamel estava prestes a agir em solo americano. O alvo era desconhecido para Luke, mas o sangue de alguém importante estava prestes a ser derramado.

QUANDO ESTAVA QUASE amanhecendo, a caminhonete roubada parou na esquina da 31st com a M Street, em Georgetown. Khamel pegou sua bolsa de ginástica, não disse nada e saiu. Caminhou por alguns quarteirões na direção do Hotel Four Seasons, comprou um exemplar do *Washington Post* no saguão e casualmente pegou o elevador até o sétimo andar. Precisamente às sete e quinze, bateu a uma porta no fim do corredor.

– Sim? – perguntou uma voz nervosa de dentro do quarto.

– Estou procurando pelo Sr. Sneller – disse Khamel lentamente em um inglês perfeito e sem sotaque específico, enquanto tapava o olho mágico com o polegar.

– Sr. Sneller?

– Sim. Edwin F. Sneller.

A maçaneta não girou nem fez qualquer ruído, e a porta não se abriu. Depois de alguns segundos, um envelope branco foi passado por debaixo da porta. Khamel o pegou.

– Ok – disse ele alto o suficiente para Sneller ou quem quer que fosse ouvir.

– É o quarto ao lado – informou Sneller. – Fico aguardando sua ligação.

Ele soava como um americano. Ao contrário de Luke, nunca tinha visto Khamel, e não tinha nenhuma vontade de ver, na verdade. Luke estivera com Khamel duas vezes até aquele momento e tinha muita sorte de estar vivo.

O quarto de Khamel tinha duas camas e uma mesa pequena perto da janela. As persianas estavam bem fechadas, não entrava nem um único raio de luz do sol. Ele colocou sua bolsa de ginástica em uma das camas, ao lado de duas maletas grandes. Caminhou até a janela e espiou para fora, depois pegou o telefone.

– Sou eu – disse ele a Sneller. – Me fale sobre o carro.

– Está estacionado na rua. Um Ford totalmente branco, com placa de Connecticut. As chaves estão na mesa – informou Sneller lentamente.

– Roubado?

– Claro, mas não se preocupe. Está limpo.

– Vou abandoná-lo em Dulles pouco depois da meia-noite. Quero que ele seja destruído, ok?

O inglês dele era perfeito.

– Vou cuidar disso.

Sneller era correto e eficiente.

– Isso é muito importante, ok? Eu pretendo deixar a arma no carro. Armas deixam balas pra trás e as pessoas veem carros transitando, então é importante destruir completamente o carro e tudo o que estiver dentro dele. Entendido?

– Vou cuidar disso – repetiu Sneller.

Ele não estava gostando daquele sermão. Não era nenhum principiante.

Khamel sentou-se na beira da cama.

– Os quatro milhões foram recebidos há uma semana. Com um dia de atraso, tenho que acrescentar. Já estou em Washington, então quero os outros três.

– Serão transferidos antes do meio-dia. Esse foi o acordo.

– Sim, mas estou preocupado. Vocês atrasaram um dia, lembra?

Isso irritou Sneller, e, como o assassino estava no quarto ao lado e não sairia ainda, não havia riscos se ele soasse um pouco irritado.

– Culpa do banco, não nossa.

Isso irritou Khamel.

– Certo. Quero que você e seu banco transfiram os outros três milhões pra conta em Zurique assim que a agência de Nova York abrir. Isso vai ser daqui a umas duas horas. Eu vou conferir.

– Ok.

– Ok, e eu não quero nenhum problema depois que o trabalho for concluído. Estarei em Paris dentro de 24 horas e de lá vou direto pra Zurique. Quero que o dinheiro todo esteja esperando por mim quando eu chegar lá.

– Vai estar, se o trabalho estiver concluído.

Khamel sorriu para si mesmo.

– O trabalho vai ser concluído, Sr. Sneller, à meia-noite. Isto é, se a sua informação estiver correta.

– A partir de agora está tudo certo. E nenhuma mudança é esperada pra hoje. O povo está nas ruas. Está tudo nas duas maletas: mapas, gráficos, itinerários, ferramentas e artigos que você pediu.

Khamel olhou para as maletas atrás dele. Esfregou os olhos com a mão direita.

– Preciso dormir um pouco – murmurou pelo telefone. – Não durmo há vinte horas.

Sneller não conseguiu pensar em nada para responder. Havia bastante tempo, e, se Khamel quisesse tirar um cochilo, ele podia. Estavam lhe pagando dez milhões por aquele trabalho.

– Você gostaria de comer alguma coisa? – perguntou Sneller meio sem jeito.

– Não. Me ligue em três horas, precisamente às dez e meia.

Ele colocou o telefone no gancho e se esticou na cama.

AS RUAS ESTAVAM vazias e silenciosas no segundo dia de atividades na Corte após o início do outono. Os juízes passaram o dia no tribunal ouvindo um advogado após outro defender casos complexos e bastante entediantes. Rosenberg dormiu na maior parte do tempo. Ele voltou à vida brevemente quando o procurador-geral do Texas alegou que determinado prisioneiro no corredor da morte deveria ser medicado para permanecer lúcido antes de receber a injeção letal.

– Se ele sofre de distúrbios psicológicos, como é que pode ter sido condenado à morte? – perguntou Rosenberg, incrédulo.

– Fácil: sua condição pode ser controlada com medicamentos. Então é só dar uma injeção para que ele fique lúcido, depois outra para matá-lo – foi a resposta do procurador do Texas.

Tudo muito correto e constitucional. Rosenberg discorreu e reclamou brevemente, depois perdeu as forças. Sua pequena cadeira de rodas ficava em uma altura muito mais baixa do que os enormes tronos de couro de seus companheiros. Ele parecia um pouco digno de pena. No passado, era um tigre, um intimidador implacável que derrubava até mesmo os advogados mais sagazes. Mas não mais. Ele começou a murmurar e depois sua voz desapareceu. O procurador-geral zombou dele e prosseguiu.

Durante a última sustentação oral do dia, um caso nem um pouco interessante da Virgínia sobre dessegregação, Rosenberg começou a roncar. O presidente Runyan olhou para baixo na tribuna e Jason Kline, o assessor principal de Rosenberg, entendeu a deixa. Ele lentamente puxou a cadeira de rodas para trás, para longe da tribuna e fora do tribunal. Depois a empurrou rapidamente pelo corredor dos fundos.

O juiz recobrou a consciência em seu gabinete, tomou os remédios e informou aos assessores que queria ir para casa. Kline notificou o FBI e, momentos depois, Rosenberg foi colocado na parte de trás de sua van, estacionada no subsolo. Dois agentes do FBI observavam a cena. Frederic, seu enfermeiro, prendeu a cadeira de rodas com firmeza, e o sargento Ferguson, da polícia da Suprema Corte, se sentou ao volante. O juiz não autorizava que agentes do FBI se aproximassem dele. Eles podiam segui-lo em outro veículo e tomar conta de sua casa da rua, e tinham sorte de conseguir chegar tão perto.

Ele não confiava na polícia, e definitivamente não confiava em agentes do FBI. Não precisava de proteção.

Quando chegaram à Volta Street, em Georgetown, a van diminuiu a velocidade e subiu de ré a rampa de acesso à garagem. Frederic, o enfermeiro, e Ferguson, o policial, cuidadosamente o levaram para dentro de casa. Os agentes assistiam à cena de dentro de um Dodge Aries preto – um carro com pinta de oficial – estacionado na rua. O gramado em frente à casa era minúsculo e o veículo estava a poucos metros da porta da frente. Já eram quase quatro da tarde.

Após alguns minutos, Ferguson saiu, conforme combinado, e falou com os agentes do FBI. Depois de muito debate, uma semana antes, Rosenberg tinha consentido que Ferguson verificasse, sem alarde, cada cômodo dos dois andares no momento de sua chegada, todas as tardes. Em seguida, Ferguson deveria ir embora, mas poderia retornar às dez da noite em ponto e se sentar do lado de fora, junto à porta dos fundos, até as seis da manhã, também em ponto. Ninguém além de Ferguson tinha autorização para fazer aquilo, e ele estava cansado por conta de tantas horas extras.

– Tudo certo – disse ele aos agentes. – Acho que volto às dez.
– Ele ainda está vivo? – perguntou um deles.
Pergunta de praxe.
– Acredito que sim.

Ferguson parecia cansado enquanto andava de volta até a van.

Frederic era gorducho e fracote, mas para lidar com seu paciente não era necessário ter força. Depois de arrumar as almofadas, o levantou da cadeira de rodas e o colocou cuidadosamente no sofá, onde ele permaneceu imóvel durante as duas horas seguintes, enquanto cochilava e assistia à CNN. Frederic preparou um sanduíche de presunto, pegou alguns biscoitos e se sentou à mesa da cozinha, onde passou os olhos em um exemplar do *National Enquirer*. Rosenberg murmurou algo em voz alta e mudou de canal com o controle remoto.

Às sete em ponto, seu jantar – comida de doente: consomê

de frango com batatas e cebolas cozidas – foi cuidadosamente servido, e Frederic o levou até a mesa. Ele insistiu que não precisava de ajuda para comer, e não foi uma cena bonita de se ver. Frederic ficou assistindo à televisão. Mais tarde ele limparia a bagunça.

Às nove, Frederic lhe deu banho, o vestiu com um camisolão e o colocou confortavelmente sob as cobertas. Sua cama era como as de um hospital militar, estreita, reclinável, de cor verde-clara; tinha um colchão duro, botões de controle e grades de proteção deslizantes que Rosenberg insistia que ficassem abaixadas. Ficava em um cômodo atrás da cozinha que por trinta anos tinha sido usado como sala de estudos, antes de o juiz ter o primeiro derrame. Tinha passado a ser um local frio, com cheiro de antisséptico e de quase morte. Ao lado da cama havia uma mesa grande com uma luminária de hospital e pelo menos vinte frascos de comprimidos. Livros jurídicos grossos e pesados estavam organizados em pilhas pelo quarto. Ao lado da mesa, o enfermeiro se sentou perto de uma poltrona reclinável e começou a ler o resumo de um processo. Ele lia até ouvir um ronco – o ritual noturno. Lia devagar, gritando as palavras para Rosenberg, que ficava parado, imóvel, escutando. O resumo era de um caso em que ele escreveria o voto da maioria. Durante algum tempo, ele assimilou cada palavra.

Depois de uma hora lendo e gritando, Frederic estava cansado, e o juiz, cada vez mais distante. Rosenberg levantou a mão levemente, depois fechou os olhos. Utilizando um dos botões da cama, diminuiu as luzes. O quarto estava quase totalmente escuro. Frederic empurrou a poltrona com as costas e ela se abriu. Colocou o resumo no chão e fechou os olhos. Rosenberg estava roncando.

Ele não roncaria por muito tempo.

POUCO DEPOIS DAS dez, com a casa escura e silenciosa, a porta do armário de um dos quartos se abriu lentamente e Khamel saiu. As munhequeiras, o boné de náilon e o short de corrida eram azul-royal. A camisa de manga comprida, as meias e o tênis Reebok eram brancos com detalhes no mesmo tom de azul. Tudo combinando perfeitamente. Khamel, o corredor. Ele tinha feito a barba e, por baixo do boné, seu cabelo muito curto agora estava louro, quase branco.

O quarto estava escuro, assim como o corredor. As escadas rangeram ligeiramente sob seus pés. Ele tinha 1,78 metro e pesava menos de 70 quilos. Não tinha qualquer vestígio de gordura corporal. Manteve os movimentos leves e precisos para que fossem rápidos e silenciosos. As escadas davam em um hall não muito longe da porta da frente. Ele sabia que havia dois agentes em um carro diante do meio-fio, que provavelmente não estavam de olho na casa. Sabia que Ferguson tinha chegado sete minutos antes. Podia ouvir seu ronco no quarto dos fundos. Enquanto esperava no armário, pensara em agir mais cedo, antes de Ferguson chegar, assim não teria que matá-lo. Matar não era o problema, mas isso faria com que ele tivesse outro corpo com que se preocupar. No entanto, ele imaginou, de maneira equivocada, que Ferguson provavelmente verificaria com o enfermeiro se estava tudo bem ao chegar para o plantão. Nesse caso, então, Ferguson encontraria a carnificina e Khamel perderia algumas horas. Então, ele decidiu esperar até aquele momento.

Passou pelo hall sem emitir nenhum som. Na cozinha, a luz fraca do exaustor iluminava a bancada e tornava a situação um pouco mais perigosa para Khamel. Ele praguejou por não ter notado a lâmpada e a desatarraxado. Pequenos erros como aquele eram imperdoáveis. Abaixado, passou diante de uma janela e olhou para o quintal. Não conseguia ver Ferguson, embora soubesse que ele tinha quase 1,90 metro, 61 anos, catarata e uma mira terrível, apesar de carregar um revólver .357 magnum.

Ambos estavam roncando. Khamel sorriu para si mesmo ao se agachar junto à porta e puxar, com destreza, da atadura elástica que amarrara em volta da cintura, uma pistola .22

automática com silenciador. Ele encaixou o tubo de 10 centímetros no cano da pistola e entrou no quarto. O enfermeiro estava esparramado na poltrona reclinável, pés para cima, mãos caídas, a boca aberta. Khamel colocou a ponta do silenciador a pouco mais de 2 centímetros de sua têmpora direita e disparou três vezes. As mãos se encolheram e os pés se sacudiram, mas os olhos continuaram fechados. Khamel rapidamente alcançou a cabeça enrugada e pálida do juiz Abraham Rosenberg e meteu três balas nela.

Não havia janelas no quarto. Ele observou os corpos e ficou ouvindo durante um minuto. Os calcanhares do enfermeiro se contorceram algumas vezes e depois pararam. Os corpos ficaram imóveis.

Ele queria matar Ferguson dentro da casa. Eram 22h11, um ótimo momento para um vizinho estar passeando com o cachorro uma última vez antes de dormir. Ele rastejou pelo chão, no escuro, até a porta dos fundos, e viu o policial caminhando tranquilamente ao lado da cerca de madeira a 6 metros de distância. Instintivamente, Khamel abriu a porta dos fundos, acendeu a luz do quintal e disse "Ferguson" em voz alta.

Ele deixou a porta aberta e se escondeu em um canto escuro, ao lado da geladeira. Ferguson obedientemente atravessou o quintal em passos arrastados e entrou na cozinha. Aquilo não causava estranhamento. Frederic costumava chamá-lo depois que o juiz pegava no sono. Eles tomavam café solúvel e jogavam baralho.

Não havia café nenhum e Frederic não estava esperando. Khamel atirou três vezes na nuca de Ferguson e ele caiu sobre a mesa da cozinha.

Khamel apagou a luz do quintal e desencaixou o silenciador. Não precisaria dele novamente. Colocou-o de volta na atadura elástica, assim como a pistola. Espiou pela janela da frente. A luz do teto do carro estava acesa e os agentes estavam lendo. Ele passou por cima de Ferguson, trancou a porta dos fundos e desapareceu na escuridão do pequeno gramado. Pulou duas cercas sem emitir um som sequer e chegou até a rua. Então começou a trotar. Khamel, o corredor.

NO MEZANINO ESCURO do Montrose Theatre, Glenn Jensen estava sentado sozinho e observava os homens nus e bastante ativos na tela lá embaixo. Comia um saco grande de pipoca e não notava nada além dos corpos. Seu traje era suficientemente conservador: cardigã azul-marinho, calça chino, mocassins. E usava óculos escuros enormes para esconder os olhos e um chapéu fedora de camurça para cobrir a cabeça. Tinha sido abençoado com um rosto fácil de ser esquecido e, camuflado, jamais poderia ser reconhecido. Principalmente no mezanino de um cinema de filmes pornôs homossexuais quase vazio à meia-noite. Nada de brincos, bandanas, correntes de ouro, joias, nada que indicasse que ele estava à procura de companhia. Queria ser ignorado.

Havia se tornado um desafio, na verdade, esse jogo de gato e rato com o FBI e o resto do mundo. Naquela noite, eles haviam diligentemente se posicionado no estacionamento do lado de fora de seu prédio. Uma outra dupla estava estacionada junto à saída perto da varanda dos fundos, e ele deixou todos lá sentados por quatro horas e meia antes de se disfarçar, sair despreocupadamente pela garagem no subsolo e escapar no carro de um amigo. O prédio tinha muitas saídas para que os coitados dos agentes pudessem monitorá-lo. Ele era compreensivo até certo ponto, mas tinha que viver sua vida. Se os agentes do FBI não podiam encontrá-lo, como um assassino poderia?

O mezanino era dividido em três pequenas seções com seis fileiras cada uma. Era bastante escuro – a única iluminação ali era o pesado feixe azul do projetor que vinha de trás. Bancos quebrados e mesas dobradas estavam empilhados nos corredores externos. O acabamento em veludo ao longo das paredes estava rasgado e despencando. Era um lugar maravilhoso para se esconder.

Houve um tempo em que ele se preocupava em ser pego. Nos meses seguintes à sua confirmação, ficava apavorado. Não conseguia comer a pipoca e de forma nenhuma aproveitava os filmes. Dissera a si mesmo que, se fosse pego ou reconhecido, ou de alguma maneira terrível acabasse exposto, simplesmente alegaria estar fazendo pesquisa para um caso sobre pornografia. Havia sempre um na pauta, e talvez acreditassem nele. "Essa desculpa pode funcionar", repetia para si mesmo, e acabou se tornando mais ousado. Mas uma noite, em 1990, um cinema pegou fogo e quatro pessoas morreram. Seus nomes foram parar no jornal. Matéria importante. O juiz Glenn Jensen por acaso estava no banheiro quando ouviu os gritos e sentiu o cheiro da fumaça. Ele saiu correndo e desapareceu dali. Os mortos estavam todos no mezanino. Ele conhecia um deles. Ficou afastado por dois meses, mas depois voltou. "Para pesquisar mais", dizia a si mesmo.

E se ele fosse pego? A nomeação era vitalícia. Não podiam simplesmente mandá-lo embora.

Ele gostava do Montrose porque às terças-feiras os filmes eram exibidos a noite toda, mas nunca havia muita gente. Ele gostava da pipoca e o chope custava cinquenta centavos de dólar.

Dois homens idosos sentados na seção central se apalpavam e se acariciavam. Jensen vez ou outra dava uma olhada na direção deles, mas estava concentrado no filme. "É triste ter 70 anos, estar se aproximando da morte e tentando escapar do HIV, e ficar fadado a procurar a felicidade em um lugar sujo como esse", pensou.

Uma quarta pessoa logo se juntou a eles no mezanino. Olhou para Jensen e para os dois homens enganchados, e caminhou em silêncio com seu chope e sua pipoca até a última fileira da seção central. A sala do projetor estava exatamente atrás dele. À sua direita, três fileiras abaixo, estava o juiz. À sua frente, o casal de velhos grisalhos se beijava, sussurrava e ria, alheio ao mundo.

Ele estava vestido adequadamente. Calça jeans justa, camisa de seda preta, brinco, óculos de casco de tartaruga e cabelo e bigode bem-aparados. Khamel, o homossexual.

Esperou alguns minutos, depois saiu lentamente pelo lado direito e se sentou junto ao corredor. Ninguém percebeu. Quem se importaria com o lugar onde ele se sentava?

À meia-noite e vinte, o casal de idosos perdeu o gás. Eles se levantaram, de braços dados, e saíram na ponta dos pés, ainda sussurrando e rindo. Jensen não olhou para eles. Estava absorto no filme, uma imensa orgia em um iate no meio de um furacão. Khamel se moveu como um gato pelo corredor estreito até um assento três fileiras atrás do juiz. Deu um gole na cerveja. Não havia mais ninguém ali além dos dois. Ele esperou por um minuto e rapidamente desceu uma fileira. Jensen estava a 2,5 metros de distância.

À medida que o furacão se intensificava, o mesmo acontecia com a orgia. O rugido do vento e os gritos dos participantes da festa eram ensurdecedores na sala pequena. Khamel colocou a cerveja e a pipoca no chão e puxou da cintura uma corda de náilon amarela de um metro de comprimento. Enrolou rapidamente as extremidades ao redor das mãos e, pulando as cadeiras, passou para a fileira à sua frente. Sua presa estava ofegante. O saco de pipoca sacudia.

O ataque foi rápido e feroz. Khamel passou a corda logo abaixo da laringe e a enlaçou violentamente. Deu um puxão para baixo, fazendo a cabeça da vítima bater no encosto da cadeira. O pescoço se quebrou de forma primorosa. Ele torceu a corda e a amarrou atrás do pescoço. Deslizou uma barra de aço de 15 centímetros por dentro de um dos laços do nó e apertou o torniquete até a pele rasgar e começar a sangrar. Em dez segundos, estava tudo terminado.

De repente, o furacão acabou e outra orgia começou, em comemoração. Jensen afundou em seu assento, a pipoca espalhada ao redor dos sapatos. Khamel não era dos que gostavam de admirar a própria obra. Ele deixou o mezanino, passou tranquilamente pelas prateleiras com revistas e apetrechos no saguão e desapareceu pela calçada.

Dirigiu o Ford branco genérico com placa de Connecticut até

o aeroporto Dulles, trocou de roupa em um banheiro público e esperou seu voo para Paris.

4

A primeira-dama estava na Costa Oeste, participando de uma série de cafés da manhã caríssimos nos quais cidadãos ricos e pretensiosos tinham prazer em esvaziar os bolsos em troca de ovos frios e champanhe barato, e da chance de serem vistos e talvez fotografados ao lado da Rainha, como ela era conhecida. Portanto, quando o telefone tocou o Presidente estava dormindo sozinho. Na tentativa de manter a tradição dos presidentes americanos, durante anos ele havia pensado em ter uma amante. Mas, agora, aquilo parecia muito pouco Republicano. Além disso, ele estava velho e cansado. Costumava dormir sozinho mesmo quando a Rainha estava na Casa Branca.

Ele tinha o sono pesado. O telefone tocou doze vezes até ele acordar. Olhou para o relógio assim que alcançou o fone. Quatro e meia da manhã. Ouviu a voz do outro lado, pulou da cama e oito minutos depois estava no Salão Oval. Não houve tempo de tomar banho, nem de pôr uma gravata. Ele olhou para Fletcher Coal, seu chefe de gabinete, e se sentou diante de sua mesa.

Coal sorria. Seus dentes perfeitos e sua careca estavam brilhando. Com apenas 37 anos, era o garoto prodígio que quatro anos antes tinha salvado uma campanha em ruínas e colocado seu chefe na Casa Branca. Era um manipulador asqueroso e um desagradável escudeiro que tinha conseguido cavar seu espaço na panelinha até ocupar o segundo lugar na linha de comando. Muitos o viam como o verdadeiro chefe.

A simples menção ao seu nome deixava os funcionários de cargos mais baixos apavorados.

– O que aconteceu? – perguntou o Presidente lentamente.

Coal andava de um lado para o outro em frente à mesa do Presidente.

– Não sei de muita coisa ainda. Os dois estão mortos. Dois agentes do FBI encontraram Rosenberg por volta de uma da manhã. Morto em cima da cama. O enfermeiro e um agente da polícia da Suprema Corte também foram assassinados. Todos os três com tiros na cabeça. Um trabalho muito bem-feito. Enquanto o FBI e a polícia de Washington estavam investigando, receberam uma ligação dizendo que encontraram Jensen morto em uma espécie de boate gay. Isso foi umas horas atrás. O Voyles me ligou às quatro e eu liguei pra você em seguida. Ele e o Gminski estão a caminho.

– Gminski?

– A CIA precisa estar a par, pelo menos por enquanto.

O Presidente cruzou as mãos atrás da cabeça e se espreguiçou.

– O Rosenberg está morto.

– Sim. Mortinho da Silva. Sugiro que você faça um pronunciamento em algumas horas. Mabry está preparando um rascunho. Eu vou fazer os arremates. Vamos esperar amanhecer, pelo menos até às sete. Antes disso vai ser muito cedo e vamos perder grande parte da audiência.

– A imprensa...

– Sim. Já está sabendo. Eles filmaram a equipe da ambulância entrando com o corpo de Jensen no necrotério.

– Eu não sabia que ele era gay.

– Acho que agora não resta nenhuma dúvida. Essa é a crise perfeita, Sr. Presidente. Pense nisso. Não fomos nós que a criamos. A responsabilidade não é nossa. Ninguém pode culpar a gente. E o tamanho do choque vai levar o país a algum grau de solidariedade. É o momento de todos se reunirem em torno de seu líder. É simplesmente perfeito. Não tem nenhum ponto negativo.

O Presidente deu um gole na xícara de café e olhou para os papéis em cima de sua mesa.

– E eu vou poder reestruturar a Corte.

– Essa é a melhor parte. Vai ser o seu legado. Eu já liguei pro Duvall no Departamento de Justiça e pedi que ele entrasse em contato com o Horton e começasse a fazer uma lista preliminar com os nomes. O Horton fez um discurso em Omaha ontem à noite, mas já está voando pra cá. Sugiro que a gente encontre com ele ainda hoje pela manhã.

O Presidente concordou com a sugestão de Coal, como sempre. Ele deixava que Coal ficasse encarregado dos detalhes. Nunca tinha sido um homem de pormenores.

– Algum suspeito?

– Ainda não. Na verdade, não sei. Eu disse ao Voyles que você esperava que ele trouxesse alguma informação quando chegasse.

– Até onde eu sabia o FBI estava encarregado de proteger a Suprema Corte.

Coal abriu um sorriso ainda maior e deu uma risadinha.

– Exatamente. O constrangimento é todo do Voyles. É realmente uma vergonha.

– Ótimo. Eu quero que o Voyles receba a parcela de culpa dele. Veja isso com a imprensa. Quero que ele seja humilhado. Quem sabe assim a gente consegue acabar com ele.

Coal adorou essa ideia. Ele parou de andar de um lado para o outro e fez anotações em um bloco. Um segurança bateu à porta e a abriu. Os diretores Voyles e Gminski entraram juntos. O clima imediatamente ficou pesado, e os quatro trocaram apertos de mão. Os diretores se sentaram diante da mesa do Presidente, enquanto Coal assumiu seu lugar de sempre, em pé perto de uma janela, ao lado do Presidente. Ele odiava Voyles e Gminski, e o sentimento era recíproco. O ódio lhe servia de combustível. O Presidente dava ouvidos a ele, e era isso que importava. Ele ficaria calado por alguns minutos. Era importante permitir que o Presidente assumisse o comando quando outros estavam presentes.

– Lamento muito que vocês estejam aqui, mas obrigado por virem – disse o Presidente.

Eles assentiram, emburrados, cientes de que era uma mentira deslavada.

– O que aconteceu?

Voyles se apressou em falar, indo direto ao ponto. Descreveu a cena na casa de Rosenberg, o momento em que os corpos foram encontrados. Todas as noites, à uma da madrugada, o sargento Ferguson ia até os agentes que ficavam em frente à calçada para avisar que estava tudo bem dentro da casa. Uma vez que ele não apareceu, eles foram ver o que tinha acontecido. As mortes haviam sido muito bem executadas, trabalho de profissional. Contou o que sabia a respeito de Jensen. Pescoço quebrado. Estrangulamento. Encontrado por outro sujeito no mezanino. Ninguém viu nada, obviamente. Voyles não estava sendo tão direto e grosseiro quanto de costume. Era um dia difícil para o FBI, e ele sabia que estava em uma posição desconfortável. Mas tinha sobrevivido a cinco presidentes, e com certeza saberia como contornar aquele idiota.

– Os dois crimes obviamente estão relacionados – disse o Presidente, olhando para Voyles.

– Talvez. É claro que é o que parece, mas...

– Por favor! Em 220 anos foram assassinados quatro presidentes, dois ou três candidatos, uma porção de defensores dos direitos civis, alguns governadores, mas nunca um juiz da Suprema Corte. E agora, em uma noite, em um intervalo de duas horas, dois foram assassinados. E você não está convencido de que os crimes estão relacionados?

– Eu não disse isso. Deve haver alguma ligação. É só que os métodos foram muito diferentes. E muito profissionais. Você deve estar lembrado de que a Corte tem recebido milhares de ameaças.

– Está certo. Então quem são os seus suspeitos?

Ninguém mais fez perguntas a F. Denton Voyles. Ele olhou para o Presidente.

– É muito cedo pra isso. Ainda estamos atrás de pistas.

– Como o assassino entrou na casa do Rosenberg?

– Ninguém sabe. A gente não viu ele entrar, percebe? É óbvio que ele já estava lá dentro havia algum tempo, escondido em um armário ou no sótão, talvez. Mais uma vez, não éramos bem-vindos. O Rosenberg não autorizava que a gente entrasse na casa dele. O Ferguson inspecionava o local todas as tardes quando o juiz chegava do trabalho. Ainda é muito cedo, mas não encontramos nenhuma pista do assassino. Nenhuma, exceto os três corpos. O resultado da balística e as autópsias saem até o final da tarde.

– Eu quero tudo na minha mesa assim que chegarem pra você.

– Sim, Sr. Presidente.

– Quero também uma lista com os nomes de alguns suspeitos até as cinco da tarde. Ficou claro?

– Com certeza, Sr. Presidente.

– E eu quero um relatório sobre a sua equipe de segurança e sobre onde ocorreu a falha.

– O senhor está supondo que a equipe falhou.

– Dois juízes estão mortos, e os dois estavam sendo protegidos pelo FBI. Eu acho que a população merece saber o que deu errado. Sim, a sua equipe falhou.

– Eu me reporto a você ou à população?

– Você se reporta a mim.

– E então o senhor convoca uma coletiva de imprensa e se reporta à população, é isso?

– Você está com medo de ter seu trabalho averiguado?

– Nem um pouco. O Rosenberg e o Jensen estão mortos porque se recusaram a cooperar com a gente. Eles estavam bastante cientes do perigo, mas não queriam ser incomodados. Os outros sete estão cooperando e ainda estão vivos.

– Por enquanto. É melhor verificar. Eles estão caindo mortos por aí feito moscas.

O Presidente sorriu para Coal, que fez o mesmo na direção de Voyles, mas com desdém. Coal decidiu que tinha chegado a hora de falar.

– Você tinha conhecimento de que o Jensen frequentava lugares como esse?

– Ele era um homem adulto, com um cargo vitalício na Corte. Se ele quisesse tirar a roupa e dançar em cima de uma mesa, nós não poderíamos impedir.

– Sim, senhor – disse Coal educadamente. – Mas você não respondeu à minha pergunta.

Voyles respirou fundo e desviou o olhar.

– Sim. Nós suspeitávamos de que ele fosse homossexual e sabíamos que gostava de frequentar determinados cinemas. Nós não temos nem direito, nem vontade, Sr. Coal, de divulgar tais informações.

– Eu quero esses relatórios até o fim da tarde – ordenou o Presidente.

Voyles estava olhando por uma janela, ouvindo tudo, mas sem reagir. O Presidente olhou para Robert Gminski, diretor da CIA.

– Bob, eu quero uma resposta franca.

Gminski franziu o cenho.

– Sim, senhor. Sobre o quê?

– Quero saber se esses assassinatos estão de alguma forma ligados a qualquer agência, operação, grupo, qualquer coisa que seja, do governo dos Estados Unidos.

– Por favor! Você está falando sério, Sr. Presidente? Isso é totalmente absurdo.

Gminski parecia chocado, mas o Presidente, Coal, até mesmo Voyles, sabiam que tudo era possível na CIA naquele momento.

– Muito sério, Bob.

– Eu também estou. E garanto que não tivemos nada a ver com isso. Estou chocado por você sequer pensar nisso. Que absurdo!

– Confirme isso, Bob. Eu quero ter certeza absoluta. O Rosenberg não comprava essa ideia de segurança nacional. Ele fez milhares de inimigos nos serviços de inteligência. Só dê uma olhada, ok?

– Certo, certo.

– E quero um relatório às cinco da tarde.

– Está certo. Mas é uma perda de tempo.

Fletcher Coal foi até a mesa ao lado do Presidente.

– Sugiro que nos encontremos aqui às cinco da tarde, senhores. Tudo bem por vocês?

Os dois assentiram e se levantaram. Coal os acompanhou até a porta sem dizer uma palavra, depois a fechou.

– Você se saiu muito bem – disse ele ao Presidente. – Voyles sabe que está vulnerável. Consigo farejar o medo nele. Vamos focar nele com a imprensa.

– O Rosenberg está morto – repetiu o Presidente para si mesmo. – Eu simplesmente não consigo acreditar.

– Eu tenho uma ideia pro seu pronunciamento na TV. – Coal estava andando de um lado para o outro outra vez, totalmente no comando da situação. – Precisamos tirar proveito do choque que isso tudo vai causar. Você precisa parecer cansado, como se tivesse passado a noite em claro lidando com a situação. Ok? O país inteiro vai estar assistindo, esperando que você dê detalhes sobre o que aconteceu e tranquilize as pessoas. Acho que você deveria usar alguma roupa quente e reconfortante. Terno e gravata às sete da manhã pode parecer um pouco ensaiado demais. Vamos tentar parecer mais descontraídos.

O Presidente estava ouvindo atentamente.

– Um roupão de banho?

– Nem tanto. Mas que tal um cardigã e calça social? Sem gravata. Camisa branca de botão. Meio com uma cara de avô.

– Você quer que eu me dirija ao país inteiro em um momento de crise vestindo um cardigã?

– Sim. É uma boa ideia. Um cardigã marrom com uma camisa branca.

– Não sei.

– É uma boa imagem. Veja só, Comandante, a eleição é daqui a um ano. Esta é a nossa primeira crise em noventa dias, e que bela crise. As pessoas precisam ver você usando algo diferente, principalmente às sete da manhã. Você precisa parecer casual, com roupas simples, mas no controle. Isso vai valer cinco, talvez dez pontos nas taxas de aprovação. Confie em mim, Comandante.

– Eu não gosto de cardigãs.
– Só confie em mim.
– Não sei.

5

Ainda estava escuro quando Darby Shaw acordou, com uma leve ressaca. Depois de um ano e três meses na faculdade de direito, sua mente se recusava a descansar por mais de seis horas. Ela costumava acordar antes do amanhecer e por isso não dormia bem quando estava com Callahan. O sexo era ótimo, mas o sono costumava ser um cabo de guerra de travesseiros e lençóis sendo puxados para lá e para cá.

Ela olhava para o teto e o ouvia roncar ocasionalmente durante seu coma induzido pelo uísque. Os lençóis estavam enrolados como uma corda ao redor dos joelhos dele. Ela estava descoberta, mas não sentia frio. Durante o mês de outubro, o tempo ainda é abafado e quente em Nova Orleans. O ar pesado subia da Dauphine Street, passando pela pequena varanda do quarto e entrando pela porta, que estava aberta. Entrava também o primeiro feixe de luz da manhã. Ela se levantou e ficou de pé sob o umbral, vestindo o roupão felpudo de Callahan. O sol estava nascendo, mas a rua estava um tanto sombria. O nascer do sol costumava passar despercebido no French Quarter. Sua boca estava seca.

Na cozinha, que ficava no andar de baixo, Darby preparou um bule de café de chicória. Os números azuis no micro-ondas informavam que faltavam dez minutos para as seis. Para uma pessoa que bebe pouco, a vida ao lado de Callahan era uma luta constante. O limite dela era três taças de vinho. Ela ainda não tinha nem licença para advogar nem emprego, portanto não podia se dar ao luxo de ficar bêbada toda noite e dormir até tarde. Além do mais, ela pesava 50 quilos e estava determinada a não passar disso. Ele não tinha limites.

Bebeu três copos de água gelada e depois se serviu de uma caneca grande de café. Acendeu as luzes enquanto subia as escadas e voltou para a cama. Ligou a televisão e, ao mudar de canal com o controle remoto, viu surgir na tela o Presidente, sentado à sua mesa, com uma aparência um pouco estranha sem gravata e vestindo um cardigã marrom. Era uma notícia extraordinária da NBC News.

– Thomas! – disse ela dando um tapa no braço dele.

Ele nem se mexeu.

– Acorda, Thomas!

Ela apertou um botão e o volume foi nas alturas. O Presidente deu bom-dia.

– Thomas!

Ela se inclinou na direção da televisão. Callahan chutou os lençóis e se sentou, esfregando os olhos e tentando se concentrar. Darby lhe entregou o café.

O Presidente tinha uma notícia trágica. Seus olhos estavam cansados e ele parecia triste, mas sua voz de barítono exalava confiança. Tinha algumas anotações à sua frente, mas não as consultava. Ele olhou profundamente para a câmera e explicou à população os eventos chocantes da noite anterior.

– Que merda é essa? – murmurou Callahan.

Depois de anunciar as mortes, o Presidente prestou rebuscadas condolências pela perda de Abraham Rosenberg. Uma figura lendária, foi como ele o chamou. Era um momento de tensão, mas o Presidente manteve o semblante sério ao enaltecer a distinta carreira de um dos homens mais odiados dos Estados Unidos.

Callahan estava boquiaberto diante da televisão. Darby olhava para a tela.

– Isso é muito comovente – disse ela, atônita na beira da cama.

O Presidente explicou que havia sido informado pelo FBI e pela CIA sobre a crença de que os assassinatos estavam relacionados de alguma maneira. Ele havia ordenado que uma investigação abrangente tivesse início, e garantiu que os responsáveis seriam levados a juízo.

Callahan se endireitou na cama e se cobriu com o lençol. Ele piscava e ajeitava os cabelos rebeldes com os dedos.

– Rosenberg? Assassinado? – murmurou, olhando para a tela.

Sua cabeça, antes embaralhada, tinha clareado imediatamente, e a dor estava lá, ele só não conseguia sentir.

– Olha esse cardigã! – disse Darby, dando um gole no café, olhando para o rosto laranja do Presidente, carregado de maquiagem pesada, com os cabelos prateados brilhantes cuidadosamente no lugar certo. Ele era um homem incrivelmente bonito, com uma voz suave, e havia conquistado muita coisa na política por conta disso. As rugas em sua testa se comprimiam, e ele estava ainda mais triste agora, enquanto falava de um amigo próximo, o juiz Glenn Jensen.

– No Montrose Theatre, à meia-noite – repetiu Callahan.

– Onde fica isso? – perguntou ela.

Callahan tinha cursado direito na Universidade de Georgetown, em Washington.

– Não sei ao certo. Mas acho que fica em um reduto gay da cidade.

– Ele era gay?

– Já tinha ouvido alguns boatos. Aparentemente era.

Os dois estavam sentados na beira da cama com os lençóis sobre as pernas. O Presidente decretou uma semana de luto nacional. Bandeiras a meio-mastro. Repartições federais fechadas no dia seguinte. Ainda havia trabalho a fazer em relação aos funerais. Ele divagou por mais alguns minutos, ainda profundamente consternado, chocado quase, muito humano, mas sem deixar de ser o Presidente e demonstrar que estava totalmente no controle da situação. Ele se despediu com um sorriso que expressava absoluta confiança, sabedoria e tranquilidade, o avô perfeito.

Um repórter da NBC surgiu na tela, em meio ao gramado da Casa Branca, e deu as informações que faltavam. A polícia não dizia nada, mas até o momento parecia não haver suspeitos nem pistas. Sim, ambos os juízes estavam sob proteção do FBI, que não se pronunciou. Sim, o Montrose era um lugar frequentado por homossexuais. Sim, houvera muitas ameaças aos dois, principalmente a Rosenberg. E poderia haver muitos suspeitos antes que a investigação chegasse ao fim.

Callahan desligou a TV e caminhou até a porta da varanda, onde a brisa da manhã estava ficando mais densa.

– Nenhum suspeito – murmurou ele.

– Eu consigo pensar em pelo menos uns vinte – disse Darby.

– Sim, mas por que eles dois? O Rosenberg é fácil, mas por que matar o Jensen? Por que não o McDowell ou o Yount? Eles são consistentemente mais liberais que o Jensen. Não faz sentido.

Callahan se sentou em uma cadeira de vime perto das portas e passou a mão no cabelo.

– Vou pegar mais café pra você – disse Darby.

– Não, não precisa. Já acordei.

– Como está a dor de cabeça?

– Bem, se eu pudesse dormir por mais três horas. Acho que vou cancelar a aula. Não estou no clima.

– Ótimo.

– Que merda, eu não consigo acreditar. Esse idiota tem duas indicações agora. Isso significa que oito dos nove juízes vão ter sido escolhidos por republicanos.

– Eles precisam ser confirmados primeiro.

– A Constituição não vai ser levada em consideração pelos próximos dez anos. Isso é repugnante.

– Foi por isso que mataram eles, Thomas. Alguém ou algum grupo quer uma Corte diferente, com uma maioria absoluta conservadora. A eleição é ano que vem. O Rosenberg tem, tinha, na verdade, 91 anos. O Manning tem 84. O Yount está entrando nos 80. Eles podem morrer daqui a pouco ou viver mais dez anos. Um democrata pode ser eleito presidente. Por que correr o risco? Melhor matar eles agora, um ano antes das eleições. Faz todo o sentido pra alguém que tenha muito interesse nisso.

– Mas por que o Jensen?

– Ele era um constrangimento pra Corte. E, obviamente, era um alvo mais fácil.

– Sim, mas ele era basicamente um moderado, com eventuais tendências de esquerda. E foi indicado por um republicano.

– Você quer um *bloody mary*?

– Boa ideia. Mas daqui a pouco, estou tentando pensar.

Darby se recostou na cama, tomou um gole do café e observou a luz do sol entrando pela varanda.

– Pensa só, Thomas. O momento é perfeito. Reeleição, indicações, política, tudo isso. Mas pensa na violência e nos radicais, nos fanáticos, os pró-vida e os que odeiam gays, os arianos e nazistas, pense em todos os grupos capazes de matar, e em todas as ameaças contra a Corte, e é o momento perfeito pra um grupo desconhecido e discreto matar os dois. É mórbido, mas o momento é excelente.

– E que grupo seria esse?

– Vai saber.

– O Underground Army?

– Eles não são exatamente discretos. Eles mataram o juiz Fernandez, no Texas.

– Eles não usam bombas?

– Sim, são especialistas em explosivos plásticos.

– Pode tirá-los da lista.

– Não vou excluir ninguém por enquanto – retrucou Darby se levantando e amarrando novamente o roupão. – Vamos. Eu vou preparar um *bloody mary* pra você.

– Só se você beber comigo.

– Thomas, você é professor, pode cancelar suas aulas se quiser. Eu ainda estou na faculdade e...

– Já entendi.

– Eu não posso faltar mais a nenhuma aula.

– Vou reprovar você em direito constitucional se você não matar aula e ficar bêbada comigo. Eu tenho um livro com os votos do Rosenberg. Vamos ler tudo, saborear uns *bloody marys*, depois tomar um vinho, depois sei lá. Eu já estou com saudades dele.

– Eu tenho aula de processo civil às nove e não posso perder.

– Estou pensando em ligar pro reitor e sugerir que todas as aulas sejam canceladas. Aí você vai beber comigo?

– Não. Vamos, Thomas.

Ele a seguiu pelas escadas até a cozinha, onde estavam o café e a vodca.

6

Com o fone ainda apoiado no ombro, Fletcher Coal apertou outro botão no telefone da mesa do Salão Oval. Três linhas estavam piscando, em espera. Ele andava devagar de um lado para o outro em frente à mesa e ouvia, enquanto examinava um relatório de duas páginas entregue por Horton, do Departamento de Justiça. Ignorava o Presidente, que estava curvado em frente às janelas, segurando um taco de golfe com as mãos enluvadas, o olhar inicialmente fixo na bola amarela, depois cruzando lentamente o tapete azul até o copo de latão a pouco mais de três metros de distância. Coal vociferou alguma coisa ao telefone. O Presidente, que nem sequer ouviu o que ele disse, bateu suavemente na bola e a viu rolar com precisão até o alvo. O copo fez um clique e cuspiu de volta a bola, que rolou um metro para o lado. Só de meias, o Presidente se aproximou da bola seguinte e respirou fundo na direção dela. Era uma bola laranja. Ele a tocou gentilmente, e o objeto rolou direto para o copo. Oito seguidas. Vinte e sete de trinta.

– Era o juiz Runyan – disse Coal, batendo o telefone no gancho. – Ele está muito aborrecido. Gostaria de se encontrar com você hoje à tarde.

– Fala pra ele pegar uma senha.

– Eu disse pra ele estar aqui amanhã às dez. Você tem uma reunião com o Gabinete às dez e meia e outra com o Conselho de Segurança Nacional às onze e meia.

Sem tirar os olhos do tapete, o Presidente segurou o taco com firmeza e analisou a bola seguinte.

– Mal posso esperar. E as pesquisas?

Ele bateu cuidadosamente na bola e a seguiu com o olhar.

– Acabei de falar com o Nellson. Ele já fez duas desde o meio-dia. As informações estão sendo analisadas, mas ele acha que o índice de aprovação vai chegar a algo em torno de 52 ou 53 por cento.

O Presidente ergueu os olhos por um segundo e deu um sorriso, depois voltou para o jogo.

– Estava em quanto na semana passada?

– Em 44. Foi o cardigã sem gravata. Exatamente como eu disse.

– Achei que estávamos em 45 – respondeu enquanto batia em uma bola amarela e a observava rolar perfeitamente até o buraco.

– Você tem razão. Estava em 45.

– É o mais alto em...

– Onze meses. Não tínhamos passado de cinquenta desde o caso do Voo 402 em novembro do ano passado. Esta crise é muito boa, Comandante. As pessoas estão em choque, mas muitas delas estão felizes com a morte do Rosenberg. E o senhor é o gestor dessa crise. Isso é maravilhoso.

Coal apertou um botão que piscava no telefone e o tirou do gancho. Ele bateu o fone de volta sem dizer uma palavra. Ajeitou a gravata e abotoou o paletó.

– São cinco e meia, Comandante. O Voyles e o Gminski estão esperando.

O Presidente bateu na bola e ficou olhando. Ela passou três centímetros à direita, e ele reagiu com uma careta.

– Deixe eles esperarem um pouco. Vamos marcar uma coletiva de imprensa amanhã às nove da manhã. Voyles vai comigo, mas vou fazer com que ele fique de boca calada. Garanta que ele permaneça atrás de mim. Vou dar mais alguns detalhes e responder a algumas perguntas. As emissoras vão transmitir ao vivo, não acha?

– Claro. Boa ideia. Vou tomar as providências.

O Presidente tirou as luvas e as jogou em um canto da sala.

– Mande eles entrarem.

Ele apoiou o taco cuidadosamente contra a parede e calçou os mocassins. Como de costume, havia trocado de roupa seis vezes desde o café da manhã, e agora usava um terno xadrez transpassado, com uma gravata vermelha de bolinhas azul-marinho. Trajes formais. O paletó estava pendurado em um cabideiro ao lado da porta. Ele se sentou à mesa e olhou feio para alguns papéis. Acenou para Voyles e Gminski, mas não se levantou nem fez menção de oferecer um aperto de mão. Eles se sentaram do outro lado da mesa e Coal assumiu sua posição habitual, de pé, como uma sentinela que mal pode esperar o momento de atirar. O Presidente apertou o nariz entre os olhos, como se o estresse daquele dia tivesse lhe causado uma enxaqueca.

– Foi um dia longo, Sr. Presidente – disse Bob Gminski para quebrar o gelo.

Voyles olhou na direção das janelas. Coal assentiu.

– Sim, Bob – respondeu o Presidente. – Um dia bem longo. E eu tenho um grupo de etíopes convidados para o jantar hoje à noite, então vamos ser breves. Vamos começar por você, Bob. Quem matou eles?

– Eu não sei, Sr. Presidente. Mas garanto que nós não tivemos nada a ver com isso.

– Você tem certeza disso, Bob? – perguntou o Presidente, quase suplicante.

Gminski levantou a mão direita com a palma da mão voltada para a frente.

– Sim. Eu juro pela minha mãe, que Deus a tenha.

Coal assentiu presunçosamente, como se acreditasse em Gminski e como se sua aprovação fosse de suma importância.

O Presidente olhou para Voyles, cuja figura atarracada, ainda por cima coberta por um volumoso sobretudo, preenchia a cadeira. O diretor do FBI mascava lentamente um chiclete e olhava para o Presidente com desdém.

– Algum resultado do teste de balística? Autópsias?

– Estão aqui – disse Voyles enquanto abria sua maleta.

– Só me dê as informações. Eu vou ler tudo depois.

– A arma utilizada era de calibre pequeno, provavelmente uma .22. Queimaduras de pólvora indicam que Rosenberg e o enfermeiro foram atingidos à queima-roupa. Em relação ao Ferguson é mais difícil dizer, mas os tiros foram disparados a não mais do que 30 centímetros de distância. Nós não estávamos lá pra ver, percebe? Três balas na cabeça de cada um. Eles coletaram duas do Rosenberg e encontraram a outra no travesseiro. Parece que ele e o enfermeiro estavam dormindo. Mesmo tipo de cápsula, mesma arma, mesmo atirador, evidentemente. Os relatórios completos das autópsias estão sendo elaborados, mas não teve nenhuma surpresa. As causas das mortes são bastante óbvias.

– Impressões digitais?

– Nenhuma. Ainda estamos procurando, mas foi um trabalho muito bem-feito. Parece que ele não deixou nada além das cápsulas e dos corpos.

– Como ele entrou na casa?

– Não há nenhum indício de que alguém tenha entrado. Ferguson revistou o local quando o Rosenberg chegou, por volta das quatro. Procedimento de rotina. Ele apresentou um relatório por escrito duas horas depois, dizendo que tinha inspecionado dois quartos, um banheiro e três armários no andar de cima, e cada um dos cômodos do andar de baixo, e, é claro, não encontrou nada. O relatório diz que ele checou todas as janelas e as portas. De acordo com as instruções de Rosenberg, nossos agentes estavam do lado de fora e eles estimam que a inspeção que Ferguson realizou às quatro levou de três a quatro minutos. Eu suspeito de que o assassino já estava esperando, escondido, quando o juiz voltou e o Ferguson entrou pra inspecionar a casa.

– Por quê? – insistiu Coal.

Os olhos vermelhos de Voyles observavam o Presidente e ignoravam seu guarda-costas.

– Estamos falando de um homem obviamente muito talentoso. Ele matou um juiz da Suprema Corte, talvez dois, e praticamente não deixou rastros. Um matador profissional, eu diria. Entrar na casa não seria um problema para ele. Conseguir se esquivar de uma inspeção feita às pressas pelo Ferguson não seria um problema para ele. Provavelmente ele é muito paciente. Ele não arriscaria entrar na casa quando ela estivesse ocupada e com policiais por perto. Acho que ele entrou em algum momento durante a tarde e esperou, provavelmente em um armário no andar de cima, ou no sótão, talvez. Nós encontramos dois pedaços pequenos do isolante térmico do sótão no chão logo abaixo da escada retrátil que dá acesso a ele; isso é um indício de que ela tinha sido usada recentemente.

– De fato não importa onde ele estava escondido – disse o Presidente. – Ele não foi encontrado.

– Correto. Nós não tínhamos autorização para inspecionar a casa, percebe?

– O que eu percebo é que ele está morto. E o Jensen?

– Ele também está morto. Pescoço quebrado, estrangulado com um pedaço de corda de náilon amarela que pode ser encontrada em qualquer loja de ferragens. Os legistas duvidam de que o pescoço quebrado tenha sido suficiente. Estão quase certos de que foi a corda que o matou. Nenhuma impressão digital. Nenhuma testemunha. Não é o tipo de lugar em que as testemunhas logo se apresentam, então não tenho esperanças de encontrar alguma. Ele morreu por volta de meia-noite e meia. Houve um intervalo de duas horas entre os assassinatos.

O Presidente fez algumas anotações.

– A que horas o Jensen saiu de casa?

– Não sei. Nós fomos relegados ao estacionamento, lembra? Nós o seguimos até em casa por volta das seis da tarde, depois vigiamos o prédio por sete horas até descobrirmos que ele havia sido estrangulado em um cinema gay. Estávamos seguindo as exigências dele, é claro. Ele deu um jeito de sair do prédio no carro de um amigo. Estava estacionado a duas quadras do cinema.

Coal deu dois passos para a frente com as mãos entrelaçadas às costas.

– Você acha que uma única pessoa cometeu os dois assassinatos?

– Como eu vou saber? Os corpos nem esfriaram ainda. Por que vocês não dão um tempo pra gente? Temos pouquíssimas pistas até o momento. Sem testemunhas, sem impressões digitais e sem falhas, vai levar um tempo para entender o que aconteceu. Pode ter sido o mesmo cara, não sei. É muito cedo pra dizer.

– Com certeza você tem algum palpite – comentou o Presidente.

Voyles fez uma pausa e olhou na direção das janelas.

– Pode ter sido o mesmo cara, mas ele deve ser o super--homem. Provavelmente foram dois ou três homens, mas, independentemente disso, eles precisaram de muita ajuda. Alguém passou muitas informações a eles.

– Por exemplo?

– Por exemplo, quantas vezes Jensen vai ao cinema, onde ele

se senta, a que horas ele chega lá, se vai sozinho, se costuma se encontrar com algum amigo. Informações que nós não tínhamos, obviamente. No caso do Rosenberg, com certeza a pessoa sabia que a casa dele não tinha sistema de segurança, que nossos agentes eram mantidos do lado de fora, que o Ferguson chegava às dez, saía às seis, e tinha que passar a noite sentado no quintal, que...

– Vocês sabiam de tudo isso – interrompeu o Presidente.

– Claro que nós sabíamos. Mas eu garanto que não compartilhamos nada disso com ninguém.

O Presidente lançou um rápido olhar conspiratório na direção de Coal, que coçava o queixo, pensativo.

Voyles chegou para a frente na cadeira e sorriu para Gminski, como se dissesse: "Vamos fazer o jogo deles."

– Você está insinuando que houve uma conspiração – disse Coal, perspicaz, arqueando as sobrancelhas.

– Eu não estou insinuando merda nenhuma. Estou dizendo a você, Sr. Coal, e a você, Sr. Presidente, que, sim, de fato, um grande número de pessoas conspirou para matá-los. Pode haver apenas um assassino, ou dois, mas eles receberam muita ajuda. Foi tudo muito rápido, bem organizado e bem executado.

Coal parecia satisfeito. Ele se endireitou e novamente entrelaçou as mãos às costas.

– Então quem são os conspiradores? – perguntou o Presidente. – Quem são seus suspeitos?

Voyles respirou fundo e pareceu se acomodar na cadeira. Ele fechou a maleta e a colocou a seus pés.

– Não temos um principal suspeito no momento, só alguns palpites. E isso deve ser mantido em absoluto sigilo.

Coal deu um passo à frente.

– É claro que é confidencial – retrucou. – Você está no Salão Oval.

– E eu já estive aqui várias vezes. Na verdade, eu estava aqui quando você estava correndo pela casa de fralda cheia, Sr. Coal. As coisas sempre acabam vazando.

– Pelo visto você entende de vazamentos – disse Coal.

– É confidencial, Denton – anunciou o Presidente erguendo a mão. – Você tem minha palavra.

Coal deu um passo para trás.

Voyles observava o Presidente.

– A Corte retomou as atividades na segunda-feira, como vocês sabem, e os maníacos estão na cidade há alguns dias. Nas últimas duas semanas, monitoramos várias atividades. Sabemos de pelo menos onze membros do Underground Army que passaram pela região de Washington na última semana. Interrogamos alguns deles hoje e os liberamos. Sabemos que o grupo tem capacidade e desejo suficientes pra fazer algo do tipo. É nossa maior aposta, por enquanto. Amanhã pode mudar.

Nada daquilo era novidade para Coal. O Underground Army estava na lista de todo mundo.

– Já ouvi falar deles – disse o Presidente, demonstrando absoluta boçalidade.

– Ah, sim. Eles estão se tornando bastante conhecidos. Acreditamos que eles mataram um juiz no Texas. Mas não podemos provar. Eles são muito habilidosos com explosivos. Suspeitamos de que eles tenham agido em pelo menos cem atentados a clínicas de aborto, escritórios da ACLU, cinemas pornôs e boates gays no país inteiro. Eles são pessoas que com certeza odiariam Rosenberg e Jensen.

– Algum outro suspeito? – perguntou Coal.

– Existe um grupo ariano chamado White Resistance que estamos monitorando há dois anos. Eles atuam a partir de Idaho e do Oregon. O líder fez um discurso na Virgínia Ocidental na semana passada e está por aqui há alguns dias. Foi visto segunda-feira na manifestação em frente à Suprema Corte. Vamos tentar falar com ele amanhã.

– Mas essas pessoas são matadores profissionais? – perguntou Coal.

– Eles não se expõem, percebe? Duvido de que algum grupo

tenha de fato dado cabo das mortes. Eles só contrataram os assassinos e passaram as informações.

– Então, quem são os assassinos? – perguntou o Presidente.
– Honestamente, pode ser que a gente nunca descubra.

O Presidente se levantou e esticou as pernas. Outro dia difícil de trabalho. Ele sorriu para Voyles do outro lado da mesa.

– Você tem uma tarefa difícil – disse ele com a voz de avô, cheia de ternura e compreensão. – Não queria estar na sua pele. Se possível, eu gostaria de ver um relatório de duas páginas, datilografado em espaço duplo, às cinco da tarde todos os dias, sete dias por semana, sobre o andamento da investigação. Se qualquer coisa acontecer, espero que você me ligue imediatamente.

Voyles assentiu, mas não disse nada.

– Vai ter uma coletiva de imprensa às nove da manhã. Gostaria que você estivesse aqui.

Voyles assentiu, mas, novamente, não disse nada. Alguns segundos se passaram e ninguém abriu a boca. Voyles se levantou ruidosamente e amarrou a faixa do sobretudo.

– Bem, nós já vamos. Você tem os etíopes e tudo mais.

Ele entregou os relatórios de balística e das autópsias para Coal, sabendo que o Presidente jamais os leria.

– Obrigado por virem, senhores – disse o Presidente calorosamente.

Coal fechou a porta depois que eles saíram e o Presidente pegou o taco de golfe.

– Não vou jantar com os etíopes – disse ele, olhando para o tapete e para uma bola amarela.

– Eu sei. Já enviei a eles um pedido de desculpas. Este é um grande momento de crise, Sr. Presidente, e o que se espera é que o senhor esteja aqui nesta sala, cercado por seus conselheiros, trabalhando duro.

Ele bateu na bola e ela rolou perfeitamente até o copo.

– Quero falar com o Horton. Essas indicações precisam ser perfeitas.

– Ele enviou uma lista com dez nomes. Parece muito bom.

– Quero jovens brancos conservadores que se opõem ao aborto, à pornografia, aos homossexuais, ao controle de armas, às cotas raciais, toda essa merda.

Ele errou uma tacada e deu um chute no ar para tirar os mocassins.

– Quero juízes que odeiem drogas e criminosos, e que sejam a favor da pena de morte. Entendido?

Coal estava ao telefone, apertando teclas e assentindo para seu chefe. Ele selecionaria os indicados, depois convenceria o Presidente.

K. O. LEWIS e o diretor do FBI entraram no banco de trás do carro, que deixou a Casa Branca e se arrastava em meio ao trânsito conturbado da hora do rush. Voyles não tinha nada a dizer. Até aquele momento, nas primeiras horas após a tragédia, a imprensa tinha sido feroz. Os urubus estavam à espreita. Nada menos que três subcomitês do Congresso já haviam anunciado que realizariam audiências e investigações a respeito dos assassinatos. E os corpos ainda nem tinham esfriado. Os políticos estavam desnorteados, brigando por um lugar ao sol. Declarações absurdas abriam espaço para outras ainda piores. O senador Larkin, de Ohio, odiava Voyles, e Voyles odiava o senador Larkin, de Ohio, e o senador convocara uma coletiva de imprensa três horas antes e anunciara que o subcomitê pelo qual era responsável começaria imediatamente a investigar o esquema de segurança do FBI em relação aos dois juízes mortos. Mas Larkin tinha uma namorada, uma moça bastante jovem, e o FBI tinha em mãos algumas fotografias, então Voyles estava certo de que a investigação poderia tranquilamente ser adiada.

– Como está o Presidente? – perguntou Lewis.

– Qual deles?

– Não Coal. O outro.

– Está ótimo, muito bem mesmo. Mas terrivelmente abalado com a morte do Rosenberg – respondeu Voyles com ironia.

– Imagino.

Eles seguiram em silêncio na direção do Hoover Building. Seria uma noite longa.

– Temos um novo suspeito – disse Lewis, por fim.
– Quem?
– Um cara chamado Nelson Muncie.

Voyles balançou a cabeça lentamente.

– Nunca ouvi falar.
– Nem eu. É uma longa história.
– Então resuma.
– O Muncie é um industrial muito rico da Flórida. Dezesseis anos atrás, a sobrinha dele foi estuprada e morta por um cara afro-americano chamado Buck Tyrone. A menina tinha 12 anos. Os dois crimes foram cometidos com requintes extremos de crueldade. Vou te poupar dos detalhes. O Muncie não tem filhos e adorava a sobrinha. O Tyrone foi julgado em Orlando e condenado à pena de morte. Ele estava sob um regime de alta segurança, porque tinha recebido várias ameaças. Uns judeus de um escritório em Nova York deram entrada em todos os tipos de recursos possíveis, e em 1984 o caso chegou à Suprema Corte. Adivinha só: o Rosenberg se apaixona pelo Tyrone e inventa um argumento ridículo com base na Quinta Emenda, alegando que houve autoincriminação, pra excluir uma confissão que o marginal deu uma semana depois de ter sido preso. Uma confissão de oito páginas que o próprio Tyrone escreveu. Sem a confissão, não tinha caso. O Rosenberg foi o relator do voto a favor do Tyrone que, por cinco a quatro, anulou a sentença. Uma decisão extremamente controversa. Tyrone foi solto. Daí, dois anos depois, ele desapareceu e nunca mais foi visto. Havia um boato de que o Muncie tinha pagado pra castrarem e esquartejarem o Tyrone, e depois jogarem o corpo no mar. De acordo com autoridades da Flórida, era só um boato. Então, em 1989, o principal advogado de Tyrone no caso, um homem chamado Kaplan, foi morto a tiros por um cara que

parecia um assaltante ou coisa do tipo, na porta do prédio onde ele morava em Manhattan. Uma baita coincidência.

– Quem te passou essa informação?

– Me ligaram da Flórida duas horas atrás. Eles estão convencidos de que o Muncie pagou uma montanha de dinheiro para apagarem o Tyrone e o advogado dele. Eles só não podem provar isso. Eles têm um informante anônimo, um tanto relutante, que diz que conhece o Muncie e conta algumas coisas. Ele diz que há anos o Muncie fala sobre apagar o Rosenberg. Acham que ele deu uma pirada depois que a sobrinha foi assassinada.

– Quanto dinheiro ele tem?

– Bastante. Milhões. Ninguém sabe direito. Ele é muito reservado. O pessoal na Flórida está convencido de que ele seria capaz de fazer isso.

– Vamos averiguar. Parece promissor.

– Vou pegar nisso hoje à noite. Você tem certeza de que quer trezentos agentes nesse caso?

Voyles acendeu um charuto e abriu a janela.

– Sim, talvez quatrocentos. Precisamos descobrir alguma coisa antes que a imprensa coma a gente vivo.

– Não vai ser nada fácil. Os caras não deixaram nada pra trás além das cápsulas e da corda.

Voyles soprou a fumaça pela janela.

– Eu sei. É quase perfeito demais.

7

O presidente da Corte estava sentado à sua mesa com os ombros curvados, o nó da gravata frouxo e o olhar exausto. Espalhados pela sala, três juízes e meia dúzia de assessores conversavam em voz baixa. O estado de choque e o cansaço eram evidentes. Jason Kline, assessor principal de Rosenberg, parecia particularmente abatido. Ele estava sentado em um pequeno sofá e olhava fixamente para o chão enquanto o juiz Archibald Manning, agora o mais antigo da Corte, falava de burocracias e funerais. A mãe de Jensen queria um velório na igreja Episcopal de Providence, para poucas pessoas, na sexta-feira. O filho de Rosenberg, um advogado, havia entregado a Runyan uma lista de instruções, elaborada pelo juiz depois que ele teve o segundo derrame, segundo a qual deveria ser cremado, após a realização de um velório sem honras militares, e suas cinzas jogadas sobre a reserva indígena Sioux, na Dakota do Sul. Embora fosse judeu, Rosenberg havia abandonado a religião e afirmava ser agnóstico. Queria ser enterrado com os índios. Runyan achava que aquilo era bastante apropriado, mas não disse nada. No salão externo, seis agentes do FBI tomavam café e cochichavam freneticamente. Novas ameaças haviam sido feitas ao longo do dia, várias delas tendo chegado poucas horas depois do discurso do Presidente realizado no início da manhã. Já era noite, estava quase na hora de os juízes restantes serem escoltados para casa. Cada um tinha quatro agentes como guarda-costas.

O juiz Andrew McDowell, de 61 anos, agora o membro mais novo do tribunal, estava parado diante da janela, fumando seu cachimbo e observando o trânsito. Se Jensen tinha um amigo na Corte, esse amigo era McDowell. Fletcher Coal informara a Runyan que o Presidente não só iria ao velório de Jensen, como gostaria de proferir um discurso. Ninguém no salão interno queria que o Presidente dissesse nem uma palavra sequer. O presidente da Corte pediu a McDowell que se encarregasse de escrever algo. Um homem tímido, que não gostava de falar em público, McDowell deu um nó em sua gravata borboleta e tentou imaginar seu amigo naquele mezanino com uma corda em volta do pescoço. Era horrível demais pensar naquilo. Um juiz da Suprema Corte, um de seus distintos companheiros, um dos nove, se escondendo em um lugar como aquele, assistindo àquele tipo de filmes e sendo exposto de maneira tão medonha. Que situação mais lamentável. Ele imaginou a si mesmo na igreja diante da multidão, olhando para a mãe e para a família de Jensen, sabendo que todos os pensamentos vão estar voltados para o Montrose Theatre. As pessoas vão estar perguntando umas às outras, aos cochichos: "Você sabia que ele era gay?" McDowell, por exemplo, não sabia, nem sequer suspeitava. Tampouco queria falar qualquer coisa no funeral.

O juiz Ben Thurow, de 68 anos, estava bem mais preocupado em capturar os assassinos do que em enterrar os mortos. Ele tinha sido procurador federal em Minnesota e defendia uma teoria que separava os suspeitos em duas classes: aqueles que agiam por ódio e vingança e os que visavam influenciar futuras decisões. Havia instruído seus assessores a começarem a pesquisa.

Thurow estava andando de um lado para outro da sala.

– Nós temos 27 assessores e sete juízes – disse ele ao grupo, sem se dirigir a ninguém em particular. – É óbvio que não vamos conseguir fazer muita coisa nas próximas duas semanas, e todas as decisões por vir devem esperar até termos a Corte completa. Isso pode levar meses. Sugiro que nossos assessores se dediquem a tentar resolver os assassinatos.

– Nós não somos policiais – respondeu Manning pacientemente.

– Será que a gente pode pelo menos esperar até depois dos enterros antes de começar a brincar de Dick Tracy? – perguntou McDowell sem tirar os olhos da janela.

Thurow os ignorou, como de costume.

– Eu vou comandar a pesquisa. Vocês me emprestam seus assessores por duas semanas, e acho que conseguimos montar uma lista concisa e sólida de suspeitos.

– O FBI é muito competente, Ben – disse o presidente da Corte. – Eles não pediram a nossa ajuda.

– Prefiro não falar sobre o FBI – retrucou Thurow. – A gente pode ficar aqui de luto por duas semanas, ou pode meter a mão na massa e encontrar esses desgraçados.

– O que faz você ter tanta certeza de que vai conseguir resolver isso? – perguntou Manning.

– Não tenho certeza de que vou conseguir, mas acho que vale a pena tentar. Nossos companheiros foram mortos por algum motivo, e esse motivo está diretamente relacionado a um caso ou a uma questão já decidida pela Corte ou que ainda está aguardando julgamento. Se for alguma retaliação, então nossa tarefa é praticamente impossível. Diabos, todo mundo odeia a gente por um motivo ou outro. Mas se os crimes não foram por vingança ou ódio, então talvez alguém queira uma Corte diferente pra alguma decisão futura. Isso é que é intrigante. Quem mataria o Abe e o Glenn por conta de como eles votariam em um caso este ano, no ano que vem ou daqui a cinco anos? Quero que os assessores levantem todos os casos em trâmite nos onze Circuitos da Justiça Federal.

O juiz McDowell balançou a cabeça.

– Por favor, Ben. Isso dá mais de cinco mil casos, e só uma pequena parte deles vai acabar chegando aqui. É como procurar uma agulha em um palheiro.

Manning estava igualmente indiferente.

– Companheiros, um momento. Eu servi com Abe Rosenberg durante 31 anos, e muitas vezes cogitei atirar nele eu mesmo. Mas eu o amava como se fosse um irmão. Nos anos 1960 e 1970, as convicções liberais dele eram aceitas, mas acabaram caducando nos anos 1980 e agora nos 1990 não passam de ideais velhos e amargurados. Ele se tornou um símbolo de tudo o que está errado nesse país. Ele foi morto, acredito eu, por algum desses grupos de ódio radicais de direita, e a gente pode ficar aqui pesquisando esses casos *ad eternum* que não vai encontrar nada. Foi retaliação, Ben. Pura e simples.

– E o Glenn? – perguntou Thurow.

– Bem, não há dúvidas de que nosso amigo tinha tendências

um tanto extravagantes. Essa informação deve ter circulado, e ele era um alvo fácil pra grupos desse tipo. Eles odeiam homossexuais, Ben.

Ben não parava de andar de um lado para o outro nem de ignorar o que acontecia ao seu redor.

— Eles odeiam todos nós, e se esse ódio foi o que motivou os assassinatos, a polícia vai chegar até eles. Talvez. Mas e se a intenção era manipular a Corte de alguma maneira? E se algum grupo tirou proveito desse momento de violência e agitação pra eliminar dois de nós e tentar realinhar a Corte? Eu acho isso bastante possível.

Runyan pigarreou e disse:

— Já eu acho que não temos que fazer nada até o enterro e a cremação. Não estou me opondo, Ben, só espere alguns dias. Deixe a poeira baixar. Todos nós ainda estamos em choque.

Thurow pediu licença e se retirou. Seus guarda-costas o seguiram pelo corredor.

O juiz Manning se levantou com o auxílio de sua bengala e se dirigiu a Runyan:

— Eu não vou conseguir ir a Providence. Odeio andar de avião e odeio velórios. Muito em breve será o meu e eu não gosto de ser lembrado disso. Vou transmitir minhas condolências à família. Quando você encontrar com eles, por favor, peça desculpas por mim. Eu estou muito velho — completou, antes de deixar a sala junto com um assessor.

— O argumento do juiz Thurow é válido — disse Jason Kline. — Nós precisamos revisar pelo menos os casos que estão tramitando e os que provavelmente vão subir de instâncias inferiores. É um tiro no escuro, mas a gente pode acabar esbarrando em alguma coisa.

— Eu concordo — respondeu Runyan. — É só um pouco prematuro, não acha?

— Sim, mas eu gostaria de começar logo, mesmo assim.

— Não. Espere até segunda-feira e vou designar você pro gabinete do Thurow.

Kline deu de ombros e pediu licença para se retirar. Dois assessores o seguiram até o gabinete de Rosenberg, onde se sentaram na penumbra e esvaziaram a última garrafa de conhaque de Abe.

DIANTE DE UMA mesa de estudos bagunçada no quinto andar da biblioteca de direito, entre as estantes repletas de livros pesados e pouco consultados, Darby Shaw analisava uma folha impressa com a lista de casos que estavam tramitando na Suprema Corte. Ela passou os olhos no documento duas vezes e, embora os julgamentos estivessem sendo bastante polêmicos, não encontrou nada que a interessasse. O caso *Dumond* estava causando confusão. Havia um caso de pornografia infantil de Nova Jersey, um de sodomia em Kentucky, uma dezena de recursos a condenações à pena de morte, outra de casos variados relacionados a direitos fundamentais e alguns outros, já de rotina, referentes a questões tributárias, antitruste, de zoneamento e de disputas de terras indígenas. Do computador, ela extraiu resumos deles e leu duas vezes cada um. Compilou uma lista de possíveis suspeitos, mas eles seriam óbvios para qualquer pessoa. A lista acabou indo parar no lixo.

Callahan tinha certeza de que tinham sido os arianos, os nazistas ou os membros da Klan; algum grupo facilmente identificável de terroristas domésticos; algum grupo radical de justiceiros. Não restava a menor dúvida de que eram de direita; isso era muito óbvio, ele pressentia. Darby não tinha tanta certeza. Isso seria óbvio demais. Eles tinham feito ameaças demais, jogado pedras demais, feito manifestações e discursos demais. Precisavam de Rosenberg vivo, porque o juiz era um alvo irresistível para o ódio que sentiam. Rosenberg mantinha o ódio deles ativo. Ela achava que se tratava de alguém muito mais perigoso.

Ele estava sentado em um bar na Canal Street, já bêbado, esperando por Darby, embora ela não tivesse prometido encontrá-lo. Na hora do almoço ela tinha ido ver como ele estava e o encontrara na varanda do andar de cima, bêbado, lendo o livro com os votos de Rosenberg. Ele decidira cancelar as aulas de direito constitucional por uma semana; disse que talvez não fosse mais capaz de lecionar essa disciplina agora que seu herói estava morto. Ela disse para ele ficar sóbrio e foi embora.

Poucos minutos depois das dez, ela foi até a sala de computadores no quarto andar da biblioteca e se sentou diante de um monitor. A sala estava vazia. Digitou no teclado, encontrou o que queria, e logo a impressora estava cuspindo páginas e mais páginas com os recursos que estavam tramitando nas Cortes de Apelação dos onze Circuitos da Justiça Federal em todo o país. Uma hora depois, a impressora parou, e Darby agora tinha em mãos um calhamaço de quinze centímetros de espessura com o resumo dos casos. Ela voltou e o colocou na mesa de estudos toda bagunçada. Já passava das onze, e o quinto andar estava deserto. Uma janela estreita dava para um estacionamento e para algumas árvores, uma vista nada inspiradora.

Ela tirou os sapatos novamente e examinou o esmalte vermelho nas unhas dos pés. Deu um gole em uma soda quente e olhou fixamente para o estacionamento. A primeira suposição foi fácil: os assassinatos tinham sido cometidos pelo mesmo grupo, pelas mesmas razões. Se não fosse isso, então sua busca era infundada. A segunda foi mais difícil: os crimes não tinham sido motivados por ódio ou vingança, mas foram na verdade uma tentativa de manipulação. Havia algum caso ou conflito a caminho da Suprema Corte, e alguém queria juízes diferentes na tribuna. A terceira suposição foi um pouco mais fácil: esse caso ou conflito envolvia muito dinheiro.

A resposta não seria encontrada nos papéis que Darby tinha à sua frente. Ela os folheou até a meia-noite e foi embora quando a biblioteca fechou.

8

Na quinta-feira à tarde, uma secretária carregava um saco grande cheio de manchas de gordura, contendo sanduíches e anéis de cebola fritos, até uma sala de conferências úmida no quinto andar do Hoover Building. No centro do salão quadrado havia uma mesa de mogno, com vinte cadeiras de cada lado, ocupadas por agentes do FBI vindos do país inteiro. Os nós de todas as gravatas estavam frouxos e todas as mangas, arregaçadas. Uma fina nuvem de fumaça azul pairava em torno do lustre barato que pendia um metro e meio acima da mesa.

O diretor Voyles estava falando. Cansado e irritado, ele fumava o quarto charuto da manhã e caminhava devagar em frente à tela, em uma das cabeceiras da mesa. Metade dos homens estava ouvindo. A outra metade tinha pegado um relatório de uma pilha no centro da mesa e lia sobre as autópsias, a perícia realizada na corda de náilon, Nelson Muncie e alguns outros assuntos pesquisados superficialmente. Os relatórios eram um tanto finos.

Ouvindo e lendo com atenção estava o agente especial Eric East, um excelente investigador que estava no FBI havia apenas dez anos. Seis horas antes, Voyles o escolhera para comandar as investigações. O restante da equipe havia sido selecionado ao longo da manhã, e o objetivo daquela reunião era organizar os trabalhos.

Para East, nada do que Voyles estava dizendo era novidade. A investigação poderia levar semanas, talvez meses. Não havia outras provas além de nove cápsulas de bala, da corda e da barra de aço usadas no torniquete. Os vizinhos de Rosenberg não tinham visto nada; não havia ninguém que pudesse ser considerado propriamente suspeito no Montrose. Nenhuma impressão digital. Nenhum fio de cabelo. Nada. É necessário um talento considerável para matar com tanta precisão, e é necessário muito dinheiro para contratar alguém tão talentoso assim. Voyles não estava confiante em encontrar os executores. Eles precisavam se concentrar em descobrir os mandantes.

Voyles falava entre baforadas no charuto:

– Temos um relatório aqui na mesa sobre um tal de Nelson Muncie, um milionário de Jacksonville, na Flórida, que teria feito ameaças ao Rosenberg. As autoridades da Flórida estão convencidas de que o Muncie pagou uma montanha de dinheiro pra matarem um estuprador e o advogado dele. O relatório fala sobre isso. Dois agentes nossos conversaram com o advogado do Muncie hoje de manhã e foram recebidos com bastante hostilidade. Ele informou que o Muncie está fora do país, e é claro que não faz ideia de quando seu cliente vai voltar. Já designei vinte homens para investigá-lo.

Voyles reacendeu o charuto e olhou para uma folha de papel sobre a mesa.

– O número quatro é um grupo chamado White Resistance, um pequeno grupo de comandos de meia-idade que estamos vigiando há cerca de três anos. Está no relatório. Não são fortes candidatos, na verdade. Eles preferem lançar bombas incendiárias e queimar cruzes. Não têm muito requinte. E, o que é ainda mais importante, não têm muito dinheiro. Duvido seriamente de que eles consigam contratar assassinos tão habilidosos quanto esses. Mas designei mais vinte homens pra ficar na cola deles, de qualquer maneira.

East desembrulhou um sanduíche bem recheado, o cheirou, mas decidiu deixá-lo para lá. Os anéis de cebola estavam frios. Ele tinha perdido o apetite. Continuou a ouvir e a fazer anotações. O número seis da lista era um pouco incomum. Um cara perturbado chamado Clinton Lane declarara guerra aos homossexuais. Seu filho único havia abandonado a fazenda da família em Iowa e ido para São Francisco a fim de vivenciar sua homossexualidade sem restrições, mas acabou morrendo muito cedo em decorrência do HIV. Lane enlouqueceu e incendiou o escritório da Coalizão Gay em Des Moines. Ele foi preso e condenado a quatro anos, mas escapou da prisão em 1989 e estava foragido. De acordo com o relatório, ele montou uma gigantesca operação de contrabando de cocaína e ganhou milhões de dólares. E usava o dinheiro em sua própria guerra particular contra gays e lésbicas. O FBI vinha tentando capturá-lo havia cinco anos, mas acreditava-se que ele coordenava as operações a partir do México. Por anos ele escreveu mensagens de ódio ao Congresso, à Suprema Corte, ao Presidente. Voyles não estava convencido de que Lane era um possível suspeito. Ele era um maluco que estava em um ponto bem fora da curva, mas nenhuma hipótese seria descartada. Designou apenas seis agentes para essa investigação.

Havia dez nomes na lista. Entre seis e vinte dos melhores agentes especiais foram designados para cada suspeito. Foi escolhido um líder para cada unidade. Eles deveriam se reportar duas vezes ao dia a East, que se encontraria com Voyles todas as manhãs e todas as tardes. Uma centena ou mais de agentes vasculhariam as ruas e o interior da cidade em busca de pistas.

Voyles falou sobre discrição. A imprensa estaria em seu encalço como cães de caça, então a investigação deveria correr em absoluto sigilo. Apenas ele, o diretor, falaria com a imprensa, e teria muito pouco a dizer.

Ele se sentou e K. O. Lewis fez um monólogo desconexo sobre segurança, os funerais e um pedido de Runyan, presidente da Suprema Corte, para ajudar na investigação.

Eric East tomou um gole do café frio e ficou olhando a lista.

EM TRINTA E quatro anos, Abraham Rosenberg escreveu nada menos do que 1.200 votos. Sua produção foi fonte de admiração constante para os estudiosos do direito constitucional. Em algumas ocasiões ele ignorou os entediantes casos antitruste e os recursos de ordem tributária, mas se a questão mostrasse o menor indício de controvérsia de fato, ele mergulhava de cabeça. Escreveu votos majoritários, votos concorrentes com a maioria, votos concorrentes com a divergência, e muitos, muitos votos divergentes. Muitas vezes ele era o único a divergir. Rosenberg havia se posicionado, de um jeito ou de outro, em todos os casos polêmicos daqueles 34 anos. Os estudiosos e os críticos o amavam. Foram publicados livros, ensaios e opiniões sobre ele e seu trabalho. Darby tinha uma compilação de seus votos, organizada em cinco volumes de capa dura, com notas editoriais e comentários. Um dos livros continha apenas suas divergências mais emblemáticas.

Ela matou aula na quinta-feira e montou acampamento na mesa de estudos no quinto andar da biblioteca. As folhas impressas no outro dia estavam espalhadas cuidadosamente pelo chão. Os livros de Rosenberg estavam abertos, sublinhados e empilhados uns sobre os outros.

Havia um motivo para os assassinatos. Vingança e ódio seriam plausíveis apenas no caso de Rosenberg. Mas, ao se acrescentar Jensen à equação, isso não fazia sentido algum. É claro que era possível não gostar dele, mas ele não havia despertado ódio nas pessoas, como Yount ou até mesmo Manning.

Ela não conseguiu encontrar nenhum livro com críticas aos posicionamentos do juiz Glenn Jensen. Em seis anos, ele havia escrito apenas 28 votos majoritários, o pior desempenho da Corte. Escrevera alguns votos divergentes e seguira alguns dos concorrentes, mas sua produtividade era extremamente baixa. Ora sua escrita era clara e transparente, ora desarticulada e patética.

Ela estudou os votos de Jensen. Sua ideologia oscilava radicalmente de um ano para outro. Em geral ele era consistente em sua defesa dos direitos dos réus em ações penais, mas havia exceções suficientes para deixar qualquer estudioso boquiaberto. Em sete casos, ele votou cinco vezes a favor dos indígenas. Havia escrito três votos majoritários categoricamente em defesa do meio ambiente. Apoiou os militantes anti-impostos em quase todas as ocasiões.

Mas não havia nenhuma pista. Jensen era inconstante demais para ser levado a sério. Comparado aos outros oito, ele era inofensivo.

Darby terminou outra soda morna e por um momento deixou de lado suas anotações sobre Jensen. Seu relógio de pulso estava escondido em uma gaveta. Ela não fazia ideia de que horas eram. Callahan tinha conseguido ficar sóbrio e queria sair para jantar no Mr. B's, no French Quarter. Precisava ligar para ele.

DICK MABRY, O redator de discursos da Casa Branca capaz de fazer milagres com as palavras, se sentou em uma cadeira ao lado da mesa do Presidente e ficou observando ele e Fletcher Coal lerem o terceiro rascunho de um discurso escrito para o funeral do juiz Jensen. Coal rejeitou os dois primeiros, e Mabry ainda não estava seguro em relação ao que eles queriam. Coal sugeria uma coisa. O Presidente queria outra. Mais cedo, Coal havia ligado para ele e lhe dito para esquecer o discurso, pois o Presidente não iria ao velório. Depois o Presidente ligou e pediu que ele escrevesse alguma coisa, porque Jensen era seu amigo.

Mabry sabia que Jensen não era amigo do Presidente, mas sim um juiz que havia sido assassinado recentemente e que teria um velório de altíssima visibilidade.

Então Coal ligou e disse que eles não tinham certeza se o Presidente iria ou não, mas que deveriam escrever algo para o caso de ele comparecer. A sala de Mabry ficava no Old Executive Office Building, ao lado da Casa Branca, e ao longo do dia pequenas apostas haviam sido feitas sobre se o Presidente iria ao velório de um juiz homossexual. A maioria, três contra um, apostou que ele não iria.

– Agora está bem melhor, Dick – disse Coal, dobrando o papel.

– Eu também gostei – comentou o Presidente.

Mabry havia reparado que o Presidente geralmente esperava a aprovação ou não de Coal em relação aos seus discursos para então se posicionar.

– Eu posso fazer outro – disse Mabry, levantando-se da cadeira.

– Não, não – insistiu Coal. – Esse tem o tom certo. Muito comovente. Eu gosto.

Então acompanhou Mabry até a porta e a fechou assim que ele saiu.

– O que você acha? – perguntou o Presidente.

– Vamos cancelar. Estou com um mau pressentimento. Seria ótimo alguma publicidade, mas você estaria pronunciando essas belas palavras para um corpo encontrado em um cinema pornô gay. É arriscado demais.

– Sim. Eu acho que você está...

– Essa crise é nossa, Comandante. Os índices de aprovação continuam subindo e eu simplesmente prefiro não arriscar.

– Não seria melhor mandar alguém?

– Claro. Que tal o vice-presidente?

– Onde ele está?

– Voltando da Guatemala. Chega hoje à noite. – Coal de repente sorriu para si mesmo. – É o tipo de trabalho pra gente deixar pro vice-presidente. Um funeral gay.

– Perfeito – disse o Presidente, dando uma risadinha.

Coal parou de sorrir e começou a andar de um lado para o outro em frente à mesa.

– Um pequeno problema. O velório do Rosenberg é sábado, a apenas oito quarteirões daqui.

– Eu prefiro passar um dia no inferno.

– Eu sei. Mas sua ausência ficaria muito evidente.

– Eu poderia dar entrada no hospital com espasmos nas costas. Já funcionou antes.

– Não, Comandante. A reeleição é ano que vem. Você precisa ficar bem longe de hospitais.

O Presidente bateu com as mãos no tampo da mesa e se levantou.

– Droga, Fletcher! Eu não posso ir ao velório dele porque não vou conseguir segurar o riso. Ele era odiado por noventa por cento da população. As pessoas vão me amar se eu não for.

– Protocolo, Comandante. Bons modos. Você vai ser queimado pela imprensa se não for. Olha, não vai doer, ok? Não precisa dizer nem uma palavra. Basta entrar e sair, parecer triste de verdade e dar um jeito de as câmeras pegarem você de um bom ângulo. Não vai levar nem uma hora.

O Presidente pegou o taco de golfe e estava curvado diante de uma bola laranja.

– Então eu vou ter que ir ao do Jensen.
– Exatamente. Mas deixa o discurso pra lá.
Ele bateu na bola.
– Eu só o vi duas vezes na vida.
– Eu sei. Vamos tranquilamente comparecer aos dois velórios, não dizer nada e depois sumir.
Ele bateu na bola novamente.
– Acho que você tem razão.

9

Thomas Callahan dormiu até tarde. Ele foi para a cama cedo, sóbrio e sozinho. Cancelou as aulas pelo terceiro dia consecutivo. Era uma sexta-feira, o velório de Rosenberg seria no dia seguinte e, por respeito a seu ídolo, Callahan não daria aulas de direito constitucional até que o juiz finalmente descansasse em paz.

Ele passou o café e se sentou na varanda de roupão. A temperatura estava por volta dos 15 graus, a primeira frente fria do outono, e lá embaixo a Dauphine Street fervilhava de gente para lá e para cá. Ele cumprimentou uma senhora na varanda do prédio em frente, embora não soubesse o nome dela. A Bourbon Street ficava a apenas um quarteirão de distância, e os turistas já estavam nas ruas com seus mapas e suas câmeras. O nascer do sol passava despercebido no French Quarter, mas por volta das dez as ruas estreitas já estavam tomadas por caminhões de entrega e táxis.

Dias como aquele, em que acordava tarde – e que não eram poucos –, lembravam Callahan da importância de sua liberdade. Fazia vinte anos que ele havia se formado, e a maioria de seus colegas da faculdade de direito passava setenta horas por semana enfurnados dentro de um escritório, submetidos a uma pressão constante. Suportou apenas dois anos na advocacia. Um gigante de Washington, com duzentos advogados, o contratou assim que ele saiu da Georgetown e o meteu em uma baia minúscula escrevendo petições pelos primeiros seis meses. Depois, foi inserido em uma linha de montagem, respondendo a questionários doze horas por dia e dando entrada em mais de dezesseis processos por semana. Haviam lhe dito que, se conseguisse fazer em dez anos o que em tese levaria vinte, existia a possibilidade de ele se tornar sócio aos 35 anos, já exaurido.

Callahan queria passar dos 50, por isso abandonou aquela vida sacal de exercer a advocacia. Fez mestrado em direito e se tornou professor. Dormia até tarde, trabalhava cinco horas por dia, escrevia um artigo aqui e outro ali, e na maior parte do tempo estava se divertindo. Sem família para sustentar, seu salário de quase seis mil dólares por mês era mais do que suficiente para pagar por seu chalé de dois andares, seu Porsche e sua bebida. Se a morte chegasse cedo, seria por conta do uísque, não do trabalho.

Ele teve que abrir mão de algumas coisas. Muitos de seus amigos da faculdade de direito eram sócios de grandes escritórios, com papel timbrado elegante e rendimentos de meio milhão de dólares. Participavam de reuniões com os CEOs da IBM, da Texaco e da State Farm. Socializavam com senadores. Tinham escritórios em Tóquio e Londres. Mas Callahan não os invejava.

Um de seus melhores amigos dos tempos de faculdade era Gavin Verheek, que tinha abandonado a advocacia para trabalhar para o governo. Ele primeiro foi para a divisão de direitos fundamentais do Departamento de Justiça, depois foi transferido para o FBI. Agora era procurador-especial e trabalhava com o diretor. Callahan estaria em Washington na segunda-feira para uma conferência de professores de direito constitucional. Ele e Verheek planejavam sair para jantar e se embebedar ao fim do dia.

Ele precisava ligar para confirmar o encontro, e também para tentar saber de alguma coisa. Discou o número de cabeça. A ligação foi transferida mais de uma vez e, depois de cinco minutos pedindo para falar com Gavin Verheek, este finalmente atendeu.

– Fala rápido – disse Verheek.

– Como é bom ouvir sua voz – disse Callahan.

– Como você está, Thomas?

– São dez e meia. Ainda nem me vesti. Estou sentado tomando café e olhando as pessoas passarem pela Dauphine Street. O que você está fazendo?

– Que vida boa. Aqui são onze e meia, e não saí do escritório desde que encontraram os corpos na quarta de manhã.

– Estou com muita raiva, Gavin. Ele vai indicar dois nazistas.

– Bem, é claro que, na minha posição, não posso fazer comentários sobre esses assuntos. Mas eu suspeito de que você esteja certo.

– Suspeita porra nenhuma. Você já viu a lista de indicados, não é? Vocês já estão fazendo checagem de antecedentes, não estão? Vamos, Gavin, me fala. Quem está na lista? Não vou falar pra ninguém.

– Nem eu, Thomas. Mas uma coisa eu te garanto: o seu nome não está entre eles.

– Estou destruído.

– Como está a garota?

– Qual delas?

– Fala sério, Thomas.

– Linda, inteligente, delicada, gentil.

– Prossiga.

– Quem matou eles, Gavin? Eu tenho o direito de saber. Pago meus impostos e tenho o direito de saber.

– Qual é mesmo o nome dela?

– Darby. Quem matou eles, e por quê?

– Você sempre pôde escolher nomes, Thomas. Eu me lembro de mulheres que você recusou porque não gostou do nome. Mulheres lindas, maravilhosas, mas com nomes sem graça. Darby é bastante sensual. Belo nome. Quando você vai nos apresentar?

– Sei lá.

– Ela já se mudou pra sua casa?

– Não é da sua conta. Gavin, me responde. Quem fez isso?

– Você não lê jornal? Nós não temos nenhum suspeito. Ninguém. *Nadie*.

– Com certeza vocês já sabem o motivo.

– *Hay muchos motivos*. Tem muito ódio por aí, Thomas. Combinação esquisita, não acha? A morte do Jensen é difícil de entender. O diretor mandou a gente pesquisar os casos em trâmite, as decisões recentes, os padrões de votação, essa merda toda.

– Bom saber, Gavin. Todos os constitucionalistas do país estão agora brincando de detetive e tentando solucionar os assassinatos.

– E você não está?

– Não. Tomei um porre quando fiquei sabendo, mas agora estou sóbrio. Já a Darby se afundou na mesma pesquisa que você está fazendo. Ela está me ignorando.

– Darby. Que nome. De onde ela é?

– Denver. Nos vemos na segunda?

– Talvez. O Voyles quer que a gente trabalhe sem parar até descobrirmos quem fez isso. Mas eu espero conseguir te encontrar.

– Obrigado. Aguardo um relatório completo, Gavin. Não só as fofocas.

– Thomas, Thomas. Sempre tentando pescar informações. E eu, como sempre, não tenho nada para te dar.

– Você vai ficar bêbado e vai me contar tudo, Gavin. Você sempre faz isso.

– Por que você não traz a Darby? Quantos anos ela tem? Dezenove?

– Vinte e quatro, e ela não foi convidada. Talvez outra hora.

– Talvez. Tenho que ir, amigo. Tenho uma reunião com o diretor em meia hora. O clima está tão pesado aqui que dá até pra sentir no ar.

Callahan ligou para a biblioteca da faculdade de direito e perguntou se Darby Shaw tinha estado por lá. Não, não tinha.

DARBY PAROU O carro no estacionamento praticamente vazio do edifício federal em Lafayette e entrou na sala do escrivão, que ficava no primeiro andar. Era meio-dia de sexta-feira, não havia sessões em andamento e os corredores estavam desertos. Parou no guichê, olhou por uma janelinha e ficou esperando. Uma escrivã auxiliar, atrasada para o almoço e de mau humor, foi até o guichê.

– Posso ajudar? – perguntou ela, no típico tom de funcionário público que quer fazer qualquer coisa menos ajudar.

Darby deslizou um pedaço de papel pela janela.

– Eu gostaria de ver esse processo.

A escrivã deu uma olhada rápida no nome do caso, e olhou para Darby.

– Por quê? – perguntou ela.

– Eu não tenho que explicar. É um processo de interesse público, não é?

– Parcialmente.

Darby pegou de volta o pedaço de papel e o dobrou.

– Você já ouviu falar na Lei de Acesso à Informação?

– Você é advogada?

– Eu não tenho que ser advogada pra ter acesso a esse processo.

A escrivã abriu uma gaveta no balcão e pegou um chaveiro. Ela assentiu, indicando a direção com a testa.

– Venha.

A placa na porta informava "sala do júri", mas dentro não havia mesas ou cadeiras, apenas arquivos e caixas do chão ao teto, por todos os lados. Darby olhou ao redor da sala.

A escrivã apontou para uma parede.

– É ali, naquela parede. O resto da sala é outro entulho. Nesse primeiro arquivo estão todos os pedidos e as correspondências. O resto são pedidos preliminares, provas e o julgamento em si.

– Quando foi o julgamento?

– No verão passado. Durou dois meses.

– Onde estão as razões da apelação?

– Ainda não foram apresentadas. Acho que o prazo é 1º de novembro. Você é repórter ou algo assim?

– Não.

– Ótimo. Como você obviamente sabe, esse processo é de fato de interesse público. Mas o juiz de primeira instância impôs algumas restrições. Primeiro, preciso saber seu nome e o intervalo de tempo exato que você passar nessa sala. Em segundo, nada pode sair daqui de dentro. Em terceiro, nada neste arquivo pode ser copiado até que as razões da apelação sejam apresentadas. Em quarto lugar, qualquer coisa que você tocar aqui deve ser colocada exatamente onde você encontrou. Ordens do juiz.

Darby olhou para a parede repleta de arquivos.

– Por que não posso fazer cópias?

– Pergunte ao juiz, ok? Qual é o seu nome, afinal?

– Darby Shaw.

A escrivã rabiscou o nome dela em uma prancheta pendurada perto da porta.

– Quanto tempo você vai ficar aqui?

– Não sei. Umas três ou quatro horas.

– Nós fechamos às cinco. Me procure na sala quando sair – disse ela fechando a porta com um sorriso afetado.

Darby abriu uma gaveta cheia de petições e começou a folhear os arquivos e fazer anotações. O processo tinha sete anos, um autor e 38 réus, empresários abastados que juntos haviam contratado e demitido nada menos que quinze escritórios de advocacia de todo o país. Escritórios grandes, muitos com centenas de advogados em dezenas de filiais.

Sete anos de um conflito jurídico custoso, e o resultado estava longe de ser certo. Um processo complicado. O veredito do julgamento representou apenas uma vitória temporária para os réus. Em um dos requerimentos por um novo julgamento, o autor alegou que o resultado tinha sido comprado ou obtido ilegalmente por algum outro meio. Caixas de petições. Acusações e contra-acusações. Inúmeros pedidos de aplicação de sanções e multas vindos de ambos os lados. Páginas e mais páginas de depoimentos detalhando mentiras e abusos por parte dos advogados e de seus clientes. Um advogado estava morto.

Outro havia tentado suicídio, de acordo com uma pessoa da turma de Darby, que tinha trabalhado nos bastidores do caso durante o julgamento. Ele tinha conseguido uma vaga de estágio em um escritório grande em Houston durante o verão, e apesar de não ter acesso a tudo ficou sabendo de algumas coisas.

Darby pegou uma cadeira e olhou para os arquivos. Levaria cinco horas só para encontrar o que queria.

A PUBLICIDADE NÃO tinha sido positiva para o Montrose. A maioria de seus clientes usava óculos escuros mesmo à noite e costumava entrar e sair sorrateiramente. E depois que um juiz da Suprema Corte dos Estados Unidos havia sido encontrado no mezanino, o lugar tinha ficado famoso e os curiosos passavam a qualquer hora do dia apontando e tirando fotos. A maioria dos *habitués* começou a frequentar outros lugares. Alguns mais corajosos passaram a ir só quando não havia muita gente por perto.

Ele parecia apenas mais um frequentador quando chegou

e pagou a entrada sem olhar para o caixa. Boné, óculos escuros, calça jeans, cabelo penteado, jaqueta de couro. Estava bem disfarçado, mas não porque fosse homossexual e tivesse vergonha de estar em lugares como aquele.

Era meia-noite. Ele subiu as escadas em direção ao mezanino, sorrindo ao pensar em Jensen e no torniquete em volta de seu pescoço. A porta estava trancada. Ele se sentou na seção central no térreo, longe de qualquer outra pessoa.

Nunca assistira a filmes gays antes, e depois daquela noite não tinha planos de assistir novamente. Era o terceiro cinema pornô no qual entrava nos últimos noventa minutos. Não tirou os óculos escuros e procurou evitar a tela. Mas era difícil, e isso o deixava irritado.

Havia outras cinco pessoas no cinema. Quatro fileiras para cima à direita estavam dois pombinhos, se beijando e se acariciando. Ah, o que ele não daria por um taco de beisebol para acabar de vez com o sofrimento deles. Ou um belo pedaço de corda de náilon amarela.

Ele sofreu por vinte minutos e estava prestes a colocar a mão no bolso quando alguém tocou seu ombro. Um toque gentil. Tentou parecer tranquilo.

– Posso sentar com você? – perguntou aquela voz um tanto grossa e viril por cima de seu ombro.

– Não, e pode tirar a mão.

A mão foi tirada. Alguns segundos se passaram e ficou óbvio que o sujeito tinha entendido o recado. Então ele foi embora.

Aquilo era um suplício para um homem que se opunha tão fortemente à pornografia. Ele queria vomitar. Olhou para trás, depois meteu cuidadosamente a mão dentro da jaqueta de couro e tirou uma caixa preta, de 15 por 12 centímetros e quase 8 de espessura. Ele a colocou no chão, entre as pernas. Com um bisturi, fez cuidadosamente uma incisão na almofada do assento ao seu lado, e depois, enquanto olhava ao redor, enfiou a caixa preta ali. Havia algumas molas na almofada, uma legítima antiguidade, e ele girou a caixa de um lado para o outro com delicadeza até que estivesse bem posicionada, sem que o interruptor e o tubo pudessem ser vistos através da incisão.

Respirou fundo. Embora o dispositivo tivesse sido montado por um verdadeiro profissional, uma verdadeira lenda dos explosivos em miniatura, não era nada agradável carregar aquela porcaria no bolso da jaqueta, a poucos centímetros do coração e da maioria de seus órgãos vitais. Também não era agradável estar sentado ao lado daquilo naquele momento.

Aquela era a terceira da noite, e tinha ainda mais uma, que seria plantada em outro cinema, onde exibiam filmes pornôs heterossexuais ultrapassados. Ele estava ansioso por aquilo, o que o deixava irritado.

Olhou para os dois amantes, alheios ao filme e mais excitados a cada minuto, e desejou que o casal ainda estivesse sentado exatamente ali quando a caixinha preta começasse a expelir silenciosamente o gás, e também trinta segundos depois, quando a bola de fogo fritasse rapidamente tudo o que estivesse entre a tela e a máquina de pipoca. Ele adoraria que isso acontecesse.

Mas o grupo do qual fazia parte não era violento, se opunha à morte indiscriminada de pessoas inocentes e/ou insignificantes. Tinham feito apenas algumas poucas vítimas necessárias. A especialidade deles, no entanto, era a demolição de estruturas usadas pelo inimigo. Escolhiam alvos fáceis: clínicas de aborto, onde não havia pessoas armadas, escritórios da ACLU não vigiados, cinemas pornôs que não levantavam suspeitas. Aquele era um dia de trabalho de campo. Nenhuma prisão em um ano e meio.

Era meia-noite e quarenta, hora de sair e correr quatro quarteirões até o carro para pegar mais uma caixa preta, depois seis quarteirões até o cinema Pussycat, que fechava a uma e meia. O Pussycat era o número dezoito ou dezenove da lista, ele não lembrava mais, mas tinha certeza de que, dali a exatamente três horas e vinte minutos, o mercado de filmes pornôs em Washington iria pelos ares. Vinte e duas espeluncas daquelas seriam contempladas com uma caixinha naquela noite, e às quatro da manhã todas estariam fechadas, desertas e destruídas. Três estabelecimentos tinham sido cortados da lista por funcionarem a noite inteira – aquele era um grupo não violento.

Ele ajeitou os óculos escuros e conferiu pela última vez a almofada ao seu lado. A julgar pelos copos e pipocas no chão, o lugar era varrido uma vez por semana. Ninguém notaria o interruptor e o tubo praticamente invisíveis em meio ao tecido cortado. Ele ligou cuidadosamente o interruptor e saiu do Montrose.

10

Eric East nunca tinha estado com o Presidente nem entrado na Casa Branca. Também nunca fora apresentado a Fletcher Coal, mas sabia que não ia gostar dele.

Acompanhou o diretor Voyles e K. O. Lewis até o Salão Oval no sábado, às sete da manhã. Não trocaram sorrisos ou apertos de mão. Voyles apresentou East. O Presidente acenou com a cabeça por detrás da mesa, mas não se levantou. Coal estava lendo alguma coisa.

Vinte cinemas pornôs haviam sido incendiados na região de Washington, e muitos ainda estavam em chamas. Do banco de trás do carro, eles tinham visto a fumaça pairando sobre a cidade. Em uma espelunca chamada Angels um zelador sofrera queimaduras graves, e eram pequenas as chances de ele sobreviver.

Uma hora antes, foram informados de que uma estação de rádio teria recebido uma ligação anônima que atribuía os ataques ao Underground Army, que prometia outras investidas semelhantes, em comemoração à morte de Rosenberg.

O Presidente foi o primeiro a falar. "Ele parece cansado", pensou East. "Era muito cedo pra ele."

– Quantos lugares foram atacados?

– Vinte aqui – respondeu Voyles. – Dezessete em Baltimore e cerca de quinze em Atlanta. Parece que o ataque foi meticulosamente coordenado, porque todas as explosões aconteceram precisamente às quatro da manhã.

Coal tirou os olhos de seu relatório.

– Diretor, você acredita que foi o Underground Army?

– Até agora eles foram os únicos que assumiram a responsabilidade. Parece com ações anteriores deles. Pode ter sido – respondeu Voyles sem olhar para Coal.

– Então, quando vocês começam a expedir os mandados de prisão? – perguntou o Presidente.

– No exato momento em que tivermos a causa provável, Sr. Presidente. É a lei, percebe?

– Eu percebo é que esse grupo é o principal suspeito dos assassinatos do Rosenberg e do Jensen, e que você está convencido de que eles mataram um juiz federal no Texas, e provavelmente explodiram pelo menos 52 cinemas pornôs ontem à noite. E o que eu não percebo é por que eles estão explodindo lugares e matando pessoas impunemente. Merda, Voyles, estamos encurralados.

O pescoço de Voyles ficou vermelho, mas ele não disse nada. Ele apenas desviou o olhar enquanto o Presidente o encarava. K. O. Lewis pigarreou.

– Sr. Presidente, se me permite, não estamos convencidos de que o Underground Army esteja envolvido nas mortes do Rosenberg e do Jensen. Na verdade, não temos evidências que conectem o grupo aos crimes. Eles são apenas um entre dezenas de suspeitos. Como já disse antes, as mortes foram notavelmente bem executadas e organizadas, e muito profissionais. Extremamente profissionais.

Coal deu um passo à frente.

– O que você está tentando dizer, Sr. Lewis, é que vocês não fazem ideia de quem os matou, e talvez nunca descubram.

– Não, não é isso que estou dizendo. Nós vamos encontrar os assassinos, mas vai levar algum tempo.

– Quanto tempo? – quis saber o Presidente.

Era uma pergunta ingênua, digna de principiante, que não tinha como ser respondida. East sentiu repulsa pelo Presidente na mesma hora.

– Meses – disse Lewis.

– Quantos meses?

– Muitos.

O Presidente revirou os olhos e balançou a cabeça, depois, com grande desgosto, se levantou e foi até a janela.

– Não consigo acreditar que não haja relação entre o que aconteceu ontem à noite e a morte dos juízes – disse, olhando para fora. – Não sei. Talvez eu seja só paranoico.

Voyles esboçou um sorriso malicioso para Lewis. Paranoico, inseguro, sem noção, burro, desinformado. E poderia pensar em muitos outros adjetivos.

O Presidente continuou, ainda divagando diante da janela.

– Fico muito apreensivo sabendo que tem assassinos soltos por aí e que há bombas explodindo por todos os lados. Quem não estaria, no meu lugar? Há trinta anos um presidente não é morto no país.

– Ah, eu acho que você está seguro, Sr. Presidente – disse Voyles com um traço de ironia. – O Serviço Secreto tem tudo sob controle.

– Ótimo. Então, por que eu me sinto como se estivesse em Beirute?

Parecia que ele estava resmungando com a janela.

Coal pressentiu o constrangimento e pegou um relatório volumoso em cima da mesa. Foi com ele até Voyles, quase como um professor dando uma palestra a seus alunos.

– Esta é a lista refinada de potenciais candidatos à Suprema

Corte. São oito nomes, cada um com uma biografia. Foi preparada pelo Departamento de Justiça. Começamos com vinte nomes, depois o Presidente, o procurador-geral Horton e eu o cortamos para oito, e nenhum deles tem ideia de que está sendo cotado.

Voyles ainda desviava o olhar. O Presidente voltou lentamente para sua mesa e pegou sua cópia do relatório. Coal prosseguiu.

– Algumas dessas pessoas são um tanto polêmicas e, se de fato forem indicadas, vamos enfrentar uma pequena guerra pra conseguir que elas sejam aprovadas pelo Senado. Nós achamos que vai ser melhor se essa batalha não começar agora. Essas informações precisam ser mantidas sob sigilo.

De repente, Voyles se virou e olhou para Coal.

– Você é um imbecil! A gente já passou por isso antes, e posso te garantir que assim que começarmos a investigar essas pessoas vários podres vão vir à tona. Você quer uma investigação minuciosa de antecedentes, mas ao mesmo tempo espera que todas as pessoas com quem a gente falar fiquem de boca calada. Não é assim que funciona, garoto.

Coal se aproximou de Voyles. Seus olhos estavam brilhando de raiva.

– Você que se vire pra garantir que esses nomes sejam mantidos longe da imprensa até a indicação. Dê seu jeito, diretor. Contenha os vazamentos e não deixe isso chegar aos jornais, entendeu?

Voyles ficou de pé, com o dedo em riste para Coal.

– Olha aqui, seu merda, se vocês querem esses antecedentes, você que resolva sozinho. Não venha me dar ordens como se eu fosse um moleque.

Lewis se meteu entre os dois, o Presidente continuou onde estava, e por alguns segundos ninguém deu um pio. Coal pôs o relatório em cima da mesa e recuou alguns passos, desviando o olhar.

– Sente-se, Denton. Sente-se – disse o Presidente em tom conciliador.

Voyles voltou ao seu lugar enquanto olhava para Coal. O Presidente sorriu para Lewis e todos se sentaram.

– Todos nós estamos sob muita pressão – comentou o Presidente cordialmente.

– Vamos fazer as investigações de rotina em relação a todos os nomes, Sr. Presidente, e da forma mais confidencial possível – disse Lewis calmamente. – Mas vocês sabem que não temos como controlar todas as pessoas com quem falamos.

– Sim, Sr. Lewis, eu sei disso. Mas eu gostaria que tivessem cuidado redobrado. Esses homens são jovens e vão ser responsáveis por pensar e repensar a Constituição por muito tempo após minha morte. Eles são conservadores ferrenhos e a imprensa vai comê-los vivos. Eles não podem ter nenhum esqueleto no armário. Nenhum envolvimento com drogas, movimento estudantil, direção sob efeito de álcool, nem filhos ilegítimos ou divórcios. Entendeu? Nenhuma surpresa.

– Sim, Sr. Presidente. Mas não podemos garantir sigilo total nas nossas investigações.

– Apenas tente, ok?

– Sim, senhor – disse Lewis entregando o relatório a Eric East.

– Mais alguma coisa? – perguntou Voyles.

O Presidente olhou para Coal, que olhava pela janela, ignorando todos eles.

– Não, Denton, é só isso. Eu gostaria que a lista fosse verificada nos próximos dez dias. Quero andar logo com isso.

Voyles estava de pé.

– Em dez dias isso vai estar na sua mão.

CALLAHAN ESTAVA IRRITADO quando bateu à porta do apartamento de Darby. Estava bastante confuso e com a cabeça muito cheia, tinha várias coisas a dizer, mas sabia bem que não devia começar uma briga, porque tinha uma coisa que ele queria muito mais do que apenas extravasar. Ela o vinha evitando havia quatro dias, enquanto se enfurnava na biblioteca brincando de detetive. Não tinha ido às aulas e também não retornava as ligações dele, e de modo geral o deixara de lado em um momento em que ele precisava dela. Mas ele sabia que quando ela abrisse a porta ele daria um sorriso e se esqueceria daquilo tudo.

Levava uma garrafa de vinho e uma pizza do Mama Rosa. Era sábado, já passava das dez da noite. Ele bateu de novo, olhou para os elegantes prédios de apartamentos dúplex e chalés que iam de uma ponta à outra da rua. Ao ouvir a corrente tilintar do lado de dentro, ele instantaneamente sorriu. A sensação de ter sido deixado de lado desapareceu.

– Quem é? – perguntou ela do outro lado da porta.

– Thomas Callahan, lembra? Estou na porta da sua casa, implorando pra você me deixar entrar pra gente poder brincar e ser amigos de novo.

A porta se abriu e Callahan entrou. Ela pegou o vinho e deu um beijo na bochecha dele.

– Ainda somos amigos? – perguntou ele.

– Sim, Thomas. Eu tenho andado ocupada.

Ele a seguiu até a cozinha, passando pela saleta abarrotada de coisas. Um computador e vários livros pesados estavam espalhados na mesa.

– Eu te liguei. Por que você não me retornou?

– Eu não estava em casa – disse ela, abrindo uma gaveta e pegando um saca-rolhas.

– Deixei vários recados na sua secretária eletrônica.

– Você está querendo brigar, Thomas?

Ele olhou para as pernas dela, que estavam à mostra.

– Não! Juro que não estou chateado. Juro. Por favor, me desculpe se dei essa impressão.

– Pare com isso.

– A que horas vamos pra cama?

– Você está com sono?

– Nem um pouco. Vamos, Darby, já tem três dias.

– Cinco. Que pizza você trouxe?

Ela puxou a rolha e serviu duas taças. Calláhan observava cada movimento da jovem.

– Ah, é um daqueles sabores especiais de sábado à noite em que eles misturam tudo o que ia pro lixo. Cauda de camarão, ovo, cabeça de lagostim. O vinho é barato, também. Estou com pouco dinheiro e vou viajar amanhã, então tenho que tomar cuidado com os gastos, e, já que tenho que viajar, pensei que deveria passar aqui hoje pra gente transar, assim eu não acabo sendo tentado por alguma mulher sedutora em Washington. O que você acha?

Darby abriu a caixa da pizza.

– Parece calabresa com pimentão.

– Nós ainda vamos transar?

– Talvez mais tarde. Beba seu vinho e vamos conversar um pouco. Faz tempo que a gente não se fala.

– Não é verdade. Eu falei com a sua secretária eletrônica a semana toda.

Ele pegou a taça e a garrafa, e a seguiu de perto até a saleta, onde ela ligou o som. Eles se jogaram no sofá.

– Vamos ficar bêbados – disse ele.

– Você é tão romântico.

– Vou te mostrar o meu lado romântico...

– Você passou a semana inteira bêbado.

– Não passei, não. Oitenta por cento da semana. Quem mandou você ficar me evitando?

– Qual é o seu problema, Thomas?

– Ando tendo tremedeiras. Estou muito ansioso e preciso de alguém pra me ajudar a relaxar um pouco. O que você acha?

– Vamos ficar só um pouco bêbados.

Ela tomou um gole de vinho e colocou as pernas no colo dele. Ele prendeu a respiração, como se estivesse sentindo dor.

– A que horas é o seu voo? – perguntou ela.

– Uma e meia – respondeu ele depois de um gole. – Sem escalas, pela National. Eu preciso chegar lá às cinco, e tenho um jantar às oito. Depois disso, talvez eu seja obrigado a vagar pelas ruas em busca de amor.

Ela sorriu.

– Ok, ok. Nós vamos fazer isso já, já. Mas vamos conversar primeiro.

Callahan deu um suspiro de alívio.

– Eu consigo conversar por dez minutos, depois vou ter um troço.

– O que vai rolar na segunda?

– Como sempre, umas oito horas de debate sem sentido sobre o futuro da Quinta Emenda, depois uma comissão vai fazer o rascunho de uma proposta de relatório da conferência, que ninguém vai aprovar. Mais debates na terça-feira, outro relatório, talvez uma alteração aqui e outra ali, depois encerramos sem decidir nada e voltamos para casa. Vou chegar na terça bem tarde, e gostaria de sair pra jantar em um restaurante bastante agradável. Depois disso podemos ir lá pra casa bater um papo intelectual e fazer sexo selvagem. Onde está a pizza?

– Lá dentro. Eu vou pegar.

Ele estava alisando as pernas dela.

– Fica aí. Não estou com fome.

– Por que você vai a essas conferências?

– Eu sou membro e professor universitário, então meio que esperam que eu fique vagando pelo país participando de reuniões com outros idiotas com nível superior e aprovando relatórios que ninguém lê. Se eu não vou, o reitor acha que não estou contribuindo para o ambiente acadêmico.

Ela encheu as taças de vinho.

– Você está tenso, Thomas.

– Eu sei. Foi uma semana difícil. É muito ruim imaginar um bando de neandertais reescrevendo a Constituição. Daqui a dez anos vamos estar vivendo em um Estado policial. Não tem nada que eu possa fazer em relação a isso, então provavelmente vou recorrer ao álcool.

Darby deu um gole devagar, olhando para ele. A música era suave e a luz estava baixa.

– Estou ficando um pouquinho alta – disse ela.

– Já estava na hora. Uma taça e meia e você já era. Se você fosse irlandesa, seria capaz de beber a noite toda.

– Meu pai era metade escocês.

– Não é suficiente.

Callahan colocou os pés sobre a mesinha de centro e relaxou. Depois, acariciou suavemente as pernas de Darby.

– Posso pintar suas unhas?

Ela não respondeu. Ele tinha um fetiche pelos dedos dos pés dela e insistia em pintar suas unhas com esmalte vermelho vivo pelo menos duas vezes por mês. Eles tinham visto isso no filme *Sorte no amor*, e embora ele não fosse tão elegante e bem-vestido quanto Kevin Costner, ela tinha aprendido a gostar da intimidade que aquele ato representava.

– Sem pedicure hoje? – perguntou ele.

– Talvez mais tarde. Você parece cansado.

– Estou conseguindo relaxar, mas estou tomado de uma energia máscula e viril, e você não vai me dispensar dizendo que eu pareço cansado.

– Beba mais um pouco de vinho.

Callahan se serviu mais uma taça e afundou ainda mais no sofá.

– Então, Srta. Shaw, quem está por trás disso tudo?

– Profissionais. Você não tem lido os jornais?

– Claro. Mas quem está por trás dos profissionais?

– Não faço ideia. Depois de ontem à noite, todo mundo está apostando no Underground Army.

– Mas você não está convencida.

– Não. Ninguém foi preso. Não estou convencida.

– E você tem em mente algum suspeito obscuro que mais ninguém conhece.

– Eu tinha um, mas agora não tenho mais tanta certeza. Passei três dias fuçando, fiz inclusive um dossiê juntando e organizando tudo no computador, cheguei a imprimir, mas depois joguei fora.

Callahan olhou para ela.

– Você está me dizendo que passou três dias sem ir à aula, me ignorando, trabalhando feito uma louca brincando de Sherlock Holmes, e agora jogou tudo no lixo?

– Está ali na mesa.

– Eu não acredito. Enquanto eu passava a semana inteira sofrendo de solidão, eu sabia que era por uma boa causa. Sabia que o meu sofrimento era pro bem desse país, porque você solucionaria esse enigma e me contaria quem está por trás disso tudo hoje, mais tardar amanhã.

– Não dá pra saber, pelo menos não analisando casos. Não tem um padrão, não tem nada em comum entre os assassinatos. Eu quase queimei os computadores da faculdade.

– Rá! Eu te avisei. Você esqueceu, querida, que sou um gênio em direito constitucional, e soube imediatamente que Rosenberg e Jensen não tinham nada em comum a não ser as togas e as ameaças de morte. Os nazistas, os arianos, a Klan, a máfia ou algum outro grupo matou eles porque o Rosenberg era o Rosenberg, e porque o Jensen era o alvo mais fácil, além de ser um constrangimento.

– Bem, por que você não liga pro FBI e compartilha seus palpites com eles? Tenho certeza de que eles estão sentados ao lado do telefone, esperando.

– Não fique zangada. Me desculpe. Por favor, me perdoe.

– Você é um babaca, Thomas.

– Sim, mas você me ama, não ama?

– Não sei.

– Ainda podemos ir pra cama? Você prometeu.

– Vamos ver.

Callahan colocou a taça na mesa e se aproximou dela.

– Olha, querida. Eu vou ler o seu dossiê, ok? Depois vamos falar sobre ele, ok? Mas não estou conseguindo pensar com clareza agora, e vou continuar não conseguindo até você pegar minha mão fraca e trêmula e me levar pra sua cama.

– Pode esquecer o dossiê.

– Porra, Darby, por favor, por favor.

Ela agarrou o pescoço dele e o puxou. Eles deram um beijo longo e molhado, quase violento.

11

O policial enfiou o polegar no botão ao lado do nome de Gray Grantham e o segurou por vinte segundos. Uma breve pausa. Depois, mais vinte segundos. Pausa. Vinte segundos. Pausa. Vinte segundos. Ele achava aquilo engraçado porque Grantham era notívago e provavelmente tinha dormido entre três ou quatro horas, talvez menos, e naquele momento um zumbido incessante ecoava por todo o corredor. Apertou o botão de novo e olhou para a viatura estacionada ilegalmente no meio-fio sob um poste. Era domingo, estava quase amanhecendo e a rua estava vazia. Vinte segundos. Pausa. Vinte segundos.

Talvez Grantham tivesse morrido. Ou talvez estivesse em coma alcoólico depois de uma noitada. Talvez estivesse com a mulher de alguém lá dentro e não tivesse planos de atender a porta. Pausa. Vinte segundos.

O interfone fez um barulho.

– Quem é?!

– Polícia!

– O que você quer? – perguntou Grantham.

– Talvez eu tenha um mandado – disse o policial, achando graça.

Grantham abrandou a voz e soou como se tivesse levado uma surra.

– Cleve, é você?

– Sim.

– Que horas são, Cleve?

– Quase cinco e meia.
– Deve ser importante.
– Não sei. O Sarge não falou nada, você sabe. Ele só disse pra te acordar porque ele queria conversar.
– Por que ele sempre quer conversar antes de o sol nascer?
– Que pergunta idiota, Grantham.
Uma breve pausa.
– É, tem razão. Imagino que ele queira conversar agora mesmo.
– Não. Você tem meia hora. Ele disse pra você estar lá às seis.
– Onde?
– Tem um café na Rua 14, perto do Trinidad Playground. É discreto e seguro, e Sarge gosta de lá.
– Como ele descobre esses lugares?
– Você faz umas perguntas bem idiotas pra um repórter. O nome do lugar é Glenda's, e eu sugiro que você se apresse ou vai acabar se atrasando.
– Você vai estar lá?
– Vou dar uma passada, só pra ter certeza de que você está bem.
– Eu achei que você tinha dito que era seguro.
– É seguro para aquela parte da cidade. Você vai conseguir encontrar o café?
– Sim. Vou chegar o mais rápido que puder.
– Tenha um bom dia, Grantham.

SARGE ERA VELHO, negro retinto, com uma vasta cabeleira cheia de fios brancos e brilhantes. Usava óculos escuros de armação grossa o tempo inteiro, e a maioria de seus colegas de trabalho na Ala Oeste da Casa Branca achava que ele era parcialmente cego. Ele estava sempre com a cabeça meio de lado e sorria como Ray Charles. Às vezes, esbarrava em portais e mesas quando ia esvaziar as latas de lixo ou tirar a poeira dos móveis. Ele andava lenta e cautelosamente, como se contasse os próprios passos. Trabalhava pacientemente, sempre com um sorriso no rosto e uma palavra gentil para quem quisesse lhe dar uma também. Na maioria das vezes, era ignorado e dispensado como apenas mais um zelador preto, amigável, velho e deficiente.

Sarge tinha uma espécie de sexto sentido. Seu território era a Ala Oeste, onde havia trinta anos era um dos responsáveis pela limpeza. Pela limpeza e por ouvir. Pela limpeza e por ficar de olho. Ele pescava coisas de pessoas extremamente importantes, que na maioria das vezes estavam ocupadas demais para ponderar o que falavam, principalmente na presença do pobre e velho Sarge.

Ele sabia quais portas ficavam abertas, quais eram as paredes mais finas e por quais saídas de ar o som se propagava. Era capaz de desaparecer em um instante, depois reaparecer na penumbra, onde aquelas pessoas extremamente importantes não eram capazes de enxergá-lo.

A maior parte das coisas ele guardava para si mesmo. Mas, de vez em quando, alguma informação muito quente caía em seu colo, depois se encaixava em outras, e cabia a ele decidir se deveriam ser passadas adiante. Ele era muito cuidadoso. Faltavam três anos para sua aposentadoria e ele não podia correr riscos.

Ninguém jamais suspeitou de que Sarge vazava histórias para a imprensa. Geralmente havia línguas compridas o bastante dentro da Casa Branca que jogavam a culpa umas nas outras. Era realmente hilário. Sarge falava com Grantham, do *Washington Post*, depois aguardava ansiosamente pela matéria, e por fim ficava escutando a choradeira no porão quando as cabeças rolavam.

Era uma fonte infalível e falava apenas com Grantham. Seu filho Cleve, que era policial, marcava as reuniões, sempre em horários estranhos em lugares vazios e discretos. Sarge usava seus óculos escuros. Grantham, também, junto com algum tipo de chapéu ou boné. Cleve geralmente se sentava com eles e vigiava os passantes.

Grantham chegou ao Glenda's alguns minutos depois das seis e foi até uma mesa mais reservada nos fundos do café. Havia outros três clientes. Glenda estava fritando ovos em uma chapa perto da caixa registradora. Cleve estava sentado em um tamborete diante do balcão e a observava.

Grantham cumprimentou Sarge. Uma xícara de café já fora servida para ele.

– Desculpe pelo atraso – disse ele.

– Sem problema, meu amigo. É bom te ver.

Sarge tinha uma voz rouca que era difícil disfarçar com um sussurro. Ninguém estava escutando.

Grantham deu um gole no café.

– Semana conturbada na Casa Branca.

– Pode-se dizer que sim. Muita agitação. Muita felicidade.

– Não diga.

Grantham não podia anotar nada durante essas reuniões. "Seria evidente demais", disse Sarge ao ditar as regras básicas de conduta.

– Sim. O Presidente e seus rapazes ficaram entusiasmados com a notícia sobre o juiz Rosenberg. Ficaram muito contentes.

– E em relação ao Jensen?

– Bem, como deu pra notar, o Presidente compareceu ao velório, mas não se manifestou. Ele tinha planejado fazer um discurso, mas desistiu porque estaria falando coisas boas a respeito de um cara que era gay.

– Quem escreveu o discurso?

– Os redatores de discursos. Principalmente Mabry. Trabalhou nisso a quinta-feira inteirinha, depois se retirou.

– Ele também foi no velório do Rosenberg.

– Sim, foi. Mas não queria. Disse que preferia passar um dia no inferno. Mas, no fim das contas, deu uma fraquejada e foi mesmo assim. Ele está muito feliz que o Rosenberg foi assassinado. Na quarta-feira o clima era quase festivo. O destino deu uma mãozinha pra ele. Agora ele vai conseguir reestruturar a Corte, e está muito empolgado com isso.

Grantham ouvia com atenção. Sarge prosseguiu.

– Tem uma lista refinada de indicados. A original tinha vinte nomes ou mais, depois foi reduzida pra oito.

– Quem fez os cortes?

– Quem você acha? O Presidente e o Fletcher Coal. Eles estão apavorados de isso vazar agora. Evidentemente, a lista inclui só juízes jovens e conservadores, a maioria desconhecidos.

– Algum nome?

– Só dois. Um cara chamado Pryce, de Idaho, e um outro chamado MacLawrence, de Vermont. É tudo o que sei em relação aos nomes. Acho que os dois são juízes federais. Não sei mais nada além disso.

– E a investigação?

– Não ouvi muita coisa, mas, como sempre, vou manter meus ouvidos atentos. Não parece ter muita coisa acontecendo.

– Mais alguma coisa?

– Não. Quando você vai publicar?

– De manhã.

– Vai ser divertido.

– Obrigado, Sarge.

O sol já estava alto no céu e o café, mais barulhento. Cleve se aproximou e sentou ao lado do pai.

– Vocês já terminaram?

– Sim – respondeu Sarge.

Cleve olhou em volta.

– Acho que precisamos sair daqui. Grantham vai primeiro, eu vou em seguida, então o papai aqui pode ficar o tempo que ele quiser.

– Muito gentil da sua parte – disse Sarge.

– Obrigado, pessoal – agradeceu Grantham enquanto caminhava em direção à porta.

12

Verheek estava atrasado, como de costume. Em 23 anos de amizade, ele jamais tinha chegado na hora, e o atraso nunca era de apenas alguns minutos. Ele não tinha noção de tempo e não se importava com aquilo. Usava um relógio, mas nunca olhava para ele. Atrasado, para Verheek, significava pelo menos uma hora, às vezes duas depois do horário, principalmente quando a pessoa que o aguardava era um amigo que já esperava que ele se atrasasse e que o perdoaria por isso.

Assim, Callahan passou uma hora sentado no bar, o que lhe convinha muito bem. Depois de oito horas de debate acadêmico, ele desprezava a Constituição e todos aqueles que lecionavam sobre ela. Precisava de uísque correndo em suas veias, e depois de dois duplos com gelo estava se sentindo bem melhor. Olhou-se no espelho atrás das fileiras de garrafas e, ao longe, por cima do ombro, vigiava e esperava por Gavin Verheek. Não é de se admirar que seu amigo não tenha conseguido praticar a advocacia, em que a vida dependia do relógio.

Quando Callahan já estava no terceiro uísque duplo, uma hora e onze minutos depois das sete da noite, Verheek caminhou até o bar e pediu uma Moosehead.

– Desculpe o atraso – disse ele enquanto davam um aperto de mão. – Eu sabia que você ia gostar de ter um pouco de tempo a sós com o seu uísque.

– Você parece cansado – comentou Callahan enquanto o inspecionava.

Velho e cansado. Verheek estava envelhecendo mal e ganhando peso. Sua testa tinha aumentado mais de dois centímetros desde a última vez em que se viram, e a palidez da sua pele chamava atenção para os círculos pesados sob seus olhos.

– Quanto você está pesando?

– Não é da sua conta – retrucou ele, dando um gole na cerveja. – Onde está a nossa mesa?

– A reserva é pras oito e meia. Imaginei que você fosse chegar pelo menos uma hora e meia atrasado.

– Então estou adiantado.

– Pode-se dizer que sim. Veio direto do trabalho?

– Eu moro no trabalho agora. O diretor quer que a gente cumpra pelo menos cem horas por semana até que apareça alguma novidade. Eu avisei minha esposa que iria pra casa no Natal.

– Como ela está?

– Bem. Uma mulher muito paciente. Nós nos damos muito melhor quando eu estou morando no escritório.

Era a terceira esposa dele em dezessete anos.

– Eu gostaria de conhecê-la.

– Não gostaria, não. Eu me casei com as duas primeiras por conta do sexo, e elas gostavam tanto que começaram a transar com outros caras. Com essa eu me casei por dinheiro, ela não é lá essas coisas. Você não ficaria nem um pouco impressionado – disse Verheek, esvaziando a garrafa. – Duvido que eu consiga esperar até ela morrer.

– Quantos anos ela tem?

– Nem queira saber. Eu a amo de verdade, sabe? Mesmo. Mas depois de dois anos com ela agora eu percebo que a gente não tem nada em comum além de um olho muito bom para o mercado de ações. Outra cerveja, por favor – disse olhando para o barman.

Callahan riu e deu um gole.

– Quanto ela vale?

– Não tanto quanto eu pensava. Não sei direito, na verdade. Algo em torno de cinco milhões, acho. Ela fez a limpa nos dois maridos anteriores, e acho que se sentiu atraída por mim pelo desafio de se casar com um cara comum. Isso e o sexo excelente, segundo ela. Todas dizem isso, você sabe, né?

– Você sempre teve dedo podre, Gavin, desde a época da

faculdade. Você sempre sente atração por mulheres neuróticas e depressivas.

– E elas se atraem por mim – disse ele virando metade da garrafa. – Por que a gente sempre come aqui?

– Sei lá. É meio que uma tradição. Faz lembrar os bons momentos da faculdade.

– A gente odiava a faculdade, Thomas. Ninguém gosta da faculdade de direito. Ninguém gosta de advogados.

– Você está de bom humor.

– Desculpa. Eu só dormi seis horas desde que encontraram os corpos. O diretor berra no meu ouvido pelo menos cinco vezes por dia. Eu berro com todo mundo que está abaixo de mim. Está uma guerra aquilo lá.

– Então bebe, garotão. Nossa mesa está pronta. Vamos beber, comer, conversar e tentar aproveitar esse tempinho juntos.

– Eu amo você mais do que eu amo a minha esposa, Thomas. Sabia disso?

– Isso não quer dizer muita coisa.

– Tem razão.

Eles seguiram o *maître* até uma pequena mesa em um canto, a mesma de sempre. Callahan pediu outra rodada e lhe avisou que eles não estavam com pressa em comer.

– Você viu aquela merda que saiu no *Post*? – perguntou Verheek.

– Eu vi. Quem vazou?

– Vai saber. O diretor recebeu a lista no sábado de manhã, entregue em mãos pelo próprio Presidente, com exigências bastante explícitas em relação ao sigilo. Ele não mostrou a lista pra ninguém no fim de semana, aí hoje de manhã saiu a notícia citando o Pryce e o MacLawrence. Voyles perdeu a cabeça quando viu o jornal e, minutos depois, o Presidente ligou. Ele correu para a Casa Branca e rolou uma troca de ofensas violenta entre eles. O Voyles tentou ir pra cima do Coal e teve que ser contido pelo K. O. Lewis. A coisa foi feia.

Callahan prestava atenção em cada palavra.

– Isso é excelente.

– Sim. Eu estou te contando essa parte porque mais tarde, depois de beber mais, você vai querer que eu te diga quem mais está na lista e eu não vou fazer isso. Estou tentando ser um bom amigo, Thomas.

– Prossiga.

– Enfim, não tem a menor chance de o vazamento ter vindo do nosso lado. É impossível. Com certeza veio da Casa Branca. O lugar está cheio de gente que odeia o Coal, por isso as coisas vivem vazando de lá.

– Provavelmente foi o próprio Coal que vazou.

– Talvez. Ele é um babaca desprezível, e uma das teorias é a de que ele vazou o Pryce e o MacLawrence pra botar medo em todo mundo, e depois anunciar duas indicações que pareçam mais moderadas. Parece algo que ele faria.

– Eu nunca ouvi falar de nenhum Pryce nem MacLawrence.

– Bem-vindo ao clube. Os dois são muito jovens, 40 e poucos, com quase nenhuma experiência na tribuna. Nós ainda não investigamos, mas eles parecem ser conservadores radicais.

– E o resto da lista?

– Já? Eu só tomei duas cervejas e você já disparou a pergunta.

As bebidas chegaram.

– Eu vou querer esses cogumelos recheados com caranguejo – pediu Verheek ao garçom. – Só pra beliscar. Estou morrendo de fome.

Callahan entregou ao garçom o copo vazio.

– Traz uma porção pra mim também, por favor.

– Não pergunte de novo, Thomas. Mesmo que eu saia carregado desse lugar daqui a três horas eu nunca vou te contar. Você sabe disso. Digamos que Pryce e MacLawrence parecem ser um espelho da lista inteira.

– Todos desconhecidos?

– De modo geral, sim.

Callahan deu um gole no uísque e balançou a cabeça em desaprovação. Verheek tirou o paletó e afrouxou a gravata.

— Vamos falar de mulher.
— Não.
— Quantos anos ela tem?
— Vinte e quatro, mas é muito madura.
— Você tem idade pra ser pai dela.
— Pode ser que eu seja. Quem sabe?
— De onde ela é?
— Denver. Eu já te disse.
— Eu adoro as garotas do Colorado. Eles são muito independentes e despretensiosas, costumam usar calças jeans e ter pernas compridas. Pode ser que eu me case com uma. Ela tem dinheiro?
— Não. O pai dela morreu em um acidente de avião há quatro anos e a mãe conseguiu um bom acordo.
— Então ela tem dinheiro.
— Ela vive bem.
— Imagino. Você tem uma foto dela aí?
— Não. Ela não é um bebê ou um bichinho de estimação.
— Por que você não trouxe uma foto dela?
— Vou pedir pra ela te mandar uma. Por que isso é tão divertido para você?
— Não é divertido, é hilário. O grande Thomas Callahan, o cara que adora descartar as mulheres, está de quatro.
— Não estou nada.
— Deve ser um recorde. Já tem o que, nove, dez meses? Você realmente conseguiu ter um relacionamento estável por quase um ano, é isso?
— Oito meses e três semanas, mas não conte pra ninguém, Gavin. Não é fácil pra mim.
— Seu segredo está bem guardado. Apenas me dê todos os detalhes. Quanto ela tem de altura?
— Um metro e setenta e dois, cinquenta quilos, pernas compridas, calça jeans apertada, independente, despretensiosa, sua típica garota do Colorado.
— Eu preciso encontrar uma dessas pra mim. Você vai se casar com ela?

– Claro que não! Termine sua cerveja.
– Você é monogâmico agora, é?
– Você é?
– Não mesmo. Nunca fui. Mas não estamos falando de mim, Thomas, estamos falando do Peter Pan aí, o rebelde indomável, o cara que todo mês estava com uma versão atualizada da mulher mais linda do mundo. Conta pra mim, Thomas, e não vai mentir pro seu melhor amigo, apenas me olhe nos olhos e me diga se você sucumbiu a um estado de monogamia.

Verheek estava apoiado na mesa, ocupando praticamente metade dela, olhando para Callahan com um sorriso estúpido.

– Fala baixo – disse Callahan, olhando em volta.
– Responde.
– Me conta os outros nomes da lista que eu te respondo.

Verheek recuou.

– Nem vem. Eu acho que a resposta é sim. Acho que você está apaixonado por essa garota, mas é covarde demais pra admitir. Acho que ela te fisgou, amigo.
– É, fisgou mesmo. Está satisfeito agora?
– Sim, muito! Quando eu vou conhecê-la?
– Quando eu vou conhecer a sua esposa?
– Você está confundindo as coisas, Thomas. Existe uma diferença básica aqui. Você não quer conhecer minha esposa, mas eu quero conhecer a Darby. Você sabe. Eu garanto que elas são muito diferentes.

Callahan sorriu e tomou um gole. Verheek relaxou e cruzou as pernas para fora da mesa. Deu mais um gole na cerveja direto do gargalo.

– Você está tenso, amigo – disse Callahan.
– Desculpa. Estou bebendo o mais rápido que posso.

Os cogumelos chegaram em frigideiras fumegantes. Verheek enfiou dois deles na boca e mastigou freneticamente. Callahan o observou. O uísque tinha tirado totalmente a sua fome e ele ia esperar um pouco ainda. De todo modo, preferia o álcool à comida.

Quatro homens se sentaram à mesa ao lado deles, falando árabe e fazendo muito barulho. Cada um pediu uma dose de Jack Daniel's.

– Quem matou eles, Gavin?

Ele mastigou por um minuto e engoliu com dificuldade.

– Mesmo que eu soubesse, não ia te dizer. Mas juro que não sei. É muito confuso. Os assassinos desapareceram sem deixar nenhum vestígio. Os crimes foram meticulosamente planejados e executados com perfeição. Não ficou nenhuma pista pra trás.

– Por que eles dois?

– Muito simples – disse ele enfiando mais um cogumelo na boca. – É tão simples que é fácil a gente acabar não se dando conta. Eles eram alvos muito óbvios. O Rosenberg não tinha sistema de segurança em casa. Qualquer ladrão de galinha meia-boca seria capaz de entrar e sair. E o coitado do Jensen vivia circulando por lugares como aquele tarde da noite. Eles estavam expostos. No exato momento em que cada um deles morreu, as casas dos outros sete juízes estavam sendo vigiadas por agentes do FBI. Foi por isso que os dois foram escolhidos. Eles eram imbecis.

– Mas quem escolheu eles?

– Alguém com muito dinheiro. Os assassinos eram profissionais, e provavelmente poucas horas depois já tinham saído do país. A gente acredita que foram três, talvez mais. O serviço na casa do Rosenberg pode ter sido feito por um só. E achamos que pelo menos dois participaram do assassinato do Jensen. Um ou dois vigiando enquanto o cara com a corda executava o trabalho. Mesmo sendo um lugarzinho sujo, era aberto ao público e bastante arriscado. Mas eles eram bons, muito bons.

– Eu li uma teoria de que foi só um assassino.

– Esquece. Impossível um cara só ter matado os dois. Impossível.

– Quanto esses caras cobram?

– Milhões. E precisa de muito dinheiro pra planejar tudo.

– E você não faz a menor ideia?

– Olha, Thomas, eu não estou envolvido na investigação, então você vai ter que perguntar pra quem está. Tenho certeza que eles sabem muito mais do que eu. Sou apenas um humilde advogado que trabalha pro governo.

– Sim, e que por acaso é bem próximo do presidente da Suprema Corte.

– Ele me liga de vez em quando. Esse assunto é chato. Vamos voltar pras mulheres. Detesto papo de advogado.

– Você tem falado com ele ultimamente?

– Sempre comendo pelas beiradas, né, Thomas? Sim, nos falamos rapidamente hoje de manhã. Todos os 27 assessores estão vasculhando absolutamente todos os casos à procura de pistas. Não vai dar em nada, eu disse isso pra ele. Cada caso que chega à Suprema Corte tem pelo menos duas partes, e cada parte envolvida certamente iria se beneficiar se um, dois ou quem sabe três juízes saíssem de cena e fossem substituídos por outros mais simpáticos à sua causa. Existem milhares de apelações que podem acabar indo parar lá, e não dá pra simplesmente escolher uma e dizer "É isso! Foram esses aqui que mataram eles". É uma bobagem.

– O que ele disse?

– Obviamente ele concordou com minha análise brilhante. Eu acho que ele ligou depois de ler a matéria do *Post* pra ver se conseguia arrancar alguma coisa de mim. Você acredita que ele teve essa coragem?

O garçom se aproximou deles com um olhar apressado.

Verheek olhou para o cardápio, fechou e o entregou a ele.

– Peixe-espada grelhado com molho Roquefort, sem legumes.

– Eu vou comer os cogumelos – disse Callahan.

O garçom desapareceu.

Callahan enfiou a mão no bolso do casaco e retirou um envelope volumoso. Ele o colocou na mesa, ao lado da garrafa vazia de Moosehead.

– Dê uma olhada nisso quando tiver uma chance.

– O que é?

– É uma espécie de dossiê.
– Odeio dossiês, Thomas. Na verdade, odeio o direito e os advogados, e com exceção de você, odeio professores de direito.
– Foi a Darby que escreveu.
– Vou ler hoje à noite. É sobre o quê?
– Acho que te falei. Ela é muito inteligente e sagaz, e uma aluna muito dedicada. Ela escreve muito melhor que a maioria. A paixão dela, além de mim, é claro, é o direito constitucional.
– Pobrezinha.
– Na semana passada ela passou quatro dias totalmente afastada de mim e do resto do mundo, e criou uma teoria própria, que depois acabou descartando. Mas leia mesmo assim. É fascinante.
– Quem é o suspeito?

Os homens na mesa ao lado começaram a rir, dando tapinhas uns nos outros e derramando uísque. Eles os observaram por um minuto, até que os caras ficaram quietos.

– Detesto gente bêbada, você não? – disse Verheek.
– Tenho horror.

Verheek enfiou o envelope no paletó pendurado nas costas da cadeira.

– Qual é a teoria dela?
– É um pouco fora do comum. Mas leia. Mal não vai fazer, certo? Vocês precisam de ajuda.
– Só vou ler porque ela escreveu. Como ela é na cama?
– Como é a sua esposa na cama?
– Rica. No chuveiro, na cozinha, no mercado. Ela é rica em tudo o que faz.
– Isso não vai durar.
– Ela vai dar entrada no divórcio até o fim do ano. Talvez eu consiga ficar com a casa e alguns trocados.
– Vocês não fizeram acordo pré-nupcial?
– Sim, fizemos, mas eu sou advogado, lembra? O acordo tem mais brechas do que uma lei de reforma tributária. Um amigo meu que fez. O direito não é uma coisa incrível?

– Vamos falar de outra coisa.
– Mulheres?
– Eu tenho uma ideia. Você quer conhecer a garota, certo?
– Estamos falando da Darby?
– Sim. Da Darby.
– Adoraria conhecê-la.
– Nós vamos pra St. Thomas no feriado de Ação de Graças. Por que você não encontra a gente lá?
– Eu tenho que levar a minha esposa?
– Não. Ela não está convidada.
– Ela vai ficar passeando de biquíni pela praia? Tipo desfilando pra gente?
– Provavelmente.
– Uau. Não acredito nisso.
– Você pode alugar uma casa do lado da nossa, vamos nos divertir.
– Excelente, excelente.

13

O telefone tocou quatro vezes, a secretária eletrônica atendeu, a gravação ecoou pelo apartamento, veio o sinal, mas nenhuma mensagem. Tocou novamente quatro vezes, a mesma sequência e nenhuma mensagem. Um minuto depois, tocou de novo, e Gray Grantham atendeu, sem sair da cama. Ele se apoiou em um travesseiro, tentando se concentrar.

– Quem é? – perguntou ele, dolorido.

Não havia nenhuma luz do lado de fora.

– Gray Grantham, do *Washington Post*? – A voz do outro lado era baixa e tímida.

– Sim. Quem é?

– Eu não posso te dizer o meu nome – respondeu a pessoa, lentamente.

Por fim ele despertou e conseguiu focar no relógio. Eram cinco e quarenta.

– Tudo bem, deixa o nome pra lá. Por que você está me ligando?

– Eu li a sua matéria ontem sobre a Casa Branca e as indicações.

– Que ótimo. – "Você e mais um milhão de pessoas", pensou. – Por que você está me ligando nesse horário indecente?

– Me desculpe. Estou a caminho do trabalho e parei em um orelhão. Não posso ligar de casa ou do escritório.

A voz era clara, articulada, e parecia ser de alguém inteligente.

– Escritório de quê?

– Eu sou advogado.

Ótimo. Washington tinha pelo menos meio milhão de advogados.

– Advogado mesmo, ou trabalha pro governo?

Uma ligeira hesitação.

– Prefiro não dizer.

– Ok. Olha, eu prefiro dormir. Por que você ligou, exatamente?

– Talvez eu saiba alguma coisa sobre o Rosenberg e o Jensen.

Grantham se sentou na beira da cama.

– Tipo…?

Uma pausa ainda mais longa.

– Você está gravando esta conversa?

– Não. Deveria?

– Não sei. Estou de fato muito assustado e confuso, Sr. Grantham. Prefiro que não. Talvez a próxima ligação, pode ser?

– O que você achar melhor. Estou te ouvindo.

– Esta ligação pode ser rastreada?

– Possivelmente, eu acho. Mas você está usando orelhão, certo? Que diferença faz?

– Não sei. Só estou com medo.

– Tudo bem. Juro que não estou gravando e juro também que não vou rastrear a ligação. O que você sabe, afinal?

– Bem, acho que talvez eu saiba quem matou eles.

Grantham ficou de pé.

– Essa é uma informação muito valiosa.

– Eu posso acabar morrendo por causa disso. Você acha que eles estão me seguindo?

– Quem? Quem estaria seguindo você?

– Eu não sei.

A voz falhou um pouco, como se o homem tivesse se virado para olhar para trás.

Grantham estava andando de um lado para o outro ao redor da cama.

– Fique calmo. Por que você não me diz seu nome? Eu prometo que vou manter sigilo.

– Garcia.

– Esse não é o seu nome mesmo, é?

– Claro que não, mas é o melhor que eu posso fazer.

– Tudo bem, Garcia. Me conta.

– Eu não tenho certeza, ok? Mas acho que me deparei com uma coisa no escritório que não era pra eu ter visto.

– Você tem uma cópia?

– Talvez.

– Olha, Garcia. Você me ligou, certo? Você quer conversar ou não quer?

– Eu não tenho certeza. O que você vai fazer se eu te contar uma coisa?

– Pensa com calma. Se nós formos acusar alguém do assassinato de dois juízes da Suprema Corte, acredite, essa matéria vai ser elaborada com muito cuidado.

Houve um silêncio bastante longo. Grantham parou ao lado de uma cadeira de balanço e ficou esperando.

– Garcia. Você está aí?

– Sim. Podemos conversar depois?

– Claro. Nós podemos conversar agora.

– Eu preciso pensar sobre isso. Tem uma semana que não consigo comer nem dormir, e não estou conseguindo pensar direito. Eu devo te ligar mais tarde.

– Ok, ok. Tudo bem. Você pode me ligar no trabalho...

– Não. Eu não vou ligar pra você no trabalho. Desculpe te acordar.

Ele desligou. Grantham olhou para a fileira de números em seu telefone e digitou sete dígitos, esperou, depois mais seis e depois mais quatro. Ele anotou um número em um bloco que ficava ao lado do telefone e desligou. O orelhão ficava na Rua 15, em Pentagon City.

GAVIN VERHEEK DORMIU quatro horas e acordou ainda bêbado. Quando chegou ao Hoover Building, uma hora depois, o álcool estava saindo de seu corpo e a dor se instalando. Ele praguejou contra si mesmo e contra Callahan, que sem dúvida iria dormir até o meio-dia e acordar novo em folha, pronto para pegar o voo para Nova Orleans. Eles tinham saído do restaurante à meia-noite, quando fechou, depois passaram por alguns bares e brincaram sobre assistir a algum pornô, mas como o cinema favorito deles tinha sido alvo de bombas, não foi possível. Então só ficaram bebendo até umas três ou quatro da manhã.

Ele tinha uma reunião com o diretor Voyles às onze, e era imperativo parecer sóbrio e alerta. O que seria impossível. Ele pediu a sua secretária para fechar a porta e disse a ela que tinha pegado alguma virose desagradável, talvez uma gripe, e que não queria ser incomodado, a menos que fosse algo extremamente importante. Ela analisou os olhos dele e pareceu fungar mais do que o habitual. O cheiro de cerveja nem sempre evapora durante o sono.

Ela saiu e fechou a porta. Ele trancou a sala. Para que ficassem quites, ligou para o quarto de Callahan, mas ninguém atendeu.

Que vida. Seu melhor amigo ganhava quase tanto quanto

ele, mas trabalhava trinta horas em uma semana movimentada, e tinha ao seu alcance garotas vinte anos mais novas que ele. Então ele se lembrou dos planos para a semana em St. Thomas e da imagem de Darby passeando pela praia. Ele iria, mesmo que isso provocasse o seu divórcio.

Uma forte náusea percorreu seu peito e o esôfago, e ele imediatamente se deitou no chão. Carpete barato de repartição pública. Respirou fundo, e o topo de sua cabeça começou a martelar. O teto de gesso não estava girando, o que era bom. Depois de três minutos, ficou claro que ele não ia vomitar, pelo menos por enquanto.

Sua maleta estava ao alcance, e ele a puxou com cuidado. Dentro dela ele encontrou o envelope e o jornal matutino. Ele abriu o envelope, desdobrou o dossiê e o segurou quinze centímetros acima do rosto.

Eram treze páginas de papel tamanho carta, todas digitadas em espaço duplo com margens amplas. Ele ia conseguir. Havia anotações nas margens e trechos inteiros tinham sido destacados. No topo estava escrito "primeiro rascunho", à mão, com uma caneta de ponta porosa. O nome, o endereço e o número de telefone dela haviam sido digitados na capa.

Ele pretendia dar uma lida rápida durante alguns minutos enquanto estava no chão, e então, com sorte, conseguiria se sentar à mesa e fingir ser um importante advogado que trabalha para o governo. Ele pensou em Voyles, e as marteladas ficaram mais fortes.

Ela escrevia bem, seguindo o estilo convencional de uma acadêmica do direito, com frases longas e cheias de palavras compridas. Mas era bastante clara. Evitava a verborragia, bem como os jargões que a maioria dos estudantes usa desesperadamente. Ela jamais conseguiria um cargo como advogada no governo dos Estados Unidos.

Gavin nunca tinha ouvido falar do suspeito que ela apontava, e tinha certeza de que ele não estava na lista de ninguém. Tecnicamente, não era um dossiê, e sim uma espécie de relato sobre um processo da Louisiana. Ela descrevia os fatos de forma sucinta, tornando tudo muito interessante. Fascinante, para dizer a verdade. Ele não estava só dando uma lida rápida.

Os fatos se estendiam por quatro páginas, depois ela preencheu as três seguintes com breves narrativas sobre as partes. Esse trecho era um pouco arrastado, mas ele continuou lendo. Estava vidrado. Na página oito, o dossiê, ou seja lá o que fosse, resumia o julgamento. Na nove, mencionava a apelação, e as últimas três páginas trilhavam um percurso nada plausível para a remoção de Rosenberg e de Jensen da Suprema Corte. Callahan disse que ela já tinha descartado aquela teoria. Darby parecia ter perdido o fôlego na parte final.

Mas era uma ótima leitura. Por um momento, ele havia se esquecido de seu estado atual de dor, e leu treze páginas de um dossiê escrito por uma estudante de direito deitado em um chão de carpete imundo, tendo um milhão de outras coisas para fazer.

Ouviu uma batida suave à porta. Ele se sentou lentamente, ficou de pé com cuidado e caminhou até a porta.

– Sim.

Era a secretária.

– Desculpe incomodar. Mas o diretor quer você no escritório dele em dez minutos.

Verheek abriu a porta.

– O quê?

– Sim, senhor. Dez minutos.

Ele esfregou os olhos e suspirou.

– Pra quê?

– Eu vou ser rebaixada se fizer esse tipo de pergunta, senhor.

– Você tem enxaguante bucal?

– Bem, sim, acho que sim. Você quer?

– Se eu não quisesse não teria perguntado. Traga para mim. Você tem algum chiclete?

– Chiclete?

– Sim, chiclete.

– Sim, senhor. Você quer também?

– Só me traz o enxaguante bucal e os chicletes, e algumas aspirinas, se você tiver.

Ele caminhou até a mesa e se sentou, apoiando a cabeça entre as mãos e esfregando as têmporas. Pôde ouvi-la batendo as gavetas, e em seguida a secretária estava diante dele com os pedidos.

– Obrigado. Me desculpe a grosseria.

Ele apontou para o dossiê em uma cadeira perto da porta.

– Mande esse dossiê pro Eric East, no quarto andar. Escreva um bilhete por mim. Diga a ele pra olhar quando tiver um minuto.

Ela saiu da sala com o dossiê.

FLETCHER COAL ABRIU a porta do Salão Oval e cumprimentou K. O. Lewis e Eric East com a cara amarrada. O Presidente estava em Porto Rico inspecionando os danos causados por um furacão, e o diretor Voyles agora se recusava a se reunir a sós com Coal. Ele enviava seus subordinados.

Coal apontou para um sofá e se sentou do outro lado da mesa de centro. Seu paletó estava abotoado e a gravata, perfeita. Ele não relaxava nunca. East tinha ouvido falar sobre seus hábitos. Trabalhava vinte horas por dia, sete dias por semana, não bebia nada além de água, e a maioria de suas refeições vinha de uma daquelas máquinas automáticas que ficava no subsolo. Lia sem parar e passava horas por dia revisando memorandos, relatórios, correspondências e montanhas de projetos de lei. Tinha uma memória incrível. Durante toda aquela semana, eles haviam entregado relatórios diários a respeito das investigações para Coal, que simplesmente devorava o material e o memorizava para a reunião seguinte. Se distorcessem algo, ele os colocava contra a parede. Ele era odiado, mas era impossível deixar de respeitá-lo. Era mais esperto que todos eles e trabalhava com mais afinco. E sabia disso.

Ele parecia ainda mais presunçoso no vazio do Salão

Oval. Seu chefe estava fora, posando para as câmeras, mas o verdadeiro dono do poder tinha ficado na retaguarda para administrar o país.

K. O. Lewis colocou uma pilha de papel de dez centímetros de altura sobre a mesa.

– Alguma novidade? – perguntou Coal.

– Talvez. As autoridades francesas estavam fazendo uma vistoria de rotina nas imagens das câmeras de segurança do aeroporto de Paris e acham que reconheceram alguém. Eles compararam com as imagens de outras duas câmeras do saguão, de diferentes ângulos, depois informaram à Interpol. A pessoa está disfarçada, mas a Interpol acredita que seja Khamel, o terrorista. Tenho certeza de que você já ouviu falar d...

– Já, sim.

– Eles analisaram as imagens por completo e estão quase certos de que ele chegou em um voo sem escalas saindo do aeroporto Dulles na quarta-feira passada, cerca de dez horas depois que Jensen foi encontrado.

– Ele estava no Concorde?

– Não, em um voo da United. Com base no horário e na posição das câmeras, eles conseguem determinar os portões e os voos.

– Daí então a Interpol entrou em contato com a CIA?

– Sim. Falaram com Gminski por volta de uma da tarde.

Coal mantinha a expressão inalterada.

– Quão certos eles estão disso?

– Oitenta por cento. Ele é um mestre do disfarce, e seria um pouco incomum ele viajar dessa forma. Então, há espaço pra dúvidas. Temos fotos e um relatório para o Presidente analisar. Honestamente, eu examinei as fotos e não sei dizer. Mas a Interpol conhece ele.

– Há anos ele não é fotografado assim tão facilmente, não é?

– Não que a gente saiba. E existe um boato de que ele entra na faca e ganha uma cara nova a cada dois ou três anos.

Coal refletiu sobre aquilo por um segundo.

– Ok. E se for o Khamel, e se ele estiver envolvido nos assassinatos? O que isso significa?

– Significa que a gente nunca vai pegá-lo. Pelo menos nove países, incluindo Israel, estão atrás dele neste exato momento. Significa que alguém pagou uma montanha de dinheiro pro Khamel usar os talentos dele aqui. Desde o início dissemos que o assassino ou os assassinos eram profissionais e que com certeza já tinham se mandado antes de os corpos esfriarem.

– Então, isso não significa muita coisa.

– De certo modo, não.

– Bom. O que mais vocês têm?

Lewis olhou para Eric East.

– Bem, temos o relatório diário de sempre.

– Eles têm estado bem fracos ultimamente.

– Sim. Nós estamos com 380 agentes trabalhando doze horas por dia. Ontem eles interrogaram 160 pessoas em trinta estados. Nós temos...

Coal levantou a mão.

– Não precisa. Vou ler o relatório. Me parece seguro afirmar que não há nada de novo.

– Talvez uma pequena novidade.

Lewis olhou para Eric East, que segurava uma cópia do dossiê.

– O que é isso? – perguntou Coal.

East se ajeitou no sofá, um pouco desconfortável. O dossiê tinha subido de mão em mão ao longo do dia, até chegar a Voyles, que gostou do que leu. Achava que era um tiro no escuro, que não merecia de fato atenção, mas o dossiê mencionava o Presidente, e ele adorou a ideia de fazer Coal e seu chefe tremerem nas bases. Ele pediu que Lewis e East entregassem o dossiê a Coal e o tratassem como uma importante teoria que o FBI estava levando a sério. Pela primeira vez em uma semana, Voyles tinha sorrido ao imaginar aqueles idiotas do Salão Oval lendo o dossiê e saindo correndo para se esconder. "Façam uma cena", disse Voyles. "Digam a ele que estamos pensando em colocar vinte agentes atrás disso."

– É uma teoria que surgiu nas últimas 24 horas, e o Voyles está bastante intrigado com ela. Ele tem medo de não ser bom pro Presidente.

Coal mantinha a expressão inalterada, sem vacilar.

– Como assim?

East colocou o dossiê em cima da mesa.

– Está tudo aqui neste relatório.

Coal olhou para o documento e examinou East.

– Certo. Vou ler depois. É só isso?

Lewis se levantou e abotoou o paletó.

– Sim, já vamos indo.

Coal os levou até a porta.

NÃO HOUVE NENHUM alvoroço quando o Air Force One pousou na base aérea de Andrews pouco depois das dez da noite. A Rainha estava fora, angariando fundos, e nenhum amigo ou membro da família cumprimentou o Presidente quando ele desceu do avião e se dirigiu ao carro, onde Coal o esperava. O Presidente afundou no banco de trás.

– Eu não imaginava ver você hoje – disse ele.

– Desculpe, mas precisamos conversar.

O carro disparou em direção à Casa Branca.

– Está tarde e estou cansado.

– Como foi o furacão?

– Impressionante. Derrubou um milhão de casebres e barracos de papelão, e agora vamos investir alguns bilhões e construir novas casas e usinas elétricas. Eles precisam de um bom furacão a cada cinco anos.

– A declaração de calamidade pública já está pronta.

– Ok. O que é tão importante?

Coal entregou uma cópia do que era agora conhecido como o Dossiê Pelicano.

– Não estou a fim de ler nada – retrucou o Presidente. – Me fale sobre o que é.

– O Voyles e a turminha dele depararam com um suspeito

que ninguém tinha mencionado até agora. Um suspeito bastante desconhecido e improvável. Uma estudante de direito da Tulane, dessas que gostam de aparecer, escreveu essa merda e de alguma maneira isso acabou indo parar no Voyles, que leu e achou que devia ser levado em conta. É importante lembrar que eles estão desesperados pra encontrar algum suspeito. A teoria é tão absurda que é difícil de acreditar, e à primeira vista não me preocupa. Mas o Voyles me preocupa. Ele decidiu que vai correr atrás disso com afinco, e a imprensa está de olho em cada movimento dele. Pode acabar vazando alguma coisa.

– Não temos como controlar a investigação.

– Mas podemos manipulá-la. O Gminski está esperando a gente na Casa Branca e...

– Gminski?!

– Fica tranquilo, Comandante. Eu entreguei a ele pessoalmente uma cópia disso aqui três horas atrás e fiz ele prometer sigilo. Ele pode ser incompetente, mas consegue guardar segredo. Confio nele muito mais do que no Voyles.

– Eu não confio em nenhum dos dois.

Coal ficava feliz em ouvir isso. Queria que o Presidente não confiasse em ninguém além dele.

– Eu acho que você deveria pedir à CIA que comece a investigar isso imediatamente. Eu gostaria de tomar conhecimento de tudo antes que o Voyles comece a cavar. Ninguém vai encontrar nada, mas se soubermos mais do que o Voyles, podemos convencê-lo a recuar. Faz sentido, Comandante.

O Presidente estava frustrado.

– É um assunto doméstico. Não cabe à CIA bisbilhotar isso. E provavelmente deve ser ilegal.

– Tecnicamente é ilegal. Mas o Gminski vai fazer isso por você, e ele pode fazer de forma rápida, secreta e mais completa que o FBI.

– É ilegal.

– Isso já foi feito antes, Comandante, várias vezes.

O Presidente ficou observando o trânsito. Seus olhos estavam inchados e vermelhos, mas não por cansaço. Tinha dormido três horas no avião. Mas havia passado o dia inteiro tendo que parecer triste e preocupado para as câmeras, e estava sendo difícil voltar ao normal.

Ele pegou o dossiê e o jogou no assento vazio ao seu lado.

– É alguém que a gente conhece?

– Sim.

14

Por ser uma cidade noturna, Nova Orleans demora a acordar. Continua quieta até bem depois do amanhecer, só então sacode as teias de aranha e adentra a manhã. Ninguém tem pressa, exceto nos trajetos de ida e volta dos subúrbios e nas movimentadas ruas do centro. Isso acontece em qualquer cidade. Mas no French Quarter, o coração de Nova Orleans, o cheiro de uísque, *jambalaya* e peixe grelhado da noite anterior pairam pelas ruas vazias até o sol raiar. Uma ou duas horas depois, ele é substituído pelo aroma do café e dos *beignets* do French Market, e então as calçadas começam, relutantemente, a dar sinais de vida.

Darby estava encolhida em uma cadeira na pequena varanda, tomando café e esperando o sol aparecer. Callahan estava a poucos metros de distância, do outro lado da porta aberta, ainda envolto nos lençóis e alheio ao mundo. Havia uma leve brisa, mas a umidade voltaria por volta do meio-dia. Ela puxou o roupão mais para perto do pescoço e sentiu o aroma do perfume dele. Pensou no pai, e em suas folgadas camisas de botão feitas de algodão que ele deixava que ela usasse na adolescência. Ela enrolava as mangas firmemente até os cotovelos, a barra batendo nos joelhos, depois passeava pelo shopping com as amigas, com a certeza de que ninguém era mais descolado do que ela. Seu pai era seu amigo. No fim do ensino médio, ela já tinha passado por todo o armário dele, o que não tinha problema, desde que fosse tudo lavado, bem passado e colocado de volta nos cabides. Ela ainda podia sentir o cheiro do Grey Flannel que ele passava no rosto todos os dias.

Se estivesse vivo, ele seria quatro anos mais velho que Thomas Callahan. Sua mãe havia se casado novamente e se mudado para Boise. Darby tinha um irmão na Alemanha. Os três raramente se falavam. Seu pai havia sido a cola em uma família fragmentada, e sua morte afastara todos eles.

Vinte outras pessoas morreram no acidente de avião e, antes que os preparativos para o funeral terminassem, os advogados já estavam ligando. Foi sua primeira exposição de fato ao mundo jurídico, e não foi nada agradável. O advogado da família trabalhava com direito imobiliário e não entendia nada de processos litigiosos. Um desses advogados de porta de cadeia se aproximou do irmão dela e convenceu a família a entrar logo com um processo. O nome dele era Herschel, e, por dois anos, a família sofreu à medida que Herschel enrolava, mentia e arruinava o caso. Uma semana antes do julgamento aceitaram um acordo que lhes rendeu meio milhão de dólares, descontada a parte de Herschel, e Darby ficou com cem mil.

Ela decidiu se tornar advogada. Se um palhaço como Herschel tinha conseguido, e ainda fazia uma grana enquanto causava estragos na sociedade, então ela definitivamente seria capaz, e por uma causa mais nobre. Ela pensava em Herschel com frequência. Quando recebesse a licença para advogar, seu primeiro processo seria contra ele, por negligência. Ela queria trabalhar em um escritório de direito ambiental. Sabia que encontrar emprego não seria problema.

Os cem mil dólares estavam intocados. O novo marido de sua mãe era executivo de uma empresa de papel, um pouco mais velho e muito mais rico do que ela, e logo após o casamento ela dividiu sua parte do acordo entre Darby e o irmão.

Ela disse que o dinheiro a lembrava do falecido marido, e que o gesto era simbólico. Embora ainda amasse o pai deles, ela tinha uma nova vida, em uma nova cidade, com um novo marido que se aposentaria em cinco anos com dinheiro para gastar à vontade. Darby nunca entendeu muito bem o tal gesto simbólico, mas agradeceu e aceitou o dinheiro.

Os cem mil tinham duplicado. Darby investiu a maior parte em fundos mútuos, mas apenas naqueles sem participação na indústria química e de petróleo. Ela dirigia um Honda Accord e vivia modestamente. Seu guarda-roupa era típico de uma aluna de direito, todo adquirido em pontas de estoque. Ela e Callahan gostavam dos melhores restaurantes da cidade, e nunca comiam no mesmo lugar duas vezes. Os dois sempre dividiam a conta.

Ele não se importava com dinheiro e nunca a pressionou para saber mais em relação a isso. Ela tinha mais do que a maioria dos alunos da faculdade, mas a Universidade de Tulane tinha sua parcela de gente rica.

Eles saíram por um mês até irem para a cama. Darby estabeleceu as regras básicas e ele concordou com elas, não sem alguma ansiedade. Não haveria outras mulheres. Eles seriam muito discretos. E ele teria que parar de beber tanto.

Ele se ateve às duas primeiras, mas a bebedeira continuou. Seu pai, seu avô e seus irmãos bebiam muito, e aquilo era meio que esperado dele. Mas, pela primeira vez em sua vida, Thomas Callahan estava apaixonado, loucamente apaixonado, e sabia em que medida o uísque poderia interferir naquele relacionamento. Ele tomava cuidado. Com exceção da semana anterior e do trauma específico em relação à morte de Rosenberg, jamais bebia antes das cinco da tarde. Quando estavam juntos, ele deixava o uísque de lado quando já tinha bebido o suficiente e achava que poderia afetar seu desempenho na cama.

Era divertido ver um homem de 45 anos se apaixonar pela primeira vez. Ele se esforçava para manter algum nível de indiferença, mas nos momentos de intimidade entre os dois era tão bobo quanto um estudante do segundo ano.

Ela o beijou na bochecha e o cobriu com uma colcha. As roupas dela estavam dobradas em cima de uma cadeira. Darby trancou a porta da frente silenciosamente ao sair. O sol já estava alto, espiando através dos edifícios do outro lado da Dauphine Street. A calçada estava vazia.

Ela teria uma aula dali a três horas e depois direito constitucional com Callahan, às onze. Tinha um simulado no qual teria que redigir as razões de apelação de um caso marcado para dali a uma semana. Seu artigo para a revista jurídica da universidade estava juntando poeira. Ela estava atrasada nas atividades de duas disciplinas. Tinha chegado a hora de voltar a estudar. Havia desperdiçado quatro dias brincando de detetive e praguejou contra si mesma por conta disso.

O Honda Accord estava estacionado logo depois da esquina, meio quarteirão adiante.

ELES A OBSERVAVAM, e no fundo era um tanto agradável. Calça jeans apertada, suéter folgado, pernas compridas, óculos escuros para esconder os olhos sem maquiagem. Eles a viram fechar a porta, caminhar às pressas ao longo da Royal Street, e depois desaparecer ao virar a esquina. O cabelo batia na altura dos ombros e parecia ruivo.

Era ela.

ELE TRAZIA O almoço em um pequeno saco de papel pardo; encontrou um banco de parque vazio de costas para a New Hampshire Avenue. Odiava a Dupont Circle, cheia de vagabundos, drogados, pervertidos, hippies velhos e punks em roupas de couro preto, com cabelo vermelho espetado e línguas ferinas. Do outro lado da fonte, um homem bem-vestido com um alto-falante estava reunindo seu grupo de ativistas dos direitos dos animais para uma passeata até a Casa Branca. O pessoal de roupas de couro zombou deles e os xingou, mas quatro policiais montados estavam perto o suficiente para evitar maiores problemas.

Ele olhou para o relógio e descascou uma banana. Era meio-dia, e ele preferia estar comendo em outro lugar. O encontro seria rápido. Ele assistiu aos xingamentos e à zombaria dos punks, e viu seu contato emergir da multidão. Seus olhos se encontraram, um aceno de cabeça, e logo ele estava sentado no banco ao seu lado. Seu nome era Booker e ele era de Langley. Eles se encontravam ali ocasionalmente, quando as linhas de comunicação ficavam confusas ou emboladas e seus chefes precisavam de palavras ditas pessoalmente que não seriam ouvidas por mais ninguém.

Booker não tinha levado almoço. Ele começou a descascar amendoins torrados e jogar as cascas sob o banco de formato circular.

– Como anda o Sr. Voyles?

– Babaca como sempre.

– Ontem o Gminski saiu da Casa Branca depois de meia-noite – contou Booker jogando uns amendoins na boca.

Ele não disse nada. Voyles já sabia disso.

– Eles estão em pânico por lá – prosseguiu Booker. – O tal do Pelicano assustou todo mundo. Nós lemos também, né, e temos quase certeza de que vocês não ficaram nada impressionados com o conteúdo, mas por alguma razão o Coal ficou apavorado e deixou o Presidente irritado. Nós estamos achando que vocês estão tirando sarro do Coal e do chefe dele, e como o dossiê cita o Presidente e tem aquela foto, achamos que isso tudo é uma diversão pra vocês. Entende o que eu quero dizer?

Ele deu uma mordida na banana e não disse nada.

Os defensores dos animais saíram em formação irregular enquanto os punks vaiavam.

– De todo modo, não é da nossa conta e não deveria ser, mas acontece que agora o Presidente quer que a gente investigue secretamente o Dossiê Pelicano antes de vocês. Ele está convencido de que nós não vamos encontrar nada, e quer ter certeza de que não tem nada mesmo, pra então poder convencer o Voyles a desistir.

– Não tem nada lá.

Booker observou um bêbado urinar na fonte. Os policiais montados estavam indo embora.

– O Voyles está se divertindo, não é?

– Estamos indo atrás de tudo o que aparece.

– Nenhum suspeito de fato até agora?

– Não – respondeu, terminando de comer a banana. – Por que eles estão tão preocupados com a gente investigar esse troço?

Booker mastigava um pequeno amendoim ainda na casca.

– Bem, pra eles é muito simples. Estão furiosos com o vazamento da indicação do Pryce e do MacLawrence, e é claro que é tudo culpa de vocês. Eles desconfiam totalmente do Voyles. E com vocês investigando o Dossiê Pelicano, eles têm medo de a imprensa descobrir e o Presidente acabar levando uma surra. A reeleição é no ano que vem, blá, blá, blá.

– O que o Gminski disse pro Presidente?

– Que ele não tinha intenção de interferir em uma investigação do FBI, que nós tínhamos coisa melhor pra fazer e que isso seria totalmente ilegal. Mas como o Presidente estava implorando muito e o Coal estava ameaçando mais ainda, nós íamos acabar fazendo de qualquer maneira. E agora estou aqui falando com você.

– O Voyles agradece.

– Vamos começar a investigar hoje, mas a história é totalmente absurda. Vamos fazer o básico, ficar fora do caminho de vocês, e em uma semana mais ou menos vamos dizer ao Presidente que a teoria é um tiro no escuro.

Ele dobrou a abertura do saco de papel e se levantou.

– Ótimo. Vou passar isso tudo pro Voyles. Obrigado.

Ele caminhou em direção à Connecticut Avenue, longe dos punks com roupas de couro, e foi embora.

O MONITOR ESTAVA em uma mesa bagunçada bem no meio da redação, e Gray Grantham olhava para ele em meio ao zumbido e ao falatório. As palavras não vinham, e ele ficou ali sentado, olhando para a tela. O telefone tocou. Ele apertou o botão e pegou o fone sem tirar os olhos do monitor.

– Gray Grantham.

– É o Garcia.

Ele se esqueceu do monitor.

– Sim, pois não. E aí?

– Eu tenho duas perguntas. Primeiro, você grava essas chamadas? Segundo, você consegue rastreá-las?

– Não e sim. Não gravamos até pedirmos permissão e podemos rastrear, mas não fazemos isso. Pensei que você tinha me dito que não me ligaria no trabalho.

– Você quer que eu desligue?

– Não. Tudo bem. Prefiro falar às três da tarde no escritório do que às seis da manhã na cama.

– Desculpa. Eu estou com medo, só isso. Vou falar com você contanto que eu possa confiar em você, mas se você mentir pra mim, Sr. Grantham, eu não vou falar mais nada.

– Combinado. Quando você vai começar a falar?

– Eu não posso falar agora. Estou em um orelhão no centro da cidade e estou com pressa.

– Você disse que tinha uma cópia de alguma coisa.

– Não, eu disse que talvez eu tivesse uma cópia de alguma coisa. Vamos ver.

– Ok. Então, quando você deve ligar de novo?

– Eu tenho que marcar um horário com você?

– Não. Mas eu estou um pouco perdido.

– Vou te ligar amanhã na hora do almoço.

– Estarei aqui.

Garcia desligou. Grantham digitou sete dígitos, depois seis e depois quatro. Escreveu o número, depois folheou o catálogo telefônico até encontrar o local de onde vinha a chamada, Pay Phones Inc. Ficava na Pennsylvania Avenue, perto do Departamento de Justiça.

15

A discussão começou na sobremesa, uma parte da refeição que Callahan preferia trocar por álcool. Ela foi bastante gentil ao listar tudo o que ele já havia bebido durante o jantar: dois uísques duplos enquanto esperavam a mesa, mais um antes de pedirem os pratos, e, com o peixe, duas garrafas de vinho, das quais ela tinha tomado apenas duas taças. Ele estava bebendo rápido demais e ficando desastrado, e no momento em que ela terminou de fazer essa recapitulação, ele se irritou. Ele pediu uma dose de Drambuie no lugar da sobremesa, primeiro porque era o seu licor favorito, e segundo, porque, de repente, se tornara uma questão de princípios. Ele virou em um gole e pediu outro, e ela ficou furiosa.

Darby mexeu o café com a colher e o ignorou. O Mouton's estava lotado, e ela só queria sair de lá sem que houvesse uma cena e ir para casa sozinha.

A discussão foi se tornando desagradável na calçada, à medida que eles se afastavam do restaurante. Ele tirou do bolso as chaves do Porsche; ela disse que ele estava bêbado demais para dirigir e pediu as chaves. Ele saiu trocando as pernas em direção ao estacionamento, a três quarteirões de distância, agarrado ao chaveiro. Ela disse que ia voltar a pé. "Bom passeio", respondeu ele. Ela voltou alguns passos, constrangida com a figura trôpega à sua frente. Ela implorou para ele. Seu nível de álcool no sangue com certeza já tinha ultrapassado o limite permitido. Ele era um professor de direito, porra. Podia acabar matando alguém. Saiu cambaleando ainda mais, chegando perigosamente próximo ao meio-fio, depois se afastando. Ele olhou pra trás e gritou alguma coisa sobre ele dirigir melhor bêbado do que ela seria capaz sóbria. Ela ficou para trás. Em outro momento ela já tinha entrado no carro com ele daquele jeito, e sabia o que um bêbado era capaz de fazer em um Porsche.

Ele atravessou a rua sem olhar para os lados, com as mãos enfiadas nos bolsos, como se estivesse dando um passeio casual na madrugada. Calculou mal a altura do meio-fio, deu uma topada e saiu catando cavaco e xingando pela calçada. Conseguiu se pôr de pé antes que ela pudesse segurá-lo. "Me deixa em paz, porra", ele disse a ela. Ela implorou para que ele lhe entregasse as chaves, ou ela iria embora. Ele a enxotou. "Bom passeio", foi o que ele disse com uma risada. Ela nunca tinha visto ele tão bêbado. Ele nunca havia tocado nela com agressividade, estando bêbado ou não.

Ao lado do estacionamento havia uma birosca imunda com letreiros de cerveja em neon espalhados pelas janelas. Ela olhou lá para dentro pela porta aberta em busca de ajuda, mas pensou que seria uma estupidez. Estava repleto de bêbados.

Ela gritou com Callahan quando ele se aproximou do Porsche. "Thomas! Por favor! Me deixa dirigir!" Ela estava na calçada e não daria mais nem um passo.

Ele tropeçou, acenando para ela, falando sozinho. Ele abriu a porta, se espremeu para conseguir entrar e desapareceu em meio aos outros carros. Deu partida no motor, que rugiu quando ele acelerou.

Darby se apoiou na lateral de um prédio a poucos metros da saída do estacionamento. Ela olhou para a rua e quase desejou que aparecesse um policial. Preferiria ele preso do que morto.

Estava longe demais de casa para andar. Ela ia esperar ele ir embora, depois chamaria um táxi e então iria ignorá-lo por uma semana. Pelo menos uma semana. "Bom passeio", repetiu ela para si mesma. Ele acelerou de novo e saiu cantando pneu.

A explosão a derrubou na calçada. Ela caiu de quatro, depois de bruços, atordoada por um segundo, e logo se deu conta do calor e da fuligem caindo no chão. Ficou imóvel no estacionamento, boquiaberta. O Porsche capotou violentamente e aterrissou com as rodas para cima. Os pneus, as portas e as calotas estavam pendurados. O carro era uma bola de fogo brilhante, sendo devorado pelas chamas crepitantes.

Darby foi na direção do Porsche, gritando por ele. A fuligem caía ao redor dela e o calor a fez diminuir o passo. Ela parou a uns dez metros de distância, gritando, com as mãos na frente da boca.

Então uma segunda explosão virou o carro novamente e a afastou. Ela tropeçou e sua cabeça bateu com força no para-choque de outro carro. Sentiu o calor do chão em seu rosto, e isso foi a última coisa de que ela se lembrou.

A birosca ficou vazia e os bêbados se espalharam por todos os lados. Ficaram parados ao longo da calçada, olhando fixamente. Um casal tentou se aproximar, mas o calor deixou seus rostos vermelhos, e eles se afastaram. Uma fumaça pesada se abateu sobre a bola de fogo e, em segundos, outros dois carros estavam em chamas. Houve gritos, e as pessoas entraram em pânico.

– De quem é o carro?
– Chama uma ambulância!
– Tem alguém lá dentro?
– Alguém chama uma ambulância!

Eles a arrastaram pelos cotovelos de volta para a calçada, para o meio da multidão. Ela repetia o nome dele sem parar. Alguém surgiu de dentro da birosca trazendo um pedaço de pano molhado, que foi colocado em sua testa.

A multidão aumentou e a rua ficou lotada. Sirenes, ela ouvia sirenes ao redor. Havia um galo na parte de trás da cabeça e seu rosto estava gelado. Sua boca estava seca. "Thomas. Thomas", ela continuava a repetir.

"Está tudo bem, está tudo bem", um homem disse para ela. Ele estava cuidadosamente segurando sua cabeça e acariciando seu braço. Outras pessoas a olhavam de cima. Todos balançavam a cabeça, concordando, "Está tudo bem".

Agora, as sirenes estavam gritando. Ela tirou o pano do rosto com cuidado e seus olhos conseguiram focar. Havia luzes vermelhas e azuis piscando da rua. As sirenes eram ensurdecedoras. Ela se sentou. As pessoas a apoiaram contra a parede, bem embaixo dos letreiros de cerveja em neon. Elas se afastaram, observando-a com atenção.

– Você está bem, senhorita? – perguntou o homem que antes a segurava na calçada.

Darby não conseguiu responder. Nem sequer tentou. Estava desorientada.

– Onde está o Thomas? – perguntou ela, olhando para as rachaduras na calçada.

Eles se entreolharam. O primeiro caminhão de bombeiros parou de repente, a seis metros de distância, e a multidão abriu espaço. Bombeiros saltaram e se espalharam em todas as direções.

– Onde está o Thomas? – repetiu ela.

– Senhorita, quem é Thomas? – perguntou o homem.

– Thomas Callahan – disse ela delicadamente, como se todos ali o conhecessem.

– Ele estava naquele carro?

Ela assentiu, depois fechou os olhos. No breve silêncio entre uma sirene e outra, ela ouvia os gritos ansiosos dos bombeiros e o crepitar do fogo. Podia sentir o cheiro de queimado.

O segundo e o terceiro caminhões de bombeiros chegaram de diferentes direções. Um policial abriu caminho pela multidão. "Polícia. Abram caminho. Polícia." Ele empurrou e afastou as pessoas até encontrá-la. Ele se ajoelhou e agitou o distintivo diante dela.

– Senhorita, sargento Rupert, Polícia de Nova Orleans.

Darby ouviu o que ele disse, mas não assimilou nada. O rosto dele estava muito próximo do dela, esse tal Rupert, de cabelo volumoso, usando boné e um casaco preto e dourado do New Orleans Saints. Ela olhou fixamente para ele.

– Aquele carro é seu, senhora? Alguém disse que o carro era seu.

Ela balançou a cabeça. Não.

Rupert a segurou pelos cotovelos e a levantou. Ele falava com ela, perguntava se ela estava bem e ao mesmo tempo a puxava para cima e ela sentia muita dor. Ela tinha batido a cabeça, estava perdida, confusa, em choque, mas aquele idiota não se importava. Ela se levantou. Não conseguia travar os joelhos para ficar de pé, seu corpo estava vacilante. Ele não parava de perguntar se ela estava bem. O homem que a ajudou olhava para Rupert como se ele fosse maluco.

Por fim as pernas funcionaram, e ela e Rupert atravessaram a multidão, passando por trás de um caminhão de bombeiros, dando a volta em outro, até chegar a um carro de polícia à paisana. Ela abaixou a cabeça e se recusou a olhar para o estacionamento. Rupert falava sem parar. Algo sobre uma ambulância. Ele abriu a porta da frente e a colocou cuidadosamente no banco do carona.

Outro policial se agachou ao lado da porta e começou a lhe fazer perguntas. Ele usava jeans e botas de caubói de bico fino. Darby se inclinou para a frente e apoiou a cabeça nas mãos.

– Eu acho que preciso de ajuda – disse ela.

– Claro, senhorita. Já estão a caminho. Só algumas perguntas. Qual é o seu nome?

– Darby Shaw. Acho que estou em choque. Estou muito tonta e acho que preciso vomitar.

– A ambulância está a caminho. Aquele carro é seu?

– Não.

Outro carro da polícia, um com insígnia, coisas escritas e luzes, parou em frente ao de Rupert cantando pneu. Rupert desapareceu em um segundo. O policial com pinta de caubói fechou a porta de repente e ela ficou sozinha no carro. Ela se inclinou para a frente e vomitou no espaço entre as pernas. Começou a chorar. Estava com frio. Bem devagar, colocou a cabeça no banco do motorista e se encolheu em posição fetal. Silêncio. Depois, escuridão.

ALGUÉM ESTAVA BATENDO na janela acima dela. Darby abriu os olhos, e o homem usava uniforme e um chapéu com distintivo. A porta estava trancada.

– Abra a porta, senhorita! – gritou ele.
Ela se sentou e abriu a porta.
– Você está bêbada, senhorita?
– Não – disse ela desesperada, a cabeça martelando.
Ele abriu mais a porta.
– Esse carro é seu?
Ela esfregou os olhos. Precisava pensar.
– Senhorita, esse carro é seu?
– Não! – respondeu olhando para ele. – Não. É do Rupert.
– Ok. Mas quem é Rupert?

Tinha restado apenas um caminhão de bombeiros, e a maior parte da multidão havia ido embora. Aquele homem ao lado da porta era obviamente um policial.

– Sargento Rupert. Um de vocês – respondeu ela.
– Saia do carro, senhorita – ordenou ele irritado.

"Com prazer", pensou ela. Darby deslizou para o lado do carona e ficou de pé na calçada. Ao longe, um bombeiro solitário jogava água nas ferragens do Porsche com uma mangueira.

Outro policial de uniforme se juntou a ele e os dois se aproximaram dela na calçada.

– Qual é o seu nome? – perguntou o primeiro policial.
– Darby Shaw.
– Por que você estava desmaiada naquele carro?
Ela olhou para o carro.
– Não sei. Eu me machuquei e o Rupert me colocou naquele carro. Onde está o Rupert?

Os policiais se entreolharam.

– Quem é esse tal de Rupert? – perguntou o primeiro policial.

Isso a deixou furiosa e fez com que de repente voltasse a si.

– O Rupert disse pra mim que era policial.
– Como você se machucou? – perguntou o segundo policial.

Darby olhou para ele. Ela apontou para o estacionamento do outro lado da rua.

– Em tese era pra eu estar dentro daquele carro. Mas não

estou, então estou aqui ouvindo suas perguntas idiotas. Onde está o Rupert?

Eles olharam um para o outro sem entender nada. O primeiro policial pediu a ela que ficasse ali e atravessou a rua até outra viatura onde um homem de terno estava conversando com um pequeno grupo. Eles cochicharam alguma coisa, depois o primeiro policial e o homem de terno caminharam até a calçada onde Darby esperava.

– Eu sou o tenente Olson, do Departamento de Polícia de Nova Orleans – disse o homem de terno. – Você conhecia o homem no carro? – perguntou, apontando para o estacionamento.

Seus joelhos bambearam e ela mordiscou o lábio. Ela assentiu.

– Qual o nome dele?

– Thomas Callahan.

Olson olhou para o primeiro policial.

– É o que consta no sistema. E esse Rupert, quem é?

– Ele disse que era da polícia! – gritou Darby.

Olson parecia simpático.

– Eu sinto muito. Não temos nenhum policial com esse nome.

Ela soluçava alto. Olson a ajudou a encostar no capô do carro de Rupert e segurou seus ombros enquanto o choro diminuía e ela se esforçava para recuperar o controle.

– Verifique a placa – disse Olson ao segundo policial, que rapidamente anotou o número e passou para alguém pelo rádio.

Olson pôs gentilmente as mãos nos ombros dela e a olhou nos olhos.

– Você estava junto com o Callahan?

Ela assentiu, ainda chorando, mas um pouco mais calma. Olson olhou para o primeiro policial.

– Como você entrou nesse carro? – perguntou Olson devagar e delicadamente.

Ela enxugou os olhos com os dedos e olhou para Olson.

– Esse cara, Rupert, que disse que era policial, apareceu e me tirou de lá, depois me trouxe até aqui. Ele me colocou no carro, e esse outro policial com botas de caubói começou a me fazer perguntas. Chegou uma outra viatura e eles foram embora. Acho que eu desmaiei depois disso. Não sei. Eu quero ir pro hospital.

– Pegue o meu carro – disse Olson ao primeiro policial.

O segundo policial voltou com um olhar atônito.

– Essa placa não está registrada no sistema. Deve ser uma placa fria.

Olson pegou Darby pelo braço e a levou para o carro.

– Eu vou levá-la pro Charity Hospital – disse Olson rapidamente aos policiais. – Resolvam tudo por aqui e me encontrem lá. Isolem a área ao redor do carro. Depois a gente vê isso.

Ela se sentou no carro de Olson e ficou ouvindo o chiado do rádio e olhando para o estacionamento. Quatro carros tinham pegado fogo. O Porsche estava de cabeça para baixo, não havia sobrado nada além de um chassi retorcido. Um grupo de bombeiros e outras equipes de emergência continuavam no local. Um policial passava uma fita amarela ao redor do estacionamento.

Ela tocou o galo na parte de trás da cabeça. Não havia sangue. Lágrimas pingavam do seu queixo.

Olson bateu a porta e eles passaram pelos carros estacionados em direção ao hospital. Ele acendeu as luzes azuis, mas não ligou a sirene.

– Você quer conversar? – perguntou ele.

Eles pegaram a St. Charles Avenue.

– Acho que sim – disse ela. – Ele morreu, não foi?

– Sim, Darby. Eu sinto muito. Imagino que ele estava sozinho no carro.

– Sim.

– Como você se machucou?

Ele lhe entregou um lenço e ela enxugou os olhos.

– Eu caí ou alguma coisa assim. Houve duas explosões, e acho que a segunda me derrubou. Eu não me lembro de tudo. Por favor, me diga quem é o Rupert.

– Eu não faço ideia. Não conheço nenhum policial chamado Rupert, e não havia nenhum policial aqui com botas de caubói.

Ela ficou refletindo sobre aquilo ao longo de um quarteirão e meio.

– Qual era a profissão do Callahan?

– Professor de direito na Tulane. Eu sou aluna de lá.

– Quem poderia querer matá-lo?

Ela olhou para os semáforos e balançou a cabeça.

– Você tem certeza de que foi intencional?

– Não tenho a menor dúvida. Usaram um explosivo muito poderoso. Encontramos um pedaço de um pé preso em uma cerca de arame a mais de vinte metros de distância. Me desculpe, ok? Ele foi assassinado.

– Talvez tenham pegado o carro errado.

– Isso é sempre possível. Vamos checar tudo. Pelo que eu entendi, era pra você estar no carro com ele.

Ela tentou falar, mas não conseguiu conter as lágrimas. Então enfiou o rosto no lenço.

Ele estacionou entre duas ambulâncias perto da entrada de emergência do Charity Hospital e deixou as luzes azuis acesas. Ele a ajudou a entrar rapidamente em uma sala suja, onde cinquenta pessoas aguardavam com variados graus de dor e desconforto. Ela encontrou um lugar para sentar perto de um bebedouro. Olson estava falando com a senhora atrás do vidro; ele ergueu a voz, mas Darby não conseguiu entendê-lo. Um menino pequeno com uma toalha ensanguentada em volta do pé chorava no colo da mãe. Uma jovem negra estava prestes a dar à luz. Não havia nenhum médico ou enfermeiro à vista. Ninguém estava com pressa.

Olson se agachou na frente dela.

– Vai demorar alguns minutos. Aguente firme. Vou estacionar o carro e volto em um minuto. Você acha que consegue falar?

– Sim, claro.

Ele saiu. Ela procurou mais uma vez por algum sangramento e não encontrou nada. As portas duplas se abriram e duas enfermeiras zangadas foram buscar a moça em trabalho de parto.

Elas a levaram de volta pelas portas, quase que a arrastando, e seguiram corredor adentro.

Darby esperou um pouco, então se levantou. Com os olhos vermelhos e um lenço na mão, ela parecia a mãe de alguma criança ali. A sala parecia um zoológico, com enfermeiras, técnicos de enfermagem, pessoas feridas gritando, indo de um lado para o outro. Ela pegou um corredor e viu uma placa de saída. Atravessou uma porta, outro corredor, só que muito mais silencioso, outra porta, e por fim chegou ao setor de carga e descarga do hospital. Havia luzes do outro lado do portão. *Não saia correndo. Aguente firme. Está tudo bem. Não tem ninguém aqui.* Ela estava na rua, andando depressa. O ar frio a deixou alerta novamente. Ela se recusou a chorar.

Olson faria as coisas com calma e, quando voltasse, imaginaria que haviam chamado o nome dela e que ela estava sendo atendida. Ele esperaria por um bom tempo.

Darby virou em várias esquinas e chegou à Rampart Street. O French Quarter estava logo adiante. Ela poderia se misturar à multidão. Havia pessoas na Royal Street, turistas passeando. Sentiu-se mais segura. Entrou no Holiday Inn, pagou com cartão de crédito e pegou um quarto no quinto andar. Depois que trancou a porta e passou a corrente, se encolheu na cama com todas as luzes acesas.

A ESPOSA RICA de Verheek dormia atravessada na cama quando o telefone tocou.

– É pra você, Gavin! – gritou ela na direção do banheiro.

Gavin apareceu com creme de barbear na metade do rosto e pegou o fone da mão da esposa, que afundou na cama novamente. Ele olhou para ela com desdém.

– Alô.

Era uma voz feminina que ele nunca tinha ouvido antes.

– Meu nome é Darby Shaw. Você sabe quem sou eu?

Ele sorriu imediatamente e, por um segundo, imaginou-a de biquíni na praia em St. Thomas.

– Sim, acho que temos um amigo em comum.
– Você leu o que eu escrevi?
– Ah, sim. O Dossiê Pelicano, é como nós chamamos.
– "Nós" quem?

Verheek se sentou em uma cadeira ao lado da mesa de cabeceira. Aquela não era uma ligação amigável.

– Por que você está me ligando, Darby?
– Eu preciso de algumas respostas, Sr. Verheek. Estou morrendo de medo.
– Pode me chamar de Gavin, ok?
– Gavin. Onde está o dossiê?
– Circulando por aí. O que houve?
– Eu vou te dizer já, já. Só me diz o que você fez com o dossiê.
– Bem, eu li, depois mandei pra outra divisão, e ele foi lido por algumas pessoas do FBI, que levaram ao Voyles, o diretor, que meio que gostou.
– Alguém de fora do FBI teve acesso a ele?
– Não posso falar sobre isso com você, Darby.
– Então eu não vou te dizer o que aconteceu com o Thomas.

Verheek refletiu por um longo minuto. Ela esperou pacientemente.

– Ok. Sim, o dossiê circulou fora do FBI. Quantas pessoas leram, ou quem são elas, eu não sei.
– O Callahan morreu, Gavin. Ele foi morto ontem à noite por volta das dez. Alguém colocou uma bomba no carro dele pra pegar nós dois. Eu dei sorte, mas agora eles estão atrás de mim.

Verheek alcançou um pedaço de papel e começou a anotar.

– Você se machucou?
– Fisicamente estou bem.
– Onde você está?
– Nova Orleans.
– Você tem certeza, Darby? Quer dizer, eu sei que você tem certeza, mas, porra, quem ia querer matar o Thomas?
– Eu estive com alguns deles.

– Como assim você...

– É uma longa história. Quem mais leu, Gavin? Ele te entregou na segunda à noite. O dossiê foi passado de mão em mão, e 48 horas depois mataram o Thomas. E era pra eu ter morrido também. Esse dossiê caiu nas mãos de quem não devia, você não acha?

– Você está em segurança?

– Como diabos eu vou saber?

– Onde você está? Qual é o seu telefone?

– Um passo de cada vez, Gavin. Nesse momento estou ligando de um orelhão, e pretendo ir bem devagar. Então nem vem!

– Pelo amor de Deus, Darby! Dá um tempo! O Thomas era meu melhor amigo. Você precisa confiar em mim.

– E como exatamente farei isso?

– Olha, Darby, me dá quinze minutos, e vamos mandar um grupo de agentes te buscar. Eu vou pegar um avião e chego aí antes de meio-dia. Você não pode ficar pela rua.

– Por quê, Gavin? Quem está atrás de mim? Me fala!

– Eu vou falar com você quando chegar aí.

– Eu sinceramente não sei. O Thomas morreu porque falou com você. Eu não estou muito ansiosa pra te conhecer.

– Darby, olha, não sei por causa de quem ou por que, mas eu te garanto que você está correndo muito perigo nesse momento. Nós podemos proteger você.

– Talvez mais tarde.

Ele respirou fundo e se sentou na beira da cama.

– Você pode confiar em mim, Darby.

– Tudo bem, eu confio em você. Mas e as outras pessoas? Isso é sério, Gavin. Alguém ficou bem incomodado com o dossiê, você não acha?

– Ele sofreu?

Ela hesitou por um momento.

– Acho que não – respondeu Darby com a voz embargada.

– Você pode me ligar daqui a duas horas? No escritório. Eu vou te dar o meu número direto.

– Me passa o número que eu vou pensar.
– Por favor, Darby. Eu vou imediatamente falar com o diretor quando chegar lá. Me ligue às oito.
– Me passa o número.

A BOMBA EXPLODIU tarde demais para entrar na edição matutina de quinta-feira do *Times-Picayune*. Darby folheou apressadamente um exemplar no quarto do hotel. Nada. Ligou a televisão e lá estava. Uma imagem ao vivo do Porsche queimado, ainda em meio aos destroços no estacionamento, em uma grande área isolada por uma fita amarela. A polícia estava tratando o caso como um homicídio. Nenhum suspeito. Nenhum comentário. Em seguida, o nome de Thomas Callahan, 45 anos, um conhecido professor de direito da Universidade de Tulane. O reitor apareceu de repente, com um microfone na cara, falando sobre o professor Callahan e sobre quanto tudo aquilo era impactante.

O choque, o cansaço, o medo e a dor fizeram Darby enterrar a cabeça no travesseiro. Ela odiava chorar, e aquela seria a última vez que choraria por um tempo. Se ela se entregasse ao luto, acabaria sendo morta.

16

A crise estava sendo vantajosa para o Presidente, mas, mesmo com os índices de aprovação elevados, com Rosenberg morto, com sua imagem renovada e os Estados Unidos se sentindo confiantes por ele estar no controle, com os democratas totalmente sem perspectivas e com a reeleição já no papo para o ano seguinte, ele estava de saco cheio daquilo tudo e das infinitas reuniões agendadas para antes mesmo do amanhecer. Ele estava de saco cheio de F. Denton Voyles, da sua presunção e da sua arrogância, e de sua figura atarracada sentada do outro lado da mesa, com um sobretudo amarrotado, olhando pela janela enquanto se dirigia ao Presidente dos Estados Unidos. Ele chegaria dali a um minuto para mais uma reunião antes do café da manhã, outro encontro tenso durante o qual Voyles contaria apenas parte do que sabia.

Estava de saco cheio de ser mantido no escuro, recebendo apenas as migalhas que Voyles escolhia lhe oferecer. Gminski também lhe dava algumas e, por alguma razão, no meio desse jogo de dar e receber, esperavam que ele se desse por satisfeito. Comparado aos dois, ele não sabia de nada. Pelo menos ele tinha Coal para ler aqueles relatórios e memorizar tudo, e garantir que eles não tentassem enrolá-los.

Ele também estava de saco cheio de Coal. De saco cheio de sua perfeição e de sua capacidade de não dormir. De sua genialidade. De sua predisposição para começar o dia sempre quando o sol ainda estava nascendo em algum lugar do Atlântico, e terminá-lo só quando ele se punha do outro lado, no Pacífico. Depois disso, ele, Coal, enchia uma caixa com inúmeras tralhas daquele dia, levava para casa, lia tudo, decifrava, armazenava e então voltava, algumas horas depois, com aquela chatice toda que ele acabara de devorar. Quando Coal estava cansado, dormia cinco horas por noite, mas o normal eram três ou quatro. Ele saía de seu escritório na Ala Oeste às onze da noite, lia durante todo o caminho de volta para casa no banco de trás do carro. O motor mal tinha esfriado e Coal já estava à espera do motorista para retornar à Casa Branca. Ele achava um absurdo não estar sentado à mesa antes das cinco da manhã. E se ele conseguia trabalhar 120 horas por semana, então todo mundo deveria ser capaz de cumprir pelo menos oitenta. Ele exigia oitenta. Nenhum membro do governo conseguia se lembrar de todas as pessoas demitidas por Fletcher Coal naqueles três anos por não trabalhar oitenta horas por semana. Acontecia pelo menos três vezes por mês.

Coal ficava ainda mais feliz nas manhãs em que o clima estava pesado e havia uma reunião desagradável na agenda. Na semana anterior, a situação envolvendo Voyles o deixara em êxtase. Ele estava de pé ao lado da mesa, verificando a correspondência, enquanto o Presidente folheava o *Washington Post* e duas secretárias entraram apressadas.

O Presidente olhou para ele. Terno preto perfeito, camisa branca, gravata de seda vermelha, um pouco de gel em excesso nos cabelos, acima das orelhas. Estava de saco cheio do assessor, mas superaria esse sentimento quando a crise passasse e pudesse voltar ao golfe enquanto Coal se encarregava dos pormenores. Aos 37 anos ele também tinha toda aquela energia e vigor, mas sabia aproveitá-los melhor.

Coal estalou os dedos, olhou para as secretárias e elas deixaram o Salão Oval aliviadas.

– E ele disse que não viria se eu estivesse aqui. Isso é hilário – comentou Coal evidentemente se divertindo.

– Eu não acho que ele gosta de você – disse o Presidente.

– Ele só ama as pessoas por cima das quais ele pode passar.

– Acho que preciso ser gentil com ele.

– Mantenha o pulso firme, Comandante. Ele tem que recuar. Essa teoria é tão fraca que chega a ser risível, mas nas mãos dele pode ser perigosa.

– E a garota do dossiê?

– Estamos investigando. Ela parece inofensiva.

O Presidente se levantou e se espreguiçou. Coal folheava aleatoriamente alguns papéis. Uma secretária anunciou a chegada de Voyles pelo interfone.

– Deixa eu ir – disse Coal.

Ele ficaria vendo e ouvindo tudo às escondidas. Por insistência dele, três câmeras de circuito interno tinham sido instaladas no Salão Oval. Os monitores ficavam em uma pequena sala trancada na Ala Oeste, da qual ele tinha a única chave. Sarge sabia da sala, mas não tinha se dado ao trabalho de entrar. Ainda. As câmeras eram invisíveis e supostamente um grande segredo.

O Presidente se sentia melhor sabendo que Coal estaria ao menos observando. Ele recebeu Voyles na porta com um caloroso aperto de mão e o guiou até o sofá para que tivessem uma conversa cordial e amigável. Aquilo não ia funcionar com Voyles. Ele sabia que Coal estaria ouvindo. E vendo.

Mas Voyles entrou no clima; tirou o sobretudo e o colocou cuidadosamente em cima de uma cadeira. Não quis café.

O Presidente cruzou as pernas. Estava usando o cardigã marrom, encarnando novamente o vovô.

– Denton – disse em tom sério. – Eu queria me desculpar pelo Coal. Ele não tem muito tato.

Voyles assentiu levemente. Imbecil de merda. A quantidade de grampos naquela sala era suficiente para acompanhar os passos de metade dos burocratas de Washington. Coal estava em algum lugar no subsolo ouvindo sobre sua própria falta de tato.

– Às vezes ele é um babaca, né? – grunhiu Voyles.

– É, sim. Eu tenho que ficar em cima dele o tempo todo. Ele é inteligente e esforçado, mas tende a ir um pouco longe demais às vezes.

– Ele é um grandessíssimo escroto, e eu vou dizer isso na cara dele.

Voyles olhou para uma saída de ar acima do retrato de Thomas Jefferson, onde uma câmera observava tudo ali embaixo.

– Sim, bem, eu vou deixá-lo fora do seu caminho até isso tudo acabar.

– Faça isso.

O Presidente lentamente tomou um gole de café e ponderou sobre o que dizer em seguida. Voyles não era muito bom de papo.

– Preciso de um favor.

Voyles olhava para ele fixamente, sem piscar.

– Sim, senhor.

– Preciso saber tudo sobre esse tal Dossiê Pelicano. É uma ideia maluca, mas, caramba, meu nome está ali. Vocês estão levando isso a sério mesmo?

"Ora, ora, veja só, que engraçado." Voyles se esforçou para não sorrir. Estava funcionando. O Dossiê Pelicano estava tirando o sossego do Sr. Presidente e do Sr. Coal. Os dois tinham recebido uma cópia na terça-feira, ao fim do dia, se ocuparam dele na quarta o dia inteiro, e agora, nas primeiras horas de quinta, estavam de joelhos implorando por conta de algo que por pouco não podia ser considerado uma brincadeira.

– Nós estamos investigando, Sr. Presidente.

Era mentira, mas o Presidente não tinha como saber.

– Estamos levando em consideração todas as hipóteses, todos os suspeitos. Eu não teria enviado o dossiê pro senhor se o assunto não fosse sério.

O Presidente franziu a testa bronzeada, e Voyles teve vontade de rir.

– O que vocês descobriram?

– Não muito, mas acabamos de começar. Recebemos o dossiê há menos de 48 horas, e designei catorze agentes em Nova Orleans pra começar a investigar. As medidas de praxe.

As mentiras eram tão convincentes que ele quase podia ouvir Coal engasgar.

Catorze! As palavras de Voyles acertaram o estômago do Presidente com tanta força que ele se endireitou e colocou a xícara de café sobre uma mesa. Catorze agentes do FBI pelas ruas, desfilando com seus distintivos e fazendo perguntas. Era apenas uma questão de tempo antes que a coisa estourasse.

– Catorze? Parece bem sério.

Voyles estava obstinado.

– *Nós* somos muito sérios, Sr. Presidente. Tem uma semana que eles morreram, e a cada dia fica mais difícil encontrar pistas. Estamos fazendo o melhor que podemos. Minha equipe está correndo contra o tempo.

– Eu entendo tudo isso, mas quão preocupante é essa teoria do dossiê?

Porra, aquilo era divertido. O dossiê ainda não tinha sido enviado para Nova Orleans. Na verdade, Nova Orleans não havia sido sequer contatada. Ele solicitara a Eric East que enviasse uma cópia para o escritório de lá, pedindo que eles agissem com discrição, fazendo algumas perguntas. Não ia dar em nada, assim como centenas de hipóteses que estavam investigando.

– Duvido de que seja algo importante, Sr. Presidente, mas precisamos dar uma olhada.

As rugas na testa do Presidente se desfizeram e ele esboçou um sorriso.

– Acho que não preciso lhe dizer, Denton, o mal que uma bobagem como essa poderia causar se a imprensa descobrisse.

– Nós não interrogamos a imprensa nas nossas investigações.

– Eu sei. Não vamos entrar nessa questão. Eu só queria que você deixasse isso pra lá. Porque, caramba, é uma teoria totalmente absurda e poderia acabar me queimando. Entende o que eu quero dizer?

Voyles foi fulminante.

– O senhor está pedindo que eu ignore uma pista, Sr. Presidente? – perguntou sem hesitar.

Coal estava quase debruçado sobre o monitor.

"Não, eu estou dizendo pra esquecer esse Dossiê Pelicano!", pensou ele e quase disse em voz alta. Coal sabia que poderia ter sido ainda mais claro com Voyles. Poderia soletrar palavra por palavra, depois dar uma bofetada naquele miserável se ele começasse a se engraçar. Mas estava trancado naquela sala, sem poder de ação. E, por enquanto, sabia que estava exatamente onde devia estar.

O Presidente mudou de posição, cruzando as pernas para o outro lado.

– Vamos lá, Denton, você sabe muito bem o que estou dizendo. Existem coisas mais importantes com que você poderia se ocupar. A imprensa está de olho na investigação, morrendo de curiosidade pra saber quem é suspeito nesse caso. Você sabe como eles são. Não preciso dizer que a imprensa não simpatiza comigo. Nem o meu assessor de imprensa gosta de mim – disse, tentando ser engraçado. – Deixe isso pra lá por um tempo. Esquece isso e vai atrás dos verdadeiros suspeitos. Essa teoria é uma piada, mas poderia causar um enorme constrangimento pra mim.

Denton olhava fixamente para ele. Implacável.

O Presidente mudou de posição de novo.

– E aquela história do Khamel? Parece uma boa pista, não?

– Talvez.

– Ótimo! Já que estamos falando de números, quantos homens você designou pra ir atrás dele?

– Quinze – disse Voyles, mais uma vez se esforçando para não rir.

O Presidente ficou boquiaberto. O principal suspeito estava sendo investigado por quinze homens, e o maldito dossiê, por catorze.

Coal sorriu e balançou a cabeça. Voyles tinha sido pego nas próprias mentiras. Na parte inferior da página quatro do relatório de quarta-feira, Eric East e K. O. Lewis informaram que eram trinta agentes, e não quinze. "Relaxa, Comandante, ele está brincando com você", Coal sussurrou para a tela.

O Presidente não estava nem um pouco relaxado.

– Meu deus, Denton. Por que só quinze? Eu achava que essa pista era importante.

– Talvez um pouco mais que isso. Eu estou à frente dessa investigação, Sr. Presidente.

– Eu sei. E você está fazendo um bom trabalho. Não estou me intrometendo. Só queria que você refletisse sobre gastar seu tempo em outra coisa. Só isso. Quando li o Dossiê Pelicano, quase vomitei. Se a imprensa visse aquilo e começasse a fuçar, eu seria crucificado.

– Você está me pedindo pra deixar isso de lado, então?

O Presidente se inclinou para a frente e mirou nos olhos de Voyles.

– Eu não estou pedindo, Denton. Eu estou dizendo pra você deixar isso pra lá. Ignore por algumas semanas. Gaste seu tempo fazendo outra coisa. Se o dossiê vier à tona novamente, dê outra olhada. Eu ainda dou as ordens por aqui, lembra?

Voyles amansou um pouco e deu um sorriso de lado.

– Eu tenho uma proposta pra você. O seu guarda-costas, o Coal, queimou meu filme com a imprensa. Eles detonaram o esquema de segurança do FBI, por causa do Rosenberg e do Jensen.

O Presidente assentiu, em tom sério.

– Você tira esse *pitbull* da minha cola, deixa ele longe de mim, e eu deixo o Dossiê Pelicano pra lá.

– Isso não é uma negociação.

Voyles sorriu com desdém, mas manteve a calma.

– Amanhã vou mandar cinquenta agentes pra Nova Orleans. E mais cinquenta depois de amanhã. Nós vamos desfilar pela cidade inteira com distintivos na mão, fazendo de tudo pra chamar a atenção.

O Presidente se levantou e caminhou até as janelas que davam para o roseiral. Voyles apenas aguardou, imóvel.

– Ok, tudo bem. Aceito a sua proposta. Vou dar um jeito no Coal.

Voyles se levantou e andou lentamente até a mesa.

– Não confio nele, e se eu pegá-lo me sondando de novo durante essa investigação, eu retiro a minha proposta e nós vamos investigar o Dossiê Pelicano com força total.

– Combinado – disse o Presidente erguendo as mãos e sorrindo calorosamente.

Voyles estava sorrindo, o Presidente estava sorrindo, e, no pequeno cômodo perto da Sala do Gabinete, Fletcher Coal estava sorrindo diante de um monitor. Guarda-costas, *pitbull*. Ele adorou. Eram palavras como aquelas que davam origem a lendas.

Desligou os monitores e trancou a porta ao sair. Os dois ainda passariam mais dez minutos falando a respeito das verificações de antecedentes dos nomes da lista, e ele ouviria tudo de sua sala, onde tinha acesso ao áudio, mas não às imagens.

Haveria uma reunião do gabinete às nove. Uma demissão às dez. E precisava redigir algumas coisas. No caso da maioria dos memorandos, ele simplesmente ditava para um gravador e entregava a fita para uma secretária. Mas, eventualmente, Coal achava necessário recorrer ao memorando-fantasma. Eles eram sempre amplamente divulgados na Ala Oeste, sempre absurdamente polêmicos, e em geral vazavam para a imprensa. Como ninguém sabia de onde vinham, podiam ser encontrados em praticamente todas as mesas. Coal faria reclamações e acusações. Ele havia demitido pessoas por conta de memorandos-fantasmas, todos advindos de sua própria máquina de escrever.

O memorando tinha apenas uma página com quatro parágrafos em espaçamento simples e resumia o que ele sabia sobre Khamel e seu recente voo saindo de Washington. Havia conexões pouco precisas com líbios e palestinos. Coal estava orgulhoso. "Quanto tempo levaria até chegar ao *Washington Post* ou ao *Times*?" Ele apostou consigo mesmo qual seria o primeiro jornal a morder a isca.

O DIRETOR DO FBI estava na Casa Branca. De lá pegaria um avião para Nova York e voltaria no dia seguinte. Gavin tinha ficado plantado na porta da sala de K. O. Lewis até conseguir uma brecha. Por fim, conseguiu entrar.

Lewis estava irritado, mas foi cortês como sempre.

– Você parece assustado.

– Acabei de perder meu melhor amigo.

Lewis esperou ele continuar.

– O nome dele era Thomas Callahan. Ele é o cara da Universidade de Tulane que me trouxe o Dossiê Pelicano. O dossiê passou de mão em mão, foi parar na Casa Branca e sabe deus onde mais, e agora Thomas está morto. Plantaram uma bomba no carro dele, que o explodiu em mil pedaços, ontem à noite, em Nova Orleans. Assassinado, K. O.

– Sinto muito.

— Eu não vim até aqui pra ouvir condolências. Claramente, a bomba era destinada ao Callahan e à estudante que escreveu o dossiê, uma garota chamada Darby Shaw.

— Eu vi o nome dela na capa.

— Exatamente. Eles estavam namorando, e supostamente ela também estaria no carro quando ele explodiu. Mas ela sobreviveu e me ligou hoje às cinco da manhã. Morrendo de medo.

Lewis estava escutando, mas já não estava mais levando tanto a sério.

— Você não tem como garantir que foi uma bomba.

— Ela disse que foi uma bomba, ok? Fez *BUM!* e explodiu a porra toda. Ele está morto, não tenho dúvidas.

— E você acha que existe alguma conexão entre a morte dele e o dossiê?

Gavin era advogado, não tinha experiência na arte da investigação e não queria parecer ingênuo.

— Talvez. Eu acho que sim. Você não?

— Não importa, Gavin. Acabei de desligar o telefone com o diretor. O Dossiê Pelicano está fora da nossa lista. Não sei ao certo se em algum momento ele esteve, mas não vamos mais perder tempo com isso.

— Mas o meu amigo foi assassinado!

— Sinto muito. Tenho certeza de que as autoridades estão investigando por lá.

— K. O., me escuta, estou te pedindo um favor.

— Me escuta você, Gavin. Eu não tenho como fazer favor nenhum. Nós estamos atrás de gente o suficiente no momento, e se o diretor diz pra parar, nós paramos. Fique à vontade pra falar com ele. Mas eu não aconselho.

— Talvez eu não esteja sabendo lidar com isso. Achava que você fosse me ouvir e, pelo menos, parecer interessado.

Lewis deu a volta na mesa.

— Gavin, você não parece bem. Tire o dia de folga.

— Não. Eu vou pra minha sala, vou esperar uma hora e vou voltar aqui e tentar de novo. Posso passar aqui em uma hora?

– Não. Voyles foi claro.

– A garota também, K. O. O Thomas foi assassinado e agora ela está escondida em algum lugar de Nova Orleans com medo até da própria sombra, pedindo nossa ajuda, e nós estamos ocupados demais pra ajudar.

– Eu sinto muito.

– Não sente, não. A culpa é minha. Eu deveria ter jogado aquela merda no lixo.

– O dossiê foi de grande utilidade, Gavin.

Lewis colocou a mão no ombro de Gavin, como se a visita tivesse chegado ao fim e ele já estivesse cansado daquela bobagem. Gavin se afastou e foi em direção à porta.

– Sim, serviu pra vocês pregarem peças por aí. Eu deveria ter tacado fogo naquilo.

– O conteúdo era bom demais pra você fazer isso, Gavin.

– Eu ainda não desisti. Vou voltar daqui a uma hora e vamos falar sobre isso de novo. Essa conversa não deu certo.

Gavin Verheek saiu batendo a porta.

DARBY ENTROU NA Rubenstein Brothers da Canal Street e se meteu entre as araras de camisas masculinas. Ninguém a estava seguindo. Ela rapidamente escolheu uma parca azul-marinho tamanho P, um par de óculos escuros aviador modelo unissex, e uma boina. Pagou com cartão de crédito. Enquanto o funcionário passava o cartão, ela tirou as etiquetas e vestiu a parca. Era folgada, como algo que ela usaria para ir à faculdade. Ela enfiou o cabelo por dentro do capuz. O vendedor a observava discretamente. Ela saiu pela Magazine Street e se misturou à multidão.

Voltou à Canal Street. Um ônibus lotado de turistas invadiu o Sheraton e ela se juntou a eles. Foi até a parede onde havia alguns telefones, encontrou o número e ligou para a Sra. Chen, a vizinha que morava no dúplex ao lado do seu. Será que ela tinha visto alguém ou ouvido alguma coisa? Haviam batido à porta bem cedo naquela manhã. Ainda estava escuro e eles acabaram acordando. Ela não viu ninguém, só tinha ouvido a batida. O carro dela ainda estava estacionado na rua. "Tudo bem?" "Sim, tudo bem. Obrigada."

Ela ficou observando os turistas e digitou o número direto de Gavin Verheek. Direto significava só um pouco menos de chateação, e depois de três minutos se recusando a dar o seu nome e repetindo o dele, ela conseguiu.

– Onde você está? – perguntou ele.

– Deixa eu te explicar uma coisa. Por enquanto, não vou dizer pra você nem pra mais ninguém onde estou. Então não pergunte.

– Está bem. Pelo visto é você quem dita as regras.

– Obrigada. O que o Sr. Voyles disse?

– O Sr. Voyles estava na Casa Branca e indisponível. Vou tentar falar com ele mais tarde.

– Isso é bem pouco, Gavin. Você está aí há quase quatro horas e não conseguiu nada. Eu esperava mais.

– Você precisa ter paciência, Darby.

– Vou acabar sendo morta se tiver paciência. Eles estão atrás de mim, não estão, Gavin?

– Eu não sei.

– O que você faria se soubesse que era pra você ter morrido, que as pessoas que estão tentando te pegar mataram dois juízes da Suprema Corte e explodiram um mero professor universitário, que elas têm bilhões de dólares e que obviamente não se importariam em gastar pra matar mais gente? O que você faria, Gavin?

– Eu procuraria o FBI.

– O Thomas procurou o FBI e acabou sendo morto.

– Ah, obrigado, Darby. Isso não é justo.

– Não estou preocupada em ser justa com você ou com seus sentimentos. Estou mais preocupada em continuar viva até o meio-dia.

– Não volte pra casa.

– Eu não sou idiota. Eles já estiveram lá. E tenho certeza de que estão vigiando o apartamento de Thomas.

– Onde está a família dele?

– Os pais dele moram em Naples, na Flórida. Acho que a universidade vai entrar em contato com eles. Não sei. Ele tem um irmão que vive em Mobile, e pensei em ligar pra ele e tentar explicar o que aconteceu.

Ela notou um rosto. Ele estava entre os turistas na recepção do hotel. Segurava um jornal dobrado e tentava parecer à vontade, apenas um hóspede qualquer, mas seu jeito de andar era um pouco hesitante e seus olhos estavam à procura de algo. O rosto era comprido e magro, com óculos redondos e uma testa brilhante.

– Gavin, me escuta. Anota o que eu vou te dizer. Estou vendo um homem que eu já vi antes, há pouco tempo. Uma hora, talvez. Mais ou menos 1,90 metro, magro, uns 30 anos, de óculos, cabelo escuro com entradas. Ele sumiu. Ele sumiu!

– Quem é essa pessoa?

– Eu não sei o nome dele, merda!

– Ele viu você? Onde você está, porra?

– No saguão de um hotel. Eu não sei se ele me viu. Eu tenho que ir.

– Darby! Me escuta. Não importa o que você faça, me mantenha informado, ok?

– Vou tentar.

O banheiro ficava logo depois do saguão. Ela se trancou na última cabine e ficou uma hora ali dentro.

17

O nome do fotógrafo era Croft, e ele tinha trabalhado no *Washington Post* por sete anos, até ser condenado pela terceira vez por envolvimento com drogas e ficar nove meses afastado. Em liberdade condicional, declarava-se artista freelancer, e era assim que anunciava seus serviços nos classificados. O telefone raramente tocava. Ele não levava esse trabalho muito a sério; essa coisa de vagar por aí fotografando pessoas que não sabiam que eram alvos. Muitos de seus clientes eram advogados especializados em divórcios que precisavam de algum podre dos ex-cônjuges para o processo. Depois de dois anos como freelancer, aprendera alguns truques e agora se considerava um investigador particular de araque. Cobrava quarenta dólares por hora, mas nem sempre os clientes topavam.

Um de seus clientes era Gray Grantham, um velho amigo da época do jornal que ligava quando precisava de algum trabalho sujo. Grantham era um repórter sério e ético, apenas um tantinho imoral, e que ligava quando queria alguma coisa por baixo dos panos. Gostava de Grantham porque ele não escondia seu lado imoral. De resto, era muito certinho.

Ele estava no Volvo de Grantham porque o carro tinha um celular. Era meio-dia e ele estava fumando o almoço, imaginando se o cheiro ficaria entranhado mesmo com todas as janelas abertas. Trabalhava melhor quando estava um pouco chapado. Quando você tem que passar horas vigiando o entra e sai de motéis, precisa estar chapado.

Uma brisa agradável entrava pela janela do carona, soprando o cheiro na direção da Pennsylvania Avenue. Ele tinha estacionado em local proibido, fumava maconha e não estava muito preocupado, na verdade. Portava menos de 30 gramas, e o oficial de justiça responsável por supervisioná-lo no cumprimento da condicional também fumava, então que se dane.

A cabine telefônica ficava a um quarteirão e meio dali, na calçada, mas distante da rua. Com sua teleobjetiva, ele quase conseguia ler a lista telefônica pendurada na prateleira. Era moleza. Havia uma mulher lá dentro, falando ao telefone e gesticulando bastante. Croft tragou o baseado e olhou no retrovisor à procura de policiais. Era uma área sujeita a reboque. O trânsito estava intenso na Pennsylvania Avenue.

Às 12h20, a mulher saiu da cabine e, de repente, um jovem vestindo um terno alinhado apareceu, entrou e fechou a porta. Croft pegou sua Nikon e apoiou a lente no volante. Era um dia fresco e ensolarado, e a calçada estava cheia de pessoas indo e voltando do almoço. Ombros e cabeças passavam agitados diante da lente. Uma brecha. Clique. Uma brecha. Clique. O sujeito digitava os números e olhava ao redor. Era quem eles procuravam.

Ele falou durante trinta segundos, depois o telefone do carro tocou três vezes e parou. Era o sinal de Grantham da redação do *Washington Post*. Aquele era mesmo o cara, e eles estavam se falando. Croft disparou. "Tire o máximo de fotos que conseguir", foi o que Grantham disse. Uma brecha. Clique. Clique. Cabeças e ombros. Uma brecha. Clique. Clique. Seus olhos espreitavam todos os cantos enquanto falava, mas ele passou o tempo todo de costas para a rua. O rosto dele em cheio. Clique. Croft queimou um rolo de 36 poses em dois minutos, depois pegou outra Nikon. Ajustou a lente e esperou que uma multidão passasse.

Deu o último trago e jogou a ponta na rua. Tinha sido tão fácil. É claro que era necessário talento para fazer fotos dentro de um estúdio, mas aquele trabalho de rua era muito mais divertido. Havia um quê de criminoso em roubar a imagem do rosto de alguém com uma câmera escondida.

O sujeito era um homem de poucas palavras. Ele desligou, olhou ao redor, abriu a porta, olhou novamente e foi em direção a Croft. Clique, clique, clique. Foto do rosto, de corpo inteiro, andando mais rápido, chegando mais perto, excelente,

excelente. Croft clicou freneticamente, então no último segundo colocou a Nikon ao seu lado no banco e olhou para a Pennsylvania Avenue enquanto o homem passava e desaparecia em meio a um grupo de mulheres.

Que idiota. Se quiser se esconder, nunca use o mesmo telefone público duas vezes.

GARCIA ESTAVA SE esquivando do assunto. Disse que tinha esposa e filho, e que estava assustado. Tinha uma carreira promissora pela frente, com muito dinheiro, e, se cumprisse com as suas obrigações e ficasse de boca fechada, seria um homem rico. Mas ele queria conversar. Divagou sobre quanto queria falar, tinha coisas a dizer e tudo mais, mas simplesmente não conseguia tomar uma decisão. Ele não confiava em ninguém.

Grantham não fez pressão. Deixou que ele divagasse por tempo suficiente para que Croft fizesse seu trabalho. Garcia ia acabar abrindo a boca. Ele queria muito falar. Já havia ligado três vezes e estava começando a se sentir confortável com seu novo amigo Grantham, que tinha jogado esse jogo várias vezes e sabia como funcionava. O primeiro passo era relaxar e estabelecer uma relação de confiança, tratar o informante com simpatia e respeito, conversar sobre certo e errado, valores morais. Em algum momento, o informante falaria.

As fotos tinham ficado ótimas. Croft não tinha sido sua primeira escolha. Ele estava sempre tão chapado que dava para notar isso nas fotografias. Mas Croft era despudorado e discreto, tinha um conhecimento prático de jornalismo, e estava sempre disponível. Ele escolheu doze imagens e imprimiu em tamanho 10x15. Ficaram excelentes. Perfil direito. Perfil esquerdo. Close do rosto ao telefone. Close do rosto, olhando para a câmera. Corpo inteiro a menos de seis metros de distância. "Moleza", disse Croft.

Garcia tinha menos de 30 anos, era um advogado muito bonito e bem-apessoado. Cabelo curto e escuro. Olhos escuros. Talvez de ascendência hispânica, mas a pele era clara. As roupas pareciam caras. Terno azul-marinho, provavelmente de lã. Sem listras ou padrões. Camisa branca de colarinho clássico, gravata de seda. Sapatos sociais pretos ou bordô bem engraxados. A ausência de uma pasta era intrigante. Mas, de todo modo, era hora do almoço, e ele provavelmente tinha fugido do escritório para fazer a ligação. O Departamento de Justiça ficava a um quarteirão de distância.

Grantham analisou as fotos e ficou de olho na porta. Sarge nunca se atrasava. Já era noite e o lugar estava enchendo. Grantham era o único rosto branco em três quarteirões.

Das dezenas de milhares de advogados que trabalhavam para o governo em Washington, tinha visto alguns que sabiam se vestir, mas não muitos. Principalmente os mais jovens. Eles começavam ganhando pouco mais de três mil dólares por mês e as roupas não eram tão importantes. Mas as roupas eram importantes para Garcia, e ele era jovem demais e bem-vestido demais para trabalhar para o governo.

Então ele trabalhava em algum escritório privado, há cerca de três ou quatro anos, e ganhava algo em torno de uns seis a sete mil dólares por mês. Ótimo. Isso fazia a margem cair para 50 mil advogados – um número que aumentava a cada segundo.

A porta se abriu e um policial entrou. Através da fumaça, notou que era Cleve. Aquele era um boteco de respeito, sem prostituição ou jogatina, por isso a presença de um policial não era algo alarmante. Ele se sentou de frente para Grantham.

– Foi você que escolheu esse lugar? – perguntou Grantham.

– Foi. Gostou?

– Como vou explicar? Estamos tentando ser discretos, certo? Vim aqui me encontrar com um funcionário da Casa Branca pra obter informações confidenciais. Coisas bem pesadas. Agora me diga, Cleve, eu pareço discreto sentado nessa mesa, branco desse jeito?

– Sinto muito em dizer isso, Grantham, mas você não é

tão famoso quanto pensa. Está vendo aqueles caras ali no bar? – Eles olharam para o balcão cheio de trabalhadores da construção civil. – Eu te dou meu salário inteiro se algum deles já tiver lido o *Washington Post*, já tiver ouvido falar de um tal de Gray Grantham ou der a mínima pro que acontece na Casa Branca.

– Tá bom, tá bom. Cadê o Sarge?

– Ele não está se sentindo bem. Pediu pra eu te dar um recado.

Não ia funcionar. Ele podia usar Sarge como uma fonte anônima, mas não o filho dele ou qualquer outra pessoa com quem Sarge tivesse conversado.

– O que ele tem?

– Velhice. Ele não queria falar com você hoje à noite, mas disse que é urgente.

Grantham ouviu e esperou.

– Tem um envelope no meu carro, muito bem lacrado. Sarge foi muito claro quando me deu e me disse pra não abrir. Ele disse: "Só leve pro Sr. Grantham." Acho que é importante.

– Vamos lá.

Os dois atravessaram a multidão em direção à porta. A viatura estava estacionada de forma irregular no meio-fio. Cleve abriu a porta do carona e tirou o envelope do porta-luvas.

– Ele conseguiu isso na Ala Oeste.

Grantham enfiou o envelope no bolso. Sarge não costumava surrupiar coisas e, desde que tinham começado aquele contato, ele nunca tinha lhe dado nenhum documento.

– Obrigado, Cleve.

– Ele não quis me dizer o que era. Só falou que teria que esperar e ler no jornal.

– Fala pro Sarge que eu amo ele.

– Tenho certeza de que ele vai ficar emocionado com essa declaração.

A viatura se afastou e Grantham correu para seu carro, ainda tomado pelo cheiro da maconha. Ele trancou a porta, acendeu a luz interna e abriu o envelope. Era claramente um memorando interno da Casa Branca e tratava de um assassino chamado Khamel.

ELE CRUZOU A cidade a toda. Saindo de Brightwood, pegou a Rua 16 na direção sul, rumo ao centro de Washington. Eram quase 19h30, e, se ele pudesse organizar tudo em uma hora, conseguiria entrar na última edição, a maior entre meia dúzia de edições, que começava a ser impressa às dez e meia. Agradeceu por aquele celular de yuppie instalado no seu carro – que tinha comprado não sem algum constrangimento. Ele ligou para Smith Keen, o assistente do gerente editorial responsável pelas apurações, que ainda estava na redação do quinto andar. Ligou para um amigo da editoria internacional e pediu que ele tentasse obter tudo o que conseguisse a respeito de Khamel.

Estava desconfiado do memorando. O conteúdo era delicado demais para ser colocado no papel e depois circular pela Casa Branca como se fosse a mais recente medida tomada sobre café, água mineral ou férias. Alguém, provavelmente Fletcher Coal, queria que o mundo soubesse que o nome de Khamel surgira entre os suspeitos, que ele era árabe antes de mais nada, e tinha laços estreitos com a Líbia, o Irã e o Iraque, países liderados por idiotas inflamados que odiavam os Estados Unidos. Algum maluco na Casa Branca queria aquela história na primeira página de um jornal.

Mas era uma baita matéria, digna de primeira página. Às nove da noite, ele e Smith Keen já a haviam terminado. Tinham encontrado duas fotos antigas de um homem que se acreditava ser Khamel, mas tão distintas que pareciam ser de pessoas diferentes. Keen disse para eles publicarem as duas. Sabia-se muito pouco sobre Khamel. Muitos boatos e histórias, mas pouca coisa concreta. Grantham mencionou o papa, o diplomata britânico, o banqueiro alemão e a emboscada para os soldados israelenses. E agora, de acordo com uma fonte confidencial na Casa Branca, uma fonte mais confiável, Khamel era suspeito dos assassinatos dos juízes Rosenberg e Jensen.

VINTE E QUATRO horas depois de sair à rua, ela ainda estava viva. Se conseguisse sobreviver até a manhã seguinte, poderia começar outro dia com novas ideias sobre o que fazer e para onde ir. Por enquanto, estava cansada. Estava em um quarto no 15º andar do Marriott, com a porta trancada, as luzes acesas e um poderoso spray de pimenta em cima da cama. Seu cabelo cheio e ruivo estava agora em um saco de papel dentro do armário. Tinha 3 anos da última vez em que havia cortado o próprio cabelo, e sua mãe havia lhe dado uma surra.

Levou duas dolorosas horas para cortá-lo com uma tesoura cega, mas isso acabou dando algum estilo ao corte. Ela o esconderia debaixo de uma boina ou chapéu até sabe-se lá quando. Levou mais duas horas para pintá-lo de preto. Poderia ter descolorido os fios e ficado loira, mas isso seria óbvio demais. Presumiu que estava lidando com profissionais e, por algum motivo insondável, no momento em que estava na farmácia pressentiu que eles esperavam que ela se tornasse loira. E também, dane-se. O troço vinha dentro de um frasco, e se ela acordasse no dia seguinte e quisesse ter um cabelo novo, poderia ficar loira. A estratégia do camaleão. Mude as cores todos os dias e os enlouqueça. Tinha visto mais de oitenta tons diferentes nas prateleiras.

Ela estava morta de cansaço, mas com medo de dormir. Não tinha visto o sujeito do Sheraton durante o dia, mas, quanto mais ela circulava, mais os rostos pareciam iguais. Ele estava lá fora, ela sabia. E ele não agia sozinho. Se eles tinham conseguido matar Rosenberg e Jensen, e explodir o carro de Thomas Callahan, ela seria uma presa fácil.

Ela não podia se aproximar de seu carro e não queria alugar um. Aluguéis deixam registros. E eles provavelmente estavam de olho. Ela podia pegar um avião, mas eles estavam vigiando os aeroportos. Pensou em pegar um ônibus, mas nunca tinha comprado uma passagem ou sequer entrado em um.

E depois que eles percebessem que ela havia desaparecido, provavelmente esperariam que ela fugisse. Darby era apenas uma amadora, uma garota de faculdade com o coração partido depois de ver o namorado explodir em pedaços. Ela fugiria desesperadamente para algum lugar, sairia da cidade e eles a pegariam.

Ela preferia ficar na cidade naquele momento. Havia um milhão de quartos de hotel, quase a mesma quantidade de becos, restaurantes e bares, e sempre havia muita gente passeando pela Bourbon, pela Chartres, pela Dauphine e pela Royal Street. Ela as conhecia bem, principalmente o French Quarter, que estava sempre movimentado e ficava a uma curta distância. Ela se mudaria de um hotel para outro por alguns dias, mas até quando? Não sabia. Ela não sabia o porquê. Fazer isso parecia algo inteligente naquelas circunstâncias. Ficaria fora das ruas durante o dia e tentaria dormir. Trocaria de roupa, de chapéu e de óculos de sol. Começaria a fumar e estaria sempre com um cigarro na boca. Ela mudaria de lugar até se cansar, então depois disso talvez fosse embora. Sentir medo não era um problema. Ela tinha que continuar pensando. Ela ia sobreviver.

Pensou em chamar a polícia, mas não naquele momento. Eles anotavam nomes e mantinham registros, e poderiam ser perigosos. Cogitou ligar para o irmão de Thomas em Mobile, mas não havia nada que o pobre homem pudesse fazer para ajudá-la naquele momento. Considerou ligar para o reitor, mas como ela poderia explicar o dossiê, Gavin Verheek, o FBI, o carro-bomba, Rosenberg e Jensen, sua fuga, e fazer tudo aquilo parecer crível? "Esqueça o reitor." Nem gostava dele mesmo. Pensou em ligar para alguns amigos da faculdade, mas as pessoas falam e ouvem coisas, e elas poderiam estar lá fora, ouvindo falar sobre o coitado do Callahan. Queria falar com Alice Stark, sua melhor amiga. Alice estava preocupada, e iria até a polícia e diria que sua amiga Darby Shaw estava desaparecida. Ela ligaria para Alice no dia seguinte.

Ela discou para o serviço de quarto e pediu uma salada mexicana e uma garrafa de vinho tinto. Beberia tudo, depois se sentaria na cadeira com o spray nas mãos e vigiaria a porta até adormecer.

18

Gminski fez o retorno de forma agressiva na Canal Street, como se fosse o dono da rua, e parou bruscamente em frente ao Sheraton. As duas portas traseiras se abriram. Gminski foi o primeiro a sair, seguido depressa por três assistentes que correram atrás dele carregando bolsas e maletas.

Eram quase duas da manhã, e o diretor obviamente estava com pressa. Ele não parou na recepção, indo direto para os elevadores. Os assistentes tomaram a frente dele correndo e seguraram a porta do elevador. Ninguém falou nada enquanto subiam os seis andares.

Três de seus agentes esperavam em um quarto. Um deles abriu a porta e Gminski invadiu sem nenhuma saudação. Os assistentes largaram as bolsas em uma cama. O diretor tirou o paletó e o jogou sobre uma cadeira.

– Onde ela está? – perguntou a um dos agentes, chamado Hooten.

Swank, um outro agente, abriu as cortinas e Gminski foi até a janela.

– No 15º andar, terceira janela. As luzes ainda estão acesas – disse Swank apontando para o Marriott, do outro lado da rua, a um quarteirão dali.

– Tem certeza? – perguntou Gminski olhando para o hotel.

– Sim. Nós a vimos entrar. E ela pagou com cartão de crédito.

– Coitada – disse Gminski enquanto se afastava da janela. – Onde ela estava ontem à noite?

– No Holiday Inn, na Royal Street. Pagou com cartão.

– Você viu se alguém a estava seguindo? – perguntou o diretor.

– Não.

– Preciso de um copo de água – disse a um de seus assistentes, que saltou em direção ao balde de gelo e chacoalhou alguns cubos.

Gminski se sentou na beira da cama, entrelaçou os dedos e estalou cada articulação.

– O que você acha? – perguntou ele a Hooten, o mais antigo dos três agentes.

– Eles estão atrás dela. Estão fuçando tudo. Ela está pagando as coisas com cartão de crédito. Vai estar morta em 48 horas.

– Ela não é tão estúpida assim – acrescentou Swank. – Ela cortou o cabelo e pintou de preto. Está mudando de lugar. Está claro que não tem planos de sair da cidade tão cedo. Dou 72 horas até eles a encontrarem.

Gminski tomou um gole de água.

– Isso significa que o dossiê dela vai direto ao ponto. E isso significa que o nosso amigo agora está bem desesperado. Cadê ele?

– Não temos ideia – respondeu Hooten de pronto.

– Precisamos encontrá-lo.

– Tem três semanas que ninguém sabe dele.

Gminski colocou o copo sobre a mesa e pegou uma chave do hotel.

– O que você acha, então? – indagou a Hooten.

– Trazemos ela pra cá? – perguntou Hooten.

– Não vai ser tão fácil – disse Swank. – Ela pode estar armada. Alguém pode acabar se machucando.

– Ela é só uma criança assustada – comentou Gminski. – E também é uma cidadã. A gente não pode sair por aí capturando cidadãos no meio da rua.

– Então ela não vai durar muito – retrucou Swank.

– Como você pretende pegá-la? – perguntou Gminski.

– Tem algumas opções – respondeu Hooten. – Pegá-la na rua. Ir até o quarto dela. Eu poderia estar no quarto dela em menos de dez minutos se saísse daqui agora. Não é tão difícil. Ela não é profissional.

Gminski andava devagar de um lado para o outro do quarto e todos o observavam. Ele olhou para o relógio em seu pulso.

– Não estou muito inclinado a pegá-la. Vamos dormir quatro

horas e nos encontramos aqui às 6h30. Durmam pensando nisso. Se vocês conseguirem me convencer a pegá-la, eu autorizo vocês a irem lá, ok?

Eles assentiram obedientemente.

O VINHO FUNCIONOU. Ela cochilou na cadeira, depois foi para a cama e mergulhou em um sono pesado. O telefone estava tocando. A colcha caíra quase toda no chão e seus pés estavam sobre os travesseiros. O telefone tocava. Suas pálpebras estavam coladas. A mente, entorpecida e perdida em sonhos, mas em algum lugar muito profundo seu cérebro funcionou e lhe avisou que o telefone estava tocando.

Os olhos se abriram, mas não enxergavam bem. O sol já tinha nascido, as luzes estavam acesas e ela olhou para o telefone. Não, ela não havia pedido que ligassem para acordá-la. Chegou a pensar por um segundo que havia feito isso, depois teve certeza de que não fizera essa solicitação. Ela se sentou à beira da cama e ficou ouvindo o telefone tocar. Cinco vezes, dez, quinze, vinte. Não parava. Poderia ser engano, mas depois de vinte toques a pessoa desistiria.

Não era engano. Aos poucos, começou a despertar e se aproximou do telefone. Com exceção do atendente da recepção e talvez o chefe dele, e possivelmente o serviço de quarto, nenhuma alma viva sabia que ela estava naquele quarto. Ela havia pedido comida, mas não fizera nenhuma outra chamada.

O telefone parou de tocar. "Ótimo, era engano." Caminhou até o banheiro, e ele começou a tocar novamente. Ela contou. Após o 14º toque, pegou o fone.

– Alô.

– Darby? É o Gavin Verheek. Você está bem?

– Como você conseguiu esse número? – perguntou ela enquanto se sentava na cama.

– Eu dei um jeito. Escuta, você...

– Peraí, Gavin, um minuto. Deixa eu pensar. Foi o cartão de crédito, né?

– Sim. O cartão de crédito. Os recibos. É o FBI, Darby. Tem várias formas de fazer isso. Não é tão difícil.

– Então eles também podem fazer o mesmo.

– Acredito que sim. Fique em hotéis menores e pague em dinheiro.

Ela sentiu um embrulho no estômago e se esticou na cama. Era simples assim. Bem fácil. O rastro deixado pelos recibos. Ela poderia estar morta. Morta por conta de pedaços de papel.

– Darby, você está aí?

– Sim – disse ela olhando para a porta para se certificar de que estava com a corrente. – Sim, estou aqui.

– Está em segurança?

– Eu achava que sim.

– Nós temos algumas informações. Amanhã às três da tarde o velório do Thomas vai ser realizado no campus da universidade, e depois o enterro na cidade. Conversei com o irmão dele, e a família quer que eu seja uma das pessoas a carregar o caixão. Vou estar lá hoje à noite. Acho que deveríamos nos encontrar.

– E por que você acha isso?

– Você precisa confiar em mim, Darby. Você está correndo perigo e precisa me escutar.

– O que vocês planejam fazer?

Houve uma pausa.

– Como assim?

– O que o diretor Voyles disse?

– Eu não falei com ele.

– Eu pensei que você trabalhasse pra ele, ou coisa assim. O que está havendo, Gavin?

– O FBI não vai agir por enquanto.

– E o que isso significa, Gavin? Me fala!

– É por isso que a gente precisa se encontrar. Não quero falar sobre isso por telefone.

– Falar por telefone está funcionando muito bem e é o máximo que você vai ter por enquanto. Então desembucha, Gavin.

– Por que você não confia em mim? – perguntou ele, ofendido.

– Vou desligar, ok? Eu não gosto disso. Se vocês sabem onde eu estou, então pode ser que tenha alguém lá fora no corredor me esperando.

– Deixa de besteira, Darby. Você precisa usar a cabeça. Tem uma hora que consegui o número do seu quarto e não fiz nada além de ligar. Estamos do seu lado, eu juro.

Ela pensou por alguns segundos. Fazia sentido, mas eles a tinham encontrado muito facilmente.

– Estou ouvindo. Você não conversou com o diretor, e o FBI não vai tomar nenhuma atitude. Por que não?

– Eu não sei. Ontem o diretor tomou a decisão de suspender a investigação relacionada ao dossiê e pediu que o deixassem pra lá. É tudo o que posso te dizer.

– Isso é bem pouco. Ele sabe o que aconteceu com o Thomas? Sabe que eu deveria estar morta porque escrevi aquele dossiê e que, 48 horas depois que o Thomas entregou ele pra você, um velho amigo da época da faculdade, eles, quem quer que sejam, tentaram matar nós dois? Ele sabe de tudo isso, Gavin?

– Acho que não.

– Isso significa que não, não é?

– Sim. Significa que não.

– Certo, então me diz uma coisa. Você acha que mataram o Thomas por causa do dossiê?

– Provavelmente.

– Isso significa que sim, não é?

– Sim.

– Obrigada. Se o Thomas foi assassinado por causa do dossiê, então nós sabemos quem matou ele. E se nós sabemos quem matou o Thomas, sabemos quem matou o Rosenberg e o Jensen. Certo?

Verheek hesitou.

– Só diz que sim, porra! – gritou Darby.

– Prefiro dizer "provavelmente".

– Beleza. *Provavelmente* significa sim pra um advogado. Eu sei que é o melhor que você pode fazer. É uma *probabilidade* bem grande, mas mesmo assim você está me dizendo que o FBI está deixando de lado o dossiê.

– Fica calma, Darby. Vamos nos encontrar hoje à noite e conversar sobre isso. Eu posso salvar a sua vida.

Ela cuidadosamente colocou o fone debaixo de um travesseiro e caminhou até o banheiro. Escovou os dentes e os cabelos, depois jogou os produtos de higiene pessoal e a muda de roupa em uma bolsa de lona nova. Vestiu a parca, a boina e os óculos de sol, saiu e fechou a porta silenciosamente. O corredor estava vazio. Subiu dois lances de escada até o 17º andar, pegou o elevador até o décimo e depois desceu casualmente dez lances até o saguão. A porta da escada se abriu perto dos banheiros e ela entrou rapidamente no das mulheres. O saguão parecia estar deserto. Darby entrou em uma cabine, trancou a porta e esperou por um tempo.

MANHÃ DE SEXTA no French Quarter. O ar estava fresco e limpo, sem o cheiro persistente de comida e boemia. Oito horas – cedo demais para as pessoas. Ela andou alguns quarteirões para arejar a cabeça e planejar o dia. Na Dumaine Street, perto da Jackson Square, encontrou um café que já tinha visto antes. Estava praticamente vazio, e nos fundos havia um telefone público. Ela se serviu de um café e colocou a xícara em uma mesa perto do telefone. Poderia falar dali.

Em menos de um minuto estava na linha com Verheek.

– Pode falar – disse ele.

– Onde você vai ficar hospedado hoje à noite? – perguntou ela, de olho na porta de entrada do local.

– No Hilton, perto do rio.

– Eu sei onde é. Vou ligar mais tarde hoje à noite ou amanhã de manhã bem cedo. Não tente me achar de novo. Estou usando dinheiro agora. Nada de cartão.

– É mais seguro, Darby. Não fique no mesmo lugar.

– Pode ser que eu já esteja morta quando você chegar aqui.

– Não, você não vai estar. Consegue achar um *Washington Post* aí?

– Talvez. Por quê?

– Tenta encontrar um, rápido. A edição de hoje de manhã. Tem uma bela matéria sobre o Rosenberg e o Jensen, e talvez quem fez isso.

– Mal posso esperar pra ver. Te ligo mais tarde.

A primeira banca de jornal que ela encontrou não tinha o *Washington Post*. Seguiu em ziguezague em direção à Canal Street, entrando em várias ruas, atenta para não deixar pistas, vigiando para ver se estava sendo seguida, desceu a St. Ann Street, passou pelas lojas de antiguidades da Royal Street, pelos bares sujos de ambos os lados da Bienville Street e, por fim, chegou ao French Market entre a Decatur e a North Peters Street. Ela ia rápido, mas sem chamar atenção. Caminhava com ar sério, os olhos mirando para todos os lados por detrás dos óculos escuros. Se havia alguém escondido em algum lugar a vigiando e acompanhando seus passos, eles eram bons.

Comprou um exemplar do *Washington Post* e um do *Times-Picayune* de um vendedor ambulante e se sentou a uma mesa em um canto vazio do Café du Monde.

Primeira página. Citando uma fonte confidencial, a matéria falava sobre o lendário Khamel e seu súbito envolvimento nos assassinatos. Dizia que quando era mais jovem ele matava seguindo suas crenças, mas que agora fazia isso por dinheiro. Muito dinheiro, na verdade, conforme especulava um especialista do serviço de inteligência aposentado que se permitiu ser citado, mas de modo algum identificado. As fotos estavam borradas e fora de foco, mas pareciam ameaçadoras uma ao lado da outra. Elas podiam não ser da mesma pessoa. Mas, dizia o especialista, não era possível identificá-lo, e há mais de uma década ninguém havia conseguido obter uma fotografia dele.

Um garçom finalmente apareceu, e ela pediu café e uma rosquinha simples. O especialista dizia que muitos acreditavam que ele estivesse morto. A Interpol acreditava que o assassinato mais recente de sua autoria havia sido realizado seis meses antes. O especialista duvidava que ele viajasse em voos comerciais. O FBI o havia colocado no topo da lista de suspeitos.

Ela abriu o jornal de Nova Orleans lentamente. Thomas não ocupava a primeira página, mas sua foto estava na página dois, acompanhada de uma longa matéria. Os policiais estavam tratando o fato como homicídio, mas não havia muito o que investigar. Uma mulher branca havia sido vista no local pouco antes da explosão. A faculdade de direito estava em choque, segundo o reitor. Os policiais não disseram muita coisa. O velório seria realizado no campus da universidade, no dia seguinte. "Cometeram um grande erro", disse o reitor. "Se foi assassinato, alguém obviamente matou a pessoa errada."

Seus olhos se encheram de lágrimas, e de repente Darby sentiu medo novamente. Talvez tivesse sido mesmo só um erro. Era uma cidade violenta, com pessoas insanas, e talvez alguém tivesse se equivocado e o carro errado tivesse sido escolhido. Talvez não houvesse ninguém lá fora a perseguindo.

Ela colocou os óculos escuros e olhou para a foto dele. Era a fotografia do anuário da faculdade e mostrava aquele sorriso que ele costumava exibir em sala de aula. Ele estava barbeado e muito bonito.

A MATÉRIA DE Grantham sobre Khamel deixou Washington em polvorosa naquela manhã de sexta-feira. Não mencionava nem o memorando nem a Casa Branca; portanto, a cidade inteira estava fazendo especulações a respeito da fonte.

As apostas estavam particularmente agitadas no Hoover Building. Na sala do diretor, Eric East e K. O. Lewis andavam de um lado para o outro, nervosos, enquanto Voyles falava ao telefone com o Presidente pela terceira vez nas últimas duas horas. Voyles xingava, não diretamente o Presidente, mas tudo ao seu redor. Ele xingou Coal e, quando o Presidente retribuiu o xingamento, Voyles sugeriu que pegassem um polígrafo, amarrassem todos da equipe nele, começando por Coal, e então descobrissem de onde vinham os vazamentos. Sim, merda, ele mesmo, Voyles, se submeteria ao teste, assim como todos que trabalhavam no Hoover Building. E eles continuavam trocando xingamentos. Voyles estava vermelho, suava, e o fato de estar gritando ao telefone e o Presidente ouvindo aquilo tudo não tinha a menor importância. Ele sabia que Coal estava ouvindo de algum lugar.

Evidentemente, o Presidente assumiu o controle da conversa e começou a desfiar um longo sermão. Voyles enxugou a testa com um lenço, sentou-se em sua antiga poltrona de couro e começou a respirar profundamente a fim de tentar diminuir a pressão e a frequência cardíaca. Sobrevivera a um infarto e estava à beira de outro, e dissera a K. O. Lewis muitas vezes que Fletcher Coal e seu chefe idiota o acabariam matando. Mas ele tinha dito isso sobre os três últimos presidentes. Beliscou as rugas que tinha na testa e se afundou na cadeira. "Nós podemos fazer isso, Sr. Presidente." Ele soava quase amável agora. Era um homem que passava por mudanças de humor rápidas e radicais, e de repente, diante de todos ali, estava sendo cortês. Um verdadeiro sedutor. "Obrigado, Sr. Presidente. Estarei lá amanhã."

Ele desligou o telefone gentilmente e disse, com os olhos fechados:

– O Presidente quer que a gente passe a vigiar esse repórter do *Post*. Disse que nós já fizemos isso antes, então poderíamos fazer de novo. Eu disse a ele que sim.

– Vigiar como? – perguntou K. O.

– Vamos segui-lo pela cidade. Dois agentes, 24 horas por dia. Saber pra onde ele vai à noite, com quem ele dorme. Ele é solteiro, não é?

– Divorciado há sete anos – respondeu K. O.

– Deem um jeito de não serem pegos no flagra. Façam tudo à paisana e mudem os agentes a cada três dias.

– Ele realmente acredita que os vazamentos estão vindo do FBI?

– Não, acho que não. Se os vazamentos estivessem vindo daqui, por que ele ia querer que a gente seguisse o repórter? Acho que ele sabe que vem do pessoal dele. E quer descobrir quem é.

– Então é um pequeno favor – acrescentou Lewis, prestativo.

– Sim. Só não sejam pegos, ok?

O ESCRITÓRIO DE L. Matthew Barr ficava escondido no terceiro andar de um prédio decadente e de baixo nível localizado na M Street, em Georgetown. Não havia nenhuma placa na porta. Um segurança armado e usando terno e gravata afastava as pessoas na saída do elevador. O carpete estava gasto e os móveis eram velhos. Estava tudo coberto de poeira, e era evidente que a Unidade não gastava dinheiro com limpeza.

Barr era responsável pela Unidade, uma pequena divisão não oficial e sigilosa do Comitê Eleitoral do Presidente. O Comitê tinha um vasto conjunto de escritórios luxuosos do outro lado do rio, em Rosslyn, com janelas que podiam ser abertas, secretárias sorridentes e faxineiras que limpavam as salas todas as noites. Mas não aquele lixo.

Fletcher Coal saiu do elevador e acenou com a cabeça para o segurança, que retribuiu o aceno sem mover nenhuma outra parte do corpo. Eram velhos conhecidos. Ele atravessou o pequeno labirinto de salas imundas na direção da de Barr. Coal se orgulhava de ser honesto consigo mesmo e não temia ninguém em Washington, exceto, talvez, Matthew Barr. Às vezes o temia, às vezes não, mas não deixava de sentir admiração por ele.

Barr era um ex-fuzileiro naval, ex-agente da CIA, ex-espião, condenado duas vezes por crimes de colarinho branco, os quais renderam milhões de dólares que ele conseguiu dar um jeito de esconder. Tinha passado alguns meses em uma prisão de baixa segurança, e ficou por isso mesmo. O próprio Coal havia recrutado Barr para chefiar a Unidade, que oficialmente não existia. Ela dispunha de um orçamento anual de quatro milhões, quantia proveniente de diversos esquemas de caixa dois, e Barr supervisionava um pequeno grupo de bandidos altamente treinados que faziam o trabalho da Unidade na surdina.

A porta de Barr estava sempre trancada. Ele a abriu e Coal entrou. A reunião seria breve, como sempre.

– Deixa eu adivinhar – começou Barr. – Você quer descobrir o responsável pelos vazamentos.

– De certa maneira, sim. Quero que você fique 24 horas por dia na cola desse repórter, Grantham, e veja com quem ele anda falando. Algumas coisas muito boas estão chegando na mão dele, e eu tenho receio de que os vazamentos estejam vindo de alguém de dentro.

– Vocês estão dando mole direto.

– Tivemos alguns problemas, mas a matéria do Khamel foi proposital. Eu que escrevi.

– Eu já imaginava – respondeu Barr dando um sorriso. – Parecia muito bem feita e certinha.

– Você já esbarrou com o Khamel alguma vez?

– Não. Dez anos atrás, a gente tinha certeza que ele tinha morrido. Ele fica feliz quando isso acontece. Não é um cara vaidoso, então nunca vai ser pego. Ele é capaz de morar em um barraco de papelão em São Paulo por seis meses, se alimentar de ratos e capim, depois pegar um avião pra Roma para matar um diplomata e então passar uns meses em Cingapura. Ele não se importa com a repercussão na mídia.

– Quantos anos ele tem?

– Por que você quer saber?

– Curiosidade. Acho que sei quem o contratou pra matar o Rosenberg e o Jensen.

– Jura? Você pode compartilhar essa fofoca?

– Não. Ainda não.

– Ele tem entre 40 e 45 anos, o que não é tão velho assim, mas matou um general libanês quando tinha 15. Portanto, já são muitos anos de estrada. Rola muito boato, sabe como é. Ele consegue matar com a mão direita, com a esquerda, com os pés, com uma chave, um lápis, o que for. Tem habilidades suficientes pra atirar com qualquer arma. Fala doze idiomas. Você já ouviu falar nisso tudo, não ouviu?

– Sim, mas é divertido.

– Certo. Ele é considerado o matador mais caro e eficiente do mundo. No começo da carreira, era só mais um terrorista, mas era talentoso demais pra ficar só explodindo as coisas. Então virou matador de aluguel. Está um pouco mais velho agora e só mata por dinheiro.

– Quanto dinheiro?

– Boa pergunta. Provavelmente cobra entre 10 e 20 milhões por serviço, e além dele eu só conheço um outro cara nessa mesma faixa. Tem um pessoal que acredita que ele compartilha a grana com outros grupos terroristas. Ninguém sabe, na verdade. Deixa eu adivinhar, você quer que eu encontre o Khamel e o traga vivo pra cá?

– Pode deixar o Khamel em paz. Eu meio que gosto do trabalho que ele fez.

– Ele é muito talentoso.

– Eu quero que você siga o Grantham e descubra com quem ele anda falando.

– Tem algum suspeito?

– Alguns. Tem um cara chamado Milton Hardy, que trabalha como zelador na Ala Oeste – respondeu Coal jogando um envelope na mesa. – Ele está por lá há muito tempo, parece ser meio cego, mas acho que vê e ouve bastante coisa. Fica de olho nele por uma ou duas semanas. Todo mundo chama ele de Sarge. E se organiza pra tirar ele da jogada em algum momento.

– Que maravilha, Coal. Vamos gastar todo esse dinheiro pra ir atrás de um cego.

– Só faz o que eu estou te pedindo. Três semanas, melhor – disse Coal se levantando e indo em direção à porta.

— Então você sabe quem contratou o assassino? — perguntou Barr.

— Estamos quase lá.

— A Unidade está mais do que disposta a ajudar.

— Eu sei.

19

A Sra. Chen era dona do dúplex a seis quarteirões do campus, e alugava metade da casa para alunas da faculdade de direito havia quinze anos. Ela era exigente, mas reservada, então não se importava com como as pessoas viviam, desde que não fizessem muito barulho.

Já era noite quando ela atendeu a porta. A pessoa na varanda era uma jovem bonita, com cabelos escuros curtos e um sorriso que deixava claro que ela estava preocupada.

Muito preocupada.

A Sra. Chen ficou olhando para ela durante um tempo, de cara amarrada, até que a jovem começou a falar.

— Meu nome é Alice Stark, sou amiga da Darby. Posso entrar? — disse ela olhando por cima do ombro.

A rua estava calma e silenciosa. A Sra. Chen morava sozinha e deixava as portas e janelas bem trancadas, mas Alice era uma garota bonita com um sorriso inocente e, se era amiga de Darby, então podia confiar nela. Ela abriu a porta e a jovem entrou.

— Aconteceu alguma coisa — disse a Sra. Chen.

— Sim. Darby está com problemas, mas não podemos falar sobre isso. Ela ligou para a senhora hoje à tarde?

— Sim. Disse que uma amiga ia precisar entrar no apartamento dela.

Alice respirou fundo e tentou parecer calma.

– Não vou demorar muito. Ela me disse que tem como entrar por uma porta escondida em uma parede em algum lugar. Eu preferiria não usar a porta da frente nem a dos fundos pra entrar lá.

A Sra. Chen franziu a testa e era como se seus olhos perguntassem "Por que não?", mas não disse nada.

– Alguém esteve no apartamento dela nos últimos dois dias? – perguntou Alice, seguindo a Sra. Chen por um corredor estreito.

– Eu não vi ninguém. Ontem muito cedo de manhã escutei baterem na porta, mas não fui ver o que era – disse ela afastando uma mesa de uma porta e virando uma chave para abri-la.

– A Darby quer que eu entre sozinha, tudo bem? – disse Alice passando na frente dela.

A Sra. Chen queria dar uma olhada, mas assentiu e fechou a porta, que dava para um pequeno corredor que ficou imediatamente às escuras. À esquerda ficava a saleta e um interruptor que não funcionava. Alice ficou paralisada em meio ao breu. O apartamento estava abafado, completamente escuro, e exalava um odor forte de lixo velho. Ela já imaginava que entraria lá sozinha, mas era só uma estudante de direito do segundo ano, porra, não uma detetive particular.

"Segura a onda", disse Alice para si mesma. Ela fuçou sua enorme bolsa e encontrou uma lanterna fina como um lápis. Havia três delas lá dentro. Para o caso de acontecer alguma coisa. O quê, ela não sabia. Darby tinha sido bastante específica. Nenhuma luz podia ser vista pelas janelas. Eles poderiam estar vigiando.

"Eles quem, cacete?", Alice queria saber. Darby não sabia, disse que explicaria mais tarde e que primeiro precisava dar uma olhada no apartamento.

Alice estivera no apartamento diversas vezes no ano anterior, mas sempre pôde entrar pela porta da frente, com direito a uma iluminação decente e outras vantagens. Conhecia todos os cômodos e se sentia confiante de que conseguiria se virar lá dentro mesmo no escuro. A confiança tinha ido embora. Desaparecera. Havia sido substituída pelo medo absoluto.

"Segura a onda. Você está totalmente sozinha. Eles não iriam ficar acampados aqui com uma mulher intrometida morando logo ao lado. Se realmente estiveram aqui, foi só uma breve visita."

Foi só depois de olhar para a ponta da lanterna que teve certeza de que estava funcionando. A luz era fraca como a de um fósforo se apagando. Ela apontou para o chão e viu um círculo redondo e pouco brilhante do tamanho de uma laranja pequena. O círculo estava tremendo.

Ela andou na ponta dos pés em direção à saleta. Darby lhe dissera que havia um pequeno abajur na estante de livros ao lado da televisão e que ele ficava sempre aceso. Era mais útil principalmente à noite, já que iluminava levemente o caminho da saleta até a cozinha. Ou Darby havia mentido, ou a lâmpada tinha queimado, ou alguém a tirara do abajur. Na verdade, naquele momento não importava mais, pois a saleta e a cozinha estavam um breu.

Ela tinha chegado ao tapete que ficava no meio da saleta e avançou em direção à mesa da cozinha, sobre a qual deveria haver um computador. Chutou a quina da mesa de centro e a lanterna apagou. Ela a sacudiu. Nada. Pegou a segunda lanterna na bolsa.

O cheiro de lixo era ainda mais forte na cozinha. O computador estava sobre a mesa, junto com diversas pastas vazias e livros técnicos. Alice examinou a torre com a luz fraca da lanterna. O botão de ligar ficava na frente. Ela o pressionou e o monitor monocromático lentamente começou a acender. Ele emitia uma luz esverdeada que iluminava a mesa, mas não ia além da cozinha.

Alice se sentou diante do teclado e começou a digitar com dificuldade. Entrou no menu e chegou aos arquivos. A pasta ocupou a tela inteira. Ela a estudou de perto. De acordo com Darby, deveria haver cerca de quarenta arquivos, mas ela não via mais do que dez. A maior parte da memória do disco rígido tinha sido apagada. Ela ligou a impressora a laser e, em segundos, todos os arquivos estavam no papel. Pegou as folhas e as meteu na bolsa.

Ficou de pé com a lanterna na mão e inspecionou a bagunça ao redor do computador. Darby estimava que havia vinte disquetes por lá, mas todos tinham sido levados. Não sobrara um único disquete. Os livros técnicos tratavam de direito constitucional e processo civil, e eram todos tão sacais e genéricos que ninguém os quis. As pastas estavam empilhadas ordenadamente, mas vazias.

Tinha sido um trabalho bem feito e cauteloso. Ele – ou eles – havia passado algumas horas ali, apagando e reunindo informações, e depois saíra com não mais do que uma maleta ou uma sacola de mercado.

Na saleta, perto da televisão, Alice espiou pela janela lateral. O Honda Accord vermelho ainda estava lá, a pouco mais de um metro da janela. Não parecia haver nada de errado com ele.

Ela atarraxou a lâmpada do abajur, o ligou por um segundo e depois desligou. Estava funcionando perfeitamente. Desatarraxou a lâmpada exatamente como ele ou eles haviam deixado.

Seus olhos haviam se adaptado à escuridão; conseguia ver os contornos das portas e dos móveis. Desligou o computador e cruzou a saleta até o corredor.

A Sra. Chen estava esperando exatamente no mesmo lugar.

– Tudo certo? – perguntou ela.

– Sim, está tudo bem – respondeu Alice. – Só fique atenta. Vou ligar pra você daqui a uns dois dias pra saber se alguém passou por aqui. E, por favor, não conte pra ninguém que eu estive aqui.

A Sra. Chen ouviu atentamente enquanto arrastava a mesa para junto da porta.

– E o carro dela?

– Vai ficar tudo bem. Só fique de olho.

– Ela está bem?

As duas estavam no hall de entrada, quase na porta da frente.

– Ela vai ficar bem. Deve estar de volta em alguns dias. Obrigada, Sra. Chen.

A Sra. Chen fechou a porta, passou a chave e a observou pela pequena janela. A moça seguiu pela calçada, depois desapareceu na noite.

Alice andou três quarteirões até seu carro.

SEXTA À NOITE no French Quarter. O time de futebol americano da Tulane jogaria no The Dome no dia seguinte, depois seria a vez do New Orleans Saints no domingo, e havia arruaceiros aos montes pela cidade, estacionando em qualquer lugar, bloqueando ruas, vagando em grupos enormes e barulhentos, bebendo em copos descartáveis, entupindo bares, apenas se divertindo enquanto criavam um verdadeiro caos. Às nove da noite o Inner Quarter estava completamente congestionado.

Alice estacionou na Poydras Street, longe de onde realmente gostaria, e estava uma hora atrasada quando chegou ao *oyster bar* lotado na St. Peter Street, nas profundezas do French Quarter. Não havia mesas. Estavam todos aglomerados em fila tripla diante do balcão. Ela foi até um canto onde havia uma máquina de cigarros e analisou as pessoas, a maioria estudantes que estavam na cidade por conta do jogo.

Um garçom foi até ela.

– Você está procurando uma moça? – perguntou ele.

– É... Estou sim – respondeu, um pouco hesitante.

Ele apontou para trás do bar.

– Ao virar o corredor, primeira entrada à direita, tem umas mesinhas. Acho que sua amiga está lá.

Darby estava em uma pequena mesa, curvada sobre uma garrafa de cerveja, usando óculos escuros e um chapéu. Alice apertou forte a mão dela.

– Que bom te ver.

Alice estranhou o novo visual da amiga, mas o achou engraçado. Darby tirou os óculos. Seus olhos estavam vermelhos e cansados.

– Eu não sabia para quem ligar.

Alice a ouviu sem conseguir falar nada, incapaz de pensar em algo apropriado para dizer e de tirar os olhos dos cabelos de Darby.

– Quem cortou seu cabelo? – perguntou ela.

– Ficou legal, né? É um look meio punk, acho que está na moda de novo, e com certeza vai causar uma boa impressão nas pessoas quando eu for me candidatar a um emprego.

– Por que isso?

– Alguém tentou me matar, Alice. Meu nome entrou para uma lista que está nas mãos de umas pessoas bem perigosas. Acho que eles estão me seguindo.

– Matar? Como assim, matar? Quem ia querer te matar, Darby?

– Não tenho certeza. E o meu apartamento?

Alice parou de olhar para os cabelos da amiga e lhe entregou as folhas impressas. Darby leu com cuidado. Aquilo era real. Não era um sonho ou um equívoco. A bomba tinha sido colocada no carro certo. Rupert e o caubói quase conseguiram pegá-la. O rosto que ela tinha visto estava realmente procurando por ela. Eles foram ao apartamento dela e apagaram o que queriam apagar. Eles estavam à espreita.

– E os disquetes?

– Nenhum. Nem unzinho. As pastas na mesa da cozinha estavam todas organizadas, mas totalmente vazias. Todo o resto parecia em ordem. Eles desatarraxaram a lâmpada do abajur que fica na estante, pra casa ficar escura. Eu verifiquei. O abajur está funcionando. São pessoas muito cautelosas.

– E a Sra. Chen?

– Ela não viu nada.

Darby colocou as folhas impressas por dentro da calça.

– Olha só, Alice, eu estou com muito medo. É melhor que

eles não vejam você comigo. Talvez não tenha sido uma boa ideia te ligar.

– Quem são essas pessoas?

– Eu não sei. Eles mataram o Thomas e tentaram me matar. Tive sorte, mas agora eles estão atrás de mim.

– Mas por quê, Darby?

– É melhor você não saber e eu não vou te contar. Quanto mais você souber, mais perigo estará correndo. Confia em mim, Alice. Eu não posso te contar o que eu sei.

– Mas não vou contar pra ninguém. Eu juro.

– E se eles obrigarem a contar?

Alice olhou ao redor como se quisesse dizer que estava tudo bem. Ela analisou a amiga. Tinham se aproximado quando ainda eram calouras. Estudaram juntas por horas, compartilharam anotações de aulas, sofreram com as provas, fizeram parte dos mesmos grupos em júris simulados, fofocaram sobre homens. Felizmente, Alice era a única pessoa na faculdade que sabia sobre Darby e Callahan.

– Eu quero te ajudar, Darby. Não tenho medo.

Darby não tinha tocado na cerveja. Ela virou lentamente a garrafa.

– Bem, estou apavorada. Eu estava lá quando o Thomas morreu, Alice. O chão tremeu. Ele explodiu em pedaços, e era pra eu estar no carro junto com ele. O alvo era eu.

– Então vai na polícia.

– Ainda não. Talvez devesse esperar. Estou com medo de ir. O Thomas foi ao FBI e dois dias depois colocaram uma bomba no carro dele.

– Então o FBI está atrás de você?

– Acho que não. Eles falaram demais, alguém estava ligado, a informação acabou indo parar onde não devia.

– Falaram demais sobre o quê? Fala logo, Darby. Sou eu. Sua melhor amiga. Para de enrolar.

Darby deu o primeiro gole minúsculo da garrafa. Ela evitava contato visual. Olhou para a mesa.

– Por favor, Alice. Me deixa fazer as coisas no meu tempo. Não faz sentido te contar uma coisa que pode acabar te matando. Se você quer ajudar, vai ao velório amanhã – disse ela depois de uma longa pausa. – Fique de olho em tudo. Espalhe uma história dizendo que eu te liguei de Denver, que vou ficar por lá com uma tia que você não sabe como se chama e que não vou terminar este semestre, mas volto no próximo. Dê um jeito de fazer esse boato circular. Acho que algumas pessoas vão estar atentas.

– Ok. O jornal mencionou uma mulher branca no local quando ele foi morto, como se ela pudesse ser uma suspeita ou algo assim.

– Algo assim. Eu estava lá e era pra eu ser uma das vítimas. Tenho acompanhado as notícias de perto. A polícia não faz a menor ideia do que está acontecendo.

– Beleza, Darby. Você é mais esperta do que eu. Você é mais esperta do que todas as pessoas que eu já conheci na vida. E agora, o que a gente faz?

– Primeiro, você sai pela porta dos fundos. Tem uma porta branca no fim do corredor, onde estão os banheiros. Ela dá para uma despensa, depois para a cozinha e depois você chega na porta dos fundos. Não pare de andar. O beco vai dar na Royal Street. Pegue um táxi e volte pro seu carro. Fique de olho pra ver se tem alguém te seguindo.

– Você está falando sério?

– Olha pro meu cabelo, Alice. Você acha que eu faria uma merda dessa se estivesse de sacanagem?

– Tá bem, tá bem. E depois?

– Vai no velório amanhã, espalha o boato e eu te ligo daqui a dois dias.

– Onde você está hospedada?

– Por aí. Eu vivo trocando de lugar.

Alice se levantou e beijou Darby na bochecha. Depois foi embora.

VERHEEK PASSOU DUAS horas andando agitado pelo quarto, pegando revistas, jogando-as pelo chão, pedindo serviço de quarto, desfazendo as malas, andando mais um pouco. Depois, por mais duas horas, ficou sentado na cama, bebendo uma cerveja quente e olhando para o telefone. Definiu que faria isso até meia-noite; até aí tudo bem, mas e depois?

Ela disse que ligaria.

Ele poderia salvar a vida dela se ela ligasse.

À meia-noite, ele jogou outra revista de lado e saiu do quarto. Um agente do escritório de Nova Orleans o havia ajudado um pouco e passou para ele alguns dos pontos de encontro dos alunos da faculdade de direito que ficavam próximo ao campus. Verheek iria até lá e se misturaria a eles, beberia uma cerveja e ficaria ouvindo. Os estudantes estavam na cidade para assistir ao jogo. Ela não estaria lá, mas isso não tinha importância, porque ele nunca a vira. Mas talvez ele acabasse ouvindo alguma coisa e tivesse a chance de se apresentar, deixar um cartão, ficar amigo de alguém que a conhecia ou talvez conhecesse alguém que a conhecia. Um tiro no escuro, mas com certeza muito mais produtivo do que passar a noite olhando para o telefone esperando que ele tocasse.

Ele encontrou um banquinho no balcão de um bar chamado Barrister's, que ficava a três quarteirões do campus. Tinha uma decoração temática, com tabelas das partidas de futebol americano e *pinups* penduradas nas paredes. O lugar estava tumultuado e a idade média do público era de menos de 30 anos. O barman parecia ser um estudante. Depois de duas cervejas, a multidão foi reduzida pela metade e o bar ficou vazio. Em breve, lotaria novamente.

Verheek pediu a terceira cerveja. Era uma e meia da manhã.

– Você estuda direito? – perguntou ao barman.

– Infelizmente.

– É tão ruim assim?

– Já fui mais feliz – respondeu ele limpando os amendoins espalhados no balcão.

Verheek sentiu saudades dos garçons dos seus tempos de faculdade. Aqueles caras dominavam a arte da conversa. Nunca ter visto a pessoa na vida e mesmo assim falar sobre qualquer assunto.

– Eu sou advogado – disse Verheek, sem esperanças.

"Uau, nossa, esse cara é advogado. Que inusitado. Muito original." O garoto foi embora.

"Moleque escroto. Espero que você seja reprovado este semestre." Verheek pegou sua garrafa e se virou de frente para as mesas. Ele se sentia como um avô no meio de um monte de crianças. Embora odiasse a faculdade de direito e as lembranças que tinha daquela época, haviam sido muitas as noites de sexta-feira nos bares de Georgetown com seu amigo Callahan. Aquelas memórias eram boas.

– Advogado de quê?

O barman voltara. Gavin se virou para o bar e sorriu.

– Procurador-especial do FBI.

– Você trabalha em Washington, então? – disse ele ainda limpando o balcão.

– Trabalho. Vim pra cá pra ver o jogo de domingo. Sou fanático pelos Redskins.

Ele odiava os Redskins e todos os outros times de futebol americano. "Não deixe o garoto começar a falar de futebol."

– Onde você estuda?

– Aqui mesmo. Na Tulane. Termino em maio.

– E depois vai pra onde?

– Provavelmente pra Cincinnati, tentar uma vaga de trainee por um ou dois anos.

– Você deve ser bom aluno.

Ele deu de ombros.

– Quer outra cerveja?

– Não. Você teve aula com Thomas Callahan?

– Claro. Você conhece ele?

– Estudei com ele em Georgetown – disse puxando um cartão do bolso e entregando ao garoto. – Meu nome é Gavin Verheek.

O rapaz olhou para ele e, educadamente, colocou o cartão ao lado do balde de gelo. O bar estava silencioso e o garoto estava cansado de conversar.

– Você conhece uma aluna chamada Darby Shaw?

O garoto olhou para as mesas.

– Não. Nunca fomos apresentados, mas sei quem ela é. Acho que ela está no segundo ano. Por quê? – perguntou ele depois de uma longa pausa, começando a achar aquilo um pouco suspeito.

– Nós precisamos falar com ela – respondeu, enfatizando o "nós", se referindo ao FBI e não simplesmente a ele, Gavin Verheek, tentando dar um tom de seriedade à frase. – Ela costuma vir aqui?

– Eu já a vi algumas vezes. É difícil não notar quando ela chega.

– Fiquei sabendo – comentou Gavin olhando na direção das mesas. – Você acha que algum daqueles caras conhece ela?

– Duvido muito. Eles são todos do primeiro ano. Dá pra notar, né? Eles estão ali debatendo direitos de propriedade, busca e apreensão.

"Sim, bons tempos", pensou Gavin. Ele tirou vários cartões do bolso e os colocou no balcão.

– Eu vou estar no Hilton por uns dias. Se você a vir, ou ouvir alguma coisa, pode dar o meu cartão.

– Pode deixar. Ontem à noite um policial veio aqui fazer umas perguntas. Você acha que ela está envolvida na morte do Callahan?

– Não, de jeito nenhum. Só precisamos mesmo falar com ela.

– Vou ficar de olho.

Verheek pagou a cerveja, agradeceu ao garoto mais uma vez e saiu do bar. Caminhou por três quarteirões até o The Half Shell. Eram quase duas da manhã. Estava morto de cansaço, meio bêbado, e uma banda começou a tocar no exato segundo em que ele entrou. O lugar estava escuro, lotado, e mais de cinquenta garotos e garotas, que sem dúvida eram membros de fraternidades e irmandades universitárias, imediatamente começaram a dançar em cima das mesas. Ele conseguiu atravessar a multidão agitada e encontrou um lugar protegido nos fundos, próximo ao balcão do bar. Estava completamente lotado e era muito difícil se mexer. Ele abriu espaço, conseguiu pegar uma cerveja para se acalmar um pouco e percebeu mais uma vez que era de longe a pessoa mais velha do local. Foi para um canto que, apesar de escuro, estava cheio de gente. Não tinha esperanças. Mal conseguia ouvir os próprios pensamentos, que dirá conversar com alguém.

Observou os bartenders: todos jovens, todos estudantes. O mais velho parecia ter 20 e tantos anos, e ele registrava uma conta atrás da outra, como se estivesse fechando o caixa. Seus passos eram apressados, como se fosse hora de ir embora. Gavin reparou em cada movimento do rapaz.

Ele desamarrou o avental com pressa, o jogou em um canto, se enfiou embaixo do balcão e desapareceu. Gavin cruzou o bar acotovelando as pessoas para conseguir passar e alcançou o rapaz quando ele estava entrando na cozinha. Tinha um de seus cartões do FBI em mãos.

– Com licença. FBI – disse enfiando o cartão na cara do garoto. – Seu nome é...?

O garoto congelou e olhou para Verheek, desorientado.

– É... Fountain. Jeff Fountain.

– Tudo bem, Jeff. Olha, está tudo bem, ok? Eu só quero fazer algumas perguntas. Não vai demorar muito.

A cozinha estava fechada havia horas e os dois estavam sozinhos.

– Ok, tudo bem. O que houve?

– Você estuda direito, certo? – "Por favor, diga que sim. Seu amigo disse que a maioria dos barmen aqui eram estudantes de direito."

– Sim. Na Loyola.

"Na Loyola? Mas que merda", pensou Gavin.

– Foi o que eu imaginei. Você já deve ter ouvido falar do professor Callahan da Tulane. O velório dele é amanhã.

– Claro. Saiu em todos os jornais. A maioria dos meus amigos estuda na Tulane.

– Você conhece uma aluna de lá chamada Darby Shaw? Ela está no segundo ano, uma garota bonita, parece.

– Sim, ela namorou um amigo meu no ano passado – respondeu Fountain com um sorriso. – Ela vem aqui às vezes.

– Tem tempo que ela não aparece aqui?

– Um ou dois meses. Aconteceu alguma coisa?

– Precisamos falar com ela – respondeu Gavin passando para o garoto uma pilha de cartões. – Fica com isso aqui. Eu vou estar no Hilton por alguns dias. Se você a vir por aí ou ouvir alguma coisa, pode dar o meu cartão.

– Que tipo de coisa eu poderia ouvir?

– Sobre o Callahan. Nós precisamos muito falar com ela, ok?

– Está certo – disse, guardando os cartões no bolso.

Verheek agradeceu e voltou para a festa. Ele avançou pela multidão, tentando ouvir o que as pessoas diziam. Mais gente começou a entrar, e ele precisou se espremer para conseguir sair. Estava velho demais para aquilo.

A seis quarteirões dali, estacionou em local proibido, em frente à sede de uma das fraternidades que ficava nos arredores do campus. Sua última parada da noite seria em um pequeno e escuro salão de bilhar, que, naquele momento, não estava lotado. Ele comprou uma cerveja no bar e analisou o local. Havia quatro mesas de sinuca e não estava muito movimentado. Um jovem caminhou até o balcão e pediu outra cerveja. Ele usava uma camiseta verde e cinza onde se lia FACULDADE DE DIREITO DE TULANE na frente, e logo abaixo um número semelhante aos estampados nos uniformes de presidiários.

– Você faz faculdade de direito? – perguntou Verheek sem hesitar.

O jovem olhou para ele enquanto pegava o dinheiro no bolso da calça jeans.

– Parece que sim.
– Você conhecia o professor Thomas Callahan?
– Quem é você?
– FBI. Callahan era meu amigo.
O garoto deu um gole na cerveja e pareceu desconfiado.
– Eu era aluno dele.
Bingo! Darby também era. Verheek tentou não parecer muito interessado.
– Você conhece uma aluna chamada Darby Shaw?
– Por que você quer saber?
– Precisamos falar com ela, só isso.
– "Nós" quem?
O jovem ficou ainda mais desconfiado. Ele se aproximou de Gavin como se quisesse intimidá-lo.
– O FBI – disse Verheek, indiferente.
– Você tem uma identificação ou algo assim?
– Claro – disse ele enquanto puxava um cartão do bolso.
O garoto leu com atenção e depois retrucou:
– Você é advogado, não um agente.
De fato, aquele era um bom argumento, e Gavin sabia que poderia perder o emprego caso seu chefe tomasse conhecimento de que ele andava por aí fazendo perguntas e, de algum modo, se passando por agente.
– Sim, sou advogado. Callahan e eu estudamos juntos na faculdade.
– Então por que você quer falar com a Darby?
O barman se aproximou e começou a ouvir, discretamente.
– Você conhece ela?
– Não sei – disse o rapaz, que obviamente a conhecia, mas não estava a fim de falar. – Ela fez alguma coisa de errado?
– Não. Você conhece ela, não conhece?
– Talvez sim, talvez não.
– Olha só, qual é o seu nome?
– Me mostra um distintivo que eu te digo o meu nome.
Gavin tomou um longo gole da garrafa e sorriu para o barman.

– Eu preciso falar com ela, ok? É muito importante. Vou estar hospedado no Hilton pelos próximos dias. Se esbarrar com ela, pede pra ela me ligar.

Ele ofereceu o cartão ao garoto, que olhou para ele e foi embora.

ÀS TRÊS DA manhã, ele abriu a porta do quarto e verificou o telefone. Nenhuma mensagem. Onde quer que Darby estivesse, ela ainda não tinha ligado. Considerando-se, é claro, que ainda estivesse viva.

20

Garcia ligou pela última vez. Grantham tinha atendido o telefonema no sábado, antes do nascer do sol, menos de duas horas antes de eles se encontrarem pela primeira vez. Ele disse que estava caindo fora. Não era o momento certo. Se a matéria fosse publicada, advogados muito poderosos e alguns de seus clientes mais ricos seriam duramente prejudicados, e como essas pessoas não estavam acostumadas a cair levariam outras junto. E Garcia tinha medo de que acabasse sobrando para ele. Ele tinha esposa e uma filha pequena. Tinha um emprego que era capaz de suportar porque pagava muito bem. Por que arriscar tudo isso? Ele não tinha feito nada de errado. Sua consciência estava limpa.

– Então por que você continua me ligando? – quis saber Grantham.

– Eu acho que sei por que mataram eles. Não tenho certeza, mas tenho um bom palpite. Eu vi uma coisa, ok?

– Tem uma semana que nós estamos em contato, Garcia. Você viu alguma coisa ou tem alguma informação. E nada disso tem utilidade, a não ser que você me mostre – disse ele abrindo uma pasta e tirando as fotos do homem que estava do outro lado da linha. – Você é um cara correto, Garcia. É por isso que quer conversar.

– Sim, mas pode ser que eles saibam que eu sei. Estão me tratando de um jeito estranho, como se quisessem perguntar se eu vi alguma coisa. Mas eles não podem me perguntar porque não têm certeza.

– Esses caras trabalham com você no escritório?

– Sim. Não, peraí. Como você sabe que eu trabalho em um escritório? Eu nunca te disse isso.

– É fácil. Você sai de casa cedo demais pra quem trabalha pro governo. Você advoga em um desses escritórios com duzentas pessoas, onde os sócios esperam que os associados e os advogados recém-formados trabalhem cem horas por semana. Na primeira vez que me ligou, você disse que estava indo pro trabalho, e eram mais ou menos cinco da manhã.

– Que maravilha, e o que mais você sabe?

– Não muito. Estamos perdendo tempo, Garcia. Se você não está a fim de falar, desliga logo e me deixa em paz. Estou desperdiçando horas de sono.

– Bons sonhos pra você, então.

Garcia desligou. Grantham ficou olhando para o telefone.

NOS ÚLTIMOS OITO anos, por três vezes Grantham havia tirado seu número das listas telefônicas. Ele vivia ao lado do aparelho e suas maiores matérias haviam chegado a ele do nada, pelo telefone. Mas entre uma matéria importante e outra, houve milhares de histórias insignificantes de fontes que se sentiam compelidas a telefonar a qualquer hora da noite trazendo alguma fofoquinha. Ele era conhecido como um repórter que enfrentaria um pelotão de fuzilamento antes de revelar suas fontes, então toda hora tinha alguém ligando. Sempre ficava cansado disso e acabava adquirindo um número novo e que não havia sido catalogado. Daí vinha um período de tranquilidade. Mas ele acabava voltando a fazer parte do catálogo.

O nome dele agora constava da lista telefônica: Gray S. Grantham. O único na lista.

Era possível encontrá-lo no trabalho doze horas por dia, mas era muito mais reservado e discreto ligar para sua casa, principalmente em horários estranhos, quando ele estava tentando dormir.

Ficou irritado com Garcia durante trinta minutos e depois pegou no sono. Estava dormindo pesado e morto para o resto do mundo quando o telefone tocou novamente. Ele o alcançou em meio à escuridão.

– Alô.

Não era Garcia. Era uma mulher.

– Gray Grantham, do *Washington Post*?

– Sou eu. E você, quem é?

– Você ainda está cobrindo as matérias sobre o Rosenberg e o Jensen?

Ele se sentou no escuro e olhou para o relógio. Cinco e meia.

– É uma matéria importante, tem muita gente trabalhando nela, mas sim, estou apurando.

– Você já ouviu falar do Dossiê Pelicano?

Ele respirou fundo e tentou se lembrar.

– Dossiê Pelicano. Não. O que seria isso?

– É uma teoria inofensiva sobre quem matou os juízes. O dossiê foi levado pra Washington no último domingo por um homem chamado Thomas Callahan, professor de direito da Tulane. Ele o entregou pra um amigo do FBI, que o passou adiante. As coisas saíram do controle e Callahan foi morto em um carro-bomba quarta à noite em Nova Orleans.

Ele acendeu o abajur e começou a fazer anotações.

– De onde você está ligando?

– Nova Orleans. É um telefone público, não precisa se preocupar.

– Como você sabe disso tudo?

– Eu escrevi o dossiê.

Ele estava totalmente desperto, tinha os olhos arregalados e a respiração acelerada.

– Certo. Se foi você que escreveu, me conta o que tem nele.

– Não vou fazer isso por aqui, porque, mesmo que você conseguisse uma cópia, não ia poder publicar isso no jornal.

– É o que você acha.

– Não ia, não. É muita coisa pra confirmar.

– Ok. Os suspeitos são a Klan, o terrorista Khamel, o Underground Army, os arianos, os...

– Não. Não é nenhum desses aí. São óbvios demais. O dossiê é sobre um suspeito desconhecido.

Ele estava andando de um lado para outro ao pé da cama, segurando o telefone.

– Por que você não pode me dizer quem é?

– Talvez em outro momento. Parece que você tem fontes muito boas. Vamos ver o que consegue descobrir.

– A história do Callahan vai ser fácil de verificar. Basta uma ligação. Me dá 24 horas.

– Vou tentar te ligar na segunda de manhã. Se vamos trabalhar juntos, Sr. Grantham, você precisa me dar alguma coisa em troca. Na próxima vez que eu ligar, me conta alguma coisa que eu não saiba.

Ela estava em um telefone público, na escuridão.

– Você está em perigo? – quis saber ele.

– Acho que sim. Mas estou bem por enquanto.

Ela parecia jovem, 20 e poucos anos, talvez. Ela tinha escrito o dossiê. Conhecia o professor de direito da Tulane.

– Você é advogada?

– Não, e não perca seu tempo tentando descobrir coisas sobre mim. Faça o seu trabalho, Sr. Grantham, ou eu vou procurar outra pessoa pra me ajudar.

– Está bem. Você precisa de um nome.

– Eu já tenho um.

– Eu quis dizer um codinome.

– Tipo uma espiã ou coisa assim. Vai ser divertido.
– Um codinome ou seu nome de verdade, você escolhe.
– Espertinho. Pode me chamar de Pelicano.

OS PAIS DE Thomas eram católicos irlandeses, mas ele havia largado a religião havia muitos anos. Formavam um casal bonito, de pele bronzeada, bem-vestidos, bastante comedidos naquele momento difícil. Thomas comentava muito pouco deles. Caminharam de mãos dadas junto com o restante da família até a Rogers Chapel, a capela da Universidade de Tulane. O irmão que vivia em Mobile era mais baixo que ele e parecia muito mais velho. Thomas dizia que ele tinha problemas com a bebida.

Durante meia hora, estudantes e professores entraram na pequena capela. O jogo era naquela noite e o campus estava cheio de gente. Havia uma van de algum canal de televisão estacionada na rua. Um cameraman mantinha uma distância respeitosa e filmava a frente da capela. Um policial do campus o observava atentamente a fim de garantir que ele não avançasse demais.

Era estranho ver estudantes usando vestidos e saltos, ternos e gravatas. Em uma sala escura no terceiro andar do Newcomb Hall, na universidade, a Pelicano estava sentada com o rosto voltado para a janela e observava os alunos chegarem, conversarem baixinho e terminarem seus cigarros. Debaixo de sua cadeira havia quatro jornais, já lidos e descartados. Tinha duas horas que ela estava lá, lendo sob a luz do sol e esperando o início do velório. Não havia outro lugar onde ela pudesse estar naquele momento. Tinha certeza de que os bandidos estavam escondidos no meio das árvores ao redor da capela, mas estava aprendendo a ser paciente. Ela chegara cedo, ficaria até tarde e sairia de lá quando já estivesse escuro. Se a encontrassem, talvez acabassem rápido com ela e tudo aquilo chegaria ao fim.

Pegou um lenço de papel amassado e secou os olhos. Estava tudo bem chorar agora, mas seria a última vez. As pessoas estavam todas lá dentro e a van da televisão tinha ido embora. O jornal dizia que o velório seria aberto ao público, mas o enterro mais tarde seria uma cerimônia privada. O caixão não estava na capela.

Ela tinha escolhido aquele momento para fugir, alugar um carro e dirigir até Baton Rouge, depois pular no primeiro avião em direção a qualquer lugar, exceto Nova Orleans. Sairia do país, talvez fosse para Montreal ou Calgary. Se esconderia lá por um ano e iria torcer para que o crime fosse resolvido e os criminosos fossem capturados.

Mas era apenas um sonho. O jeito mais rápido para fazer justiça tinha acertado ela em cheio. Ela sabia disso melhor do que ninguém. O FBI tinha chegado perto, depois recuou e naquele momento estavam perseguindo sabe-se lá quem. Verheek não chegara a lugar algum, mesmo sendo próximo do diretor. Ela ia ter que dar um jeito de montar o quebra-cabeça. Seu dossiê tinha provocado a morte de Thomas, e agora estavam atrás dela. Darby conhecia a identidade do homem por trás dos assassinatos de Rosenberg, Jensen e Callahan, e esse conhecimento fazia dela uma pessoa bastante peculiar.

De repente, ela se inclinou para a frente. As lágrimas secaram em suas bochechas. Lá estava ele! O homem magro de rosto comprido! Vestia terno e gravata e parecia apropriadamente triste enquanto caminhava apressadamente em direção à capela. Era ele! O homem que ela tinha visto pela última vez no saguão do Sheraton – "Quando foi mesmo?" – na quinta-feira de manhã. Ela estava com Verheek ao telefone enquanto o sujeito circulava de forma suspeita.

Ele parou na porta, olhou para os lados, parecendo nervoso – era de fato muito desajeitado, não passava despercebido. Fixou o olhar por um segundo em três carros estacionados de forma aparentemente inocente na rua, a menos de cinquenta metros de distância. Ele abriu a porta e entrou na capela. Que beleza. Os desgraçados tinham matado Thomas, e agora se juntavam à sua família e a seus amigos para prestar condolências.

O nariz dela tocou a janela. Os carros estavam muito longe, mas ela tinha certeza de que havia homens dentro dos veículos procurando por ela. Certamente eles sabiam que não era tão burra nem estava tão inconsolável a ponto de aparecer por lá e chorar a morte de seu amante. Sabiam disso. Ela estava fugindo deles há mais de dois dias. Parou de chorar.

Dez minutos depois, o homem magro saiu sozinho, acendeu um cigarro e foi andando em direção aos três carros com as mãos enfiadas nos bolsos. Fazia uma cara triste. Que desgraçado.

Ele passou na frente dos carros, mas não parou. Quando saiu de seu campo de visão, uma porta se abriu e um homem usando um moletom verde da Tulane saiu do carro do meio. Desceu a rua atrás do magricelo. Ao contrário do outro, ele era baixo, forte e atarracado. O típico brutamontes.

Ele desapareceu na calçada atrás do magricelo, atrás da capela. Darby estava sentada na beira do assento da cadeira. Um minuto depois, eles surgiram na calçada atrás do prédio. Estavam juntos agora, cochichando, mas por apenas um momento, porque o magricelo se afastou e desapareceu rua abaixo. O brutamontes andou apressadamente até o carro e entrou. Ele ficou lá sentado, esperando o velório terminar para dar uma última olhada na multidão, considerando ainda a possibilidade de que ela fosse de fato estúpida o suficiente para comparecer.

Levou menos de dez minutos para o magricelo entrar furtivamente, examinar a aglomeração de, digamos, duzentas pessoas e aceitar que de fato ela não estava lá. Talvez ele estivesse procurando por uma mulher de cabelos ruivos. Ou pintados de loiro. Não, fazia mais sentido que eles já tivessem outras pessoas lá dentro, sentadas em oração e parecendo tristes, procurando por ela ou por alguém que pudesse se parecer com ela. Eles então acenariam com a cabeça, piscariam ou fariam algum outro sinal para o magricelo.

Aquele lugar estava repleto deles.

HAVANA ERA UM refúgio perfeito. Não importava que dez ou cem países estivessem oferecendo recompensas por sua cabeça, Fidel era um admirador e cliente ocasional. Eles bebiam juntos, compartilhavam mulheres e fumavam charutos. Tinha tudo o que queria: um belo apartamento na parte antiga da cidade, um carro com motorista, um gerente que fazia o dinheiro dele cruzar o mundo de ponta a ponta em um passe de mágica, um barco do tamanho que desejasse, um avião militar se fosse necessário, e muitas mulheres. Falava o idioma e sua pele não era clara. Amava aquele lugar.

Em uma ocasião, havia aceitado uma proposta de matar Fidel, mas não foi capaz de fazer isso. Ele já estava no local, e faltavam apenas duas horas para o assassinato, mas simplesmente não conseguiu. Ele admirava demais aquele homem. Isso foi na época em que ele nem sempre matava por dinheiro. Traiu os mandantes e contou tudo a Fidel. Fingiram uma emboscada, e a notícia de que o grande Khamel havia sido morto a tiros nas ruas de Havana se espalhou.

Nunca mais entraria em um voo comercial. As fotografias em Paris eram uma situação vergonhosa para um profissional como ele. Estava perdendo o jeito; sendo descuidado no fim da carreira. Sua foto estava estampada na primeira página de todos os jornais nos Estados Unidos. Que vergonha. Seu cliente não ficara nada satisfeito.

O barco era uma escuna de 40 pés com dois tripulantes e uma jovem a bordo, todos cubanos. Ela estava lá embaixo, na cabine. Ele tinha terminado com a moça alguns minutos antes de eles verem as luzes de Biloxi se aproximar. Estava de volta à ativa, inspecionando o bote, arrumando a bolsa, sem dizer uma palavra. Os membros da tripulação estavam agachados no convés, distantes dele.

Às nove em ponto, desceram o bote sobre a água. Ele jogou a bolsa dentro e foi embora. Ficaram ouvindo o motor enquanto ele desaparecia na escuridão. Deveriam permanecer ancorados até o amanhecer e depois levar o barco de volta para Havana. Tinham toda a documentação necessária para garantir que eram americanos, no caso de serem descobertos e alguém começar a fazer perguntas.

Ele atravessou pacientemente as águas calmas, esquivando-se das luzes das boias e do campo de visão de eventuais pequenas embarcações. Ele levava documentos também, além de três armas dentro da bolsa.

Havia anos não agia duas vezes em um mesmo mês. Depois de sua suposta morte a tiros em Cuba, houve uma seca de cinco anos. Paciência era o seu forte. Ele tinha uma média de uma ação por ano.

E essa vítima insignificante passaria despercebida. Ninguém suspeitaria dele. Era um trabalho muito pequeno, mas seu cliente estava irredutível, ele por acaso estava nos arredores e o dinheiro era bom, então lá estava ele em outro bote de borracha de seis pés, indo em direção a uma praia, torcendo para que o amigo Luke estivesse lá, vestido não como um fazendeiro, mas como um pescador desta vez.

Este seria seu último trabalho por um bom tempo, talvez para sempre. Ele tinha mais dinheiro do que jamais seria capaz de gastar ou deixar para alguém. E ele tinha começado a cometer pequenas falhas.

Viu o píer ao longe e se afastou. Precisava gastar trinta minutos ainda. Seguiu ao longo da costa por quase meio quilômetro e depois foi em sua direção. A pouco menos de duzentos metros, desligou o motor, o soltou do bote e o jogou na água. Abaixou-se ali dentro, remou algumas vezes com um remo de plástico e calmamente foi em direção a um local escuro que ficava atrás de uma fileira de edifícios baratos de tijolos, localizados a dez metros da praia. Saiu do bote, a água na altura dos joelhos, e o furou várias vezes usando um pequeno canivete. O bote afundou e desapareceu. A praia estava deserta.

Luke estava sozinho na beira do píer. Eram onze em ponto, e ele segurava uma vara de pescar e um molinete. Usava um boné branco, cuja aba avançava lentamente para a frente e para trás enquanto ele examinava a água à espera do bote. Conferiu as horas.

De repente, um homem estava ao seu lado, aparecendo do nada como uma assombração.

– Luke? – disse o homem.

Aquilo não era o combinado. Luke ficou surpreso. Havia uma arma na caixa do equipamento de pescaria aos seus pés, mas não tinha como pegá-la.

– Sam? – perguntou Luke.

Talvez ele tivesse deixado passar alguma coisa. Talvez Khamel não tivesse conseguido achar o píer.

– Sim, Luke, sou eu. Desculpe pela mudança de trajeto. Problemas com o bote.

O coração de Luke se acalmou e ele respirou aliviado.

– Onde está o carro? – perguntou Khamel.

Luke olhou para ele muito rapidamente. Sim, era Khamel, e ele estava olhando para o mar por trás dos óculos escuros.

Luke meneou a cabeça em direção a um prédio.

– O Pontiac vermelho, do lado da loja de bebidas.

– Quanto tempo até Nova Orleans?

– Meia hora – disse Luke, enquanto girava o molinete, recolhendo o anzol vazio.

Khamel deu um passo atrás e o acertou duas vezes na base do pescoço. Uma vez com cada mão. As vértebras se partiram e romperam a medula espinhal. Luke caiu duro e deu um único gemido. Khamel o observou morrer, depois pegou as chaves em seu bolso. Então chutou o cadáver para dentro da água.

EDWIN SNELLER – ou seja lá qual fosse o nome dele – não abriu a porta, mas passou a chave por baixo dela sem fazer barulho. Khamel a pegou e abriu a porta do quarto ao lado. Ele entrou e foi imediatamente em direção à cama, onde colocou a bolsa, depois se aproximou da janela, cujas cortinas estavam abertas e de onde era possível ver o rio ao longe. Ele fechou as cortinas e observou as luzes acesas no French Quarter lá embaixo.

Foi até o telefone e digitou o número de Sneller.

– Me fala sobre ela – disse Khamel calmamente olhando para o chão.

– Tem duas fotos dentro da pasta.

Khamel abriu a pasta e pegou as fotos.

– Estão aqui.

– Elas estão numeradas atrás, um e dois. A número um nós tiramos do anuário da faculdade de direito. Tem cerca de um ano e é a mais atual que conseguimos. É uma ampliação de uma foto minúscula, por isso a resolução está ruim. A outra tem dois anos. Pegamos de um anuário da Arizona State University.

Khamel segurava as duas fotos.

– Uma linda mulher.

– Sim, muito linda. Mas esse cabelão já era. Na quinta à noite, ela usou o cartão de crédito pra pagar um hotel. Nós quase a perdemos de vista na sexta de manhã. Encontramos várias mechas de cabelo no chão e um vidro pequeno com uma coisa que agora sabemos ser tinta preta de cabelo. Preta mesmo.

– Que pena.

– Desde quarta à noite que a gente não sabe onde ela está. Parece que ela aprendeu a ficar invisível: usou o cartão de crédito em um hotel na quarta, depois em outro na quinta-feira e ontem à noite não tivemos nenhum sinal dela. Ela sacou cinco mil dólares da conta-corrente na sexta à tarde, então a estamos perdendo de vista.

– Talvez ela tenha ido embora.

– Pode ser, mas acho que não. Tinha alguém no apartamento dela ontem à noite. A casa está toda grampeada, mas por coisa de dois minutos não descobrimos quem foi.

– Estão um pouco devagar, hein?

– A cidade é grande. Montamos acampamento no aeroporto e na estação de trem. Estamos vigiando a casa da mãe dela em Idaho. Nenhum sinal. Acho que ela ainda está aqui.

– Onde ela pode estar?

– Circulando, trocando de hotel, usando telefones públicos,

longe dos lugares de costume. A polícia de Nova Orleans está procurando por ela. Falaram com ela depois do atentado na quarta-feira e a perderam de vista. Estamos procurando, eles estão procurando, ela vai aparecer.

– O que deu de errado com a bomba?

– Muito simples. Ela não entrou no carro.

– Quem fez a bomba?

– Não posso dizer – respondeu Sneller, hesitante.

Khamel deu um sorriso de lado enquanto pegava alguns mapas da cidade dentro da pasta.

– Me fala dos mapas.

– Ah, são só uns pontos importantes. A casa dela, a casa dele, a faculdade de direito, os hotéis onde ela ficou hospedada, o local do atentado, alguns bares frequentados por estudantes.

– Até agora ela não saiu do French Quarter.

– Ela é esperta. Tem um milhão de lugares pra ela se esconder por lá.

Khamel pegou a foto mais recente e se sentou na outra cama. Tinha gostado da cara dela. Mesmo com cabelos escuros e curtos, deveria ser um rosto interessante. Ele até poderia matá-la, mas não seria prazeroso.

– É uma pena, né? – disse ele quase que para si mesmo.

– Sim, uma pena mesmo.

21

Gavin Verheek já era um velho cansado no momento em que chegou a Nova Orleans, e, depois de duas noites andando de bar em bar, estava exausto e abatido. Havia aportado no primeiro bar pouco depois do enterro e, ao longo de sete horas, bebeu cerveja com pessoas jovens e incansáveis, enquanto falava de litígios e contratos, de escritórios em Wall Street e de outras coisas que ele desprezava. Ele sabia que não deveria contar a estranhos que era do FBI. E ele não era um agente do FBI. Não tinha um distintivo.

Passou por cinco ou seis bares no sábado à noite. O time de Tulane tinha perdido novamente e, depois do jogo, os bares ficaram tumultuados. As condições não eram promissoras, e ele desistiu à meia-noite.

Estava dormindo pesado, ainda de sapatos, quando o telefone tocou. Ele se esticou todo para conseguir alcançá-lo.

– Alô! Alô!
– Gavin? – perguntou ela.
– Darby! É você?
– Quem mais seria?
– Por que você não me ligou antes?
– Por favor, não comece a fazer um monte de pergunta idiota. Estou em um telefone público, então nada de gracinhas.
– Para com isso, Darby. Eu juro que você pode confiar em mim.
– Beleza, eu confio em você. E aí?

Ele olhou para o relógio e começou a desamarrar os cadarços.

– Bem, você me diz. Qual é o próximo passo? Quanto tempo você planeja se esconder em Nova Orleans?
– Como você sabe que estou em Nova Orleans?

Ele ficou em silêncio.

– Eu estou em Nova Orleans – disse ela. – E imagino que você queira que a gente se encontre, fique amigo, e aí eu vou poder confiar que você e o FBI vão me proteger daqui pra frente.
– Exatamente. Você vai estar morta em poucos dias se não fizer isso.
– Você vai direto ao ponto, né?
– Sim. Você está de joguinho e não faz ideia de onde está se metendo.
– Quem está atrás de mim, Gavin?
– Podem ser várias pessoas.

– Que pessoas?

– Eu não sei.

– Agora é você quem está fazendo joguinho, Gavin. Como posso confiar em você, se não me fala as coisas?

– Está bem. Acho que tudo bem eu te dizer que seu dossiê acertou alguém em cheio. Seu palpite estava certo, o dossiê chegou nas mãos das pessoas erradas e agora o Thomas está morto. E eles vão te matar assim que te encontrarem.

– Então a gente sabe quem matou o Rosenberg e o Jensen, né?

– Acho que sim.

– Então por que o FBI não faz alguma coisa a respeito?

– Eles podem estar tentando abafar o caso.

– Obrigada por dizer isso. Mesmo.

– Eu posso perder meu emprego por te falar isso.

– Pra quem eu iria te dedurar, Gavin? Quem teria interesse em abafar essa história?

– Não tenho certeza. O FBI estava muito interessado no dossiê até a Casa Branca começar a pressionar a gente, e aí o deixaram de lado.

– Isso eu entendi. Mas por que eles acham que me matar garante que esse assunto morra junto?

– Não sei dizer. Talvez eles achem que você sabe de mais coisa.

– Deixa eu te contar uma coisa. Um tempo depois que a bomba explodiu, enquanto o carro estava pegando fogo com o Thomas dentro, eu estava lá, parcialmente consciente, e um policial chamado Rupert me levou até o carro dele e me colocou lá dentro. Um outro policial usando botas de caubói e calça jeans começou a me fazer várias perguntas. Eu estava em choque e com dor. Rupert e o caubói desapareceram e nunca mais voltaram. Eles não eram policiais, Gavin. Eles viram a bomba explodir e colocaram o plano B em ação quando perceberam que eu não estava no carro. Eu não sabia, mas provavelmente estava bem perto de levar um tiro na cabeça.

Verheek ouvia com os olhos fechados.

– O que aconteceu com eles?

– Não sei bem. Acho que eles ficaram intimidados quando os policiais de verdade chegaram. E sumiram. Eu estava dentro do carro deles, Gavin. Eles tinham conseguido me pegar.

– Você precisa confiar em mim, Darby. Escuta o que eu estou te falando.

– Você se lembra da hora que a gente se falou na quinta-feira de manhã, quando de repente eu vi um rosto que parecia familiar e o descrevi pra você?

– Claro.

– Esse cara estava no velório ontem, acompanhado de uns amigos.

– Onde você estava?

– Assistindo. Ele chegou um pouco atrasado, ficou lá dentro dez minutos, depois saiu discretamente e foi se encontrar com o brutamontes.

– Brutamontes?

– Sim, é um deles. O brutamontes, Rupert, o caubói e o magricelo. Ótimos personagens. Tenho certeza de que tem outros, mas ainda não os conheci.

– A próxima vez que você esbarrar com eles vai ser a última, Darby. Você só tem mais umas 48 horas.

– Vamos ver. Quanto tempo você vai ficar aqui?

– Alguns dias. Eu planejava ficar até conseguir me encontrar com você.

– Estou bem aqui. Devo te ligar amanhã.

Verheek respirou fundo.

– Ok, Darby. Como quiser. Só tenha cuidado.

Ela desligou. Ele arremessou o telefone do outro lado do quarto, xingando.

A DOIS QUARTEIRÕES de distância e quinze andares acima, Khamel olhava para a televisão e murmurava consigo mesmo, atropelando as palavras. Era um filme sobre pessoas vivendo em uma cidade grande. Os personagens falavam inglês, sua terceira língua, e ele repetia cada palavra em sua melhor pronúncia, com um sotaque genérico. Fez isso durante horas. Tinha incorporado o idioma enquanto esteve escondido em Belfast e, nos últimos vinte anos, assistira a milhares de filmes americanos. Seu favorito era *Três dias do Condor*. Assistiu quatro vezes até descobrir quem estava matando quem e por quê. Teria sido capaz de matar Redford.

Ele repetia cada palavra em voz alta. Disseram-lhe que seu inglês poderia passar pelo de um americano, mas bastaria um deslize, um pequeno erro, e Darby escaparia.

O CARRO ESTAVA estacionado a um quarteirão e meio de seu proprietário, que pagava cem dólares por mês pela vaga e pelo que ele considerava ser segurança. Eles passaram com facilidade pelo portão, que deveria estar trancado.

Era um Volvo GL modelo 1986, sem alarme, e em questão de segundos a porta do motorista estava aberta. Um deles se sentou no porta-malas e acendeu um cigarro. Eram quase quatro da manhã de domingo.

O outro abriu um pequeno estojo de ferramentas que trazia no bolso e começou a trabalhar no celular instalado no carro de Grantham. A luz do teto era suficiente e ele agiu rápido. Era uma tarefa fácil. Ele abriu o receptor, instalou um transmissor minúsculo e depois colou o fone de volta no lugar. Um minuto depois, saiu do carro e se agachou junto ao para-choque traseiro. O sujeito que estava com o cigarro lhe entregou um pequeno cubo preto, que ele prendeu em uma grade embaixo do carro, atrás do tanque de gasolina. Era um transmissor capaz de emitir sinais durante seis dias antes de morrer e precisar ser substituído.

Terminaram e saíram em menos de sete minutos. Segunda-feira, assim que ele foi visto entrando no prédio do *Washington Post* na Rua 15, eles entraram no apartamento de Grantham e grampearam seus telefones.

22

A segunda noite na pousada tinha sido melhor que a primeira. Ela dormiu até tarde. Talvez estivesse se acostumando com aquela situação. Olhou para as cortinas que cobriam a pequena janela e se deu conta de que não tivera pesadelos, nem tinha acordado no meio da noite achando que estava sendo atacada com um revólver ou uma faca. Foi um sono pesado, e ela passou um bom tempo observando as cortinas enquanto o cérebro acordava.

Tentava ser disciplinada e manter as ideias em ordem. Aquele era seu quarto dia como Pelicano e, para sobreviver ao quinto, precisava ser capaz de pensar como um assassino meticuloso. Aquele era o quarto dia do resto de sua vida. Era para ela ter morrido.

Mas depois que seus olhos se abriam, e ela entendia que estava de fato viva e segura, que a porta não estava rangendo e o chão não estava estalando, e que não havia nenhum homem armado à espreita dentro do armário, a primeira coisa em que pensava era sempre Thomas. O choque decorrente da morte dele estava diminuindo, e a cada dia se tornava mais fácil ignorar a lembrança do som da explosão e do rugido do fogo. Ela sabia que ele havia sido despedaçado e que morrera instantaneamente. Sabia que ele não tinha sofrido.

Então ela pensava em outras coisas, como a sensação de tê-lo ao seu lado, as palavras sussurradas e os sorrisos quando os dois estavam na cama deitados juntos depois de transarem e ele queria ficar abraçado com ela. Ele adorava ficar de conchinha, e também tocar, beijar e acariciar o corpo dela depois de trepar. E rir. Ele a amava loucamente, tinha se apaixonado de verdade e, pela primeira vez na vida, podia se comportar como bobo diante de uma mulher. Muitas vezes, no meio de suas aulas, Darby se lembrava dele falando com ela de um jeito carinhoso, quase infantil, e tinha que mordiscar o lábio para não sorrir.

Ela também o amava. E doía demais. Queria ficar na cama e chorar por uma semana. Um dia após o velório de seu pai, um psiquiatra tinha lhe explicado que o coração precisa de um período curto e muito intenso de luto, depois passa para a fase seguinte. Mas é necessário vivenciar essa dor, sofrer sem restrições para ser capaz de seguir em frente. Ela seguiu o conselho dele e se entregou ao luto por duas semanas, depois se cansou daquilo e passou para o estágio seguinte. Funcionou.

Mas não estava funcionando com Thomas. Ela não podia gritar e atirar longe as coisas do jeito que queria. Rupert, o magricelo e o resto da gangue estavam negando a ela o direito de passar por aquele luto de forma saudável.

Depois de alguns minutos pensando em Thomas, ela voltou seus pensamentos para eles. Onde estariam? Aonde ela poderia ir sem ser vista? Depois de duas noites ali, ela deveria procurar outro local? Sim, faria isso. Depois que escurecesse. Ela ligaria e reservaria um quarto em outra espelunca. Onde eles estariam hospedados? Estariam patrulhando as ruas na expectativa de simplesmente esbarrar com ela? Saberiam onde ela estava naquele momento? Não. Se soubessem ela já estaria morta. Será que sabiam que agora estava loira?

O cabelo a tirou da cama. Foi andando até o espelho que ficava sobre a mesa e se olhou. Estava ainda mais curto e muito branco. Não tinha ficado tão ruim assim. Havia passado três horas cuidando disso na noite anterior. Se ela vivesse mais dois dias, cortaria um pouco mais e pintaria de novo de preto. Se vivesse mais uma semana, talvez chegasse ao ponto de não ter mais cabelo algum para cortar.

Sua barriga doeu de fome, e por um segundo ela pensou em comida. Não estava se alimentando, e isso precisava mudar. Eram quase dez horas. Estranhamente, aquela pousada não servia café da manhã aos domingos. Decidiu que se arriscaria pelas ruas e tentaria encontrar comida e um exemplar do

Washington Post, e ver se eles poderiam pegá-la agora que ela se tornara loira oxigenada.

Tomou um banho rápido – lavar os cabelos levou menos de um minuto. Nenhuma maquiagem. Vestiu uma calça camuflada, uma jaqueta estilo *Top Gun* e estava pronta para a batalha. Os olhos estavam cobertos pelos óculos de aviador.

Embora tivesse usado a porta da frente para entrar nos lugares algumas vezes, havia quatro dias que ela só saía pela porta dos fundos. Atravessou com cuidado a cozinha escura, destrancou a porta e entrou no beco que ficava atrás da pequena estalagem. Estava frio o suficiente para usar aquela jaqueta sem levantar suspeitas. "Que bobagem", pensou. No French Quarter ela poderia estar vestida dos pés à cabeça com a pele de um urso-polar sem levantar suspeitas. Ela caminhou apressadamente pelo beco, com as mãos nos bolsos da calça e os olhos agitados por trás dos óculos.

Ele a viu quando ela pôs os pés na calçada que cortava a Burgundy Street. O cabelo sob o boné estava diferente, mas ela ainda tinha 1,72 metro, e isso não tinha como mudar. As pernas ainda eram longas e ela tinha um certo jeito de andar, e depois de quatro dias ele poderia achá-la no meio da multidão, independentemente do rosto e do cabelo. As botas de caubói – pele de cobra e bico fino – chegaram à calçada e começaram a segui-la.

Ela era uma garota esperta, virava em todas as esquinas, mudando de rua a cada quarteirão, andando rápido, mas não rápido demais. Supôs que ela estava indo na direção da Jackson Square, que costumava ficar lotada aos domingos, onde ela poderia facilmente desaparecer em meio à multidão. Ela poderia passear em meio a turistas e locais, talvez comer alguma coisa, aproveitar o sol, comprar um jornal.

Darby casualmente acendeu um cigarro e fumou enquanto caminhava. Não conseguia tragar. Havia tentado três dias antes e tinha ficado tonta. Um péssimo hábito. Como seria irônico se ela sobrevivesse a tudo aquilo apenas para morrer de câncer de pulmão. "Por favor, me deixe morrer de câncer."

Ele estava sentado a uma mesa na calçada, em um café lotado que ficava na esquina da St. Peter Street com a Chartres Street, e a menos de três metros de distância quando ela o viu. Uma fração de segundo depois, ele a viu, e ela provavelmente teria conseguido escapar a tempo se não tivesse hesitado e engolido em seco. Ele a viu, e provavelmente teria apenas desconfiado, mas a leve hesitação e o look inusitado a denunciaram. Ela continuou andando, só que mais rápido agora.

Era o brutamontes. Ele estava de pé e passando por entre as mesas quando ela o perdeu de vista. Visto mais de perto, ele era tudo menos gordinho. Parecia ágil e musculoso. Ela o perdeu por um segundo na Chartres Street enquanto se escondia entre os arcos da Catedral de St. Louis. A igreja estava aberta e ela pensou que talvez devesse entrar, como se por ser um local sagrado ele não fosse matá-la ali dentro. Sim, ele a mataria ali, em plena rua ou no meio da multidão. Em qualquer lugar que a pegasse. Ele estava atrás dela e Darby queria saber quão rápido ele estava se aproximando. Estava só andando muito rápido e tentando parecer tranquilo? Estava meio que correndo? Ou tinha disparado pela calçada se preparando para se jogar em cima dela assim que a visse? Ela continuou andando.

Ela dobrou à esquerda na St. Ann Street, atravessou a rua e estava quase na Royal Street quando deu uma rápida olhada para trás. Ele estava vindo; estava do outro lado da rua, mas no seu encalço.

Ela se entregou por conta do nervosismo no olhar. Depois de ter certeza de que era ela, ele começou a correr.

Ela decidiu seguir para a Bourbon Street. O jogo só começaria dali a quatro horas, e os torcedores do Saints já estavam nas ruas confraternizando, visto que haveria pouco o que comemorar depois da partida. Ela virou na Royal Street e correu muito por alguns metros, depois diminuiu o passo para uma caminhada acelerada. Ele entrou na Royal Street, trotando. Estava pronto para disparar e correr feito louco a qualquer momento. Darby foi para o meio da rua, onde um grupo de torcedores arruaceiros estava reunido, matando tempo. Ela virou à esquerda na Dumaine Street e voltou a correr. A Bourbon Street estava à frente dele e havia pessoas por toda parte.

Ela podia ouvi-lo agora. Não fazia mais sentido olhar para trás. Ele estava bem ali, correndo e se aproximando. Quando ela entrou na Bourbon Street, o brutamontes estava quinze metros atrás dela, e a corrida terminou. Ela viu seus anjos da guarda quando eles saíram de um bar fazendo barulho. Três jovens grandes e acima do peso, completamente vestidos com o uniforme preto e dourado do Saints, cruzaram a rua no momento em que Darby corria na direção deles.

– Socorro! – gritou ela loucamente e apontou para o brutamontes. – Aquele homem está atrás de mim! Ele tentou me estuprar!

Ora, pegação nas ruas de Nova Orleans não era algo fora do comum, mas não havia a menor chance de aqueles homens permitirem que alguém abusasse daquela garota.

– Por favor, me ajudem! – gritou ela, implorando.

De repente, a rua ficou em silêncio. Todos congelaram, incluindo o brutamontes, que parou por um segundo, depois avançou. Os três rapazes pararam na frente dele com os braços cruzados e os olhos vidrados. Acabou em segundos. O brutamontes usou as duas mãos ao mesmo tempo: um golpe de direita no pescoço do primeiro e um soco violento na boca do segundo. Eles gritaram e caíram no chão. O terceiro não se intimidou. Seus dois amigos estavam feridos e isso o deixou irritado. Teria sido moleza para o brutamontes acabar com ele, mas o primeiro caiu em cima de seu pé direito, e isso o tirou do sério. Quando ele conseguiu tirar o pé de baixo do garoto, o Sr. Benjamin Chop, de Thibodaux, Louisiana, o terceiro torcedor, o acertou com um chute diretamente na virilha, e o brutamontes já era. Quando Darby estava voltando para o meio da multidão, pôde ouvir o homem gritar de dor.

Enquanto ele caía no chão, o Sr. Chop o chutou nas costelas. O segundo garoto, com sangue por todo o rosto, atacou o brutamontes de olhos arregalados, e o massacre começou. Ele tentou proteger o corpo com as mãos, cobrindo os testículos gravemente feridos, e eles o chutaram e o xingaram sem piedade até que alguém gritou "Polícia!", e aquilo salvou sua vida. O Sr. Chop e o segundo rapaz ajudaram o primeiro a se levantar, e foram vistos pela última vez entrando em um bar. O brutamontes se levantou e se arrastou como um cachorro atropelado por um caminhão, mas ainda vivo e determinado a morrer em casa.

Ela se escondeu em um canto escuro de um pub na Decatur Street, tomou um café, uma cerveja, depois outro café e outra cerveja. Suas mãos tremiam e seu estômago estava revirado. Os sanduíches *po'boys* pareciam deliciosos, mas ela não conseguia comer. Depois de três cervejas em três horas, pediu um prato de camarão cozido e passou a beber água sem gás.

O álcool a acalmou e o camarão a satisfez. Considerou que estava segura ali, então por que não assistir ao jogo e apenas ficar lá sentada até, quem sabe, a hora de fechar.

O pub estava lotado no início da partida. As pessoas assistiam ao jogo no telão acima do bar e se embebedavam. Naquele momento, ela passara a ser torcedora do Saints. Esperava que os três amigos tivessem ficado bem e estivessem curtindo o jogo. A multidão gritava e xingava os Redskins.

Darby ficou em seu cantinho até o jogo terminar, depois se embrenhou na escuridão.

EM ALGUM MOMENTO do último quarto, com o Saints perdendo por quatro *field goals*, Edwin Sneller bateu o telefone e desligou a televisão. Esticou as pernas, depois voltou para o telefone e ligou para o quarto ao lado, onde estava Khamel.

– Presta atenção no meu inglês – disse o matador. – Me avisa se você perceber algum sotaque.

– Pode deixar – disse Sneller. – Ela está aqui. Um dos nossos homens a viu hoje de manhã na Jackson Square. Ele a seguiu por três quarteirões, depois a perdeu de vista.

– Como ele conseguiu perdê-la de vista?

– Isso não importa, ok? Ela escapou, mas está aqui. Ela está com o cabelo bem curto e quase branco.

– Branco?

Sneller odiava ter que se repetir, principalmente para Khamel.

– Ele me disse que o cabelo dela não está loiro, mas branco mesmo, e que ela estava usando uma calça verde camuflada e uma jaqueta marrom. Por algum motivo ela o reconheceu e fugiu.

– Que motivo? Ela já o tinha visto antes?

Aquelas perguntas idiotas. Era difícil acreditar que aquele cara era considerado o Super-Homem.

– Não faço ideia.

– Como está o meu inglês?

– Perfeito. Tem um cartãozinho embaixo da sua porta. Você precisa ver.

Khamel colocou o telefone sobre um dos travesseiros e caminhou até a porta. Um segundo depois, voltou ao telefone.

– Quem é esse?

– Verheek. O nome é holandês, mas ele é americano. Trabalha pro FBI em Washington. Evidentemente, ele era amigo do Callahan. Estudaram direito juntos na Georgetown, e Verheek foi uma das pessoas que carregou o caixão no enterro. Ontem à noite ele estava em um bar não muito longe do campus, perguntando sobre a garota. Duas horas atrás, um dos nossos homens esteve nesse mesmo bar fingindo ser um agente do FBI, e conversou com o barman, que é aluno da faculdade e a conhece. Eles assistiram ao jogo e conversaram por um tempo, depois o garoto deu esse cartão pra ele. Dá uma olhada no verso. Ele está no quarto 1.909 do Hilton.

– Fica a cinco minutos a pé daqui.

Os mapas da cidade estavam espalhados em uma das camas.

– Sim. Fizemos algumas ligações pra Washington. Ele não é um agente, é só um advogado. Ele conhecia o Callahan e talvez conheça a garota. É óbvio que está tentando dar um jeito de encontrá-la.

– Ela falaria pra ele, né?
– Provavelmente.
– Como está o meu inglês?
– Perfeito.

KHAMEL ESPEROU UMA hora e deixou o hotel. De paletó e gravata, ele era só um homem comum que passeava pela Canal Street ao entardecer, indo em direção ao rio. Carregava uma bolsa grande de ginástica e fumava um cigarro, e cinco minutos depois entrou no saguão do Hilton. Atravessou a multidão de torcedores que retornavam do The Dome. O elevador parou no vigésimo andar e ele desceu um lance de escadas até o 19º.

Ninguém atendeu no 1.909. Se a porta se abrisse com a corrente trancada, ele se desculparia e explicaria que tinha batido no quarto errado. Se a porta se abrisse sem a corrente e um rosto aparecesse, ele a teria chutado com força e entrado. Mas ninguém abriu.

Seu novo amigo, Verheek, provavelmente estava fora, indo de bar em bar, distribuindo cartões, pedindo aos garotos que conversassem com ele sobre Darby Shaw. Que perturbado.

Ele bateu novamente e, enquanto esperava, deslizou uma régua de plástico de quinze centímetros entre a porta e o portal e a puxou delicadamente até o trinco se abrir. Fechaduras não eram um grande obstáculo para Khamel. Ele era capaz de abrir um carro trancado e dar partida no motor em menos de trinta segundos sem estar em posse da chave.

Já dentro do quarto, trancou a porta e colocou a bolsa em cima da cama. Como se fosse um cirurgião, tirou as luvas do bolso e as puxou com força sobre os dedos, depois colocou uma pistola .22 com silenciador em cima da mesa.

Com o telefone, foi rápido. Ligou o gravador na tomada embaixo da cama, onde poderia ficar por semanas até ser notado.

Para testar o gravador, ligou para o serviço de meteorologia duas vezes. Perfeito.

Seu novo amigo, Verheek, era um relaxado. A maior parte das roupas no quarto estava suja e tinha sido simplesmente atirada na direção da mala, que estava em cima de uma mesa. Não tinha sequer desfeito a mala. Havia uma capa de plástico vagabunda pendurada no armário com uma camisa solitária.

Khamel limpou seus rastros e se acomodou no armário. Ele era um homem paciente e podia esperar por horas. Estava segurando a pistola apenas no caso de aquele palhaço invadir o armário e ele precisar atirar para matá-lo. Se isso não acontecesse, ficaria apenas ali escutando.

23

Gavin decidiu ficar longe dos bares no domingo. Não estava chegando a lugar algum.

Darby tinha ligado para ele, e ela não estava frequentando aqueles lugares, então dane-se. Ele estava bebendo demais e comendo demais, e estava cansado de Nova Orleans. Já tinha um voo reservado para o fim da tarde na segunda-feira e, se ela não ligasse novamente, ele ia parar de brincar de detetive.

Não conseguiu encontrá-la, e não tinha sido culpa dele. Até os próprios taxistas se perdiam naquela cidade. Ao meio-dia, Voyles estaria aos berros. Ele fez o melhor que pôde.

Estava deitado na cama vestindo apenas uma cueca samba-canção, folheando uma revista e ignorando a televisão. Eram quase onze horas. Ele ficaria até meia-noite esperando ela ligar, depois tentaria dormir.

O telefone tocou às onze em ponto. Ele apertou um botão do controle remoto para desligar a televisão.

– Alô.

Era ela.

– Sou eu, Gavin.

– Então você ainda está viva.

– Mais ou menos.

– O que aconteceu? – perguntou ele se sentando na beira da cama.

– Eles me viram hoje, e um deles, o brutamontes, me perseguiu pelo French Quarter. Você não sabe quem ele é, mas foi ele quem ficou vendo você e todo mundo entrar na capela no dia do velório.

– Mas você conseguiu fugir.

– Sim. Foi um pequeno milagre, mas consegui.

– O que aconteceu com o brutamontes?

– Se machucou feio. Deve estar por aí deitado em uma cama com uma bolsa de gelo na cueca. Ele estava a poucos passos de mim quando entrou em uma briga com os caras errados. Estou com medo, Gavin.

– Ele começou a te seguir de algum lugar específico?

– Não. A gente meio que se esbarrou na rua.

Verheek fez uma pausa. A voz dela estava falhando, mas sob controle. Ela estava perdendo a tranquilidade.

– Olha, Darby. Tenho um voo reservado pra amanhã à tarde. Eu ainda tenho um emprego e meu chefe espera que eu esteja lá. Então não posso ficar aqui por mais um mês, rezando pra ninguém te matar e pra você cair na real e confiar em mim. Vou embora amanhã e acho que você precisa ir comigo.

– Ir pra onde?

– Pra Washington. Pra minha casa. Pra outro lugar que não seja onde você está.

– E depois?

– Bem, em primeiro lugar, você não morre. Vou implorar pro diretor fazer alguma coisa, e te prometo que você vai estar segura. A gente vai dar um jeito, porra. Qualquer coisa é melhor do que isso.

– O que te faz pensar que a gente vai conseguir simplesmente sair daqui assim?

– Porque a gente vai ter três agentes do FBI te protegendo. Porque não sou um idiota completo. Olha só, Darby, me diz onde a gente pode se encontrar agora e em quinze minutos vou buscar você. Eu e mais três agentes armados e que não têm um pingo de medo do tal brutamontes e dos amigos dele. A gente vai te tirar daqui hoje à noite e te levar pra Washington amanhã. Prometo que você vai conhecer pessoalmente o meu chefe, o grande F. Denton Voyles, amanhã, e depois disso a gente vê como fica.

– Pensei que o FBI não estivesse envolvido.

– Não, mas pode estar.

– Então, de onde você vai tirar esses três agentes?

– Tenho os meus contatos.

Ela pensou por um instante e sua voz subitamente soou mais forte.

– Atrás do seu hotel tem um lugar chamado Riverwalk. É um centro comercial, com restaurantes e...

– Passei duas horas lá hoje à tarde.

– Ótimo. No segundo andar, tem uma loja de roupas chamada Frenchmen's Bend.

– Sei onde é.

– Então amanhã, ao meio-dia em ponto, você vai até lá e fica parado na porta por cinco minutos.

– Por favor, Darby. Você não vai estar viva amanhã ao meio-dia. Chega desse joguinho de gato e rato.

– Faz o que eu estou te pedindo, Gavin. A gente nunca se viu, então não tenho ideia de como você é. Vai com uma camisa preta qualquer e um boné vermelho.

– Onde eu vou achar isso?

– Dá um jeito.

– Está bem, vou dar. Imagino que você vai pedir pra eu

coçar o nariz, a orelha, ou algum outro código do tipo. Isso é ridículo.

– Olha só, não estou de bom humor, então cala a boca, ou a gente cancela tudo agora mesmo.

– O risco é seu.

– Por favor, Gavin.

– Desculpa. Eu vou fazer o que você quiser – disse ele. – Esse lugar é bem cheio.

– Sim. Eu me sinto mais segura quando tem muita gente. Fica parado na porta por uns cinco minutos, segurando um jornal dobrado. Vou estar vigiando. Depois de cinco minutos, entra na loja e vai pros fundos, do lado direito, onde tem uma arara com umas jaquetas tipo de safári. Fica ali dando uma olhada nas roupas, que eu vou até você.

– E que roupa você pretende usar?

– Não se preocupe comigo.

– Está bem. E depois, o que a gente faz?

– Eu e você, e só nós dois, vamos embora daqui. Não quero que mais ninguém saiba disso. Entendeu?

– Não entendi, não. Eu posso providenciar seguranças.

– Não, Gavin. Sou eu que mando aqui, entendeu? Não quero ninguém além da gente. Esquece esses seus amigos agentes. Combinado?

– Combinado. E como você pretende sair da cidade?

– Já tenho um plano pra isso.

– Eu não gosto dos seus planos, Darby. Esses caras estão na sua cola, e agora você está me colocando no meio. Não era isso que eu queria. É muito mais seguro fazer do meu jeito. Mais seguro pra você e mais seguro pra mim.

– Mas você vai estar lá amanhã, não vai?

Ele ficou de pé ao lado da cama e respondeu com os olhos fechados:

– Sim. Vou estar lá. Só espero que você também esteja.

– Quanto você tem de altura?

– Tenho 1,78 metro.

– E quanto você pesa?

– Estava com medo dessa pergunta. Eu geralmente minto, na verdade. Noventa quilos, mas pretendo emagrecer. Juro.

– A gente se vê amanhã, Gavin.

– Espero que sim, querida.

Ela desligou. Ele colocou o telefone no gancho. "Merda", gritou ele para as paredes. "Merda!" Ele andou de um lado para o outro no pé da cama por algum tempo, depois foi para o banheiro, onde fechou a porta e ligou o chuveiro.

Ele ficou praguejando no chuveiro por dez minutos, depois saiu e se secou. Estava mais pra uns cem quilos, bem mal distribuídos. Dava desgosto de ver. Lá estava ele, prestes a conhecer aquela mulher linda cuja confiança finalmente tinha conseguido conquistar, e só então se deu conta do quanto era tosco.

Ele abriu a porta. O quarto estava escuro. "Como assim?" Ele havia deixado as luzes acesas. "Que porra é essa?" Ele andou na direção do interruptor que ficava ao lado da cômoda.

O primeiro golpe esmagou sua laringe. Foi um golpe certeiro, vindo de lado, de algum lugar perto da parede. Ele grunhiu dolorosamente e caiu sobre um dos joelhos, o que tornou o segundo golpe ainda mais fácil, como uma machadada na carcaça de um porco. Acertou a base do crânio como uma pedra, e Gavin morreu imediatamente.

Khamel acendeu uma das luzes e olhou para aquele corpo nu e lamentável, imóvel no chão. Não costumava admirar o próprio trabalho. Para não deixar marcas de arrasto, levantou o cadáver rechonchudo sobre os ombros e o colocou sobre a cama. Agindo rapidamente, sem desperdiçar nem um movimento sequer, ligou a televisão e colocou o volume no máximo; abriu a bolsa, pegou uma pistola automática vagabunda calibre .25 e a colocou precisamente na têmpora direita do falecido Gavin Verheek. Cobriu a arma e a cabeça do morto com dois travesseiros e puxou o gatilho. Veio então a parte mais difícil: ele pegou um dos travesseiros e o colocou embaixo da cabeça de Gavin, jogou o outro no chão e, cuidadosamente, enrolou os dedos da mão direita dele ao redor da pistola, deixando-a a trinta centímetros da cabeça.

Pegou o gravador embaixo da cama e religou o telefone diretamente ao plugue. Apertou um botão, ouviu, e lá estava ela. Depois, desligou a televisão.

Cada trabalho era diferente. Certa vez, ele perseguiu seu alvo por três semanas na Cidade do México, e o pegou quando ele estava na cama, com duas prostitutas. O sujeito tinha tomado uma decisão idiota, e durante sua carreira Khamel se beneficiou de muitas como aquela. Aquele cara diante dele tinha tomado uma decisão idiota: um advogado bobalhão vagando por aí, falando mais que a boca e distribuindo cartões de visita com o número do quarto do hotel onde estava hospedado no verso. Tinha se metido com criminosos da mais alta categoria, e veja só o que aconteceu com ele.

Com um pouco de sorte, os policiais vasculhariam o quarto por alguns minutos e chegariam à conclusão de que se tratava de mais um suicídio. Eles seguiriam o protocolo e teriam algumas dúvidas que não seriam capazes de solucionar, mas dúvidas existiam sempre. Por ele ser um advogado importante do FBI, em um ou dois dias seria realizada a autópsia e, provavelmente, na terça-feira um legista subitamente descobriria que não fora suicídio.

Na terça-feira a garota já estaria morta, e ele estaria em Manágua.

24

Suas fontes oficiais na Casa Branca não tinham absolutamente nenhum conhecimento do Dossiê Pelicano. Sarge nunca tinha ouvido falar dele. Ligou algumas vezes para o FBI, sem grandes expectativas, e, de fato, não obteve sucesso. Um amigo do Departamento de Justiça também disse que não ouvira nada a respeito. Ele passou o fim de semana inteiro fuçando e não conseguiu descobrir nada. A história sobre Callahan foi confirmada assim que ele conseguiu uma cópia do jornal de Nova Orleans. Quando ela ligou para a redação na segunda-feira, ele não tinha nenhuma novidade para contar. Mas pelo menos ela ligou.

A Pelicano disse que estava em um telefone público, então ele não precisava se preocupar.

– Ainda estou apurando – disse ele. – Se esse dossiê chegou por aqui, eles devem estar em cima pra evitar que vaze.

– Eu te garanto que ele chegou, e sei muito bem por que eles estão em cima.

– Tenho certeza de que você sabe mais coisa.

– Muito mais. Eu quase morri ontem por causa desse dossiê, então pode ser que eu esteja pronta pra começar a falar antes do que imaginava. Preciso botar tudo isso pra fora enquanto ainda estou viva.

– Quem está tentando te matar?

– As mesmas pessoas que mataram o Rosenberg e o Jensen, e o Thomas Callahan.

– Você sabe o nome deles?

– Não, mas eu já vi pelo menos quatro deles desde quarta-feira. Estão aqui em Nova Orleans, bisbilhotando, esperando que eu dê mole pra então acabarem comigo.

– Quantas pessoas sabem sobre o Dossiê Pelicano?

– Boa pergunta. O Callahan mostrou pro FBI, e acho que

foi assim que ele chegou até a Casa Branca, onde obviamente provocou um caos, e depois disso só Deus sabe. Dois dias depois de entregar o dossiê pro FBI, o carro do Thomas explodiu com ele dentro. E, claro, era pra eu ter morrido junto com ele.

– Você estava com ele?

– Eu estava perto, mas não perto o suficiente.

– Então você é a mulher não identificada no local do crime?

– Foi assim que o jornal me descreveu.

– Então a polícia sabe o seu nome?

– Meu nome é Darby Shaw. Eu estou no segundo ano de direito da Universidade de Tulane. O Thomas era meu professor, e meu namorado também. Eu escrevi o dossiê, entreguei pra ele e o resto você já sabe. Está anotando?

Grantham escrevia freneticamente.

– Sim. Estou te ouvindo.

– Estou cansada do French Quarter e pretendo ir embora hoje. Vou ligar pra você de algum lugar amanhã. Você tem acesso aos recibos de financiamento das campanhas eleitorais à presidência?

– Essa informação é de interesse público.

– Eu sei. Mas quão rápido você consegue ter acesso a isso?

– Isso o quê?

– A lista de todos os principais colaboradores da última eleição à presidência.

– Não é difícil. Consigo até o fim da tarde.

– Corre atrás disso, eu te ligo amanhã de manhã.

– Ok. Você tem uma cópia do dossiê?

Ela hesitou.

– Não, mas eu sei de cor.

– E você sabe quem está por trás dessas mortes?

– Sim, e assim que eu te contar, seu nome vai parar na lista também.

– Me fala logo.

– Vamos devagar. Te ligo amanhã.

Grantham ouviu atentamente, depois desligou. Ele pegou

seu bloco de notas e cruzou o labirinto de mesas e pessoas até chegar ao aquário de seu editor, Smith Keen, um senhor forte e saudável, que deixava a porta de seu escritório sempre aberta, medida que fazia com que o local estivesse sempre caótico. Ele estava finalizando uma ligação telefônica quando Grantham entrou e fechou a porta.

– A porta fica aberta – disse Keen, incisivo.

– A gente precisa conversar, Smith.

– Vamos conversar com a porta aberta. Abre essa merda.

– Vou abrir já, já – disse Grantham fazendo sinal com as mãos espalmadas para pedir paciência ao editor. Sim, o assunto era sério. – Vamos conversar primeiro.

– Está bem. Do que se trata?

– É grande, Smith.

– Eu sei que é grande. Você fechou a porra da porta, então eu sei que é grande.

– Acabei de falar pela segunda vez ao telefone com uma moça chamada Darby Shaw, e ela sabe quem matou o Rosenberg e o Jensen.

Keen se sentou devagar e olhou para Grantham.

– É, filho, isso é grande mesmo. Mas como você ficou sabendo disso? Como *ela* sabe disso? Você tem como provar?

– Ainda não tenho tudo o que eu preciso, Smith, mas ela está abrindo o bico. Olha isso aqui.

Grantham entregou a ele a cópia de uma nota do jornal sobre a morte de Callahan. Keen leu com atenção.

– Certo. Quem é esse Callahan?

– Há exatamente uma semana, ele estava aqui em Washington e entregou ao FBI um documento conhecido como Dossiê Pelicano. Obviamente, o dossiê envolve uma pessoa desconhecida nos assassinatos. O dossiê foi passado adiante, chegou na Casa Branca e sabe-se lá pra quem mais. Dois dias depois, o Callahan deu partida no Porsche dele pela última vez. A Darby Shaw afirma ser a mulher não identificada citada na matéria. Ela estava com o Callahan e era pra ter morrido junto com ele.

– Por que era pra ela ter morrido?

– Ela escreveu o dossiê, Smith. Ou alega ter escrito.

Keen se afundou ainda mais na cadeira e colocou os pés sobre a mesa. Ele analisou a foto de Callahan.

– Onde está o dossiê?

– Não sei.

– O que tem nele?

– Também não sei.

– Então a gente não tem nada.

– Ainda não. Mas e se ela me disser tudo o que consta nele?

– E quando ela pretende fazer isso?

Grantham hesitou.

– Logo, eu acho. Muito em breve.

Keen balançou a cabeça e jogou a cópia em cima da mesa.

– Se você tivesse uma cópia do dossiê, a gente teria uma puta história em mãos, Gray, mas ela não poderia ser publicada. Você precisa apurar isso a fundo, nos mínimos detalhes, sem deixar passar nada, antes de a gente colocar no jornal.

– Mas eu tenho sinal verde, então?

– Sim, mas eu quero receber informações atualizadas a cada passo. Não escreva nem uma única palavra sem a gente conversar antes.

Grantham sorriu e abriu a porta.

AQUELE NÃO IA ser um serviço bem pago. Nem um pouco. Croft sabia que teria sorte de espremer de Grantham uns quinze dólares por hora de um trabalho que era como procurar agulha no palheiro. Se ele tivesse outra opção, teria dito para Grantham procurar outra pessoa, ou, melhor ainda, para fazer por conta própria.

Mas as coisas estavam devagar, e ele podia acabar tendo que trabalhar por bem menos do que quinze dólares a hora. Ele estava na última cabine; terminou de fumar um baseado, deu descarga e abriu a porta. Meteu os óculos escuros e entrou no corredor que dava no átrio, no qual havia quatro escadas rolantes que levavam milhares de advogados até suas pequenas salas, onde passavam o dia inteiro reclamando e ameaçando as pessoas. Ele tinha memorizado o rosto de Garcia. Já tinha até sonhado com aquele garoto de rosto brilhante e boa aparência, seu corpo esbelto dentro de um terno caro. Ele o reconheceria se o visse.

Ele se posicionou ao lado de uma pilastra, segurando um jornal e tentando ficar atento a tudo por trás dos óculos escuros. Advogados por todos os lados, subindo apressados com caras presunçosas e carregando pastas presunçosas. Cara, como ele odiava advogados. Por que todos se vestiam da mesma maneira? Ternos escuros. Sapatos escuros. Rostos escuros. Um ou outro rebelde com uma ousada gravata-borboleta. De onde eles saíam? Logo após ser preso com drogas, os primeiros a representá-lo tinham sido um grupinho raivoso contratado pelo *Washington Post*. Depois ele contratou seu próprio advogado, um idiota que cobrava caro demais e que não tinha ideia do que estava fazendo. Daí o promotor também era obviamente um advogado. Advogados, advogados.

Duas horas pela manhã, duas horas no almoço, duas horas durante a noite, e então Grantham o mandaria vigiar outro prédio. Noventa dólares por dia era pouco, e ele largaria isso assim que conseguisse coisa melhor. Ele disse a Grantham que aquilo era inútil, um tiro no escuro. Grantham concordou, mas disse para ele continuar atirando. Era tudo o que podiam fazer. Ele disse que Garcia estava com medo e não ligaria mais. Tinham que encontrá-lo.

No bolso, ele tinha duas fotos, apenas por precaução, e pegara no catálogo telefônico o número de dezenas de escritórios que ficavam naquele prédio. Era uma lista longa. O prédio tinha doze andares tomados principalmente por escritórios cheios de nada além daqueles pomposos doutores. Ele estava em um covil de cobras.

Às nove e meia a correria chegou ao fim, e alguns dos rostos pareciam familiares ao descerem as escadas rolantes, indo sem dúvida em direção a tribunais, secretarias e comissões. Croft passou pelas portas giratórias e limpou os pés na calçada.

A QUATRO QUARTEIRÕES dali, Fletcher Coal andava de um lado para outro em frente à mesa do Presidente, sem desgrudar o ouvido do telefone. Ele franziu a testa, depois fechou os olhos e então se virou para o Presidente como se dissesse: "Más notícias, Comandante. Más notícias." O Presidente segurava uma carta e espiava Coal por cima dos óculos de leitura. O vai e vem de Coal como se fosse o Grande Ditador o irritava demais, e ele fez uma nota mental para se lembrar de falar com o assessor a esse respeito.

Ele bateu o telefone.

– Não bata a merda do telefone! – disse o Presidente.

Ele não se abalou.

– Desculpa. Era o Zikman. Gray Grantham ligou pra ele meia hora atrás e perguntou se ele sabia alguma coisa sobre o Dossiê Pelicano.

– Que ótimo. Excelente. Como ele conseguiu uma cópia?

Coal não parava de andar de um lado para o outro.

– Zikman não sabe nada a respeito, então a ignorância dele era genuína.

– A ignorância dele é sempre genuína. Ele é o sujeito mais burro da minha equipe, Fletcher, e eu o quero fora daqui.

– Que seja.

Coal estava sentado em uma cadeira do outro lado da mesa e uniu as mãos na frente do queixo, como se formasse um pequeno telhado. Ele estava afundado nos próprios pensamentos e o Presidente tentou ignorá-lo. Os dois ficaram pensativos por algum tempo.

– Foi o Voyles que vazou? – perguntou por fim o Presidente.

– Talvez, se é que vazou. O Grantham é conhecido por blefar. Não dá pra ter certeza de que ele viu o dossiê. Talvez tenha ouvido falar sobre ele e esteja jogando um verde.

– "Talvez" porra nenhuma. E se eles publicarem alguma

história maluca sobre essa merda? Como é que vai ser? – perguntou o Presidente, batendo na mesa e se levantando em seguida. – Como é que vai ser, Fletcher? Aquele jornal me odeia! – exclamou, indo em direção à janela, amuado.

– Eles não podem publicar nada porque o dossiê é a única fonte, e não dá pra ter outra fonte porque aquilo não é verdade. É só uma ideia maluca que foi muito além do que devia.

O Presidente ficou de cara amarrada por um tempo, olhando pelo vidro.

– Como Grantham descobriu sobre o dossiê?

Coal se levantou e começou a andar de um lado para o outro novamente, só que muito mais devagar agora. Ainda estava profundamente concentrado em seus pensamentos.

– Vai saber. Ninguém aqui sabe disso, a não ser eu e você. Eles trouxeram uma única cópia e ela está trancada na minha sala. Eu pessoalmente fiz outra cópia uma vez e a entreguei pro Gminski. Fiz ele jurar manter discrição.

O Presidente sorriu com desdém.

– Ok, você está certo – prosseguiu Coal. – Pode ser que tenham mil cópias circulando por aí nesse momento. Mas esse dossiê é inofensivo, a menos que o nosso amigo de fato tenha cometido atos ilícitos, aí...

– Aí o meu está na reta.

– Sim, o meu e o seu.

– Quanto nós recebemos dele?

– Milhões, direta e indiretamente.

Tanto legal quanto ilegalmente, mas o Presidente sabia pouco sobre aquelas transações e Coal achou melhor ficar quieto.

O Presidente caminhou lentamente até o sofá.

– Por que você não liga pro Grantham? Dá uma sondada. Vê o que ele sabe. Se ele estiver blefando, vai ficar óbvio. O que você acha?

– Não sei.

– Você já falou com ele antes, não? Todo mundo conhece o Grantham.

Coal agora andava atrás do sofá.

– Sim, já falei com ele. Mas se eu de repente ligar assim, do nada, ele vai acabar suspeitando.

– É, acho que você tem razão.

O Presidente ficou andando de um lado do sofá e Coal, do outro.

– Qual é o pior cenário? – perguntou, por fim, o Presidente.

– Nosso amigo pode estar envolvido. Você pediu ao Voyles que ficasse longe dele. Ele pode acabar sendo exposto pela imprensa. O Voyles vai se defender alegando que você disse pra ele ir atrás de outros suspeitos e deixar nosso amigo pra lá. O *Post* vai cair em cima com força total diante de mais uma tentativa de acobertar uma denúncia. E aí adeus reeleição.

– Mais alguma coisa?

Coal pensou por um segundo.

– Sim, essa situação é bem absurda. O dossiê é uma invenção. O Grantham não vai encontrar nada, e estou atrasado pra uma reunião de departamento – disse ele caminhando até a porta. – Vou jogar squash no meu horário de almoço. Volto à uma.

O Presidente olhou a porta se fechar e respirou aliviado. Ele tinha planejado jogar golfe aquela tarde e deixar de lado aquela história de dossiê. Se Coal não estava preocupado, não era ele que ia ficar.

Pegou o telefone, digitou uma sequência de números, esperou pacientemente e por fim conseguiu falar com Bob Gminski. O diretor da CIA era um péssimo jogador de golfe, um dos poucos que ele conseguia humilhar, e o Presidente o convidou para se juntar a ele naquela tarde. "Claro", respondeu Gminski, um homem com mil coisas para fazer, mas, bem, era o Presidente, então ele iria, com todo o prazer.

– Aliás, Bob, e o tal Dossiê Pelicano?

Gminski pigarreou e tentou parecer tranquilo.

– Bem, Comandante, eu disse pro Coal na sexta-feira que era uma história muito criativa e que daria um bom livro.

Acho que a pessoa que escreveu deveria largar a faculdade de direito e investir na carreira literária – disse, concluindo com uma risada.

– Ótimo, Bob. Não encontraram nada então.

– Estamos investigando.

– Nos vemos às três.

O Presidente desligou e foi imediatamente pegar seus tacos.

25

O Riverwalk se estende por quase meio quilômetro ao longo da orla do rio Mississippi e está sempre lotado. Ele concentra mais de duzentas lojas, cafés e restaurantes distribuídos por três andares, a maioria debaixo do mesmo teto, e vários com portas que dão para um calçadão de frente para o rio. Fica na altura da Poydras Street, a um pulo do French Quarter.

Ela chegou lá às onze e tomou um café expresso na mesa nos fundos de um pequeno bistrô enquanto tentava ler o jornal e parecer tranquila. A Frenchmen's Bend ficava no piso superior, virando em um corredor. Ela estava nervosa, e o café não ajudou.

Darby guardara no bolso uma lista de coisas para fazer, passos específicos em momentos específicos, até palavras e frases que havia memorizado no caso de as coisas darem muito errado e Verheek ficar fora de controle. Tinha dormido duas horas e passado o resto do tempo orquestrando seu plano. Se ela acabasse sendo morta, não seria por despreparo.

Não podia confiar em Gavin Verheek. Ele trabalhava para um serviço de inteligência que às vezes operava de acordo com as próprias regras. Recebia ordens de um homem paranoico e que jogava sujo. Seu chefe se reportava a um Presidente à frente de um gabinete comandado por um bando de idiotas. O Presidente tinha amigos ricos e desprezíveis que davam muito dinheiro para ele.

Mas, naquele momento, não havia mais ninguém em quem ela pudesse confiar. Depois de quase morrer duas vezes em cinco dias, ela estava jogando a toalha. Nova Orleans perdera o brilho. Ela precisava de ajuda, e, se fosse para confiar na polícia, os agentes do FBI tinham a ficha tão limpa quanto quaisquer outros.

Eram 11h45. Ela pagou o café, ficou esperando uma multidão que se aproximava e se enfiou no meio. Havia uma dezena de pessoas olhando a vitrine da Frenchmen's Bend no momento em que ela passou diante da porta onde seu amigo deveria estar em aproximadamente dez minutos. Ela entrou em uma livraria duas lojas adiante. Havia pelo menos outras três nos arredores, nas quais ela podia entrar, se esconder e observar a entrada da Frenchmen's. Escolheu a livraria porque os funcionários não eram insistentes e era normal que os clientes passassem bastante tempo lá dentro. Olhou primeiro para as revistas e, quando faltavam três minutos, se pôs entre duas estantes de livros de receitas, de onde ficou vigiando a chegada de Gavin.

Thomas dizia que ele nunca era pontual. Uma hora de atraso era como chegar adiantado para ele, mas ela lhe daria quinze minutos e depois iria embora.

Ela esperava que ele chegasse ao meio-dia em ponto, e lá estava ele. Moletom preto, boné vermelho e jornal dobrado. Ele era um pouco mais magro do que ela esperava, mas poderia ter perdido alguns quilos. Seu coração acelerou. "Relaxa", disse a si mesma. "Só relaxa, droga."

Ela abriu um livro de receitas à altura dos olhos e espiou por cima dele. O homem tinha cabelos grisalhos e pele escura. Os olhos estavam escondidos pelos óculos escuros. Ele estava inquieto e parecia irritado, exatamente como soava ao telefone.

Passava o jornal de uma mão para a outra, alternava o peso do corpo entre as duas pernas e olhava em volta, tenso.

Ele era ok. Darby gostou da aparência dele. Tinha um ar vulnerável e não profissional, como se dissesse que também estava assustado.

Depois de cinco minutos, ele cruzou a porta como ela havia pedido e foi para os fundos da loja.

KHAMEL HAVIA SIDO treinado para lidar com a morte. Tinha estado perto dela muitas vezes, mas nunca teve medo. E depois de trinta anos esperando por ela, nada, absolutamente nada, o deixava tenso. Ele ficava um pouco excitado com sexo, mas nada de mais. O nervosismo era pura encenação. Os trejeitos demonstrando inquietação tinham sido calculados. Ele sobreviveu a confrontos com homens quase tão talentosos quanto ele, e certamente poderia lidar com esse mísero encontro com uma jovem desesperada. Pegou as jaquetas de safári e tentou parecer nervoso.

Ele carregava um lenço no bolso, porque pegara um resfriado do nada e sua voz ficara um pouco grossa e estridente. Tinha ouvido a gravação centenas de vezes e estava confiante de que conseguiria reproduzir a inflexão, o ritmo e o leve sotaque do Meio-Oeste dos Estados Unidos. Mas Verheek tinha uma voz um pouco mais anasalada; por isso o lenço para o resfriado.

Era difícil permitir que alguém se aproximasse por trás, mas ele sabia o que precisava fazer. Ele não a viu. Darby estava atrás dele e muito perto quando disse:

– Gavin.

Ele se virou rapidamente. Ela estava segurando um chapéu Panamá branco, para o qual olhava ao falar com ele.

– Darby – disse ele, puxando o lenço para proteger um espirro falso.

O cabelo dela estava dourado e era mais curto que o dele. Ele espirrou e tossiu.

– Vamos sair daqui – disse ele. – Eu não gosto dessa ideia.

Darby também não gostava. Era segunda-feira e seus colegas de sala estavam vivendo suas vidas, indo à aula e tudo mais, e ali estava ela, totalmente disfarçada e brincando de gato e rato com aquele homem que poderia acabar levando-a à morte.

– Só faz o que eu te pedir, ok? Como você pegou esse resfriado?

Ele espirrou no lenço e falou o mais baixo possível. Parecia mal.

– Durante a noite. Deixei o ar-condicionado muito frio. Vamos sair daqui.

– Vem comigo.

Eles saíram da loja. Darby pegou a mão dele e os dois desceram apressadamente um lance de escadas que levava até o calçadão.

– Você viu eles? – perguntou ele.

– Não. Ainda não. Mas tenho certeza que estão por aqui.

– Pra onde a gente está indo? – perguntou ele com a voz estridente.

Eles estavam no calçadão, praticamente correndo, conversando sem se olhar.

– Só vem comigo.

– Você está indo rápido demais, Darby. Vão suspeitar da gente. Vai devagar. Olha só, isso é loucura. Eu preciso fazer uma única ligação e vamos estar seguros. Eu consigo três agentes aqui em dez minutos.

Ele estava se saindo bem. Estava funcionando. Os dois estavam de mãos dadas, correndo, tentando salvar as próprias vidas.

– Não.

Ela diminuiu a velocidade. O calçadão estava lotado e uma fila havia se formado ao lado do *Bayou Queen*, um barco de passeio. Eles pararam no final da fila.

– Que merda é essa? – perguntou ele.

– Você sempre reclama de tudo? – devolveu ela, praticamente sussurrando.

– Sim. Principalmente de ideias idiotas, e isso é bem idiota. Nós vamos entrar nesse barco?

– Sim.

– Por quê?

Ele espirrou mais uma vez, depois começou a tossir descontroladamente. Ele poderia acabar com ela ali em um instante, usando apenas uma mão, mas havia gente por toda parte. Na frente deles, atrás. Ele se orgulhava de sua discrição, e aquele não era o lugar certo para fazer aquilo. Entraria no barco, fingiria mais um pouco e esperaria para ver o que ia acontecer. Ele a levaria ao convés superior, a mataria, a jogaria no rio e começaria a gritar. Outro terrível afogamento por acidente. Poderia funcionar. Caso contrário, ele seria paciente. Em uma hora ela estaria morta. Gavin era um reclamão, então continuou reclamando.

– Porque tem um carro me esperando a um quilômetro e meio daqui, em um estacionamento aonde nós vamos chegar dentro de meia hora – explicou ela em voz baixa. – A gente desce do barco, entra no carro e dá no pé.

A fila estava andando.

– Não gosto de barcos. Eu fico enjoado. Isso é perigoso, Darby.

Ele tossiu e olhou em volta como se estivesse sendo perseguido.

– Relaxa, Gavin. Vai dar tudo certo.

Khamel ajeitou a calça. Ele tinha noventa centímetros de cintura, e por baixo estava vestindo oito camadas de cuecas e shorts de ginástica. O suéter era tamanho GG e, em vez de pesar 70 quilos, ele aparentava ter quase 90. Tanto faz. Parecia estar funcionando.

Eles estavam quase na passarela do *Bayou Queen*.

– Não estou gostando disso – murmurou ele alto o suficiente para ela ouvir.

– Cala a boca – disse ela.

O homem armado correu até o fim da fila e abriu passagem

entre pessoas carregadas de sacolas e com câmeras nas mãos. Os turistas estavam aglomerados como se um passeio de barco no Mississippi fosse a viagem mais incrível do mundo. Ele já havia matado antes, mas nunca em locais públicos como aquele. Era possível ver a parte de trás da cabeça dela no meio da multidão. Ele ia desesperadamente abrindo caminho através da fila. Alguns o xingaram, mas não se importava. A arma estava no bolso, mas quando se aproximou da garota, ele a sacou e a manteve próxima à perna direita. Ela estava na passarela, quase dentro do barco. Ele foi esbarrando cada vez com mais força e tirando as pessoas do caminho. Elas reclamavam, irritadas, até verem a arma e começarem a gritar. Darby estava de mãos dadas com o homem, que falava sem parar. Estava prestes a entrar no barco quando ele derrubou a última pessoa e rapidamente encostou a arma na base do crânio do homem, logo abaixo do boné vermelho. Ele atirou uma vez e as pessoas ao redor gritaram e se jogaram no chão.

Khamel vestido de Gavin caiu sobre a passarela. Darby gritou e se afastou, horrorizada. Seus ouvidos zumbiam por conta do tiro, e as pessoas gritavam e apontavam. O homem armado corria com dificuldade em direção a uma fileira de lojas e a uma aglomeração de pessoas. Um homem grandalhão com uma câmera gritava na direção dele, e Darby conseguiu ver o segundo em que ele desapareceu. Talvez ela já o tivesse visto antes, mas não conseguia pensar direito naquele momento. Ela estava gritando e não conseguia parar.

– Ele está armado! – gritou uma mulher perto do barco.

A multidão se afastou de Gavin, que estava de quatro no chão, segurando uma pequena pistola na mão direita. Ele balançava de um lado para o outro como uma criança tentando engatinhar. O sangue escorria de seu queixo. Sua cabeça quase encostava no chão. Seus olhos estavam fechados. Ele avançou apenas alguns centímetros, os joelhos em meio a uma poça vermelho-escura.

A multidão se afastou ainda mais, horrorizada ao ver aquele

homem ferido lutando contra a morte. Ele cambaleou e caiu para a frente mais uma vez, não conseguindo sair do lugar, mas querendo se mover, viver. Começou a gritar; gemidos altos de dor em um idioma que Darby não foi capaz de reconhecer.

O sangue jorrava, pingando do nariz e do queixo. Ele estava se lamentando naquela língua desconhecida. Dois tripulantes do barco estavam no topo da passarela, observando, mas com medo de se mover. A pistola os preocupava.

Uma mulher começou a chorar, depois outra. Darby se afastou um pouco mais.

– Ele é egípcio – disse uma mulher baixa e de pele escura.

Essa informação não significou nada para a multidão, absorta pela cena.

Ele balançou para a frente e despencou na beira do calçadão. A arma caiu na água. Desabou de bruços, com a cabeça pendurada e pingando dentro do rio. Gritos vieram da retaguarda e dois policiais correram em direção a ele.

Centenas de pessoas então se aproximaram para ver o homem morto. Darby fez o movimento contrário, e saiu de lá. Os policiais fariam perguntas, e como ela não tinha como dar respostas preferia não ter que falar. Estava se sentindo fraca e precisava se sentar um pouco para pensar. Havia um *oyster bar* dentro do Riverwalk. Costumava ficar cheio na hora do almoço e havia um banheiro nos fundos. Ela se trancou em uma das cabines e se sentou.

ASSIM QUE ANOITECEU, Darby saiu do Riverwalk. O Westin Hotel ficava a dois quarteirões dali, e ela esperava conseguir chegar lá sem levar um tiro em plena calçada. Estava vestindo roupas diferentes, escondidas debaixo de um sobretudo preto novo. Os óculos escuros e o chapéu também eram novos. Ela estava cansada de gastar tanto dinheiro em roupas descartáveis. Estava cansada de muitas coisas.

Chegou ao Westin Hotel inteira. Não havia quartos disponíveis, e ela ficou sentada em um salão bem iluminado por uma hora tomando café. Era hora de correr, mas ela não podia se descuidar. Precisava pensar.

Talvez estivesse pensando demais. Talvez eles agora a considerassem alguém que pensava demais, e se organizassem levando em conta essa característica.

Darby saiu do Westin Hotel e caminhou até a Poydras Street, onde fez sinal para um táxi. Um senhor estava sentado ao volante.

– Preciso ir pra Baton Rouge – disse ela.
– Meu deus, minha filha, isso é longe.
– Quanto? – devolveu ela.
Ele pensou por um segundo.
– Cento e cinquenta.

Ela se enfiou no banco de trás e jogou duas notas sobre o banco do carona.

– Tem duzentos aí. Vai o mais rápido possível e fica de olho no retrovisor. Pode ter alguém seguindo a gente.

Ele desligou o taxímetro e guardou o dinheiro no bolso da camisa. Darby se deitou no banco e fechou os olhos. Não era uma jogada inteligente, mas avaliar as probabilidades não a estava levando a lugar algum. O motorista era veloz, e em poucos minutos eles já estavam na estrada.

O zumbido em seus ouvidos tinha passado, mas ela ainda conseguia ouvir o tiro e ver o homem de quatro, balançando para a frente e para trás, tentando permanecer vivo só por mais alguns instantes. Thomas uma vez havia se referido a ele como "Verheek, o Holandês", mas disse que o amigo nunca mais foi chamado pelo apelido depois da faculdade, quando eles passaram a levar suas carreiras a sério. Verheek, o Holandês, não era egípcio.

Ela tivera apenas um vislumbre do assassino, no momento em que ele estava fugindo. Havia algo familiar nele. O sujeito olhou de relance para a direita enquanto corria, e algo deu um clique nela. Mas ela estava gritando, desesperada, e tudo aquilo virou um borrão.

Tudo era um grande borrão. Na metade do caminho para Baton Rouge, ela caiu em um sono profundo.

26

De pé atrás de sua cadeira de escritório giratória, o diretor Voyles estava sem paletó, e a maioria dos botões da camisa amarrotada estavam desabotoados. Eram nove da noite e, a julgar pela camisa, ele estava no escritório havia pelo menos quinze horas. E nem tinha cogitado sair.

Murmurou algumas instruções ao telefone e desligou. K. O. Lewis estava sentado do outro lado da mesa. A porta estava aberta; as luzes, acesas; ninguém tinha ido embora. O clima estava pesado, e era possível ouvir cochichos em voz baixa ao redor.

– Era o Eric East – disse Voyles, sentando-se lentamente na cadeira. – Ele está lá há umas duas horas e acabaram de concluir a autópsia. Ele acompanhou, foi a primeira dele. Um tiro na têmpora direita, mas o Gavin morreu antes, com um único golpe na C2 e na C3. As vértebras se partiram em pedaços minúsculos. Não havia nenhum traço de pólvora na mão dele. Uma outra pancada causou um ferimento grave na laringe, mas não a morte. Ele estava nu. A hora da morte ontem foi estimada entre dez e onze da noite.

– Quem o encontrou? – perguntou K. O. Lewis.

– As camareiras entraram no quarto por volta das onze da manhã. Você vai dar a notícia pra esposa dele?

– Sim, claro – disse K. O. – Quando chega o corpo?

– O East disse que vai ser liberado em algumas horas e deve estar aqui por volta das duas da manhã. Diz pra ela que nós vamos fazer o que ela quiser. Que a gente vai mandar mais de cem agentes amanhã para rodar a cidade, que vamos encontrar o assassino, essas coisas.

– Alguma pista?

– Provavelmente não. O East disse que eles estão no quarto do hotel desde as três da tarde e parece ter sido um trabalho muito bem feito. Não houve entrada forçada. Sem sinais de resistência. Nada que sirva pra alguma coisa, mas ainda é um pouco cedo.

Voyles esfregou os olhos vermelhos e pensou por uns minutos.

– Como ele conseguiu sair daqui pra ir a um simples funeral e acabar morto? – perguntou K. O.

– Ele estava bisbilhotando sobre aquele tal dossiê. Um dos nossos agentes, o Carlton, disse pro East que o Gavin estava tentando encontrar a garota, que ela tinha ligado pra ele, e que talvez ele precisasse de ajuda pra trazê-la pra cá. O Carlton falou com ele algumas vezes e deu os nomes de alguns points dos estudantes na cidade. Segundo ele, foi só isso. O Carlton também disse que estava um pouco preocupado com o Gavin se expondo por aí como alguém do FBI. Disse que parecia que ele não sabia muito bem o que estava fazendo.

– Alguém viu a garota?

– Provavelmente está morta. Pedi pro pessoal de Nova Orleans ir atrás dela, se der.

– Esse dossiê dela está matando a torto e a direito. Quando é que a gente vai levá-lo a sério?

Voyles acenou com a cabeça na direção da porta, e Lewis se levantou para fechá-la. O diretor estava de pé novamente, estalando os dedos e pensando em voz alta.

– Precisamos nos resguardar. Acho que a gente deveria designar pelo menos duzentos agentes pra investigar esse dossiê, mas faça o impossível pra ninguém ficar sabendo. Tem alguma coisa aí, K. O., isso não está cheirando bem mesmo. Mas, ao mesmo tempo, prometi pro Presidente que a gente ia deixar isso de lado. Ele me pediu pessoalmente pra gente desistir do Dossiê Pelicano, pensa nisso, e eu disse que faria isso, em parte porque nós achávamos o conteúdo uma piada. Bem, eu gravei nossa conversa quando ele pediu que eu caísse fora – disse Voyles, com um sorriso tenso. – Eu sinceramente acho que ele e o Coal gravam tudo em um raio de pelo menos um quilômetro da Casa Branca, então por que eu não posso? Eu estava grampeado, e já ouvi a fita. O áudio está claro como água.

– Não estou entendendo.

– É simples. A gente retoma a investigação e volta com tudo. Se o dossiê estiver certo, resolvemos o caso, conseguimos os indiciamentos e todo mundo fica feliz. Só vai ser uma merda fazer tudo na correria. Enquanto isso, o Coal e o imbecil lá não sabem de nada sobre a investigação. Se a imprensa ouvir falar disso, ou se a teoria do dossiê avançar, vou garantir que o país saiba que o Presidente pediu pra gente cair fora porque um amiguinho dele estava envolvido.

– Isso vai acabar com ele – disse Lewis sorrindo.

– Sim! O Coal vai definhar e o Presidente nunca mais vai se recuperar. A eleição é ano que vem, K. O.

– Eu gosto dessa ideia, Denton, mas a gente precisa resolver o caso.

Voyles caminhava lentamente atrás da cadeira e tirou os sapatos. Ele estava ainda mais baixo agora.

– Vamos fuçar tudo, K. O., mas não vai ser fácil. Se o Mattiece estiver envolvido mesmo, significa que a gente tem um cara muito rico metido em uma trama extremamente complexa que inclui usar assassinos muito talentosos pra tirar dois juízes da jogada. Essas pessoas não abrem a boca nem deixam rastros. Veja só nosso amigo Gavin. A gente pode passar duas mil horas vasculhando aquele hotel e aposto que não vai ter nenhuma pista útil. Exatamente como aconteceu com o Rosenberg e o Jensen.

– E com o Callahan.

– E com o Callahan. E provavelmente com a garota, se em algum momento a gente encontrar o corpo dela.

– Eu sou responsável de alguma maneira, Denton. O Gavin

veio até mim na quinta de manhã depois que soube do Callahan, e eu não dei ouvidos. Eu sabia que ele estava indo pra lá, mas simplesmente não dei ouvidos.

– Olha, eu sinto muito que ele tenha morrido. Ele era um bom advogado e era bastante leal. Eu valorizo isso. Eu confiava no Gavin. Mas ele acabou morrendo porque passou dos limites. Ele não tinha que ficar por aí atrás dessa garota fingindo ser policial.

Lewis se levantou e se espreguiçou.

– É melhor eu ir encontrar a Sra. Verheek. Até onde eu conto pra ela?

– Vamos dizer que tudo indica que foi um roubo, que a polícia não tem certeza, ainda está investigando, vamos saber mais amanhã, e por aí vai. Diz pra ela que eu estou arrasado com a notícia, e que vamos fazer o que ela quiser.

O CARRO DE Coal parou abruptamente junto ao meio-fio para que uma ambulância pudesse passar com suas sirenes. O veículo estava vagando sem rumo pela cidade, um ritual nada incomum para as vezes em que Coal e Matthew Barr se encontravam a fim de conversar sobre negócios sujos de verdade. Sentavam-se no banco de trás, sempre bebendo algo. Coal estava se esbaldando de água mineral. Barr tinha em mãos uma lata de Budweiser de quase meio litro comprada em uma loja de conveniência.

Eles ignoraram a ambulância.

– Preciso saber o que o Grantham sabe – disse Coal.

– Hoje ele ligou pro Zikman, pro Trandell, assessor do Zikman, e pro Nelson DeVan, um dos meus muitos ex-assistentes que agora estão no Comitê de Reeleição. E esses são só os que eu conheço. Todos em um único dia. Ele está obcecado por esse dossiê.

– Você acha que ele teve acesso ao dossiê? – perguntou, no momento em que o carro voltou a se mover.

– Não. Não mesmo. Se soubesse o que tem nele, Grantham

não estaria catando informações. Mas, porra, ele sabe que o dossiê existe.

– Ele é bom. Eu o acompanho há anos. É extremamente discreto e está sempre em contato com uma rede bem peculiar de fontes. Ele já escreveu algumas coisas bem loucas, mas geralmente muito bem apuradas.

– É isso que me preocupa. Ele é obstinado e sabe que essa história não está cheirando bem.

Barr deu um gole na cerveja.

– Suponho que eu estaria indo longe demais se quisesse saber o que tem nesse dossiê.

– Nem pergunte. É tão confidencial que chega a ser assustador.

– Então como o Grantham sabe que ele existe?

– Boa pergunta. E é isso que eu quero saber. Como ele descobriu e quanto ele sabe? Cadê as fontes dele?

– A gente grampeou o telefone do carro dele, mas ainda não entramos no apartamento.

– Por que não?

– Porque a faxineira quase pegou a gente hoje de manhã. Vamos tentar de novo amanhã.

– Não deixa ninguém te pegar, Barr. Lembra de Watergate.

– Eles eram uns idiotas, Fletcher. Nós, por outro lado, somos muito talentosos.

– Sem dúvida. Me diz então se você e os seus talentosos assistentes podem grampear a linha do Grantham dentro do *Post*.

Barr se virou para Coal e franziu o cenho.

– Você ficou maluco? Impossível. Aquele lugar está cheio de gente o dia inteiro. Eles têm seguranças na porta. Tudo o que tem direito.

– Acho que dá pra fazer.

– Então faz você, Coal. Se você entende tanto do assunto, faz você.

– Pode começar a pensar em um jeito de fazer isso, ok? Só pensa nisso.

– Beleza. Eu já pensei sobre isso. É impossível.

Coal se divertia com aquela ideia, o que irritou Barr. O carro entrou no centro da cidade.

– Grampeie o apartamento dele – instruiu Coal. – Quero dois relatórios por dia com todas as chamadas telefônicas dele.

O carro parou e Barr desceu.

27

Café da manhã na Dupont Circle. Estava bem frio, mas pelo menos as ruas estavam vazias e menos perigosas. Havia um bêbado ou outro caído pela calçada. Mas o sol já tinha nascido e ele se sentia seguro, e, de todo modo, ainda era um agente do FBI usando um coldre, com uma arma junto ao corpo. Quem ele deveria temer? Ele não andava armado havia quinze anos e raramente saía do escritório, mas adoraria sacar a pistola e atirar por aí.

O nome dele era Trope, um assistente para lá de especial do Sr. Voyles. Era tão especial que ninguém, exceto ele e o Sr. Voyles, sabiam a respeito daqueles encontros secretos que ele tinha com Booker, de Langley. Ele se sentou em um banco de formato circular, de costas para a New Hampshire Avenue, e desembrulhou o café da manhã recém-comprado, uma banana e um muffin. Olhou o relógio. Booker nunca se atrasava. Trope sempre chegava primeiro, depois Booker, cinco minutos depois, os dois sempre conversavam rapidamente e Trope saía primeiro, depois Booker. Ambos agora faziam apenas trabalhos burocráticos, longe dos holofotes mas próximos de seus chefes, que de tempos em tempos se cansavam de ficar tentando adivinhar o que diabos o outro estava fazendo, ou talvez apenas precisassem saber de algo rapidamente.

Trope era seu nome verdadeiro, e ele se perguntava se Booker também era um nome verdadeiro. Provavelmente não. Booker era de Langley, e eles eram tão paranoicos que até quem passava o dia carimbando papel provavelmente tinha um nome falso. Ele deu uma mordida na banana. "Porra, as secretárias lá dentro provavelmente tinham três ou quatro nomes."

Booker passou ao lado da fonte com um copo branco grande de café. Ele olhou em volta e se sentou ao lado do amigo. Voyles tinha convocado a reunião, então Trope falaria primeiro.

– Perdemos um homem em Nova Orleans – disse ele.

Booker estava segurando o copo quente e tomou um gole.

– Foi ele que se meteu nessa.

– Sim, mas o fato é que ele morreu. Você estava lá?

– Sim, mas a gente não sabia que ele estava lá. A gente estava perto, mas de olho em outros caras. O que ele estava fazendo?

Trope desembrulhou o muffin gelado.

– A gente não sabe. Ele foi pro enterro, tentou encontrar a garota, encontrou outra pessoa, e agora aqui estamos nós – disse ele, terminando com o que restava da banana em uma mordida e seguindo para o muffin. – Foi um trabalho bem-feito, não foi?

Booker deu de ombros. O que o FBI sabia sobre matar pessoas?

– Médio. Não se esforçaram muito pra forjar o suicídio, pelo que a gente ouviu falar – comentou, tomando um gole do café quente.

– Cadê a garota? – perguntou Trope.

– A gente perdeu ela de vista no aeroporto de Chicago. Pode ser que ela esteja em Manhattan, mas não temos certeza. Estamos procurando.

– E eles também – disse Trope, tomando um gole de café frio.

– Com certeza.

Eles viram um bêbado cambalear e cair de um banco de cabeça no chão, fazendo um barulho, mas ele provavelmente não sentiu nada. Ele se virou de barriga para cima e a testa estava sangrando.

Booker olhou o relógio. Aquelas reuniões eram extremamente rápidas.

– Quais são os planos do Sr. Voyles?

– Ah, ele vai voltar com tudo. Mandou cinquenta agentes ontem à noite, mais alguns hoje. Ele não gosta de perder pessoal, principalmente quando é alguém que conhece.

– E a Casa Branca?

– Não vai contar pra eles, e talvez eles nem descubram. O que é que eles têm a ver com isso?

– Mattiece.

Trope deu um leve sorriso ao pensar nisso.

– Onde está o Sr. Mattiece?

– Ninguém sabe. Nos últimos três anos, ele foi visto poucas vezes no país. Tem casas em vários países diferentes, além dos jatinhos e dos barcos, então, vai saber?

Trope terminou o muffin e enfiou a embalagem no saco.

– O dossiê pegou ele, né?

– É lindo. E se ele tivesse ficado numa boa, o dossiê teria sido ignorado. Mas ele fica maluco, começa a matar as pessoas e, quanto mais gente ele mata, mais credibilidade a teoria tem.

Trope olhou para o relógio. Já tinha passado da hora, mas o papo estava bom.

– O Voyles disse que pode ser que a gente precise da sua ajuda.

– Combinado – respondeu Booker e assentiu. – Mas esse vai ser um assunto muito delicado. Primeiro, o provável matador está morto. Segundo, o provável financiador é muito habilidoso em se manter invisível. A conspiração era bem elaborada, mas os conspiradores já eram. Vamos tentar encontrar o Mattiece.

– E a garota?

– Sim. Também vamos tentar.

– No que ela está pensando?

– Em como continuar viva.

– Você não pode trazer ela pra cá? – perguntou Trope.

– Não. A gente não sabe onde ela está e não dá pra simplesmente sair catando civis inocentes pelas ruas. Ela não confia em ninguém agora.

Trope segurava o café e o saco.

– Não dá pra culpá-la por isso – respondeu, e foi embora.

GRANTHAM TINHA NAS mãos uma fotografia com péssima resolução enviada por fax de Phoenix. Darby Shaw tinha 20 anos e na época estava no terceiro ano de biologia na Arizona State University. Ele chegou a ligar para vinte pessoas com o sobrenome Shaw que moravam em Denver antes de desistir. O segundo fax foi enviado por um correspondente da Associated Press, de Nova Orleans. Era a cópia de uma foto da época em que ela era caloura na Tulane. O cabelo estava mais comprido. Em alguma parte do anuário, o correspondente tinha encontrado uma foto dela bebendo uma Coca-Cola diet em um piquenique da turma do curso de direito. Ela usava um suéter folgado e uma calça jeans desbotada ajustada ao corpo, e era óbvio que a foto tinha sido incluída no anuário por um grande admirador seu. Parecia que tinha sido tirada da *Vogue*. Ela estava rindo de algo ou de alguém. O sorriso era perfeito e a expressão era doce. Ele prendeu a foto no pequeno quadro de cortiça ao lado de sua mesa no jornal.

Houve um quarto fax, uma foto de Thomas Callahan, apenas para fins de registro.

Ele colocou os pés sobre a mesa. Eram quase nove e meia de terça-feira. A redação se movimentava e zumbia, como se fosse um tumulto organizado. Ele fizera oitenta chamadas telefônicas nas últimas 24 horas e não tinha conseguido nada além das quatro fotos e de uma pilha de recibos de financiamento da campanha eleitoral à presidência. Não estava chegando a lugar nenhum e, no fundo, não havia por que se preocupar. Ela estava prestes a contar tudo.

Passou os olhos no exemplar do *Washington Post* e deparou com uma matéria estranha, a respeito de um tal Gavin Verheek e sua morte. O telefone tocou. Era Darby.

– Você leu o *Post*? – perguntou ela.

– Eu *escrevo* o *Post*, lembra?

Ela não estava com disposição para conversa fiada.

– A matéria sobre o advogado do FBI assassinado em Nova Orleans, você viu?

– Estou lendo nesse minuto. Tem alguma relevância pra você?

– Pode-se dizer que sim. Me escuta, Grantham. O Thomas entregou o dossiê ao Verheek, que era o melhor amigo dele. Na sexta-feira, o Verheek foi pra Nova Orleans, pro enterro do Thomas. Eu passei o fim de semana em contato com ele por telefone. Ele queria me ajudar, mas eu estava com medo. A gente combinou de se encontrar ontem ao meio-dia. O Verheek foi assassinado no hotel por volta das onze da noite de domingo. Pegou até aqui?

– Sim, sim.

– O Verheek não apareceu no encontro que marcamos. Ele já tinha morrido a essa altura. Eu fiquei com medo e fui embora. Vim pra Nova York.

Grantham escrevia freneticamente.

– Ok. Quem matou o Verheek?

– Eu não sei. Tem mais coisa nesse caso... Eu li o *Post* e o *New York Times* de cabo a rabo e não vi nada sobre um outro assassinato que aconteceu em Nova Orleans. Um cara com quem eu estava falando, achando que era o Verheek. É uma longa história.

– Estou vendo. Quando você vai me contar isso tudo?

– Quando você pode vir pra Nova York?

– Consigo chegar ao meio-dia.

– Acho que é um pouco rápido demais. Vamos marcar pra amanhã. Amanhã eu ligo pra você nesse mesmo horário pra te passar umas instruções. Você precisa ter cuidado, Grantham.

– Pode me chamar de Gray, ok? – disse ele enquanto olhava para as fotos no quadro de cortiça.

– Tá, que seja. Tem gente poderosa com medo do que eu sei.

Se eu te contar, você pode acabar morrendo. Eu já vi cadáveres, ok, Gray? Ouvi bombas e tiros. Ontem eu vi os miolos de um cara e não faço ideia de quem ele era ou por que o mataram, mas com certeza ele sabia sobre o dossiê. Achei que ele era o meu amigo. Confiei nele cegamente, e ele tomou um tiro na cabeça na frente de cinquenta pessoas. Enquanto eu o via morrer, me passou pela cabeça que talvez ele não fosse o meu amigo. Aí eu li o jornal hoje de manhã e tive certeza de que ele não era mesmo.

– Quem o matou?

– Vamos falar sobre isso quando você chegar aqui.

– Está bem.

– Tem um ponto que a gente precisa acertar. Eu vou te contar tudo o que sei, mas você não pode mencionar o meu nome. Já escrevi o suficiente pra pelo menos três pessoas acabarem mortas e não tenho a menor dúvida de que vou ser a próxima. Mas não quero atrair mais problemas. Eu não posso ser identificada, entendido, Gray?

– Combinado.

– Estou confiando muito em você e não sei exatamente por quê. Se eu desconfiar de você em algum momento, eu sumo.

– Você tem minha palavra, Darby. Eu prometo que isso não vai acontecer.

– Eu acho que você está cometendo um erro. Não é um trabalho investigativo como outro qualquer. Eles podem acabar matando você também.

– As mesmas pessoas que mataram o Rosenberg e o Jensen?

– Sim.

– Você sabe quem matou o Rosenberg e o Jensen?

– Eu sei quem pagou pelos assassinatos. Sei o nome dele. Eu sei sobre os negócios dele. Sei sobre o envolvimento dele com políticos.

– E você vai me dizer tudo isso amanhã?

– Se eu ainda estiver viva.

Houve uma longa pausa, enquanto os dois pensavam em algo apropriado para dizer.

– Talvez a gente devesse conversar logo – disse ele.
– Talvez. Mas eu ligo novamente amanhã de manhã.

Grantham desligou e, por um momento, olhou outra vez a foto levemente desfocada daquela estudante de direito que estava convencida de que estava prestes a morrer. Por um segundo, se iludiu, imaginando cenas heroicas, de cavalheirismo e galanteios. Ela tinha 20 e poucos anos, gostava de homens mais velhos, como dava para perceber pela foto de Callahan e, sem motivo aparente, confiava nele, entre todos os outros. Ele daria um jeito. E ele a protegeria.

A CARREATA PARTIU silenciosamente do centro da cidade. Ele faria um discurso em College Park dali a uma hora e aproveitava para relaxar no banco de trás do carro, sem paletó, lendo as palavras que Mabry havia reunido. Balançou a cabeça e fez anotações nas margens. Em um dia normal, aquela seria uma agradável viagem aos arredores da cidade, até um belo campus, para um discurso sem importância, mas não estava sendo assim. Coal estava sentado ao lado dele no carro.

O chefe de gabinete evitava frequentemente aquelas viagens. Apreciava os momentos em que o Presidente estava fora da Casa Branca, quando podia assumir o comando. Mas eles precisavam conversar.

– Estou cansado dos discursos do Mabry – disse o Presidente, frustrado. – Parecem todos iguais. Tenho certeza de que já proferi esse semana passada na convenção do Rotary.

– É o melhor que a gente tem, mas estou atrás de outra pessoa – disse Coal sem tirar os olhos do relatório que tinha em mãos.

Ele tinha lido o discurso e não estava tão ruim assim. Mas Mabry já estava escrevendo havia seis meses, suas ideias tinham ficado um pouco estagnadas, e Coal já queria mesmo demiti-lo. O Presidente olhou para o relatório que Coal segurava.

– O que é isso?
– A lista dos indicados.

– Quem sobrou?

– Siler-Spence, Watson e Calderon – respondeu Coal, virando uma página.

– Ah, que ótimo, Fletcher. Uma mulher, um negro e um cubano. O que aconteceu com os homens brancos? Pensei que tinha te falado que queria homens, jovens e brancos. Juízes jovens, de pulso firme e conservadores, com currículos impecáveis e muitos anos de vida pela frente. Não foi isso que eu disse?

Coal continuou lendo.

– Eles precisam ser confirmados, Comandante.

– Vamos fazer isso acontecer. Vou pressionar até não poder mais, mas eles vão ser confirmados. Você tem noção de que nove em cada dez homens brancos neste país votaram em mim?

– Oito vírgula quatro.

– Que seja. Então, o que tem de errado com os homens brancos?

– Isso aqui não é clientelismo.

– Porra nenhuma. É clientelismo puro e simples. Eu favoreço os amigos e prejudico os inimigos. É assim que se sobrevive na política. Você tem que dançar com quem te convida pro baile. Não acredito que você quer uma mulher e um negro. Você está amolecendo, Fletcher.

Coal virou outra página. Já tinha ouvido aquela ladainha antes.

– Estou mais preocupado com a reeleição – respondeu ele calmamente.

– E eu não? Indiquei tantos asiáticos, hispânicos, mulheres e negros que você diria que eu sou um democrata. Mas que merda, Fletcher, o que tem de errado com os brancos? Olha, deve haver uns cem juízes bons, qualificados e conservadores por aí, certo? Como você não consegue encontrar dois, só dois, que se pareçam comigo e pensem como eu?

– Você tem noventa por cento dos votos entre os cubanos.

O Presidente jogou o discurso no banco e pegou o exemplar do *Washington Post* daquela manhã.

– Certo, vamos com o Calderon. Quantos anos ele tem?

– Cinquenta e um. Casado, oito filhos, católico, infância pobre, se esforçou pra chegar a Yale, bastante sólido. Muito conservador. Sem nenhum podre ou esqueleto no armário, exceto um tratamento para alcoolismo vinte anos atrás. Ele está sóbrio desde então. É abstêmio.

– Já fumou maconha?

– Ele diz que não.

– Eu gosto dele.

O Presidente estava lendo a primeira página.

– Eu também. O Departamento de Justiça e o FBI checaram tudo, e ele está limpo. Então, você quer a Siler-Spence ou o Watson?

– Que nome é esse, Siler-Spence? Quer dizer, qual o problema dessas mulheres que usam hífen no sobrenome? E se o nome dela fosse Skowinski e ela se casasse com um cara chamado Levondowski? Seu espiritozinho de mulher independente ia achar razoável passar o resto da vida sendo chamado de F. Gwendolyn Skowinski-Levondowski? Me poupe. Eu nunca vou indicar uma mulher com hífen no nome.

– Você já indicou.

– Quem?

– Kay Jones-Roddy, embaixadora no Brasil.

– Então manda ela voltar e diz que está demitida.

Coal deu um leve sorriso e colocou o relatório no banco. Ele ficou observando o tráfego pela janela. Decidiriam o segundo indicado depois. Calderon estava garantido, e ele queria Linda Siler-Spence, portanto ia continuar a insistir em Watson, forçando o Presidente a escolher Linda. Conceitos básicos de manipulação.

– Acho que a gente devia esperar mais umas duas semanas antes de indicar eles – disse Coal.

– Tanto faz – murmurou o Presidente, enquanto lia uma matéria na primeira página do jornal.

Ele faria as indicações quando estivesse pronto, independentemente da programação de Coal. Ainda não estava convencido de que os dois deveriam ser indicados ao mesmo tempo.

– O juiz Watson é muito conservador, e é muito conhecido por ser duro nas decisões. Ele seria ideal.

– Não sei – murmurou o Presidente ao ler sobre Gavin Verheek.

Coal tinha lido a matéria completa na segunda página. Verheek fora encontrado morto em um quarto no Hilton, em Nova Orleans, sob circunstâncias suspeitas. Segundo a matéria, o FBI não sabia o que havia ocorrido e não tinha nada a dizer sobre o motivo pelo qual Verheek estava em Nova Orleans. Voyles estava profundamente abalado. Excelente funcionário, leal etc.

O Presidente folheava o jornal.

– Nosso amigo Grantham tem estado quieto.

– Ele está investigando. Acho que ouviu falar do dossiê, mas simplesmente não consegue saber do que se trata. Ligou pra um bando de gente, mas não sabe exatamente o que perguntar. Está correndo atrás do próprio rabo.

– Bem, eu joguei golfe com o Gminski ontem – disse o Presidente, com ar presunçoso. – E ele me garantiu que está tudo sob controle. Abrimos nossos corações ontem durante a partida. Ele joga muito mal, não acertava nenhum buraco, era sempre areia ou água. Foi bem engraçado, na verdade.

Coal nunca havia tocado em um taco de golfe e odiava conversa fiada sobre jogar bem ou mal e coisas do gênero.

– Você acha que o Voyles está investigando por lá?

– Não. Ele me jurou que não faria isso. Não que eu confie nele, mas o Gminski nem tocou no nome do Voyles.

– Você confia no Gminski? – perguntou Coal, espiando para o lado e franzindo o cenho para o Presidente.

– Nem um pouco. Mas se ele soubesse algo sobre o Dossiê Pelicano, acho que me diria... – O Presidente não conseguiu prosseguir e sabia que tinha soado ingênuo.

Coal resmungou para deixar claro que não acreditava naquilo.

Eles cruzaram o rio Anacostia e chegaram a Prince George's

County. O Presidente pegou o discurso e olhou pela janela. Duas semanas após os assassinatos, os índices de aprovação ainda estavam acima de cinquenta por cento. Os democratas não tinham nenhum candidato em vista que pudesse ameaçá-lo. Ele estava cada vez mais forte. Os americanos estavam cansados da violência e do tráfico de drogas, das minorias barulhentas recebendo toda a atenção e de liberais idiotas interpretando a Constituição a favor de criminosos e radicais. Aquele era o momento dele. Faria duas indicações para a Suprema Corte ao mesmo tempo. Seria o seu legado.

Ele sorriu para si mesmo. Que tragédia maravilhosa.

28

O táxi parou abruptamente na esquina da Quinta Avenida com a Rua 52, e Gray, fazendo exatamente o que ela dissera, pagou rapidamente e desceu com a mala. O motorista do carro de trás estava buzinando e fazendo gestos obscenos, e ele pensou em como era bom estar de volta a Nova York.

Eram quase cinco da tarde e havia muitos pedestres na Quinta Avenida, e ele imaginou que era exatamente isso que ela queria. Ela tinha sido bem específica. Pegar o voo tal do National Airport para o La Guardia. Pegar um táxi até o Vista Hotel, no World Trade Center. Ir até o bar, pedir alguma bebida, talvez duas, ficar de olho para ver se tem alguém atrás dele, e, depois de uma hora, pegar um táxi e descer na esquina da Quinta Avenida com a Rua 52. Andar depressa, usar óculos escuros e prestar atenção em tudo, porque se alguém estiver seguindo ele, os dois podem acabar mortos.

Ela o fez anotar tudo. Era um pouco bobo, um pouco exagerado, mas ela tinha um tom de voz com o qual ele não era capaz de argumentar. Na verdade, nem queria. Ela dissera que tinha sorte de estar viva e não se arriscaria mais. E, se ele quisesse falar com ela, deveria fazer exatamente o que ela estava pedindo.

Ele anotou. Lutou contra a multidão e caminhou o mais rápido que pôde pela Quinta Avenida até chegar ao Plaza Hotel, subiu as escadas, passou pelo saguão e depois saiu em direção à Rua 59. Ninguém seria capaz de segui-lo. E se ela fosse sempre cautelosa assim, ninguém seria capaz de segui-la também.

A calçada estava lotada ao longo da Rua 59 e, conforme ia se aproximando da Sexta Avenida, começou a caminhar ainda mais depressa. Estava nervoso e, independentemente de quão contido tentasse ser, estava terrivelmente ansioso para conhecê-la. Ao telefone, ela tinha sido fria e metódica, mas deixara escapar um pouco de medo e incerteza. Dizia que era apenas uma estudante de direito, que não sabia o que estava fazendo, e que provavelmente estaria morta em uma semana, se não antes, mas que mesmo assim era ela quem definia as regras do jogo. "Leve sempre em consideração que você está sendo seguido", disse ela. Darby tinha sobrevivido por sete dias sendo perseguida por cães de caça, então era melhor fazer o que ela estava dizendo.

Darby disse para ele entrar no St. Moritz Hotel, na esquina da Sexta Avenida, e assim ele fez. Ela reservara um quarto para ele em nome de Warren Clark. Ele pagou em dinheiro e pegou o elevador até o nono andar. Ele deveria esperar. "Apenas sente e espere", orientou ela.

Ele passou uma hora olhando pela janela e observando o anoitecer sobre o Central Park. O telefone tocou.

– Sr. Clark? – perguntou uma mulher.
– Mmm... sim.
– Sou eu. Você chegou sozinho?
– Sim. Onde você está?

– Seis andares acima. Pega o elevador até o 18º, depois desce de escada até o 15º. Quarto 1.520.

– Certo. Agora?

– Sim. Estou esperando.

Ele escovou os dentes novamente, penteou os cabelos e, dez minutos depois, estava diante da porta do quarto 1.520. Sentiu-se como um adolescente em seu primeiro encontro. Não se sentia tão nervoso desde os campeonatos de futebol da época da escola.

Mas ele era Gray Grantham, do *Washington Post*, e aquela era só mais uma reportagem, e ela era só mais uma mulher no mundo, então era melhor segurar a onda.

Ele bateu na porta e esperou.

– Quem é?

– Grantham – disse ele para a porta.

O ferrolho girou e ela abriu a porta lentamente. O cabelo tinha desaparecido, mas quando ela sorriu, lá estava a garota da foto. Ela apertou a mão dele com firmeza.

– Entre.

Ela trancou a porta e passou o ferrolho novamente.

– Quer beber alguma coisa? – perguntou ela.

– Claro, o que você tem aí?

– Água. Com gelo.

– Pode ser, então.

Ela foi até uma pequena sala de estar onde a televisão estava ligada sem som.

– Aqui – disse ela.

Ele colocou a bolsa na mesa e se sentou no sofá. Ela ficou parada no bar e, por um breve segundo, ele a admirou. Descalça. Moletom tamanho extragrande com a gola caindo pelo ombro. Ela entregou a água para ele e se sentou em uma cadeira perto da porta.

– Obrigado – disse ele.

– Você já comeu? – perguntou ela.

– Você não disse que era pra eu comer.

Ela deu uma risada.

– Desculpa. Eu já passei por coisa demais. Vamos pedir serviço de quarto.

– Tudo bem. – Ele assentiu e sorriu para ela. – Qualquer coisa que você quiser pedir está bom pra mim.

– Eu adoraria um cheeseburger gorduroso com batatas fritas e uma cerveja gelada.

– Perfeito.

Ela pegou o telefone e pediu a comida. Grantham andou até a janela e observou as luzes se arrastando ao longo da Quinta Avenida.

– Quantos anos você tem? – perguntou ela, sentada no sofá, bebendo água gelada. – Eu tenho 24.

Grantham se sentou na cadeira ao lado dela.

– Trinta e oito. Casado uma vez. Divorciado há sete anos e três meses. Não tenho filhos. Moro sozinho com meu gato. Por que você escolheu o St. Moritz?

– Tinha quartos disponíveis, e eu convenci o pessoal da recepção de que era importante pagar em dinheiro e não apresentar nenhuma identificação. O que você achou?

– É bonzinho. Mas já viu dias melhores.

– Não estamos propriamente de férias.

– Tudo bem. Quanto tempo você acha que vamos ficar aqui?

Ela o observava com atenção. Grantham publicara um livro seis anos antes sobre os escândalos envolvendo a HUD, a Secretaria de Habitação e Desenvolvimento Humano, e, embora não tivesse sido um campeão de vendas, ela havia conseguido encontrar um exemplar em uma biblioteca pública em Nova Orleans. Ele parecia seis anos mais velho do que na foto da orelha, mas estava envelhecendo bem, com um toque grisalho nas têmporas.

– Eu não sei por quanto tempo você vai ficar – disse ela. – Meus planos estão sujeitos a alterações a cada minuto. Posso esbarrar com alguém na rua e depois pegar um avião pra Nova Zelândia.

– Quando você saiu de Nova Orleans?

– Segunda à noite. Peguei um táxi pra Baton Rouge, mas era fácil acabar sendo seguida. Fui de avião pra Chicago, onde comprei quatro passagens pra cidades diferentes, incluindo Boise, onde minha mãe mora. Entrei no avião pra Nova York no último minuto. Acho que ninguém me seguiu.

– Você está segura.

– Talvez por enquanto. Nós dois vamos ser caçados assim que essa matéria for publicada. Supondo que ela vai ser publicada.

Gray balançou o gelo no copo e olhou para ela.

– Depende do que você me disser. E de quanto essas coisas vão poder ser checadas de outras fontes.

– Isso é com você. Vou te contar o que eu sei e a partir daí é por sua conta.

– Certo. Quando vamos começar essa conversa?

– Depois do jantar. Prefiro fazer isso de barriga cheia. Você não está com pressa, está?

– Claro que não. Tenho a noite toda hoje, e o dia inteiro amanhã, e depois de amanhã, e depois de depois de amanhã. Quer dizer, você vai me contar a maior história dos últimos vinte anos, então enquanto você estiver falando eu vou estar aqui.

Darby sorriu e desviou o olhar. Exatamente uma semana atrás ela e Thomas estavam no bar do Mouton's aguardando uma mesa para jantar. Ele estava vestindo um blazer de seda preto, camisa jeans, gravata vermelha estampada e calça cáqui engomada. Usava sapatos sem meias. A camisa estava desabotoada e ele afrouxara o nó da gravata. Eles conversaram sobre as Ilhas Virgens, o feriado de Ação de Graças e Gavin Verheek, enquanto esperavam a mesa. Ele estava bebendo rápido, o que não era incomum. Ele ficou bêbado um tempo depois, e isso salvou a vida dela.

Era como se ela tivesse vivido um ano nos últimos sete dias, e estava tendo uma conversa de verdade com uma pessoa de carne e osso que não desejava a morte dela. Cruzou os pés sobre a mesa de centro. Não era desconfortável tê-lo ali no quarto dela. Ela relaxou. O rosto dele dizia: "Confie em mim." E por que não? Em quem mais ela poderia confiar?

– No que você está pensando? – perguntou ele.

– A semana foi longa. Sete dias atrás, eu era só mais uma universitária ralando pra chegar a algum lugar na vida. Olha onde eu estou agora.

Ele estava olhando para ela. Tentava parecer tranquilo, e não um adolescente, mas estava olhando. O cabelo dela estava escuro, muito curto e bastante estiloso, mas ele gostava também da versão que tinha visto no fax que recebera no dia anterior.

– Me fala sobre o Thomas Callahan – disse ele.

– Por quê?

– Sei lá. Ele faz parte da história, não faz?

– Aham. Vou falar sobre isso daqui a pouco.

– Está bem. Sua mãe vive em Boise?

– Sim, mas ela não sabe de nada. E a sua mãe, onde mora?

– Short Hills, Nova Jersey – respondeu ele com um sorriso.

Ele mastigou um cubo de gelo e esperou ela fazer outra pergunta. Ela estava pensando.

– Do que você gosta aqui em Nova York? – perguntou ela.

– Do aeroporto. É a maneira mais rápida de sair.

– Eu e o Thomas viemos pra cá no verão. É mais quente que Nova Orleans.

De repente, Grantham percebeu que ela não era só uma garota atraente, e sim uma viúva de luto. A coitada estava sofrendo. Ela não estava prestando atenção nos cabelos, nas roupas ou nos olhos dele. Ela estava sofrendo. "Que merda!"

– Sinto muito pelo Thomas – disse ele. – Não vou perguntar sobre ele de novo.

Ela sorriu, mas não disse nada.

Houve uma batida forte. Darby tirou os pés da mesa e encarou a porta. Depois, respirou aliviada. Era a comida.

– Eu atendo – disse Gray. – Dá uma relaxada.

29

Durante séculos, a natureza havia travado uma batalha – silenciosa, porém homérica – sem interferência humana, ao longo da costa do que viria a ser a Louisiana. Era uma batalha por território. Nenhum ser humano estivera envolvido até recentemente. Do sul, o oceano avançava para dentro com suas marés, seus ventos e inundações. Do norte, o rio Mississippi arrastava um suprimento inesgotável de água doce e sedimentos, e alimentava os pântanos com o solo necessário para a vegetação crescer e vicejar. A água salgada do golfo do México corroeu a costa e queimou os pântanos de água doce, matando as plantas que os mantinham unidos. O rio respondeu drenando metade do continente e depositando seu solo na parte baixa da Louisiana. Lentamente, construiu uma longa sucessão de deltas sedimentares, cada um dos quais por sua vez acabou bloqueando o caminho do rio e forçando-o a mudar de rumo mais uma vez. Pântanos exuberantes foram construídos pelos deltas.

Foi uma luta épica repleta de perdas e ganhos, com as forças da natureza firmemente no controle. Com o constante reabastecimento do poderoso rio, os deltas não apenas defenderam suas posições contra o golfo, como se expandiram.

Os pântanos eram uma bênção da evolução natural. Utilizando-se dos ricos sedimentos como alimento, eles se transformaram em um paraíso verdejante de ciprestes e carvalhos, e densos trechos de aguapés, juncos e taboas. A água estava cheia de lagostins, camarões, ostras, pargos, linguados, pampos, bremas, caranguejos e jacarés. A planície costeira era um santuário para a vida selvagem. Centenas de espécies de aves migratórias foram para lá se empoleirar.

As terras pantanosas eram vastas, ricas e abundantes, com um potencial ilimitado.

Então, em 1930, petróleo foi descoberto na região, e aquela área começou a ser atacada. As empresas petrolíferas cavaram mais de 15 mil quilômetros de dutos para alcançar as riquezas. Elas costuraram o frágil delta com uma quantidade avassaladora de tubos de várias espécies. Cortaram os pântanos em fatias.

Perfuraram, encontraram petróleo e começaram a extraí-lo feito loucos. Os dutos eram excelentes condutores de água salgada do Golfo, que gradualmente destruíram os pântanos.

Desde que foi descoberto petróleo na região, dezenas de milhares de hectares de pântanos foram devorados pelo oceano. Quase cem quilômetros quadrados da Louisiana desaparecem todos os anos. A cada catorze minutos, um hectare desaparece sob a água.

EM 1979, UMA empresa petrolífera fez uma perfuração em Terrebonne Parish e encontrou petróleo. Era só mais um dia em uma plataforma como outra qualquer, mas aquela não era uma descoberta corriqueira. Havia muito petróleo. Eles fizeram outra perfuração a duzentos metros de distância e encontraram mais um poço, dos grandes. Eles se afastaram quase dois quilômetros, perfuraram e descobriram um poço ainda maior. A cinco quilômetros dali, tiraram a sorte grande mais uma vez.

A empresa selou os poços e avaliou a situação, que dava todos os indícios de que se tratava de um novo e importante campo de petróleo.

A empresa era de propriedade de Victor Mattiece, um *cajun* de Lafayette que havia feito uma grande fortuna, e perdido, diversas vezes em busca de petróleo no sul da Louisiana. Em 1979, ele por acaso estava muito rico e, mais importante que isso, tinha acesso ao dinheiro de outras pessoas. Ele rapidamente se convenceu de que aquela era uma grande reserva. Começou a comprar terras nos arredores dos poços selados.

Quando se trata de campos de petróleo, manter segredo é

crucial, mas uma tarefa difícil. E Mattiece sabia que se saísse por aí investindo muito dinheiro, logo haveria um trabalho de perfuração desenfreado ao redor de sua nova mina de ouro. Por ser um homem de infinita paciência e grande capacidade de planejamento, ele olhou para aquele panorama e disse não aos lucros imediatos. Decidiu que seria dono de tudo. Ele se reuniu com seus advogados e outros consultores e elaborou um plano para comprar metodicamente as terras vizinhas em nome de um grande número de pessoas jurídicas. Eles abriram novas empresas, usaram algumas de suas antigas, adquiriram total ou parcialmente empresas em dificuldades, e começaram a comprar vários hectares de terras.

Aqueles que também faziam parte do mercado conheciam Mattiece e sabiam que ele tinha dinheiro e que poderiam cobrar caro. Mattiece sabia que eles sabiam, então discretamente usou mais de vinte empresas de fachada para abordar os proprietários de terras em Terrebonne Parish. A tática funcionou sem grandes problemas.

O plano era se consolidar no território e depois cavar mais um duto ao longo dos desafortunados pântanos já sitiados, para que os homens e seus equipamentos pudessem chegar às plataformas e o petróleo pudesse ser extraído rapidamente. O duto teria quase sessenta quilômetros de extensão e o dobro da largura habitual. O tráfego de matéria-prima seria intenso.

Como Mattiece tinha dinheiro, era um homem popular entre os políticos e burocratas. Era habilidoso na politicagem. Espalhava dinheiro onde quer que fosse necessário. Amava a política, mas odiava publicidade. Era paranoico e recluso.

À medida que a aquisição das terras avançava sem empecilhos, Mattiece de repente se viu com dificuldades financeiras. A indústria sofreu um baque no início dos anos 1980 e suas outras plataformas pararam de extrair petróleo. Ele precisava de muito dinheiro, e queria parceiros que fossem habilidosos em investir mantendo a discrição. Por esse motivo, ficou longe do Texas. Procurou no exterior e encontrou alguns árabes que analisaram seus mapas e acreditaram em sua estimativa quanto à reserva gigantesca de petróleo e gás natural. Eles adquiriram uma participação nos negócios, e Mattiece estava rico de novo.

Ele saiu espalhando dinheiro outra vez e obteve autorização oficial para abrir caminho através dos delicados pântanos e manguezais. As peças estavam se encaixando majestosamente, e Victor Mattiece já conseguia farejar um bilhão de dólares. Quem sabe até dois ou três.

Então, uma coisa estranha aconteceu. Teve início uma ação judicial para interromper o processo de dragagem e perfuração dos poços. O autor era um grupo de proteção ambiental obscuro, conhecido simplesmente como Green Fund.

O processo era inesperado porque, durante meio século, a Louisiana se deixou devorar e poluir pelas empresas petrolíferas e por pessoas como Victor Mattiece. Ao longo do tempo, tinha havido perdas e ganhos. A indústria do petróleo empregava muita gente e a remuneração era boa. Os impostos recolhidos sobre o petróleo e o gás em Baton Rouge pagavam os salários dos funcionários públicos. Os vilarejos ao redor dos pântanos foram transformados em localidades prósperas. Os políticos, dos governadores para baixo, recebiam dinheiro da indústria e entravam no jogo. Tudo estava indo bem – e daí se alguns pântanos sofressem?

O Green Fund entrou com o processo no Tribunal Distrital em Lafayette. Um juiz federal embargou o projeto, que deveria aguardar o trânsito em julgado da ação para prosseguir ou não.

Mattiece foi até as últimas consequências. Passou semanas reunido com seus advogados planejando e se organizando. Ele não pouparia dinheiro para vencer. "Façam o que for preciso", disse ele. "Quebrem qualquer regra, violem qualquer ética, contratem qualquer perito, encomendem qualquer estudo, cortem a garganta de qualquer pessoa, gastem quanto for. Apenas ganhem esse maldito processo."

Ele, que já era discreto, assumiu um perfil ainda mais recluso. Mudou-se para as Bahamas e passou a atuar de uma verdadeira fortaleza em Lyford Cay. Ia de avião para Nova Orleans uma vez por semana para se reunir com os advogados e depois voltava para a ilha.

Embora estivesse invisível, ele se certificava de que suas doações a políticos aumentassem. Sua mina de ouro ainda estava segura em Terrebonne Parish, e um dia ele a extrairia, mas nunca se sabe quando vai ser necessário pedir alguns favores.

NA ÉPOCA EM que os dois advogados do Green Fund ainda estavam começando a mexer naquele assunto, o número de possíveis réus já tinha passado de trinta. Alguns eram donos de terras. Alguns exploravam a área. Outros instalavam dutos. Outros faziam dragagem. As *joint ventures*, as sociedades limitadas e as corporações formavam um labirinto impenetrável.

Os réus e suas legiões de advogados classe A responderam em represália. Eles entraram com uma petição de inúmeras páginas requerendo a extinção do processo por se tratar de ação frívola. Pedido negado. Solicitaram autorização para prosseguir com a perfuração enquanto aguardavam o julgamento. Pedido negado. Choramingaram e explicaram em outra extensa petição a imensa quantidade de dinheiro que já estava envolvida na exploração, na perfuração etc. O pedido foi negado novamente. Eles apresentaram petições a rodo, e depois que todos os pedidos foram negados e ficou evidente que um dia seriam postos diante de um júri, os advogados da indústria apostaram todas as fichas e jogaram sujo.

Felizmente para o processo do Green Fund, o coração da nova reserva de petróleo estava perto de um anel de pântanos que durante anos havia sido um refúgio natural para aves aquáticas. Águias-pescadoras, garças, pelicanos, patos, grous, gansos e muitas outras espécies haviam migrado para lá. Embora a Louisiana nem sempre tenha sido gentil com suas terras, por outro lado demonstrou um pouco mais de apreço por seus animais. Como o veredito um dia seria proferido por um júri de pessoas comuns que, com sorte, refletissem as preocupações da população do estado, os advogados do Green Fund tiravam imenso proveito da situação das aves.

O pelicano, em especial, se tornou o herói. Depois de trinta anos de contaminação insidiosa por DDT e outros pesticidas, o pelicano-pardo da Louisiana estava à beira da extinção. Quase tarde demais, foi classificada como uma espécie ameaçada, e passou a fazer parte da mais alta categoria de proteção. O Green Fund tomou para si aquela ave majestosa e recrutou meia dúzia de especialistas de todo o país para testemunhar a favor dela.

Com mais de cem advogados envolvidos, o processo caminhou a passos lentos. Em alguns momentos ele andava, mas não chegava a lugar nenhum, o que era favorável ao Green Fund. As plataformas estavam inativas.

Sete anos depois que Mattiece sobrevoou a Terrebonne Bay pela primeira vez em seu helicóptero, acima dos pântanos que formavam o caminho que seu precioso duto seguiria, o Processo Pelicano foi a julgamento na cidade de Lake Charles. Foi um julgamento arrastado, que durou dez semanas. O Green Fund solicitava o pagamento de indenizações em dinheiro pelo estrago já infligido e a proibição definitiva da realização de novas perfurações.

As empresas petrolíferas contrataram um sofisticado advogado audiencista de Houston. Ele usava botas de pele de elefante e um chapéu Stetson, e era capaz falar de igual para igual com o júri quando necessário. Ele tinha uma aparência audaz, mesmo quando comparado aos advogados do Green Fund, ambos com rostos barbados e tensos.

O Green Fund perdeu o julgamento, o que não foi de todo inesperado. As empresas petrolíferas gastaram milhões, o que facilitou a vitória. Davi pode até se dar melhor, mas todo mundo sempre vai apostar em Golias. Os jurados não se impressionaram com o alarmismo em relação à poluição e à fragilidade ambiental dos pântanos. Petróleo significa dinheiro, e as pessoas precisavam de empregos.

O juiz manteve a liminar por dois motivos. Primeiro, considerou que o Green Fund teve êxito ao comprovar seu argumento quanto à situação dos pelicanos, uma espécie protegida pelo governo federal. E ficou claro para todo mundo que o Green Fund daria entrada na apelação, então aquela questão estava longe de chegar ao fim.

A poeira baixou por um tempo e Mattiece conseguiu uma pequena vitória. Mas ele sabia que haveria outras sessões como aquela, em outros tribunais. Era um homem de infinita paciência e de grande capacidade de planejamento.

30

O gravador estava no centro da mesinha, com quatro garrafas de cerveja vazias ao redor.

– Quem te contou sobre o processo? – perguntou ele, enquanto fazia anotações.

– Um cara chamado John Del Greco. Ele estuda direito na Tulane, está um ano na minha frente. No verão passado ele fez estágio em um escritório grande em Houston que representava um dos réus. Ele não participou da audiência, mas os rumores e as fofocas eram pesados.

– E os escritórios contratados pelos outros réus eram todos de Nova Orleans e Houston?

– Sim, os maiores escritórios. Mas essas companhias são de várias cidades diferentes, então é claro que levaram também consultores locais. Tinham advogados de Dallas, Chicago e muitos outros lugares. Foi um verdadeiro circo.

– Qual a situação do processo agora?

– Está na fase de apelação, que vai ser julgada na Corte de Apelação do Quinto Circuito. As razões da apelação ainda não foram apresentadas, mas isso deve acontecer em mais ou menos um mês.

– Onde fica o Quinto Circuito?

– Nova Orleans. Mais ou menos dois anos depois de o processo chegar lá, uma comissão de três juízes vai ouvir os advogados e decidir. Sem dúvida, a parte vencida vai requerer uma nova sessão com todos os juízes, e isso vai levar mais uns três ou quatro meses pra acontecer. Esse veredito tem defeitos suficientes pra garantir que a decisão seja revogada ou pra que o processo volte pra primeira instância.

– Como assim voltar pra primeira instância?

– A Corte de Apelação pode fazer três coisas: confirmar a decisão, anular a decisão ou encontrar tantos erros a ponto de convocar um novo julgamento. Nesse caso, os autos voltam pra primeira instância. Eles também podem confirmar a decisão em parte, revogar em parte ou determinar que só uma parte do pedido seja julgada novamente, meio que um pouco de cada.

Gray balançou a cabeça, indignado, enquanto escrevia.

– Por que alguém escolhe ser advogado?

– Eu me fiz essa pergunta algumas vezes na semana passada.

– Você tem ideia do que o Quinto Circuito vai fazer?

– Nenhuma. Eles ainda nem tiveram acesso aos autos. Os autores estão alegando uma série de erros processuais e, considerando o grau conspiratório dos réus, é bem provável que isso seja verdade. A decisão pode ser revogada.

– E aí o que acontece?

– Aí começa a diversão. Se uma das partes não fica satisfeita com a decisão do Quinto Circuito, eles podem recorrer à Suprema Corte.

– Surpresa!

– A Suprema Corte recebe milhares de recursos todo ano, mas é muito seletiva em relação ao que escolhe julgar. Esse caso tem grandes chances de ser apreciado, não só por conta da questão em si, mas porque envolve dinheiro e pressão política.

– A contar de hoje, quanto tempo levaria pro caso ser apreciado pela Suprema Corte?

– De três a cinco anos.

– O Rosenberg já teria morrido até lá.

– Sim, mas poderia haver um democrata no comando da Casa Branca quando isso acontecesse. Então é melhor tirar ele logo da Corte, enquanto ainda dá pra mais ou menos prever quem vai ser o substituto.

– Faz sentido.

– Sim, é perfeito. Quando você é o Victor Mattiece, tem só uns cinquenta milhões na conta, quer ser bilionário e não se importa de matar dois juízes da Suprema Corte, a hora é essa.

– Mas e se a Suprema Corte se recusar a apreciar o caso?

– Se o Quinto Circuito confirmar o veredito, ele está em vantagem. Mas se o veredito for revogado, e a Suprema Corte negar o pedido de recurso, aí sim ele vai ter problemas. Arrisco dizer que nesse caso ele voltaria à estaca zero, daria entrada em novas ações e tentaria de novo. Tem muito dinheiro envolvido pra ele meter o rabinho entre as pernas e ir embora. A partir do momento em que ele deu um jeito no Rosenberg e no Jensen, ficou bem claro que ele está comprometido com a causa.

– Onde ele estava durante o julgamento?

– Absolutamente invisível. Lembre-se de que não é de conhecimento público que ele é o cabeça dessa disputa. Quando o julgamento começou, 38 empresas eram rés. Ninguém foi citado nominalmente, só as empresas. Das 38, sete são de capital aberto e ele é dono de não mais que vinte por cento de qualquer uma delas. Estas são só as empresas pequenas do mercado de balcão. As outras 31 são de capital fechado, e eu não consegui obter muitas informações a respeito. Mas descobri que muitas delas são de propriedade uma da outra, e algumas são de propriedade de empresas de capital aberto. É um esquema praticamente blindado.

– Mas ele está no comando.

– Sim. Suspeito de que ele seja dono de oitenta por cento

do projeto, ou minimamente controle essa porcentagem. Verifiquei quatro das empresas de capital aberto e três são sediadas no exterior. Duas nas Bahamas e uma nas Ilhas Cayman. O Del Greco ouviu falar que o Mattiece opera por trás de bancos e empresas estrangeiros.

– Você lembra quais são as sete empresas de capital aberto?

– A maioria. Os nomes estavam anotados no rodapé do dossiê, só que eu não tenho mais uma cópia dele. Mas reescrevi a maior parte à mão.

– Posso ver?

– Pode ficar pra você. Mas é letal.

– Vou ler mais tarde. Me fala sobre a foto.

– O Mattiece é de uma cidadezinha perto de Lafayette e, quando era mais novo, costumava investir muito dinheiro nos políticos do sul da Louisiana. Ele era um cara misterioso naquela época, sempre nos bastidores, dando dinheiro. Gastou uma grana com democratas na região, e com republicanos em todo o país, e, ao longo dos anos, vários figurões de Washington viviam tentando agradá-lo em troca de favores. Nunca teve interesse em ganhar publicidade, mas uma quantia de dinheiro como a que ele tem é difícil de esconder, principalmente quando se investe em política. Sete anos atrás, quando o Presidente ocupava a vice-presidência, houve um evento em Nova Orleans pra angariar fundos pro Partido Republicano. Todos os investidores de peso estavam lá, incluindo o Mattiece. Custava dez mil dólares pra participar, então a imprensa tentou entrar. Um fotógrafo deu um jeito de tirar uma foto do Mattiece apertando a mão do Vice-Presidente. O jornal de Nova Orleans a publicou no dia seguinte. É uma foto incrível. Eles estão sorrindo um pro outro como se fossem melhores amigos.

– Isso vai ser fácil de conseguir.

– Coloquei essa foto na última página do dossiê, só pela piada. É uma piada, não é?

– Bom, eu achei engraçado.

– O Mattiece sumiu de vista alguns anos atrás e agora acredita-se que ele mora em vários lugares diferentes. Ele é muito excêntrico. O Del Greco disse que a maioria das pessoas acha que ele é maluco.

O gravador apitou e Gray trocou de fita. Darby se levantou e esticou as pernas compridas. Ele a observou enquanto mexia no gravador. Duas outras fitas já tinham sido usadas e etiquetadas.

– Você está cansada? – perguntou ele.

– Eu não tenho dormido bem. Ainda tem muitas perguntas?

– Ainda tem mais coisa pra contar?

– Já contei o básico. Tem algumas lacunas que a gente pode preencher amanhã de manhã.

Gray desligou o gravador e se levantou. Ela estava na janela, se espreguiçando e bocejando. Ele relaxou no sofá.

– O que aconteceu com seu cabelo? – perguntou ele.

Darby se sentou em uma cadeira e apoiou os pés no assento, as pernas dobradas. Unhas vermelhas. O queixo dela descansava sobre os joelhos.

– Deixei em um hotel em Nova Orleans. Como você sabe como era o meu cabelo?

– Vi em uma foto.

– De onde?

– Três fotos, na verdade. Duas do anuário da Tulane e outra da época da Arizona State University.

– Quem mandou essas imagens pra você?

– Eu tenho alguns contatos. Recebi por fax, então não eram muito boas. Mas seu cabelo estava bonito.

– Eu preferia que você não tivesse feito isso.

– Por quê?

– Toda ligação deixa um rastro.

– Por favor, Darby. Me dê um pouco de crédito.

– Você estava fuxicando a minha vida.

– Só algumas informações. Só isso.

– Chega, ok? Se você quer saber alguma coisa sobre mim, é só perguntar. Se eu disser não, você deixa pra lá.

Grantham deu de ombros e concordou. "Esqueça o cabelo. Mude pra algum assunto menos delicado."

– Então, quem escolheu o Rosenberg e o Jensen? O Mattiece não é advogado.

– O Rosenberg é fácil. O Jensen escreveu poucos votos sobre questões ambientais, mas era consistente em votar contra todos os tipos de empreendimento. Se tinha um assunto no qual os dois sempre concordavam era a proteção ao meio ambiente.

– E você acha que o Mattiece descobriu isso sozinho?

– Claro que não. Um advogado com uma mente bem perversa passou os nomes pra ele. Ele tem mil advogados.

– E nenhum deles é de Washington?

Darby ergueu o queixo e franziu o cenho para ele.

– O quê?

– Nenhum dos advogados dele é de Washington?

– Eu não disse isso.

– Pensei que você tinha dito que os escritórios que trabalham pra ele eram principalmente de Nova Orleans, de Houston e de outras cidades. Você não mencionou Washington.

– Você está tirando conclusões demais – retrucou Darby, balançando a cabeça. – Posso citar pelo menos dois escritórios de Washington que apareceram ao longo da minha pesquisa. Um deles é o White e Blazevich, um escritório republicano muito rico e poderoso, das antigas, que tem uns quatrocentos advogados.

Gray se sentou na beira do sofá.

– O que foi? – perguntou ela.

Ele tinha ficado tenso de repente. Gray se levantou e começou a andar até a porta, e então de volta até o sofá.

– Eu acho que é isso. Só pode ser isso, Darby.

– Sou toda ouvidos.

– Quer deixar essa conversa pra amanhã?

– De jeito nenhum!

Ele foi até a janela.

– Na semana passada, recebi três ligações de um advogado

de Washington chamado Garcia, mas esse não é o nome verdadeiro dele. Esse cara disse que sabia de alguma coisa e que tinha visto alguma coisa sobre o Rosenberg e o Jensen, e queria muito me contar o que era. Mas ficou com medo e sumiu.

– Tem um milhão de advogados em Washington.

– Dois milhões. Mas eu sei que ele não é do governo, ele trabalha pra um escritório de advocacia. Ele meio que admitiu isso. Parecia sincero e estava realmente muito assustado, achando que estava sendo seguido. Eu perguntei por quem, mas ele obviamente não me disse.

– O que aconteceu com ele?

– A gente tinha marcado uma reunião sábado passado de manhã, mas ele ligou bem cedo e disse pra deixar pra lá. Falou que era casado, que tinha um bom emprego, e que estava com medo de arriscar. Ele nunca disse claramente, mas acho que ele tem uma cópia de alguma coisa que estava prestes a me mostrar.

– Ele pode ser uma fonte pra você confirmar a teoria do dossiê.

– E se ele trabalhar no White e Blazevich? A gente reduz a quantidade de advogados subitamente pra quatrocentos.

– É um palheiro bem menor.

Grantham correu até sua bolsa, folheou alguns papéis e pronto, puxou uma fotografia 10x15 em preto e branco, que deixou cair no colo dela.

– Esse aí é o Garcia.

Darby analisou a imagem. Era um homem em uma calçada movimentada. Dava para ver perfeitamente o rosto dele.

– Presumo que ele não posou pra essa foto.

– Não exatamente – disse Grantham, andando pelo quarto.

– Então como você conseguiu isso?

– Não posso revelar as minhas fontes.

Ela deslizou a foto sobre a mesa de centro e esfregou os olhos.

– Você está me assustando, Grantham. Isso está com cara de desonesto. Me fala que isso não foi obtido ilegalmente.

– Só um pouco, talvez. O garoto estava ligando sempre do mesmo telefone público, e isso é um erro.

– Sim, eu sei. É um erro mesmo.
– E eu queria saber como ele era.
– Você perguntou se podia tirar a foto dele?
– Não.
– Então isso é totalmente ilegal.
– Está bem. É totalmente ilegal. Mas eu fiz, e aí está, e pode ajudar a gente a chegar no Mattiece.
– A gente?
– Sim, ué. Eu pensei que você queria pegar o Mattiece.
– Eu disse isso em algum momento? Quero que ele pague pelo que ele fez, mas prefiro não me meter nisso. Já entendi do que ele é capaz, Gray, sério. Já vi sangue suficiente por um bom tempo. Estou fora.

Ele não prestou atenção ao que Darby disse. Passou por trás dela até a janela e depois voltou para o bar.

– Você disse que podia citar dois escritórios. Qual é o outro?
– Brim, Stearns e mais alguém. Não tive a oportunidade de pesquisar sobre eles. É um pouco estranho, porque eles não aparecem como representantes legais de nenhum dos réus, mas os dois escritórios, principalmente o White e Blazevich, apareciam o tempo todo à medida que eu lia o processo.
– Qual o tamanho do Brim, Stearns e sei lá mais quem?
– Posso descobrir amanhã.
– Tão grande quanto o White e Blazevich?
– Duvido.
– Dá um chute. Quantos advogados?
– Uns duzentos.
– Certo. Então são no máximo seiscentos advogados, em dois escritórios. Você é a advogada aqui, Darby. Como a gente pode encontrar o Garcia?
– Não sou advogada, nem detetive particular. Você é que é o repórter investigativo.

Ela não estava gostando nada daquela história de "a gente".

– Sim, mas nunca entrei em um escritório de advocacia, a não ser para o divórcio.

– Então você é uma pessoa de sorte.
– Como a gente pode encontrá-lo?

Ela estava bocejando novamente. Estavam conversando havia quase três horas, e ela estava exausta. Aquilo poderia ser retomado pela manhã.

– Não sei como encontrá-lo e na verdade não pensei muito sobre isso. Vou dormir e te dou uma resposta sobre isso amanhã.

Grantham subitamente se sentiu mais calmo. Ela se levantou e caminhou até o bar para tomar um copo d'água.

– Vou pegar minhas coisas – disse ele, catando as fitas.
– Pode me fazer um favor? – perguntou ela.
– Talvez.

Ela fez uma pausa e olhou para o sofá.

– Você se importaria de dormir no sofá aqui hoje? É porque, sabe, eu não durmo bem há muito tempo e preciso descansar. Acho que vai ser mais fácil se eu souber que você está aqui.

Ele engoliu em seco e olhou para o sofá. Os dois olharam para o sofá. Tinha no máximo um metro e meio e não parecia nem um pouco confortável.

– Claro – concordou ele, sorrindo para ela. – Eu entendo.
– Eu estou com medo, entendeu?
– Eu entendo.
– É bom ter alguém como você por perto.

Ela sorriu timidamente, e Gray se derreteu.

– Eu não me importo – disse ele. – Sem problemas.
– Obrigada.
– Tranca a porta, se enfia na cama e descansa. Eu vou estar bem aqui, e está tudo bem.
– Obrigada.

Ela assentiu e sorriu novamente, depois fechou a porta do quarto. Ele ficou prestando atenção, e percebeu que ela não passou a chave.

Ele se sentou no sofá no cômodo escuro, observando a porta dela. Algum tempo depois da meia-noite, ele pegou no sono e dormiu a noite toda com os joelhos não muito distantes do queixo.

31

O chefe dela era Jackson Feldman, editor-executivo, aquele era o território dela, e ela não aceitava desaforo de ninguém, a não ser de Feldman. Muito menos de um pirralho insolente como Gray Grantham, que estava em frente à porta do Sr. Feldman, vigiando a entrada como um dobermann. Ela olhava de cara feia para ele, que retribuía com um olhar de desdém, e isso durou pelo menos dez minutos, desde a hora em que eles tinham se enfiado na sala e fechado a porta. Por que Grantham estava esperando do lado de fora, ela não sabia. Mas aquele era o território dela.

O telefone tocou e Grantham gritou com ela.

– Não passa nenhuma ligação!

Seu rosto ficou vermelho instantaneamente e sua boca se abriu. Ela atendeu o telefone, ouviu por um segundo e disse:

– Sinto muito, mas o Sr. Feldman está em uma reunião.

Ela olhou para Grantham, que balançava a cabeça como se quisesse desafiá-la.

– Sim, vou pedir a ele que retorne o mais rápido possível. – E desligou.

– Obrigado! – disse Grantham, e isso a fez baixar a guarda.

Ela estava prestes a lhe dizer um desaforo, mas, diante do agradecimento, ficou sem palavras. Ele sorriu para ela. E isso a deixou ainda mais furiosa.

Eram cinco e meia, hora de ela ir embora, mas o Sr. Feldman pediu a ela que ficasse. Grantham ainda estava sorrindo para ela ali perto da porta, a menos de três metros de distância. Ela nunca tinha gostado de Gray Grantham. Mas não havia muitas pessoas ali no *Post* de quem ela gostasse. Um dos assistentes de Feldman se aproximou, indo em direção à porta, quando o dobermann se colocou na frente dele.

– Desculpe, você não pode entrar agora – disse Grantham.

– E por que não?

– Eles estão em reunião. Deixe com ela – respondeu, apontando para a secretária, que odiava quando apontavam para ela e odiava quando a chamavam de "ela". Havia 21 anos que "ela" trabalhava ali.

O assistente não se intimidou facilmente.

– Tudo bem. Mas o Sr. Feldman me pediu que esses documentos estivessem aqui às cinco e meia em ponto. São cinco e meia em ponto e eu estou aqui, e aqui estão os papéis.

– Olha só, a gente está realmente orgulhoso de você. Mas você não pode entrar, entende? Então deixe os papéis com aquela moça simpática e vai ficar tudo bem.

Grantham se pôs de pé diante da porta e parecia pronto para o combate, caso o garoto insistisse.

– Pode deixar comigo – disse a secretária.

Ela pegou os papéis e o assistente foi embora.

– Obrigado! – agradeceu Grantham em voz alta mais uma vez.

– Eu acho você muito grosseiro – retrucou ela.

– Eu disse "obrigado" – devolveu ele, tentando parecer magoado com o que ela tinha dito.

– Espertinho.

– Obrigado!

A porta se abriu de repente e uma voz chamou:

– Grantham.

Grantham sorriu para ela e entrou. Jackson Feldman estava em pé atrás de sua mesa. Ele afrouxara a gravata, até a altura do segundo botão da camisa, que tinha as mangas enroladas até os cotovelos. Tinha quase dois metros de altura, e nenhuma gordura corporal. Aos 58 anos, corria duas maratonas por ano e trabalhava quinze horas por dia.

Smith Keen também estava de pé, segurando o esboço de quatro páginas de uma matéria, junto com uma cópia da reprodução manuscrita de Darby do Dossiê Pelicano. A cópia de Feldman estava sobre a mesa. Eles pareciam atordoados.

– Feche a porta – disse Feldman para Grantham.

Gray fechou a porta e se sentou em uma das pontas da mesa. Ninguém falou nada.

Feldman esfregou os olhos bruscamente, depois olhou para Keen.

– Uau – disse ele, por fim.

Gray sorriu.

– É isso que você tem pra dizer? Eu te entrego a maior reportagem dos últimos vinte anos, e você está tão emocionado que diz "uau".

– Onde está Darby Shaw? – perguntou Keen.

– Não posso contar. Faz parte do combinado.

– Qual combinado? – perguntou Keen.

– Não posso falar sobre isso também.

– Quando você falou com ela?

– Ontem à noite, e de novo hoje de manhã.

– E isso foi em Nova York? – perguntou Keen.

– Que diferença faz onde a gente conversou? A gente conversou, ponto. Ela falou. Eu escutei. Peguei um avião pra casa. Escrevi esse rascunho. E aí, o que vocês acharam?

Feldman lentamente curvou o corpo esguio e afundou na cadeira.

– Até onde a Casa Branca sabe?

– Não tenho certeza. O Verheek disse pra Darby que o dossiê foi parar na Casa Branca em algum momento da semana passada e, então, o FBI achou que ele deveria ser investigado. Por algum motivo, depois de o dossiê ter chegado à Casa Branca, o FBI recuou. Isso é tudo o que eu sei.

– Quanto o Mattiece deu pro Presidente três anos atrás?

– Milhões. Quase todo o valor por meio de uma infinidade de comitês de ação política que ele controla. Esse cara é muito inteligente. Ele tem todos os tipos de advogados, que descobrem maneiras de canalizar dinheiro aqui e ali. Provavelmente não teve nada ilegal.

Os editores estavam tendo dificuldades para raciocinar. Estavam atordoados, como se tivessem sobrevivido a uma explosão. Grantham estava bastante orgulhoso de si mesmo e balançava os pés embaixo da mesa, ansioso.

Feldman pegou lentamente as folhas de papel grampeadas e as folheou até encontrar a fotografia de Mattiece com o Presidente. Ele balançou a cabeça.

– Isso é bombástico, Gray – disse Keen. – A gente não pode simplesmente publicar sem apurar tudo muito bem. Porra, a gente está falando de um megatrabalho de checagem. Isso é uma trabalheira, garoto.

– Como você acha que consegue fazer isso? – perguntou Feldman.

– Tenho algumas ideias.

– Eu gostaria de ouvi-las. Você pode acabar sendo morto por causa disso.

Grantham se levantou e enfiou as mãos nos bolsos.

– Primeiro, a gente tenta encontrar o Garcia.

– A gente? A gente quem? – perguntou Keen.

– Está bem, eu. Eu. Eu vou tentar encontrar o Garcia.

– A garota está com você nessa? – perguntou Keen.

– Não posso falar sobre isso. Faz parte do combinado.

– Responde à pergunta – disse Feldman. – Olha a situação em que a gente vai se meter se ela for morta ajudando você com essa matéria. É muito arriscado. Agora, onde ela está e o que vocês estão planejando?

– Não vou dizer onde ela está. Ela é uma fonte, e eu sempre protejo minhas fontes. Não, ela não está ajudando na investigação. Ela é só uma fonte, ok?

Eles o encararam, incrédulos. Depois se entreolharam e, por fim, Keen deu de ombros.

– Você quer ajuda? – perguntou Feldman.

– Não. Ela insistiu pra que eu faça isso sozinho. Ela está com muito medo e a gente não tem como condená-la por isso.

– Fiquei com medo só de ler essa merda – disse Keen.

Feldman se recostou na cadeira e cruzou os pés sobre a mesa. Pela primeira vez, ele deu um sorriso.

– Você precisa começar pelo Garcia. Se não conseguir encontrá-lo, pode ser que fique meses investigando o Mattiece sem conseguir juntar as peças. E antes de começar a procurar o Mattiece, a gente vai precisar ter uma longa conversa. Eu gosto de você, Grantham, e não vale a pena ser morto por causa disso.

– Quero ler cada palavra que você escrever, ok? – avisou Keen.

– E eu quero um relatório diário, entenderam? – disse Feldman.

– Sem problemas.

Keen caminhou até a divisória de vidro e observou a loucura na redação. Ao longo de cada dia, havia pelo menos meia dúzia de momentos caóticos. Às cinco e meia da tarde o lugar se tornava insano. As matérias estavam sendo redigidas, e a segunda reunião de pauta do dia era às seis e meia.

Feldman assistia de sua mesa.

– Isso pode tirar a gente da crise – disse a Gray sem olhar para ele. – Já tem o que, cinco, seis anos?

– Está mais pra sete – respondeu Keen.

– Escrevi algumas matérias boas – retrucou Gray tentando se defender.

– Claro – disse Feldman, ainda observando a redação. – Mas você tem feito apenas umas rebatidas duplas e triplas. O último *grand slam* já tem muito tempo.

– Houve vários *strikeouts* também – acrescentou Keen.

– Normal, pode acontecer com qualquer um. Só que esse *grand slam* vai ser no sétimo jogo da World Series – comentou Gray abrindo a porta.

Feldman olhou para ele.

– Não deixe que nada aconteça com você nem com a garota. Entendeu?

Gray deu um sorriso e saiu.

ELE ESTAVA QUASE chegando ao Thomas Circle quando viu as luzes azuis atrás dele. O policial não o ultrapassou, mas colou na sua traseira. Ele não estava prestando atenção no limite de velocidade nem no velocímetro. Seria sua terceira multa em quase um ano e meio.

Ele parou o carro em um pequeno estacionamento ao lado de um prédio. Estava escuro e as luzes azuis reluziam em seus retrovisores. Ele esfregou as têmporas.

– Desce – exigiu o policial, parado ao lado do para-choque.

Gray abriu a porta e fez o que lhe pediram. O policial era um negro sorridente. Cleve.

– Entra – disse ele, apontando para a viatura.

Eles se sentaram no carro sob as luzes azuis e encararam o Volvo.

– Por que você faz isso comigo? – perguntou Gray.

– Cota, Grantham. Precisamos parar várias pessoas brancas e assediá-las. O delegado quer dar uma equilibrada nas coisas. Os policiais brancos escolhem gente negra, pobre e inocente, então nós, policiais negros, temos que escolher gente branca, rica e inocente.

– Suponho que você vai me algemar e me dar um soco na cara.

– Só se você me pedir. O Sarge não pode mais falar com você.

– Prossiga.

– Ele acha que alguma coisa não está cheirando bem por lá. Ele percebeu alguns olhares estranhos e ouviu uma coisa aqui e outra ali.

– Tipo?

– Tipo eles falando sobre você e sobre quanto precisam saber sobre o que você tem conhecimento. Sarge acha que eles podem ter grampeado você.

– Que isso, Cleve. Ele está falando sério?

– Ele ouviu falarem sobre você e sobre você estar fazendo perguntas a respeito de um tal dossiê. Você está incomodando os caras.

– O que ele ouviu sobre o dossiê?

– Só que você está vidrado nele, e eles estão levando esse assunto a sério. Essa gente é má e paranoica, Gray. O Sarge disse pra você tomar cuidado com quem fala e aonde vai.

– E a gente não pode mais se encontrar?

– Por enquanto, não. Sarge não quer chamar atenção pra si, e vai passar as coisas por mim.

– Vamos fazer isso, então. Eu preciso da ajuda dele, mas fala pra ele ter cuidado. A situação é muito delicada.

– O que é esse tal dossiê?

– Não posso te dizer. Mas fala pro Sarge que podem matar ele por causa disso.

– Não o Sarge. Ele é mais esperto do que todo mundo lá dentro.

Gray abriu a porta e saiu.

– Obrigado, Cleve.

Ele desligou as luzes azuis.

– Vou ficar por perto. Vou trabalhar no turno da noite nos próximos seis meses, então vou tentar ficar de olho em você.

– Obrigado.

RUPERT PAGOU SEU *cinnamon roll* e se sentou em um banquinho com vista para a calçada. Era meia-noite, meia-noite em ponto, e o movimento em Georgetown estava diminuindo. Alguns carros passavam em alta velocidade pela M Street, e os últimos pedestres iam para casa. A cafeteria estava cheia, mas não lotada. Ele deu um gole no café puro.

Reconheceu o rosto passando na calçada e, segundos depois, o homem estava sentado no banquinho ao lado do seu. Ele era um leva-e-traz de algum tipo. Os dois tinham se conhecido havia alguns dias em Nova Orleans.

– Então, qual é a situação atual? – perguntou Rupert.

– Não estamos conseguindo encontrá-la. E isso é preocupante porque recebemos más notícias hoje.

– Quais?

– Bem, são rumores não confirmados, mas ouvimos falar que os caras surtaram e que o zero-um quer começar a matar todo mundo. Dinheiro não é problema, e o que passaram pra gente é que ele vai gastar quanto for preciso para dar fim nessa história. Tem uns sujeitos grandes entrando na jogada, muito bem armados. É claro que todo mundo diz que o cara enlouqueceu, mas ele é perverso, e dinheiro pode matar muita gente.

Rupert não se abalou com aquele papo sobre matar pessoas.

– Quem está na lista?

– A garota. E acho que qualquer pessoa por aí que tenha conhecimento sobre o tal dossiê.

– Então, qual é o plano?

– Circular por aí. Nos encontramos aqui amanhã à noite, no mesmo horário. Se encontrarmos a garota, vai ser sua vez de brilhar.

– Como você imagina que vai encontrá-la?

– A gente acha que ela está em Nova York. Temos algumas opções.

Rupert pegou um pedaço do *cinnamon roll* e o enfiou na boca.

– Onde você estaria se fosse ela?

O mensageiro pensou em uma dúzia de lugares para onde iria, mas, porra, eram coisas como Paris, Roma e Monte Carlo, lugares que ele tinha visto e lugares para onde todo mundo ia. Ele não conseguia pensar em um local específico e inimaginável onde se esconderia pelo resto da vida.

– Não sei. Onde você estaria?

– Nova York. Dá pra morar lá por anos e ninguém nunca te achar. Você fala a língua e conhece as regras. É o esconderijo perfeito pra um americano.

– É, acho que você tem razão. Você acha que ela está lá?

– Não sei. Às vezes ela é esperta. Aí depois comete uns deslizes.

O mensageiro se levantou.

– Amanhã à noite – disse ele.

Rupert acenou. "Que cara mais patético", pensou. "Indo de lá pra cá, cochichando por aí mensagens importantes em cafés e botecos. Depois, corre de volta pro chefe e conta tudo pra ele nos mínimos detalhes."

Ele jogou o copo de café no lixo e saiu andando pela calçada.

32

O escritório Brim, Stearns e Kidlow tinha 190 advogados, de acordo com a última edição do *Martindale-Hubbell Legal Directory*. Já o White e Blazevich tinha 412, portanto, com sorte, Garcia era apenas um em um universo de 602 advogados. Mas se Mattiece usasse outros escritórios de Washington, o número seria maior e eles não teriam nenhuma chance.

Como esperado, o White e Blazevich não tinha nenhum funcionário chamado Garcia. Darby procurou outros nomes hispânicos, mas não encontrou ninguém. A lista parecia reunir só ex-alunos das melhores universidades americanas, com suas roupinhas aristocráticas e seus extensos nomes que terminavam com um algarismo romano. Havia alguns nomes de mulheres aqui e ali, mas apenas duas eram sócias. A maioria delas tinha entrado lá depois de 1980. Se Darby vivesse o suficiente para terminar a faculdade de direito, não cogitaria trabalhar para um escritório como o White e Blazevich.

Grantham havia sugerido que ela procurasse por nomes hispânicos porque Garcia era uma escolha um pouco incomum para um pseudônimo. Talvez o cara fosse hispânico e, como Garcia é um nome comum, talvez tivesse sido o primeiro que passou pela cabeça dele. Não funcionou. Não havia nenhum hispânico naquele escritório.

Segundo o *Martindale-Hubbell Legal Directory*, o White e Blazevich tinha clientes grandes e ricos, entre os quais bancos, integrantes da Fortune 500 e muitas empresas petrolíferas. Quatro dos réus no processo estavam listados como clientes, mas não o Sr. Mattiece. Havia indústrias químicas e empresas de navegação, e o White e Blazevich também representava os governos da Coreia do Sul, da Líbia e da Síria. "Que absurdo", pensou ela. "Alguns de nossos inimigos contratam nossos advogados para pressionar nosso próprio governo. Ou seja, advogados podem ser contratados pra fazer absolutamente qualquer coisa."

O Brim, Stearns e Kidlow era uma versão reduzida do White e Blazevich, mas, porra, havia quatro nomes hispânicos listados. Ela anotou. Dois homens e duas mulheres. Supôs que o escritório tinha sido processado por discriminação racial e de gênero. Nos últimos dez anos, eles tinham contratado todo tipo de gente. A lista de clientes era previsível: petróleo e gás, seguradoras, bancos, relações governamentais. Assuntos bem sacais.

Ela passou uma hora sentada em um canto da biblioteca de direito da Fordham. Era sexta-feira de manhã, dez horas em Nova York e nove em Nova Orleans, e em vez de estar escondida em uma biblioteca que nunca vira antes, deveria estar em Tulane, assistindo à aula de Processo Civil de Alleck, um professor que nunca a agradou, mas de quem agora sentia muita falta. Alice Stark estaria sentada ao seu lado. Um de seus nerds favoritos, D. Ronald Petrie, estaria sentado atrás dela chamando-a para sair e fazendo comentários indecentes. Ela também sentia falta dele. Sentia falta das manhãs tranquilas na varanda de Thomas, tomando café e esperando o French Quarter sacudir as teias de aranha e ganhar vida. Sentia falta do cheiro de colônia no roupão de banho dele.

Darby agradeceu ao bibliotecário e saiu do prédio.

DA RUA 62, ela seguiu para o leste, em direção ao Central Park. Era uma manhã luminosa de outubro, com céu perfeito e vento gelado. Uma mudança agradável em relação a Nova Orleans, mas difícil de apreciar naquelas circunstâncias. Ela usava novos óculos de sol e um cachecol que ia até o queixo. O cabelo ainda estava escuro, mas ela não cortaria mais. Estava determinada a caminhar sem olhar para trás o tempo todo. Eles provavelmente não estavam lá, mas ela sabia que levaria anos até que pudesse andar pela rua tranquilamente.

As árvores do parque exibiam uma magnífica combinação de amarelo, laranja e vermelho. As folhas caíam suavemente com a brisa. Ela virou na direção sul ao chegar na Central Park West. Iria embora no dia seguinte e passaria alguns dias em Washington. Se sobrevivesse ela deixaria o país, talvez fosse para o Caribe. Já tinha estado lá duas vezes e havia milhares de pequenas ilhas onde a maioria das pessoas falava um pouco de inglês.

Aquele era o momento de deixar o país. Eles perderiam seu rastro e ela já havia pesquisado voos para Nassau e para a Jamaica. Poderia chegar lá naquela noite mesmo.

Encontrou um telefone público nos fundos de uma loja de *bagels* na Sexta Avenida e digitou o número de Gray no *Washington Post*.

– Sou eu – disse ela.

– Ora, ora. Fiquei com medo de que você tivesse fugido do país.

– Estou pensando a respeito.

– Você consegue esperar uma semana?

– Provavelmente. Vou chegar aí amanhã. O que você conseguiu?

– Só um monte de coisas inúteis. Cópias das declarações anuais das sete empresas de capital fechado envolvidas no procedimento.

– É processo, não procedimento. Procedimento é só como você faz uma coisa.

– Perdoe a minha ignorância. Mattiece não é gerente nem diretor de nenhuma delas.

– E o que mais?

– Só os milhares de telefonemas de rotina. Ontem passei três horas andando pelos tribunais procurando o Garcia.

– Você não vai encontrá-lo em um tribunal, Gray. Ele não é esse tipo de advogado. Ele trabalha em um escritório empresarial.

– Parece que você tem uma ideia melhor.

– Eu tenho várias ideias.

– Bem, então vou ficar aqui sentado esperando você chegar.
– Eu te ligo quando chegar aí.
– Não liga pra minha casa.

Ela ficou em silêncio por alguns segundos.

– Posso saber por que não?
– Tem uma grande chance de alguém estar ouvindo, e talvez me seguindo. Uma das minhas melhores fontes acha que já criei alvoroço suficiente pra eles começarem a me vigiar.
– Que maravilha. E você quer que eu corra até aí pra me juntar a você?
– Nós vamos estar em segurança, Darby. A gente só precisa ter cuidado.

Ela apertou o telefone entre os dedos e cerrou os dentes.

– Como você tem coragem de falar comigo sobre ter cuidado! Eu estou me esquivando de bombas e tiros há dez dias, e você se acha bom o bastante pra me dizer pra tomar cuidado. Vai à merda, Grantham! Acho que é melhor eu ficar longe de você.

Houve um silêncio e ela olhou ao redor do pequeno café. Dois homens na mesa mais próxima a olhavam. Ela estava gritando. Então se virou de costas e respirou fundo.

Grantham falou devagar.

– Me desculpa, eu...
– Deixa pra lá. Deixa pra lá.
– Você está bem? – perguntou ele depois de alguns segundos.
– Estou ótima. Nunca me senti melhor.
– Você vem pra Washington?
– Não sei. Estou segura aqui e vou ficar mais segura ainda quando entrar em um avião e sair do país.
– Claro, mas eu achei que você tinha uma ideia muito boa pra tentar encontrar o Garcia, e com sorte chegar até o Mattiece. Eu achava que você estava com raiva, se sentindo pessoalmente ofendida e com sede de vingança. O que aconteceu?
– Bem, por um lado, eu sinto um desejo imenso de chegar até o meu 25º aniversário. Não sou egoísta, mas talvez eu também queira chegar no trigésimo. Seria ótimo.

– Eu entendo.

– Não sei se você realmente entende. Acho que você está mais preocupado com os Pulitzers e com a fama do que com meu pescoço.

– Eu te garanto que isso não é verdade. Confie em mim, Darby. Você vai estar em segurança. Você me contou tudo da sua vida. Precisa confiar em mim.

– Vou pensar sobre isso.

– Não é uma resposta definitiva, então?

– Não, não é. Me dê um tempo pra pensar.

– Ok.

Ela desligou e pediu um *bagel*. Uma dúzia de idiomas diferentes estavam sendo falados ao redor dela depois de o café ficar subitamente lotado. "Corra, querida, corra", seu bom senso lhe dizia. "Pegue um táxi para o aeroporto. Pague em dinheiro por uma passagem para Miami. Encontre o primeiro voo para o sul e entre no avião. Deixe que o Grantham siga com a investigação e deseje tudo de melhor pra ele." Ele era muito bom e encontraria um jeito de escrever aquela matéria sem ela. E ela a leria um dia, deitada em uma praia ensolarada, tomando uma *piña colada* e admirando os praticantes de windsurfe.

O brutamontes passou mancando pela calçada. Ela o viu de relance pela janela no meio da multidão. Sua boca imediatamente ficou seca e ela se sentiu tonta. Ele não olhou para dentro. Apenas passou, dando a impressão de estar um pouco perdido. Ela saiu correndo por entre as mesas e o observou da porta. Ele mancou um pouco mais até a esquina da Sexta Avenida com a Rua 58 e esperou o sinal fechar. Ele começou a atravessar a Sexta Avenida, depois mudou de ideia e atravessou a Rua 58. Um táxi quase o atropelou.

Ele não estava indo a lugar nenhum. Estava apenas passeando, mancando de leve.

CROFT VIU O garoto quando ele saiu do elevador no hall. Ele estava com outro jovem advogado e ambos carregavam suas pastas, então era óbvio que estavam saindo para um almoço tardio. Depois de cinco dias observando advogados, Croft já tinha decorado seus hábitos.

O prédio ficava na Pennsylvania Avenue, e o Brim, Stearns e Kidlow ocupava desde o terceiro até o 11º andar. Garcia saiu do prédio com seu amigo, e os dois riam enquanto andavam pela calçada. Estavam falando de algo que parecia ser muito engraçado. Croft os seguiu de perto, o máximo possível. Eles caminharam e riram ao longo de cinco quarteirões; depois, exatamente como tinha imaginado, entraram em um barzinho, tipicamente frequentado por solteiros, cheio de yuppies, para beliscar alguma coisa.

Croft ligou para Grantham três vezes até conseguir falar com ele. Eram quase duas horas e o almoço já estava terminando, e se Grantham queria pegar o cara tinha que ficar do lado do maldito aparelho. Gray desligou o telefone correndo. Eles se encontrariam na frente do prédio.

Garcia e o amigo andaram um pouco mais devagar no caminho de volta. Estava um dia bonito, era sexta-feira, e eles desfrutavam daquela breve pausa na dura tarefa de processar pessoas ou o que quer que fizessem por duzentos dólares a hora. Croft se escondeu atrás de seus óculos escuros e manteve distância.

Gray estava esperando no saguão, próximo aos elevadores. Croft estava logo atrás deles quando passaram pela porta giratória. Ele apontou discretamente para Garcia. Gray entendeu o sinal e apertou o botão do elevador. A porta se abriu e ele entrou logo antes de Garcia e seu amigo. Croft ficou para trás.

Garcia apertou o número seis por uma fração de segundo antes de Gray fazer o mesmo. Gray lia o jornal e ficou ouvindo os dois advogados conversarem sobre futebol. O garoto não passava dos 27 ou 28 anos. Sua voz era levemente familiar, mas sem nada marcante, e eles tinham se falado por telefone. O rosto se parecia bastante com o da foto, mas

Gray não tinha como olhar diretamente. A probabilidade era grande. Ele se parecia muito com o homem da fotografia e trabalhava no Brim, Stearns e Kidlow, e um de seus inúmeros clientes era o Sr. Mattiece. Ele tentaria a sorte, mas com cautela. Ele era um jornalista, afinal, e seu trabalho era sair fazendo perguntas.

Eles desceram do elevador no sexto andar ainda tagarelando sobre os Redskins, e Gray ficou enrolando atrás deles, lendo o jornal com naturalidade. O hall de entrada era chique e exuberante, com lustres, tapetes orientais e o nome do escritório ostentado na parede em letras grossas e douradas. Os advogados pararam na recepção para verificar se havia algum recado para eles. Gray caminhou decidido na direção da recepcionista, que o examinou com atenção.

– Posso ajudá-lo, senhor? – perguntou ela em um tom que significava "O que você quer aqui, seu merda?".

Gray não hesitou.

– Estou em uma reunião com Roger Martin.

Ele tinha achado aquele nome na lista telefônica e havia ligado do saguão um minuto antes para garantir que o tal Martin estivesse lá naquele dia. Um quadro ao lado do elevador indicava que o escritório ocupava desde o terceiro ao 11º andar, mas não listava todos os 190 advogados. Usando o catálogo telefônico, ele fez várias ligações breves a fim de descobrir o nome de um advogado que trabalhasse em cada um dos andares. Roger Martin era o homem do sexto andar.

Ele franziu o cenho para a recepcionista.

– Já estou com ele há duas horas.

Isso a deixou confusa, e ela não conseguiu pensar em nada para dizer. Gray já tinha entrado e estava virando em um corredor. Ele viu Garcia de relance entrando em sua sala quatro portas adiante.

O nome ao lado da porta era David M. Underwood. Gray não bateu. Ele queria atacar depressa, e talvez sair depressa. O Sr. Underwood estava pendurando o paletó em um cabideiro.

– Oi. Meu nome é Gray Grantham, do *Washington Post*. Estou procurando um homem chamado Garcia.

Underwood congelou e pareceu confuso.

– Como você entrou aqui? – perguntou.

A voz de repente se tornou familiar.

– Andando. Você é o Garcia, não é?

Ele apontou para uma placa em cima mesa com seu nome em letras douradas.

– David M. Underwood. Não tem ninguém neste andar chamado Garcia. Não conheço nenhum Garcia aqui no escritório.

Gray sorriu como se estivesse entrando no jogo. Underwood estava assustado. Ou irritado.

– Como está a sua filha? – perguntou Gray.

Underwood estava dando a volta na mesa, olhando fixamente para ele e ficando muito perturbado.

– Qual delas?

Essa pergunta não fazia sentido. Garcia estava bastante preocupado com a filha, um bebê, e se tivesse mais de uma criança em casa, ele teria mencionado.

– A mais nova. E a sua esposa?

Underwood estava agora a uma curta distância dele, chegando cada vez mais perto. Era óbvio que ele era um homem que não tinha medo de contato físico.

– Não sou casado. Sou divorciado.

Ele ergueu o punho esquerdo e, por uma fração de segundo, Gray pensou que o sujeito ia perder a cabeça. Então, olhou para seus quatro dedos sem aliança. Nada de esposa. Nada de aliança. Garcia adorava a esposa e ele usaria uma aliança. Era hora de sair dali.

– O que você quer? – questionou Underwood.

– Pensei que o Garcia trabalhava neste andar – disse ele, se afastando.

– Seu amigo Garcia é advogado?

– Sim.

Underwood relaxou um pouco.

– Não aqui. Com sobrenome hispânico, tem o Perez e o Hernandez. Mas não conheço nenhum Garcia.

– Bem, o escritório é grande – disse Gray, já na porta. – Desculpe incomodar.

Underwood saiu atrás dele.

– Olha, Sr. Grantham, não estamos acostumados com repórteres aparecendo por aqui. Vou ligar para a segurança e talvez eles possam ajudar você.

– Não será necessário. Obrigado.

Grantham atravessou o hall e saiu. Underwood relatou o ocorrido à segurança.

Grantham praguejou contra si mesmo no elevador. Não tinha mais ninguém ali dentro, e ele xingou em voz alta. Então pensou em Croft, e estava praguejando contra ele também quando o elevador parou e a porta se abriu, e Croft estava no saguão próximo aos telefones públicos. "Fica frio", disse para si mesmo.

Eles saíram juntos do prédio.

– Nada feito – disse Gray.

– Você falou com ele?

– Sim. Homem errado.

– Merda. Eu tinha certeza de que era ele. Era o garoto das fotos, não era?

– Não. Parecia, mas não era. Continue tentando.

– Estou cansado disso, de verdade, Grantham. Eu tenho...

– Você está ganhando pra isso, não está? Só mais uma semana, ok? Acho que tem trabalho bem pior que esse.

Croft parou na calçada e Gray continuou andando.

– Mais uma semana, e já deu – gritou Croft.

Grantham deu tchau para ele.

Entrou no Volvo estacionado de forma irregular e correu de volta para a redação. Não tinha sido uma jogada inteligente. Havia sido uma decisão muito estúpida, e ele era experiente demais para cometer um erro como aquele. Omitiria aquilo em sua reunião diária com Jackson Feldman e Smith Keen.

UM REPÓRTER AVISOU a ele que Feldman o estava procurando, e Grantham se encaminhou depressa para a sala dele. Deu um sorriso simpático para a secretária, que estava pronta para dar um bote. Keen e Howard Krauthammer, o editor-chefe, o esperavam junto com Feldman. Keen fechou a porta e entregou a Gray um jornal.

– Você viu isso?

Era o jornal de Nova Orleans, o *Times-Picayune*, e a matéria de primeira página era sobre as mortes de Verheek e Callahan, acompanhada de fotos em tamanho grande. Grantham leu rapidamente enquanto eles o observavam. Mencionava a amizade deles e suas estranhas mortes com um intervalo de apenas seis dias. E citava Darby Shaw, que havia desaparecido. Mas não havia nenhuma menção ao dossiê.

– Parece que o gato está começando a subir no telhado – disse Feldman.

– Parece. Mas eles só sabem o básico – respondeu Gray. – A gente podia ter publicado isso três dias atrás.

– E por que não fizemos isso? – perguntou Krauthammer.

– Não tem nada aqui. Só dois mortos, o nome da garota e milhares de perguntas, nenhuma delas respondida. Eles encontraram um policial que vai abrir o bico, mas ele não sabe nada além dos detalhes sobre as mortes.

– Mas eles estão cavando, Gray – disse Keen.

– Você quer que eu os detenha?

– O *Times* já percebeu que tem coisa ali – disse Feldman. – Vai publicar algo amanhã ou domingo. O que você acha que eles já sabem?

– E eu que sei? Olha só, pode ser que eles tenham uma cópia do dossiê. Acho muito improvável, mas é possível. Mas eles não falaram com a garota. Nós temos a garota, ok? Ela está com a gente.

– Esperamos que sim – disse Krauthammer.

Feldman esfregou os olhos e olhou para o teto.

– Vamos supor que eles tenham uma cópia do dossiê e

que saibam que foi a garota quem escreveu e que agora ela sumiu. Eles não têm como checar as informações agora, mas não estão com medo de mencionar o dossiê sem citar o Mattiece. Digamos que saibam que Callahan era professor dela, entre outras coisas, e que ele trouxe o dossiê pra cá e entregou pro seu grande amigo Verheek. E agora os dois morreram e ela está desaparecida. É uma matéria muito boa, você não acha, Gray?

– Uma das grandes – comentou Krauthammer.

– Isso é mixaria em comparação com o que está por vir – retrucou Gray. – Não quero publicar ainda porque isso é só a ponta do iceberg, e vai chamar a atenção de todos os jornais do país. A gente não precisa de milhares de repórteres se acotovelando nessa investigação.

– Por mim a gente publica – disse Krauthammer. – Se não o *Times* vai passar a nossa frente.

– A gente não pode publicar essa matéria – disse Gray.

– Por que não? – perguntou Krauthammer.

– Porque eu não vou escrever, e se ela for escrita por outra pessoa aqui dentro a gente perde a garota. Simples assim. Nesse momento ela está avaliando se deve ou não entrar em um avião e sair do país, e basta um erro nosso pra ela meter o pé.

– Mas ela já contou tudo – disse Keen.

– Eu dei minha palavra pra ela, ok? Eu não vou escrever essa matéria até que a gente consiga descobrir tudo e o Mattiece possa ser mencionado. É muito simples.

– Você está usando ela, não está? – quis saber Keen.

– Ela é uma fonte. Mas não está na cidade.

– Se o *Times* tiver o dossiê, eles sabem sobre o Mattiece – disse Feldman. – E se eles souberem do Mattiece, você pode ter certeza de que vão até o inferno pra apurar tudo isso. E se eles passarem a nossa frente?

– A gente vai ficar aqui sentado sem fazer nada e vai deixar passar a maior reportagem que eu já vi em vinte anos – resmungou Krauthammer, irritado. – Acho que a gente tem que publicar o que já tem. É só o começo, mas já é uma excelente matéria.

– Não – disse Gray. – Eu não vou escrever até ter conseguido tudo.

– E quanto tempo isso pode levar? – perguntou Feldman.

– Uma semana, talvez.

– A gente não tem uma semana – disse Krauthammer.

Gray estava desesperado.

– Eu posso descobrir quanto o *Times* sabe. Preciso de 48 horas.

– Eles vão publicar alguma coisa amanhã ou domingo – disse Feldman mais uma vez.

– Deixa eles publicarem. Eu aposto dinheiro que a matéria vai ser igual a essa, provavelmente com as mesmas fotos. Vocês estão tirando conclusões demais. Estão supondo que eles têm uma cópia do dossiê, enquanto a própria autora não tem. A gente não tem uma cópia. Vamos esperar e ler a reportagenzinha deles, e depois partir daí.

Os editores se entreolharam. Krauthammer estava frustrado. Keen estava ansioso. Mas o chefe era Feldman, que disse:

– Tudo bem. Se eles publicarem alguma coisa amanhã de manhã a gente se reúne aqui ao meio-dia e reavalia.

– Certo – respondeu Gray rapidamente, indo em direção à porta.

– É melhor você agir rápido, Grantham – disse Feldman. – A gente não pode sentar em cima disso por muito tempo.

Grantham saiu.

33

O carro seguia lentamente pelo arco metropolitano de Washington na hora do rush. Já era noite, e Matthew Barr lia com a ajuda da luz do teto. Coal tomou um gole da água Perrier enquanto observava o tráfego. Ele sabia o dossiê de cor e poderia simplesmente ter contado tudo para Barr, mas queria ver qual seria sua reação.

Barr não se manifestou até chegar à fotografia, depois balançou a cabeça devagar. Colocou-a sobre o banco e pensou por um momento.

– Isso não é nada bom – comentou.

Coal resmungou algo ininteligível.

– Até onde isso é verdade? – perguntou Barr.

– Também gostaria de saber.

– Quando você teve acesso a isso pela primeira vez?

– Terça da semana passada. Veio do FBI junto com um dos relatórios diários deles sobre o caso.

– O que o Presidente disse?

– Ele não ficou muito feliz, mas não tinha motivo pra alarde. A gente achou que era só mais um tiro desesperado no escuro. Ele conversou com o Voyles sobre isso, e o Voyles concordou em deixar pra lá por um tempo. Agora eu já não tenho mais tanta certeza.

– O Presidente pediu ao Voyles que não investigasse? – perguntou Barr pausadamente.

– Pediu.

– Se o que esse dossiê afirma for verdade, o pedido do Presidente pode ser considerado obstrução de justiça.

– E se for mesmo?

– Então o Presidente tem um problema. Eu já fui condenado por obstrução de justiça, sei do que estou falando. É tipo o crime de fraude postal. É amplo, abrangente e bastante fácil de se comprovar. Você teve participação nisso?

– O que você acha?

– Então acho que você também tem um problema.

Seguiram em silêncio enquanto observavam o trânsito. Coal havia considerado uma possível acusação de obstrução de justiça, mas queria a opinião de Barr. Ele não estava preocupado com acusações criminais. O Presidente teve uma conversa breve com Voyles, pediu a ele que fosse atrás de outras coisas naquela ocasião, e foi isso. Não era exatamente um crime. Mas Coal estava extremamente preocupado com a reeleição, e um escândalo envolvendo um grande doador como Mattiece seria devastador. A simples ideia lhe causava mal-estar – um homem que o Presidente conhecia e de quem recebera milhões de dólares para sua campanha pagou para que dois juízes da Suprema Corte fossem assassinados e consequentemente o seu amigo, o Presidente, pudesse indicar juízes mais sensatos para assumir as vagas, a fim de que ele, Mattiece, pudesse prosseguir com sua exploração de petróleo. Os democratas tomariam as ruas uivando de alegria. Todas as subcomissões do Congresso estariam ocupadas em audiências. Todos os jornais publicariam matérias sobre isso diariamente durante pelo menos um ano. O Departamento de Justiça seria forçado a investigar o caso. Coal seria obrigado a assumir a culpa e renunciar. Merda, todos na Casa Branca, exceto o Presidente, teriam que sair.

Era um pesadelo de proporções inimagináveis.

– A gente precisa descobrir se o conteúdo do dossiê é verdadeiro ou não – disse Coal enquanto olhava pela janela.

– Se tem gente morrendo por causa dele, então deve ser. Me dê um motivo melhor pras mortes do Callahan e do Verheek.

Não havia nenhum outro motivo, e Coal sabia disso.

– Quero que você faça uma coisa pra mim.

– Que eu encontre a garota.

– Não. Ela deve estar morta ou escondida em um buraco qualquer. Eu quero que você fale com o Mattiece.

– Ah, claro, tenho certeza que o número dele está na lista telefônica.

– Você consegue. Precisamos entrar em contato com ele sem que o Presidente saiba. Mas, primeiro, precisamos descobrir quanto do dossiê é verdade.

– E você acha que o Mattiece vai confiar em mim e me contar todos os segredos dele?

– Em algum momento, sim. Você não é policial, pensa bem. Vamos supor que isso seja verdade e que ele se dê conta de que está prestes a ser exposto. Ele está desesperado e está matando pessoas. E se você disser pra ele que a imprensa sabe de tudo, que talvez ele não tenha saída? Que se ele pensa em fugir, então a hora é essa? Você vai ter saído direto de Washington pra falar com ele, entende? De dentro da Casa Branca. Do gabinete do Presidente, ou pelo menos é o que ele vai achar. Ele vai te ouvir.

– Certo. E se ele me disser que é verdade? O que a gente faz?

– Tenho algumas ideias, todas relacionadas ao controle de danos. A primeira coisa que a gente vai fazer é apontar imediatamente dois ambientalistas pra Corte. Quer dizer, dois desses observadores de pássaros radicais de olhos arregalados. Isso ia mostrar que, no fundo, somos defensores da natureza bonzinhos. E isso acabaria com a história do Mattiece, dos poços de petróleo dele etc. A gente poderia fazer isso em questão de horas. Ao mesmo tempo, o Presidente convoca o Voyles e o Procurador-Geral e exige a abertura imediata de uma investigação sobre o Mattiece. A gente vaza cópias do dossiê pra todos os repórteres da cidade, depois se prepara para as consequências.

Barr sorria, admirado.

Coal continuou.

– Não é um bom cenário, mas é muito melhor do que ficar sentado torcendo pra que o dossiê seja uma obra de ficção.

– Como você explica essa foto?

– Não tem explicação. Vai pegar mal por um tempo, mas

isso foi há sete anos e as pessoas podem ficar doidas. A gente pinta Mattiece como um bom cidadão naquela época e diz que agora ele ficou maluco.

– Ele é maluco.

– Sim, ele é. E nesse momento ele é tipo um cachorro machucado encurralado em um canto. Você tem que convencê-lo a jogar a toalha e mexer a bunda. Acho que ele vai te ouvir. E acho que ele vai te dizer se é verdade ou não.

– Então, como eu chego até ele?

– Tenho uma pessoa vendo isso. Vou mexer uns pauzinhos e fazer uns contatos. Esteja pronto pra ir no domingo.

Barr olhou pela janela e sorriu. Tinha vontade de conhecer Mattiece.

O trânsito estava lento. Coal lentamente tomou um gole de água.

– Alguma coisa sobre o Grantham?

– Na verdade, não. Estamos acompanhando ele, mas nada emocionante. Ele fala com a mãe e com algumas garotas no telefone, mas nada de mais. Ele trabalha muito. Saiu da cidade na quarta-feira e voltou na quinta.

– Pra onde ele foi?

– Nova York. Provavelmente trabalhando em alguma matéria.

CLEVE DEVERIA ESTAR na esquina da Rhode Island Avenue com a Rua 6 pontualmente às dez da noite, mas não estava. Gray deveria descer a Rhode Island em alta velocidade até Cleve pará-lo, de modo que, se alguém o estivesse seguindo, pensasse que ele era apenas um motorista imprudente. Desceu a Rhode Island até a Rua 6 a 80 quilômetros por hora e ficou atento às luzes azuis da viatura. Não viu nenhuma. Deu a volta e, quinze minutos depois, desceu novamente a Rhode Island. Ali! Ele viu as luzes azuis e parou junto ao meio-fio.

Mas não era Cleve. Era um policial branco que parecia muito agitado. Ele pegou a carteira de motorista de Gray, a examinou e perguntou se ele havia bebido. "Não, senhor", respondeu ele. O policial fez algumas anotações e entregou orgulhosamente um papel para Gray, que ficou sentado ao volante encarando a multa, até que ouviu vozes vindas da direção do para-choque traseiro.

Outro policial tinha entrado em cena e os dois começaram a discutir. Era Cleve, e ele queria que o policial branco deixasse a multa para lá. Mas o outro disse que já havia emitido a multa e "além do mais, o idiota estava passando pelo cruzamento a mais de 80 quilômetros por hora". "Ele é meu amigo", disse Cleve. "Então ensina ele a dirigir antes que ele mate alguém", resmungou o policial branco antes de entrar na viatura e ir embora.

Cleve estava rindo da cara de Gray enquanto olhava para ele pela janela do carro.

– Me desculpe por isso – disse ele com um sorriso.

– É tudo culpa sua.

– Vai mais devagar da próxima vez.

Gray jogou a multa no chão.

– Vamos falar rápido. Você disse que o Sarge contou que os caras da Ala Oeste estão falando de mim, certo?

– Certo.

– Bom, preciso saber do Sarge se eles estão falando sobre outros repórteres, principalmente do *New York Times*. Preciso saber se eles estão achando que tem mais alguém interessado na história.

– Só isso?

– Sim. E preciso saber disso rápido.

– Dirige devagar – recomendou Cleve em voz alta enquanto voltava para a viatura.

DARBY PAGOU PELO quarto o valor referente a sete diárias, por um lado porque queria ter um lugar conhecido para o qual retornar, se fosse necessário, e por outro porque queria poder guardar algumas roupas novas que havia comprado. Era horrível isso de sair correndo e deixar tudo para trás. As roupas não eram sofisticadas nem nada – um estilo "aluna de direito de alto nível em uma viagem ao safári" –, mas os preços eram ainda mais altos em Nova York, e seria bom mantê-las. Ela não correria riscos por causa das roupas, mas tinha gostado do quarto e da cidade.

Era hora de mudar de lugar de novo, e viajaria com pouca bagagem. Carregava uma pequena bolsa de lona quando saiu do St. Moritz para entrar em um táxi que a aguardava na porta. Era sexta-feira, quase onze da noite, e a Central Park South estava cheia de gente. Na calçada oposta, uma fila de cavalos e charretes estava à espera de clientes para breves excursões pelo parque.

O táxi levou dez minutos para chegar à esquina da Rua 72 com a Broadway, que não era exatamente para onde ela ia, mas era importante que fosse difícil segui-la naquele percurso. Ela andou dez metros e desapareceu na estação do metrô. Havia analisado um mapa e um livro com os horários, e esperava que fosse fácil. O metrô não era uma opção muito atraente, porque ela nunca o utilizara e tinha ouvido algumas histórias não muito boas. Mas aquela era a Broadway Line, a linha mais usada em Manhattan, e costumava ser segura – às vezes. E na verdade as coisas também não estavam tão boas assim na superfície. O metrô dificilmente seria pior.

Ficou esperando no lugar certo, junto a um grupo de adolescentes bêbados mas bem-vestidos, e o trem chegou alguns minutos depois. Não estava lotado, e ela se sentou perto das portas centrais. "Olhe pro chão e segure a bolsa", ficou repetindo para si mesma. Ela olhava para o chão, mas por trás dos óculos escuros ficou analisando as pessoas. Era sua noite de sorte. Nenhum punk portando uma faca. Nenhum pedinte. Nenhum tarado, pelo menos não que ela pudesse identificar. Mas, para uma iniciante, estar ali era estressante de qualquer maneira.

Os garotos bêbados desceram na Times Square e ela, na parada seguinte, bem depressa. Darby nunca tinha entrado na

Penn Station, mas não era hora de passear. Talvez um dia ela pudesse voltar e passar um mês por lá, admirando a cidade sem precisar ficar de olho no brutamontes e no magricelo, e sabe Deus mais quem. Mas, naquele momento, não.

Tinha apenas cinco minutos e achou seu trem quando os passageiros já haviam começado a embarcar. Sentou-se em uma das pontas do vagão e ficou observando cada passageiro. Não havia nenhum rosto familiar. Com certeza, esperava ela, não tinham conseguido segui-la naquele trajeto todo irregular. Mais uma vez, seu erro tinha sido o cartão de crédito. Darby havia usado o American Express para comprar quatro passagens no aeroporto de Chicago e, de alguma forma, eles ficaram sabendo que ela estava em Nova York. Tinha certeza de que o brutamontes não a vira, mas ele estava na cidade e, é claro, tinha amigos lá. Poderia haver vinte deles. Mas a verdade era que ela não tinha certeza de nada.

O trem partiu seis minutos atrasado. Estava com metade dos lugares vazios. Ela puxou um livro da bolsa e fingiu lê-lo.

Quinze minutos depois, o trem fez uma parada em Newark e ela desceu. Era uma garota de sorte. Havia uma fila de táxis do lado de fora da estação, e em dez minutos ela estava no aeroporto.

34

Era sábado de manhã, a Rainha estava na Flórida tirando dinheiro de gente rica, e o dia em Washington estava claro e fresco. Ele queria dormir até tarde e depois jogar golfe. Mas eram sete da manhã e ele já estava de terno e gravata sentado diante de sua mesa, ouvindo Fletcher Coal sugerir o que eles deviam fazer sobre isso e aquilo. Richard Horton,

Procurador-Geral, havia conversado com Coal, que agora estava sobressaltado.

Alguém abriu a porta e Horton entrou sozinho. Eles trocaram um aperto de mão e Horton se sentou do outro lado da mesa. Coal continuou ali de pé, e isso irritou muito o Presidente.

Horton era meio devagar, mas honesto. Não era burro nem lerdo, apenas pensava cautelosamente em tudo antes de agir. Refletia sobre cada palavra antes de falar. Era leal ao Presidente e suas opiniões eram bastante confiáveis.

– Estamos considerando seriamente levar as mortes do Rosenberg e do Jensen a um grande júri pra investigação – anunciou em tom severo. – Diante do que aconteceu em Nova Orleans, achamos que isso precisa começar imediatamente.

– O FBI está investigando – disse o Presidente. – Colocaram trezentos agentes no caso. Por que a gente deveria se envolver?

– Estão investigando o Dossiê Pelicano? – perguntou Horton.

Ele sabia a resposta. Sabia que Voyles estava em Nova Orleans naquele momento com centenas de agentes. Sabia que eles haviam conversado com centenas de pessoas, reunido uma pilha de evidências inúteis. Sabia que o Presidente pedira a Voyles que deixasse aquele assunto de lado e que Voyles não estava contando tudo para o Presidente.

Horton nunca havia mencionado o Dossiê Pelicano ao Presidente, e só o fato de ele saber sobre aquela maldita coisa já era desagradável. Quantas pessoas mais saberiam sobre aquilo? Provavelmente milhares.

– Estão investigando todas as hipóteses – disse Coal. – Eles nos deram uma cópia do dossiê há umas duas semanas, então acreditamos que estejam investigando também.

Exatamente a resposta que Horton esperava de Coal.

– Eu realmente acho que o governo deveria começar de imediato a investigar esse assunto – disse ele como se a frase tivesse sido memorizada antes, o que irritou o Presidente.

– Por quê? – perguntou o Presidente.

– E se o dossiê fizer algum sentido? Se a gente não fizer nada e a verdade vier à tona, o dano vai ser irreparável.

– Você acredita sinceramente que existe alguma verdade nisso aí? – perguntou o Presidente.

– Eu acho muito suspeito. Os dois primeiros homens que o viram estão mortos e a pessoa que o escreveu está desaparecida. Faz todo o sentido, pra alguém tão determinado, matar dois juízes da Suprema Corte. Não tem mais nenhum outro forte suspeito. Pelo que ouvi dizer, o FBI está desnorteado. Sim, isso precisa ser investigado.

As investigações de Horton sempre vazavam por todos os lados, e Coal estava apavorado com a ideia de aquele palhaço convocar um grande júri e arrolar testemunhas. Horton era um homem respeitável, mas o Departamento de Justiça estava cheio de advogados que falavam demais.

– Não acha que é um pouco prematuro? – perguntou Coal.

– Acho que não.

– Você viu os jornais hoje de manhã? – perguntou Coal.

Horton dera uma olhada na primeira página do *Post* e tinha lido a seção de esportes. Afinal, era sábado. Ele já tinha ouvido dizer que Coal lia oito jornais antes do amanhecer, então não gostou nada daquela pergunta.

– Li alguns deles – respondeu.

– Eu li vários – disse Coal modestamente. – E não há nenhuma palavra sobre esses dois advogados mortos, sobre a garota, sobre Mattiece ou qualquer outra coisa relacionada ao dossiê. Se você formalizar a investigação a essa altura, isso vai ser notícia de primeira página por um mês inteiro.

– Você acha que isso simplesmente vai desaparecer? – perguntou Horton a Coal.

– Talvez. Esperamos que sim, por motivos óbvios.

– Acho que você está sendo otimista, Sr. Coal. Em geral nós não ficamos sentados esperando que a imprensa faça nosso trabalho.

Coal deu um grande sorriso, quase rindo do que Horton

dissera. Ele sorriu para o Presidente, que lançou um olhar rápido de volta, e Horton começou a ficar irritado.

– O que há de errado em esperar uma semana? – perguntou o Presidente.

– Nada – disparou Coal.

E assim, rapidamente, havia sido tomada a decisão de que eles deveriam esperar uma semana, e Horton entendeu o recado.

– As coisas podem explodir em uma semana – disse ele sem muita convicção.

– Espere mais uma semana – ordenou o Presidente. – Nos encontraremos aqui na próxima sexta-feira e veremos o que fazer. Não estou dizendo não, Richard, estou dizendo apenas para aguardar por mais sete dias.

Horton deu de ombros. Aquilo era mais do que ele tinha esperanças de conseguir. Ele havia feito sua parte. Iria diretamente para seu gabinete redigir um longo memorando com todos os detalhes a respeito daquela reunião dos quais conseguisse se lembrar e livraria seu pescoço.

Coal foi na direção dele e lhe entregou uma folha de papel.

– O que é isso?

– Mais nomes. Você conhece eles?

Era a lista de observadores de pássaros: quatro juízes liberais demais para o gosto deles, mas o Plano B exigia ambientalistas radicais na Corte.

Horton piscou várias vezes e passou um tempo analisando a lista.

– Você só pode estar brincando.

– Dê uma olhada neles – disse o Presidente.

– Esses caras são extremamente liberais – resmungou Horton.

– Sim, mas eles são amigos do sol, da lua, das árvores e dos passarinhos – explicou Coal, prestativamente.

Horton entendeu o recado e sorriu.

– Entendi. Amigos dos pelicanos.

– Eles estão quase extintos, você sabe – disse o Presidente.

Coal se dirigiu à porta.

– Queria que eles tivessem sido exterminados dez anos atrás.

ATÉ AS NOVE da manhã, quando Gray chegou à sua mesa na redação, ela ainda não tinha ligado. Ele leu o *Times* e não tinha nada lá. Abriu o jornal de Nova Orleans em cima da mesa bagunçada e o vasculhou. Nada. Eles haviam publicado tudo o que sabiam. Callahan, Verheek, Darby e mil perguntas não respondidas. Precisava considerar que o *Times* – e talvez o *Times-Picayune*, de Nova Orleans – tivesse lido o dossiê ou ouvido falar sobre ele e, portanto, soubesse sobre Mattiece. E precisava considerar a possibilidade de eles estarem desencavando informações a respeito. Mas ele tinha Darby, e eles encontrariam Garcia, e se fosse possível confirmar o envolvimento de Mattiece, então confirmariam.

Naquele momento, não havia um plano alternativo. Se Garcia tivesse desaparecido ou se ele se recusasse a ajudar, eles seriam forçados a mergulhar no nebuloso e sombrio mundo de Victor Mattiece. Darby não aguentaria aquela missão por muito tempo, e ele não a culpava. Não sabia nem mesmo quanto tempo ele próprio iria aguentar.

Smith Keen apareceu com uma xícara de café e se sentou na mesa.

– Se o *Times* soubesse de alguma coisa, eles esperariam até amanhã?

Gray balançou a cabeça.

– Não. Se eles soubessem mais do que o *Times-Picayune*, a matéria teria saído hoje.

– Krauthammer quer publicar o que a gente já tem. Ele acha que dá pra citar o Mattiece.

– Não sei se entendi.

– Ele está confiando no Feldman. O argumento dele é que a gente pode publicar toda a história sobre o Callahan e o Verheek serem assassinados por causa desse dossiê, que por acaso menciona o Mattiece, que por acaso é amigo do Presidente, sem acusar o Mattiece diretamente. Ele acha que dá pra gente ser extremamente cauteloso e garantir que a matéria diga que é o dossiê que implica o Mattiece, que a gente não está afirmando nada. E como o dossiê está provocando todas essas mortes, algumas informações já foram confirmadas até certo ponto.

– Ele quer se esconder atrás do dossiê.

– Exatamente.

– Mas tudo isso é especulação até que seja confirmado. O Krauthammer não tem noção. Vamos imaginar por um segundo que o Mattiece não esteja envolvido com isso. Que ele seja totalmente inocente. Publicamos a matéria com o nome dele, e depois? Ficamos com cara de idiota e somos processados pelos próximos dez anos. Eu não vou escrever isso.

– Ele quer que outra pessoa escreva.

– Se esse jornal publicar uma matéria sobre o dossiê que não tenha sido escrita por mim, a garota cai fora, entendeu? Achei que isso tivesse ficado claro ontem.

– Ficou. E o Feldman te ouviu. Ele está do seu lado, Gray, e eu também estou. Mas se isso for verdade, todos nós achamos que vai explodir em questão de dias. Você sabe como o Krauthammer odeia o *Times*, e ele tem medo de que esses merdas publiquem antes da gente.

– Eles não podem fazer isso, Smith. Pode até ser que eles saibam de mais uma coisa ou outra além do que o *Times-Picayune* publicou, mas eles não podem citar o Mattiece. Olha, a gente vai confirmar isso antes de qualquer um. E quando isso acontecer, eu vou escrever a matéria citando o nome de todo mundo, junto com uma fotinho do Mattiece e do amigo dele da Casa Branca, e aí já era.

– "A gente"? Você disse de novo "a gente" vai confirmar.

– Eu e a minha fonte, ok?

Gray abriu uma gaveta e encontrou a foto de Darby com a lata de Coca-Cola diet e a entregou para Keen.

– Onde ela está? – perguntou ele.

– Não tenho certeza. Acho que ela saiu de Nova York e está vindo pra cá.

– Vê se não coloca a garota em risco.

– A gente está tomando cuidado – disse Gray olhando para os lados e se inclinando mais para perto dele. – Na verdade, Smith, eu acho que estou sendo seguido. Só queria que você soubesse.

– Quem estaria te seguindo?

– Fiquei sabendo por uma fonte da Casa Branca. Não estou usando meus telefones.

– É melhor eu contar pro Feldman.

– Certo. Não acho que eu esteja correndo perigo, pelo menos não ainda.

– Ele precisa saber – disse Keen, se levantando e saindo.

Ela ligou minutos depois.

– Cheguei – falou. – Não sei quantos eu trouxe comigo, mas cheguei e por enquanto estou viva.

– Onde você está?

– No Tabard Inn, na N Street. Ontem vi um velho amigo meu na Sexta Avenida. Lembra o brutamontes que se machucou feio na Bourbon Street? Eu te contei essa história?

– Contou.

– Bem, ele voltou a andar. Está mancando um pouco, mas o vi vagando por Manhattan ontem. Acho que ele não me viu.

– Você está de brincadeira! Isso é assustador, Darby.

– É pior do que assustador. Deixei seis rastros diferentes pra trás quando fui embora ontem à noite e, se eu esbarrar com ele por aqui, mancando pela calçada em algum lugar, acho que vou me render. Vou até ele e me entrego.

– Não sei o que dizer.

– O mínimo possível, porque parece que essas pessoas têm um radar. Vou brincar de detetive por aqui por uns três dias e depois vou embora. Se eu estiver viva até quarta-feira de manhã, vou pegar um avião pra Aruba, pra Trinidad ou pra algum outro lugar com praia. Quando eu morrer, quero estar na praia.

– Quando a gente se vê?

– Estou pensando sobre isso. Quero que você faça duas coisas.

– Pode falar.

– Onde você estaciona seu carro?

– Perto do meu apartamento.

– Deixa ele lá e aluga outro. Nada extravagante, só um Ford genérico ou alguma coisa assim. Pensa que tem alguém de olho em você pela mira de um fuzil. Vai pro Marbury Hotel em Georgetown e reserva um quarto lá por três noites. Eles aceitam dinheiro, já confirmei. Usa outro nome no check-in.

Grantham anotou tudo, balançando a cabeça.

– Você consegue dar um jeito de sair do seu apartamento depois de anoitecer? – perguntou ela.

– Acho que sim.

– Faz isso e pega um táxi pro Marbury. Pede pra entregarem o carro alugado pra você lá. Pega dois táxis até o Tabard Inn e entra no restaurante às nove em ponto, hoje à noite.

– Está bem. Mais alguma coisa?

– Traz umas roupas. A ideia é ficar fora do seu apartamento por pelo menos três dias. E da redação também.

– Sério, Darby, eu acho que a redação é segura.

– Não estou com saco pra discutir. Se você vai dificultar as coisas, Gray, eu simplesmente vou embora. Estou convencida de que vou viver por mais tempo se eu sair do país o mais rápido possível.

– Sim, senhora.

– Bom garoto.

– Presumo que você já tenha um plano traçado em algum lugar do seu cérebro.

– Talvez. Vamos falar sobre isso durante o jantar.

– Isso é um encontro?

– Vamos comer alguma coisa e falar de negócios.

– Sim, senhora.

– Tenho que desligar agora. Toma cuidado, Gray. Eles estão de olho.

Ela desligou.

ELA ESTAVA SENTADA na mesa 37, em um canto escuro do pequeno restaurante, quando ele chegou pontualmente às nove. A primeira coisa que notou foi o vestido e, enquanto caminhava em direção à mesa, imaginou as pernas dela, embora não conseguisse vê-las. Talvez mais tarde, quando ela se levantasse. Ele usava blazer e gravata, e eles formavam um casal atraente.

Ele se sentou perto dela na escuridão para que ambos pudessem observar a movimentação das pessoas. O Tabard Inn parecia tão velho que seria capaz de Thomas Jefferson ter jantado lá. Um grupo barulhento de alemães ria e conversava na varanda do lado de fora do restaurante. As janelas estavam abertas e a brisa, fresca, e por um breve momento foi fácil esquecer os motivos pelos quais os dois estavam se escondendo.

– Onde você conseguiu o vestido?
– Gostou?
– É muito bonito.
– Fiz umas compras hoje à tarde. Como a maior parte do meu guarda-roupa ultimamente, é descartável. Provavelmente vou deixá-lo no quarto na próxima vez que precisar fugir pra salvar a minha vida.

O restaurante era silencioso e inofensivo, e o garçom estava diante deles com os cardápios. Eles pediram as bebidas.

– Como você chegou aqui? – perguntou ele.
– Dei a volta ao mundo.
– Eu gostaria de saber.
– Peguei um trem até Newark, um avião pra Boston, outro pra Detroit e depois um avião pra cá. Passei a noite inteira acordada e por duas vezes esqueci onde estava.
– Tem alguma chance de terem te seguido?
– Nenhuma. Paguei em dinheiro. Que, inclusive, está acabando.
– De quanto você precisa?
– Queria transferir do meu banco em Nova Orleans.
– Vamos fazer isso na segunda. Acho que você está segura aqui, Darby.

– Eu já achei isso antes. Na verdade, me senti muito segura quando estava entrando no barco com o Verheek, só que não era o Verheek. E me senti muito segura em Nova York. Mas aí o brutamontes passou pela calçada, e desde então não consegui nem comer.

– Você parece mais magra.

– Não estou muito certa de que isso seja uma coisa boa. Você já comeu aqui? – disse ela olhando para o cardápio.

– Não, mas ouvi dizer que a comida é ótima – respondeu ele enquanto olhava o cardápio também. – Você mudou o cabelo de novo.

Os fios estavam castanho-claros, e ela usava um pouco de rímel e blush. E batom.

– Meu cabelo vai cair todo se eu continuar esbarrando com essas pessoas.

As bebidas chegaram e eles pediram os pratos.

– Estamos achando que o *Times* vai publicar alguma coisa amanhã de manhã.

Ele não mencionaria o jornal de Nova Orleans porque mostrava fotos de Callahan e Verheek. Presumiu que ela já tivesse visto.

Aquilo não pareceu interessar a ela.

– Tipo? – perguntou, olhando em volta.

– Não temos certeza. A gente odeia quando o *Times* passa a nossa frente. É uma rivalidade antiga.

– Não estou interessada nisso. Não sei nada de jornalismo e não estou a fim de aprender. Estou aqui porque tenho uma, e apenas uma, ideia de como encontrar o Garcia. E se não funcionar, e rápido, vou embora.

– Desculpe. Sobre o que você gostaria de falar?

– Europa. Qual é o seu lugar favorito na Europa?

– Odeio a Europa e odeio os europeus. De vez em quando viajo pro Canadá, pra Austrália e pra Nova Zelândia. Por que você gosta da Europa?

– Meu avô era escocês e eu tenho muitos primos por lá. Já fui lá duas vezes.

Gray espremeu o limão em seu gim-tônica. Um grupo de seis homens entrou no bar e ela os observou com atenção. Enquanto ela falava, seus olhos corriam ao redor de todo o salão.

– Acho que você precisa de uns drinques pra relaxar – comentou Gray.

Ela assentiu, mas não disse nada. Os seis estavam sentados em uma mesa próxima à deles e começaram a falar em francês. Era agradável de ouvir.

– Você já ouviu o francês da Louisiana? – perguntou ela.

– Não.

– É um dialeto que está desaparecendo bem rápido, junto com os pântanos. Dizem que os próprios franceses não conseguem entender.

– Justo. Tenho certeza de que o pessoal da Louisiana também não consegue entender os franceses.

Ela tomou um longo gole de vinho branco.

– Eu te contei sobre o Chad Brunet?

– Acho que não.

– Ele era um cara pobre de Eunice. A família dele sobrevivia pescando e deixando armadilhas pelos pântanos. Era um garoto muito inteligente que estudava na Universidade da Louisiana com bolsa integral e tinha sido aceito na faculdade de direito de Stanford, onde concluiu o curso com o coeficiente de rendimento mais alto na história da faculdade. Ele tinha 21 anos quando conseguiu a licença pra advogar, na Califórnia. Poderia ter trabalhado pra qualquer escritório de advocacia do país, mas conseguiu um emprego em um grupo de defesa ambiental em São Francisco. Ele era brilhante, um verdadeiro gênio do direito que trabalhava muito e logo começou a ganhar processos grandes contra empresas de petróleo e produtos químicos. Aos 28 anos, era um advogado audiencista de altíssimo nível. Era temido por quem trabalhava no setor de petróleo e por outras empresas processadas por conta da poluição – disse ela, fazendo uma pausa para tomar um gole de vinho. – Ele ganhou muito dinheiro e criou um grupo para preservar os pântanos da Louisiana. Queria participar do Caso Pelicano, como era conhecido, mas estava trabalhando em muitos outros processos. Ele deu muito dinheiro pro Green Fund cobrir as despesas com os litígios. Um pouco antes do começo do julgamento em Lafayette, ele anunciou que estava voltando pra casa pra ajudar os advogados do Green Fund. Saíram algumas matérias sobre ele no jornal de Nova Orleans.

– O que aconteceu com ele?

– Ele se matou.

– Como assim?

– Uma semana antes do julgamento, foi encontrado em um carro com o motor ligado. Uma mangueira de jardim corria do cano de descarga até o banco da frente. Só mais um suicídio por envenenamento por monóxido de carbono.

– Onde o carro estava?

– Perto de umas árvores, próximo a Bayou Lafourche, pros lados de Galliano. Ele conhecia bem a área. Tinha uns equipamentos de camping e de pesca no porta-malas. Nenhuma carta de despedida. A polícia investigou, mas não encontrou nada suspeito e o caso foi encerrado.

– Inacreditável.

– Ele teve alguns problemas com álcool e se tratou com um terapeuta em São Francisco. Mas o suicídio foi uma surpresa.

– Você acha que ele foi assassinado?

– Muitas pessoas acham. A morte dele foi um grande golpe pro Green Fund. Vê-lo contar sobre o amor que ele tinha pelos pântanos teria sido potente no tribunal.

Gray terminou o drinque e chacoalhou o gelo. Ela se aproximou dele e o garçom chegou com os pratos.

35

O saguão do Marbury Hotel estava vazio às seis da manhã de domingo, quando Gray achou um exemplar do *Times*. Estava um tanto pesado, e ele se perguntou qual seria o limite deles. Correu de volta para seu quarto no oitavo andar, espalhou o jornal sobre a cama e correu os olhos sobre as páginas de forma impetuosa. Não havia nada na capa, e isso era importante. Se eles tivessem a matéria, é claro que estaria lá. Ele temia ver grandes fotografias de Rosenberg, Jensen, Callahan, Verheek, talvez Darby e Khamel, quem sabe, talvez tivessem uma bela foto de Mattiece, e tudo isso estaria alinhado na capa como uma lista de personagens, e o *Times* os teria derrotado novamente. Tinha sonhado com isso aquela noite, o que não acontecia havia muito tempo.

Mas não havia nada. E quanto menos encontrava, mais rápido ele passava os olhos até chegar à seção de esportes e aos classificados. Então ele parou e foi até o telefone fazendo uma dancinha. Ligou para Smith Keen, que estava acordado.

– Você viu? – perguntou ele.

– Não é lindo? – perguntou Keen. – Fico me perguntando o que aconteceu.

– Eles não têm nada, Smith. Estão cavando feito loucos, mas ainda não têm nada. Com quem o Feldman falou?

– Ele nunca diz. Mas em tese era uma fonte confiável.

Keen era divorciado e morava sozinho em um apartamento não muito longe do Marbury.

– Você está ocupado? – perguntou Gray.

– Bem, não exatamente. São 6h30 da manhã de domingo, né?

– A gente precisa conversar. Me busca do lado de fora do Marbury Hotel em quinze minutos.

– O Marbury Hotel?

– É uma longa história. Eu te explico depois.

– Ah, a garota. Cara de sorte.
– Quem me dera. Ela está em outro hotel.
– Aqui? Em Washington?
– Sim. Nos vemos em quinze minutos.
– Estarei lá.

Gray tomava café em um copo de papel enquanto aguardava ansiosamente no saguão. Ela o havia deixado paranoico, e ele meio que achava o tempo todo que haveria bandidos escondidos pela rua portando armas automáticas. Isso o deixava incomodado. Ele viu o Toyota de Keen passar pela M Street e caminhou apressado até ele.

– Aonde você quer ir? – perguntou Keen enquanto se afastava do meio-fio.

– Ah, sei lá. O dia está lindo. Que tal ir até a Virgínia?

– Como quiser. Você foi expulso do seu apartamento?

– Não exatamente. Estou seguindo ordens da garota. Ela parece um general, e estou aqui porque ela me disse pra estar aqui. Tenho que ficar até terça-feira, ou até que ela fique preocupada de novo e me mande pra outro lugar. Estou no quarto 833, se você precisar de mim, mas não conta pra ninguém.

– Imagino que você espera que o *Post* pague por isso – disse Keen com um sorriso.

– Não estou pensando em dinheiro no momento. As mesmas pessoas que tentaram matá-la em Nova Orleans apareceram em Nova York na sexta-feira, ou pelo menos ela acha que apareceram. Eles têm um talento incrível para achar pessoas, e ela está sendo extremamente cautelosa.

– Bem, se você está sendo seguido por alguém, e ela está sendo seguida por alguém, talvez ela saiba o que está fazendo.

– Sim, olha, Smith, ela sabe exatamente o que está fazendo. Ela é tão boa que chega a assustar, e ela vai embora daqui pra sempre na quarta-feira de manhã. Então a gente tem dois dias pra encontrar o Garcia.

– E se vocês estiverem superestimando esse tal de Garcia?

E se você encontrá-lo e ele não falar nada, ou não souber de nada? Já pensou nisso?

– Eu já tive até pesadelos com isso. Acho que ele sabe de alguma coisa grande. Parece que existe algum documento ou papel, alguma coisa concreta, e ele tem isso nas mãos. Ele se referiu a isso uma ou duas vezes e, quando eu pressionei, ele não admitiu. Mas ele planejava me mostrar no dia em que a gente ia se encontrar. Tenho certeza disso. Ele tem alguma coisa, Smith.

– E se ele não mostrar pra você?

– Eu quebro o pescoço dele.

Eles cruzaram o Potomac, passando pelo cemitério de Arlington. Keen acendeu um cachimbo e abriu a janela.

– E se você não conseguir encontrar o tal Garcia?

– Plano B. Ela vai embora e o acordo acabou. Depois que ela sair do país, tenho autorização pra fazer qualquer coisa com o dossiê, exceto usar o nome dela como fonte. A coitada da garota está convencida de que vai morrer, independentemente de a gente publicar a matéria ou não, mas ela quer o máximo de proteção possível. Eu não posso usar o nome dela nunca, nem mesmo como autora do dossiê.

– Ela fala muito sobre o dossiê?

– Não em detalhes. Era uma ideia maluca, ela foi pesquisar e quase o descartou, até que as coisas começaram a explodir por aí. Ela lamenta ter escrito essa merda. Ela e o Callahan estavam realmente apaixonados, e agora ela sente o peso da dor e da culpa.

– Então, qual é o plano B?

– Vamos pra cima dos advogados. O Mattiece é desonesto e evasivo demais pra gente conseguir se aproximar sem intimações, mandados e outras coisas que não vamos poder dispensar, mas nós sabemos quem são os advogados dele. Ele é representado por dois escritórios grandes daqui, então vamos atrás deles. Um advogado ou um grupo de advogados analisou meticulosamente a Suprema Corte e sugeriu os nomes do Rosenberg e do Jensen. O Mattiece não saberia quem matar. Então os advogados falaram pra ele. É uma conspiração.

– Mas você não pode obrigá-los a falar.

– Não sobre um cliente. Mas se os advogados forem culpados, e começarmos a fazer perguntas, alguma coisa vai acontecer. A gente vai precisar de uma dezena de repórteres dando um milhão de telefonemas pros advogados, assistentes jurídicos, estagiários, secretárias, auxiliares administrativos, todo mundo. Vamos atacar esses merdas.

Keen deu um trago no cachimbo, hesitante.

– Quais são os escritórios?

– O White e Blazevich e o Brim, Stearns e Kidlow. Vê o que a gente sabe sobre eles.

– Já ouvi falar do White e Blazevich. É uma tropa de choque dos republicanos.

Gray assentiu e tomou um gole do café.

– E se for outro escritório? – perguntou Keen. – E se o escritório não for em Washington? E se os conspiradores não abrirem a boca? E se houver só uma pessoa do meio jurídico aqui e for um assistente que trabalha meio período em Shreveport? E se um dos advogados internos de Mattiece tiver montado esse esquema?

– Às vezes você me irrita demais, sabia?

– São todas perguntas válidas. E se?

– Então vamos para o plano C.

– E qual seria?

– Ainda não sei. Ela ainda não chegou tão longe.

DARBY O INSTRUÍRA a ficar fora das ruas e a fazer as refeições no quarto. Ele carregava um sanduíche e batatas fritas dentro de um saco, e estava obedientemente caminhando para seu quarto no oitavo andar do Marbury. Uma camareira empurrava um carrinho com materiais de limpeza próximo ao quarto dele. Ele parou na porta e puxou a chave do bolso.

– O senhor esqueceu alguma coisa? – perguntou ela.

– Perdão?
– O senhor esqueceu alguma coisa?
– Não, por quê?
A camareira deu um passo, aproximando-se dele.
– O senhor acabou de sair e já voltou.
– Faz quatro horas que eu saí.
Ela balançou a cabeça e deu outro passo para olhar mais de perto.
– Não, senhor. Tem dez minutos que um homem saiu do seu quarto – disse ela hesitando por um segundo e analisando seu rosto atentamente. – Mas agora estou achando que era outro homem.

Gray olhou para o número do quarto na porta: 833. E olhou para a mulher.
– Você tem certeza de que tinha outro homem nesse quarto?
– Sim, senhor. Alguns minutos atrás.

Ele entrou em pânico. Correu para as escadas e desceu oito lances. O que havia no quarto? Nada além de roupas. Nada sobre Darby. Ele parou e enfiou a mão no bolso. O papel com o endereço do Tabard Inn e o número de telefone dela estava ali. Ele retomou o fôlego e entrou no saguão.

Ele tinha que encontrá-la, e rápido.

DARBY ENCONTROU UMA mesa vazia na sala de leitura no segundo andar da Biblioteca de Direito Edward Bennett Williams, em Georgetown. Em seu novo hobby como crítica de bibliotecas de faculdades de direito ao redor do país, a de Georgetown era a mais bonita das que tinha visitado até o momento. Era um edifício independente de cinco andares separado do McDonough Hall, o prédio da faculdade de direito, por um pequeno pátio. A biblioteca era nova, luxuosa e moderna, mas ainda era uma biblioteca de direito, e rapidamente ficava tomada de estudantes preocupados de última hora com as provas finais.

Ela abriu o Volume Cinco do *Martindale-Hubbell Legal Di-*

rectory e encontrou a seção com os escritórios de Washington. O White e Blazevich ocupava 28 páginas. Nomes, datas e locais de nascimento, instituições de formação, organizações profissionais, títulos, prêmios, comissões e publicações de 412 advogados, primeiro os sócios, depois os associados. Ela fez várias anotações em um bloco.

O escritório tinha 81 sócios, e os demais eram associados. Agrupou-os por ordem alfabética e escreveu todos os nomes no bloco de anotações. Ela era apenas outra estudante de direito listando escritórios de advocacia na incansável busca por uma vaga de emprego.

O trabalho era chato e sua mente começou a vagar. Thomas estudara lá vinte anos antes. Havia sido um dos melhores alunos da turma e, segundo ele mesmo, tinha passado muitas horas naquela biblioteca. E escrevera para a revista de direito da faculdade, uma tarefa que ela estaria desempenhando em circunstâncias normais.

A morte era um assunto que ela havia analisado de diferentes ângulos nos últimos dez dias. Não conseguia decidir qual seria a melhor forma de morrer, exceto no caso de morrer enquanto dormia. A morte lenta e agonizante em razão de uma doença era um pesadelo para a vítima e seus entes queridos, mas pelo menos havia tempo para que as pessoas se preparassem e se despedissem umas das outras. Uma morte violenta e inesperada terminava em um segundo e provavelmente era melhor para o falecido. Mas o choque era entorpecedor para os que ficavam. Havia tantas perguntas difíceis. Será que ele sofreu? Qual deve ter sido seu último pensamento? Por que isso aconteceu? E assistir à morte rápida de um ente querido era algo impossível de ser descrito.

Ela o amava mais porque havia visto ele morrer, e dizia o tempo todo a si mesma para parar de ouvir a explosão e sentir o cheiro da fumaça, para parar de vê-lo morrer. Se ela sobrevivesse mais três dias, estaria em um lugar onde poderia trancar a porta, chorar e atirar objetos nas paredes até que o luto passasse. Estava decidida a chegar a esse lugar. Estava decidida a sofrer e se curar. Era o mínimo que ela merecia.

Darby decorou vários nomes até saber mais sobre o White e Blazevich do que qualquer pessoa de fora do escritório. Esgueirou-se na escuridão e pegou um táxi para o hotel.

MATTHEW BARR FOI para Nova Orleans, onde se encontrou com um advogado que o instruiu a pegar um avião até determinado hotel em Fort Lauderdale. O advogado não tinha dado detalhes sobre o que aconteceria no hotel, mas Barr chegou lá no domingo à noite e encontrou um quarto esperando por ele. Um bilhete na recepção informava que ele receberia uma ligação no início da manhã.

Ligou para a casa de Fletcher Coal às dez e fez um breve relatório do andamento da viagem até aquele momento.

Coal estava com outras coisas na cabeça.

— O Grantham ficou louco. Ele e um cara chamado Rifkin, do *Times*, estão ligando pra deus e o mundo. Eles podem acabar acertando.

— Eles viram o dossiê?

— Não sei se eles viram, mas já ouviram falar. Ontem o Rifkin telefonou pra casa de um dos meus assessores e perguntou o que ele sabia sobre o Dossiê Pelicano. O cara não sabia de nada e teve a impressão de que o Rifkin sabia menos ainda. Acho que ele não viu o dossiê ainda, mas não dá pra ter certeza.

— Que merda, Fletcher. Não tem como a gente acompanhar o que um monte de repórteres está fazendo. Esses caras dão uns cem telefonemas por minuto.

— Um monte não, só dois. O Grantham e o Rifkin. Você já grampeou o Grantham. Grampeia o Rifkin também.

— O Grantham está grampeado, mas ele não está usando nem o telefone do apartamento dele nem o do carro. Eu liguei pro Bailey do aeroporto de Nova Orleans. Já tem mais de 24 horas que o Grantham não aparece em casa, mas o carro dele ainda está lá. Eles ligaram e bateram na porta dele. Ou ele está morto lá dentro ou deu um jeito de sair escondido ontem à noite.

– Talvez ele esteja morto.

– Acho que não. A gente estava seguindo ele e o pessoal do FBI também. Acho que ele suspeitou.

– Você tem que encontrá-lo.

– Ele vai aparecer. Não pode ficar muito tempo longe do jornal.

– Eu quero o Rifkin grampeado também. Liga pro Bailey hoje à noite e começa a cuidar disso, entendeu?

– Sim, senhor – respondeu Barr.

– O que você acha que o Mattiece faria se ele pensasse que o Grantham tem a matéria na mão e está prestes a publicá-la na primeira página do *Washington Post*? – perguntou Coal.

Barr se esticou na cama do hotel e fechou os olhos. Meses atrás, ele havia tomado a decisão de nunca bater de frente com Fletcher Coal. O cara era um escroto.

– Ele não tem medo de matar as pessoas, tem? – disse Barr.

– Você acha que vai encontrar com o Mattiece amanhã?

– Não sei. Esses caras são muito discretos. Eles estão o tempo todo sussurrando a portas fechadas. Não me disseram muita coisa.

– Por que eles pediram pra você ir pra Fort Lauderdale?

– Sei lá, mas é muito mais perto das Bahamas. Acho que devo ir pra lá amanhã, ou talvez ele venha pra cá. Realmente não sei.

– Talvez fosse bom você dar uma exagerada na história sobre o Grantham. O Mattiece vai dar um jeito nisso.

– Vou pensar.

– Me liga de manhã.

ELA PISOU NO bilhete quando abriu a porta. Dizia: "Darby, estou aqui embaixo no jardim. É urgente. Gray." Ela respirou fundo e enfiou o papel no bolso. Trancou a porta e seguiu pelos corredores estreitos e sinuosos até o saguão, depois por um salão escuro, passou pelo bar, pelo restaurante e até o jardim nos fundos do hotel. Ele estava sentado a uma mesa pequena, parcialmente escondida por uma parede de tijolos.

– O que você está fazendo aqui? – questionou ela em um sussurro enquanto se sentava ao lado dele.

Ele parecia cansado e preocupado.

– Onde você estava? – perguntou ele.

– Isso não é tão importante quanto o motivo de você estar aqui. Não era pra você estar aqui, a menos que eu pedisse para vir. O que aconteceu?

Ele resumiu rapidamente o que tinha feito naquela manhã, desde o momento em que telefonou para Smith Keen até falar com a camareira do hotel. Ele havia passado o resto do dia percorrendo a cidade, de um táxi para outro, gastando quase oitenta dólares nas viagens, e esperou anoitecer para entrar com ela no Tabard Inn. Ele tinha certeza de que não havia sido seguido.

Ela escutou. Observava o restaurante e a entrada do jardim, e tinha ouvido cada palavra.

– Não faço ideia de como alguém conseguiu encontrar meu quarto – disse ele.

– Você contou pra alguém o número do seu quarto?

Ele pensou por um segundo.

– Só pro Smith. Mas ele jamais falaria pra ninguém.

Ela não estava olhando para ele.

– Onde vocês estavam quando você contou pra ele o número do seu quarto?

– No carro dele.

Ela balançou a cabeça lentamente.

– Eu disse claramente pra você não contar pra ninguém. Não foi?

Ele não respondeu.

– Pra você isso tudo é uma grande diversão, não é, Gray? Só mais um dia na praia. Você é um repórter fodão que já recebeu ameaças de morte antes, mas não tem medo de nada.

As balas vão ricochetear quando te alcançarem, não é? Você e eu podemos passar alguns dias aqui na cidade brincando de detetive, você vai ganhar um Pulitzer, ficar rico e famoso, e os bandidos nem são tão malvados assim porque, né, você é o Gray Grantham do *Washington Post* e por isso você é que é malvado pra caralho.

– Por favor, Darby.

– Tentei explicar o quanto essas pessoas são perigosas. Eu já vi o que eles são capazes de fazer. Eu sei o que eles vão fazer comigo se me encontrarem. Mas não, Gray, pra você é só uma brincadeira. Polícia e ladrão. Esconde-esconde.

– Eu já entendi, tá bom?

– Escuta só, deixa eu te contar uma coisa. É melhor que você tenha entendido mesmo. Mais uma cagada dessa e a gente já era. A minha sorte acabou. Você entendeu?

– Sim! Eu juro que entendi.

– Pega um quarto aqui. Amanhã à noite, se a gente estiver vivo, eu vou procurar outro hotel.

– E se aqui não tiver quarto?

– Então você pode dormir no meu banheiro com a porta fechada.

Darby estava falando muito sério. Ele se sentiu como um aluno do primeiro ano que acabara de levar sua primeira bronca. Eles ficaram cinco minutos em silêncio.

– Então, como eles me encontraram? – perguntou ele por fim.

– Suponho que os telefones do seu apartamento estejam grampeados e o do seu carro também. E acho que o carro do Smith também está grampeado. Eles não são amadores.

36

Ele passou a noite no quarto 14, mas dormiu pouco. O restaurante abria às seis, e ele saiu sorrateiramente para tomar um café, depois voltou para o quarto. O hotel era antiquado e exótico, e de algum jeito havia sido formado por três casas antigas conectadas. Pequenas portas e corredores estreitos corriam em todas as direções. O lugar era atemporal.

Seria um dia longo e cansativo, mas ele passaria o tempo todo com ela, e estava ansioso por isso. Tinha cometido um erro, um erro grave, mas ela o perdoou. Às 8h30 em ponto, ele bateu na porta do quarto 1. Darby abriu rapidamente e fechou assim que ele entrou.

Ela tinha voltado a ser uma estudante de direito, usando calças jeans e uma camisa de flanela. Serviu café para ele e se sentou diante da pequena mesa, onde havia um telefone rodeado de anotações.

– Dormiu bem? – perguntou ela, mas apenas por educação.
– Não.

Ele jogou uma cópia do *Times* em cima da cama. Já tinha passado os olhos e mais uma vez nada havia sido publicado.

Darby pegou o telefone e digitou o número da faculdade de direito da Georgetown. Ela olhou para ele, ouviu, depois disse:

– Departamento de registros acadêmicos, por favor – disse Darby antes de uma longa pausa. – Sim, quem fala é Sandra Jernigan. Sou sócia do escritório White e Blazevich aqui na cidade e estamos com um problema com nossos computadores. Estamos tentando recuperar nossos registros das folhas de pagamento, e os contadores me pediram os nomes dos alunos da Georgetown que trabalharam aqui no verão passado. Acho que eram quatro – disse antes de uma pausa, agora mais curta.
– Jernigan. Sandra Jernigan – repetiu. – Entendo. Quanto

tempo vai demorar? – perguntou antes de uma terceira pausa.
– E o seu nome é? Joan? Obrigada, Joan.

Darby cobriu o fone com a mão e respirou fundo. Gray observava compenetrado, mas com um sorriso de admiração.

– Sim, Joan. Sete alunos. Nossos registros estão uma bagunça. Você tem os endereços deles e os números da previdência social? Precisamos disso pra declaração de impostos. Certo. Quanto tempo vai demorar? Tudo bem. Tem um office boy nosso aí por perto. O nome dele é Snowden, e ele vai chegar em meia hora. Obrigada, Joan.

Darby desligou e fechou os olhos.

– Sandra Jernigan? – perguntou ele.

– Eu não sei mentir muito bem – disse ela.

– Você é ótima. Imagino que eu seja o office boy.

– Você tem mesmo um jeito que lembra os caras que largam a faculdade de direito e acabam em um escritório trabalhando como office boys.

"E tem um rostinho bonito também", pensou ela consigo mesma.

– Gostei da camisa de flanela.

Ela tomou um longo gole de café frio.

– O dia hoje vai ser longo.

– Por mim tudo bem. Eu pego a lista e encontro você na biblioteca. Certo?

– Sim. O departamento fica no quinto andar da faculdade de direito. Vou estar na sala 336. É uma salinha de reuniões no terceiro andar. Você sai primeiro, pega um táxi. Eu te encontro em quinze minutos.

– Sim, senhora.

Grantham estava do lado de fora. Darby esperou cinco minutos, depois saiu com sua bolsa de lona.

A corrida de táxi era curta, mas demorou por conta do trânsito matinal. Ficar fugindo de um lado para outro era bem ruim, mas por outro lado brincar de detetive era demais. Passaram-se apenas cinco minutos até ela achar que seu táxi estava sendo seguido. E talvez isso fosse um bom sinal. Talvez um dia difícil como repórter investigativa desviasse sua atenção do brutamontes e dos outros. Ela trabalharia naquele dia, no dia seguinte e na quarta-feira, no fim do dia, estaria na praia.

Eles começariam com a faculdade de direito da Georgetown. Se não desse resultado, tentariam a da Universidade George Washington. Se houvesse tempo, tentariam a American University. Três tentativas frustradas e ela cairia fora.

O táxi parou em frente ao McDonough Hall, no lado sujo do Capitol Hill. Com a bolsa a tiracolo e vestindo a camisa de flanela, ela era só mais uma estudante circulando antes da aula. Subiu as escadas até o terceiro andar, entrou na sala de reuniões e fechou a porta. O espaço costumava ser utilizado para entrevistas de emprego no campus e para uma aula ou outra. Ela espalhou suas anotações sobre a mesa e, mais uma vez, era apenas mais uma estudante de direito se preparando para a aula.

Em questão de minutos, Gray passou pela porta.

– A Joan é um doce de pessoa – disse ele enquanto colocava a lista na mesa. – Nomes, endereços e números da previdência social. Excelente, hein?

Darby olhou para os papéis e tirou uma lista telefônica da bolsa. Cinco dos sete nomes estavam lá. Ela olhou para o relógio.

– São 9h05. Aposto que pelo menos metade deles está em sala agora. Alguns vão ter aula só mais tarde. Eu ligo pra esses cinco e vejo quem está em casa. Você pega os outros dois sem número na lista e tenta descobrir na secretaria a que horas eles têm aula.

Gray olhou para o relógio.

– A gente se encontra aqui em quinze minutos.

Ele saiu primeiro, depois Darby. Ela foi até os telefones públicos no corredor do primeiro andar e discou o número de James Maylor.

Uma voz masculina atendeu:

– Alô.

– Dennis Maylor? – perguntou ela.
– Não. Aqui é James Maylor.
– Ah, desculpe.
Ela desligou. Ele morava a dez minutos de distância dali. Ele não tinha aula às nove e, se tivesse alguma às dez, ainda estaria em casa por mais uns quarenta minutos, talvez.

Ligou para os outros quatro. Dois atenderam e ela confirmou que o contato realmente era deles, e nos outros dois números ninguém atendeu.

Gray esperava impaciente na secretaria no terceiro andar. Uma estudante que trabalhava meio período na secretaria procurou pela chefe do setor, que estava nos fundos em algum lugar. A estudante achava que não seria possível fornecer os horários de aulas dos alunos. Gray disse que tinha certeza de que seria possível se eles quisessem.

A secretária chegou e olhou desconfiada.

– Posso ajudar com alguma coisa?

– Sim, meu nome é Gray Grantham, eu trabalho no *Washington Post*, e estou tentando encontrar dois alunos de vocês, Laura Kaas e Michael Akers.

– Algum problema? – perguntou ela, apreensiva.

– De modo algum. São só algumas perguntas. Eles têm aula agora de manhã?

Ele estava sorrindo, era um sorriso caloroso e que exalava confiança, do qual ele costumava se utilizar quando lidava com mulheres mais velhas. Raramente falhava.

– Você tem um documento de identificação ou alguma coisa assim? – perguntou ela.

– Claro.

Ele abriu a carteira e lentamente mostrou para ela, como um policial que sabe que é policial e não se importa em mostrar seu distintivo.

– Bem, eu teria mesmo que falar com o reitor, mas...

– Bem. Onde fica a sala dele?

– Mas ele não está aqui. Está viajando.

– Eu só preciso saber a que horas eles têm aula pra poder falar com eles. Não estou pedindo o endereço de casa, nem querendo saber as notas deles nem os históricos. Nenhuma informação confidencial ou pessoal.

Ela olhou para a estudante, que meio que deu de ombros, como se dissesse "que diferença faz?".

– Só um minuto – disse ela, e desapareceu pela porta.

Darby estava esperando na pequena sala de reuniões quando ele colocou as folhas de papel impressas sobre a mesa.

– De acordo com isso aqui, a Laura e o Michael devem estar em aula agora – disse ele.

Darby olhou para os horários.

– O Michael tem aula de processo penal e a Laura, de direito administrativo, os dois de nove às dez. Vou tentar encontrá-los – disse ela mostrando suas anotações a Gray. – O James, a Ellen e a Judith estavam em casa. Não consegui falar com a JoAnne nem com o Edward.

– O James é quem está mais perto daqui. Consigo chegar lá em minutos.

– Que tal ir de carro? – perguntou Darby.

– Liguei para a locadora de veículos. O carro vai ser entregue no estacionamento do *Post* em quinze minutos.

O APARTAMENTO DE James Maylor ficava no terceiro andar de uma espécie de armazém convertido em alojamento de baixíssimo custo para estudantes. Ele abriu a porta logo após a primeira batida, sem tirar a corrente.

– Estou procurando por James Maylor – disse Gray como se fosse um velho amigo.

– Sou eu.

– Meu nome é Gray Grantham, eu trabalho pro *Washington Post*. Gostaria de te fazer algumas perguntas bem rápidas.

Maylor tirou a corrente e abriu totalmente a porta. Gray entrou no apartamento de dois cômodos. Havia uma bicicleta estacionada no meio dele que ocupava a maior parte do espaço.

– Do que se trata? – perguntou Maylor intrigado com aquilo tudo e aparentemente ansioso para responder às perguntas.

– Você fez um estágio no White e Blazevich no último verão.

– Exato. Por três meses.

Gray rabiscou no bloco de notas.

– Em que setor você trabalhava?

– Direito internacional. Basicamente a parte chata. Nada glamoroso. Muita pesquisa e minutas de acordos.

– Quem era seu supervisor?

– Ninguém especificamente. Tinha três advogados associados que me passavam trabalho. O sócio acima deles era o Stanley Coopman.

Gray tirou uma fotografia do bolso do casaco. Era Garcia de pé na calçada.

– Você reconhece essa pessoa?

Maylor segurou a foto e a analisou. Ele balançou a cabeça.

– Acho que não. Quem é?

– Um advogado, acredito que do White e Blazevich.

– É um escritório grande. Eu ficava o tempo todo preso em uma das baias, em um único setor. São mais de quatrocentos advogados, né?

– Sim, ouvi dizer. Tem certeza de que você nunca viu esse homem?

– Absoluta. A empresa ocupa doze andares do prédio, e eu nunca pisei na maioria deles.

Gray colocou a foto no bolso.

– Você chegou a conhecer outros estagiários?

– Ah, sim. Duas daqui da Georgetown que eu já conhecia, a Laura Kaas e a JoAnne Ratliff. Dois caras da George Washington, Patrick Franks e um outro chamado Vanlandingham; uma garota de Harvard, chamada Elizabeth Larson; uma garota da Universidade de Michigan, Amy MacGregor; e um cara da Emory, chamado Moke, mas acho que ele foi demitido. Sempre tem muitos estagiários no verão.

– Você tem planos de trabalhar lá quando terminar a faculdade?

– Sei lá. Não sei se os escritórios grandes fazem meu tipo.

Gray sorriu e enfiou o bloco de notas no bolso de trás da calça.

– Então, já que você trabalhou lá, como acha que eu consigo encontrar esse cara?

Maylor refletiu por um segundo.

– Imagino que você não possa ir até lá e sair fazendo perguntas.

– Exatamente.

– E tudo o que você tem é essa foto?

– Aham.

– Então acho que você está no caminho certo. Um dos estagiários vai reconhecê-lo.

– Obrigado.

– Ele está metido em alguma coisa?

– Não, não. Parece que ele viu alguma coisa. Provavelmente é um tiro no escuro – disse Gray abrindo a porta. – Obrigado mais uma vez.

DARBY ANALISOU A lista com as salas de aula no quadro de avisos do outro lado do saguão, próximo aos telefones. Ela não sabia exatamente o que faria quando as aulas das nove horas terminassem, mas estava se esforçando muito para pensar em alguma coisa. O quadro de avisos era exatamente igual ao da Tulane: listas de chamada organizadas uma ao lado da outra; informações sobre tarefas a realizar; anúncios de livros, bicicletas, apartamentos, pessoas à procura de colegas de quarto e centenas de outras coisas aleatórias; avisos de festas, jogos e reuniões de clubes. Uma mulher jovem com uma mochila e botas de trilha parou ali perto e olhou para o quadro. Sem dúvida ela estudava lá.

Darby sorriu para ela.

– Com licença. Por acaso você conhece a Laura Kaas?

– Sim, conheço.

– Eu precisava falar com ela. Você pode me dizer quem ela é?

– Ela está em aula?

– Sim, direito administrativo com o professor Ship, sala 207.

Elas foram caminhando e conversando na direção da sala onde o professor Ship ministrava a aula de direito administrativo. O saguão ficou subitamente lotado no momento em que quatro salas de aula se esvaziaram. A jovem apontou para uma garota alta e forte andando na direção delas. Darby agradeceu e seguiu Laura Kaas até a multidão diminuir e se dispersar.

– Com licença, Laura. Você é Laura Kaas?

A garota parou e olhou para ela.

– Sim.

Essa era a parte de que ela não gostava: mentir.

– Meu nome é Sara Jacobs e estou trabalhando em uma matéria pro *Washington Post*. Posso te fazer algumas perguntas?

Darby escolheu começar por Laura Kaas porque ela não tinha aula às dez. Michael Akers tinha, então ela tentaria falar com ele às onze.

– Sobre?

– Não vai demorar muito. Podemos entrar aqui? – disse Darby indo em direção a uma sala de aula vazia, seguida sem pressa por Laura. – Você fez estágio no White e Blazevich no verão passado?

– Fiz – respondeu ela, desconfiada.

Sara Jacobs lutava para controlar o nervosismo. Aquilo era horrível.

– Em qual setor?

– Tributário.

– Ah, e você gosta de tributário? – perguntou Darby em um esforço medíocre de puxar assunto.

– Gostava. Agora detesto.

Darby sorriu como se tivesse sido a coisa mais engraçada que ouvira em anos. Ela tirou uma foto do bolso e entregou a Laura.

– Você reconhece esse homem?

– Não.

– Acho que ele é advogado do White e Blazevich.

– Tem muitos advogados lá.

– Tem certeza?

– Tenho – respondeu Laura, devolvendo a foto. – Eu nunca saí do quinto andar. Eu ia precisar de anos pra conhecer todo mundo, e eles estão o tempo todo de lá pra cá. Você sabe como advogados são.

Laura deu uma olhada ao redor e a conversa terminou.

– Muito obrigada mesmo – disse Darby.

– Sem problema – disse Laura, saindo pela porta.

PONTUALMENTE ÀS DEZ e meia, eles se encontraram outra vez na sala 336. Gray havia conseguido pegar Ellen Reinhart na entrada da garagem no momento em que ela saía para a aula. Ela trabalhara no setor contencioso que ficava sob o comando de um dos sócios, chamado Daniel O'Malley, e tinha passado a maior parte do verão participando do julgamento de uma ação coletiva em Miami. Ela tinha ficado fora por dois meses e passara pouco tempo no escritório de Washington. O White e Blazevich tinha filiais em quatro cidades, incluindo Tampa. Ela não reconheceu Garcia e estava com pressa.

Judith Wilson não estava em casa, mas sua colega de quarto disse que ela voltaria mais ou menos à uma da tarde.

Eles descartaram James Maylor, Laura Kaas e Ellen Reinhart. Reformularam os planos e se dividiram novamente nas tarefas. Gray saiu para ir atrás de Edward Linney, que, segundo a lista, havia estagiado no White e Blazevich nos dois verões anteriores. Seu nome não constava na lista telefônica, mas ele morava em Wesley Heights, ao norte do campus principal da Georgetown.

Às 10h45, Darby se viu vagando novamente diante do quadro de avisos, à espera de outro milagre. Akers era homem, e havia diferentes maneiras de abordá-lo. Ela esperava que ele estivesse exatamente onde deveria estar – na sala 201, aula de processo penal. Ela seguiu na direção da sala e esperou um pouco até que a porta se abriu e cinquenta alunos saíram pelos corredores. Ela nunca seria capaz de trabalhar como repórter. Jamais conseguiria abordar estranhos e começar a fazer um monte de perguntas. Era estranho e ela não se sentia à vontade. Mas ela foi até um jovem de aparência tímida, com olhos tristes e óculos de aro grosso, e disse:

– Com licença. Por acaso você conhece Michael Akers? Acho que ele é dessa turma.

O rapaz sorriu. Era bom ser notado. Ele apontou para um grupo de homens indo em direção à saída do edifício.

– Aquele ali, de suéter cinza.

– Obrigada.

Ela o deixou parado no mesmo lugar.

O grupo se desfez quando deixou o prédio, e Akers e um amigo seguiram pela calçada.

– Sr. Akers – chamou Darby.

Os dois pararam e se viraram, depois sorriram enquanto ela, nervosa, se aproximava.

– Seu nome é Michael Akers? – perguntou ela.

– Sim, sou eu. E você?

– Meu nome é Sara Jacobs, eu estou trabalhando em uma matéria pro *Washington Post*. Posso falar com você em particular?

– Claro.

O amigo dele entendeu a indireta e foi embora.

– Algum problema? – perguntou Akers.

– Você estagiou no White e Blazevich no verão passado?

– Sim – respondeu Akers de forma amigável e de alguma maneira gostando daquilo.

– Em qual setor?

– Imobiliário. Chato pra cacete, mas pelo menos era um estágio. Por que você quer saber?

Ela lhe entregou a foto.

– Você reconhece esse homem? Ele trabalha para o White e Blazevich.

Akers queria poder reconhecê-lo. Ele queria ser útil e ter uma longa conversa com ela, mas aquele rosto não lhe dizia nada.

– Meio suspeita essa foto, hein? – disse ele.
– Talvez. Você o conhece?
– Não. Nunca vi. O escritório é absurdamente grande. Os sócios usam crachás durante as reuniões. Você acredita nisso? Os caras são donos do escritório e não se conhecem. Deve ter uns cem sócios.

"Oitenta e um, para ser exato", pensou Darby.

– Você tinha um supervisor?
– Sim, um dos sócios, Walter Welch. Um grande babaca. Eu não gostei de lá, na verdade.
– Você se lembra de algum outro estagiário?
– Claro. O escritório estava lotado de estagiários de verão.
– Posso te procurar se eu precisar do nome deles?
– Quando quiser. Esse cara está envolvido em alguma coisa?
– Não, não. Pode ser que ele saiba de uma coisa.
– Espero que todos sejam expulsos da ordem. São todos bandidos, sério. É um lugar podre pra trabalhar. Tudo é feito na base da politicagem.
– Obrigada – disse Darby com um sorriso e se virou.
– Pode me ligar quando quiser – devolveu ele.
– Obrigada.

Darby, a repórter investigativa, passou ao lado do prédio da biblioteca e subiu as escadas até o quinto andar, onde o *Georgetown Law Journal* tinha um conjunto de salas lotadas de gente. Ela tinha encontrado a edição mais recente do periódico na biblioteca e notara que JoAnne Ratliff trabalhava como editora-assistente. Suspeitava de que a maioria das publicações e revistas jurídicas fossem todas a mesma coisa. Os melhores alunos estavam sempre por lá, escrevendo seus artigos acadêmicos. Sentiam-se superiores aos demais e formavam um clã de apreciadores de suas próprias mentes brilhantes. Estavam sempre na redação da revista, era a segunda casa deles.

Ela entrou e perguntou ao primeiro que viu onde poderia encontrar JoAnne Ratliff. O rapaz apontou para um corredor.

Segunda porta à direita. A segunda porta dava para um escritório cheio de livros empilhados. Duas mulheres trabalhavam duro.

– JoAnne Ratliff – disse Darby.

– Sou eu – respondeu uma mulher mais velha, de talvez uns 40 anos.

– Oi. Meu nome é Sara Jacobs, estou trabalhando em uma matéria pro *Washington Post*. Posso te fazer umas perguntas rápidas?

Ela lentamente colocou a caneta sobre a mesa e franziu a testa para a outra mulher. O que quer que elas estivessem fazendo era extremamente importante, e aquela interrupção era bastante inconveniente. Elas eram estudantes de direito notáveis.

Darby queria sorrir e dizer algo inteligente. "Eu sou a segunda da minha turma, porra, então não vem com esse ar arrogante pra cima de mim."

– Sobre o que é a matéria? – perguntou JoAnne.

– Podemos falar em particular?

Elas se entreolharam novamente.

– Estou muito ocupada – retrucou JoAnne.

"Eu também", pensou Darby. "Você está checando as citações de algum artigo inútil, enquanto eu estou tentando pegar o cara que matou dois juízes da Suprema Corte."

– Desculpe – disse Darby. – Prometo que vai ser muito rápido.

Elas foram até o corredor.

– Desculpe incomodá-la, mas eu estou com pressa.

– Então você é repórter do *Post*?

Aquilo soava mais como um desafio do que como pergunta, e ela foi forçada a mentir um pouco mais. Disse a si mesma que seria capaz de mentir, trapacear e roubar por dois dias; depois, iria embora para o Caribe e Grantham assumiria.

– Sim. Você estagiou no White e Blazevich no verão passado?

– Sim. Por quê?

Rapidamente, mostrou a ela a foto. JoAnne a pegou e analisou.

– Você reconhece esse homem?

Ela balançou a cabeça lentamente.

– Acho que não. Quem é?

"Essa cretina vai ser uma ótima advogada. Um monte de perguntas. Se eu soubesse quem ele é, não estaria aqui nesse corredor fingindo que sou repórter e aguentando você, sua espertinha arrogante."

– Ele é advogado do White e Blazevich – disse Darby no tom mais sincero possível. – Achei que você poderia reconhecê-lo.

– Não – respondeu devolvendo a foto.

"Já chega disso."

– Bem, obrigada. Desculpe incomodar mais uma vez.

– Sem problema – disse JoAnne enquanto desaparecia porta adentro.

ELA PULOU NO novo Pontiac alugado quando ele estacionou na esquina, e os dois se meteram na estrada. Já bastava da faculdade de direito de Georgetown.

– Não consegui nada – disse Gray. – O Linney não estava em casa.

– Falei com Akers e JoAnne, e os dois disseram que não conhecem o cara da foto. Cinco dos sete não reconhecem o Garcia.

– Estou com fome. Quer almoçar?

– Seria bom.

– Será que é possível a gente ter cinco estagiários que trabalharam três meses em um escritório de advocacia e nenhum deles reconhecer um advogado?

– Sim, não só é possível, como é muito provável. É um tiro no escuro, não esquece. Quatrocentos advogados significam mil pessoas quando você acrescenta secretárias, assistentes jurídicos, estagiários, auxiliares administrativos, office boys, vários tipos de funcionários e equipes de apoio. Os advogados tendem a ficar só nos seus setores.

– Em termos físicos, os setores ficam em áreas separadas?

– Sim. É possível que um advogado do setor bancário trabalhe no terceiro andar e passe semanas sem ver alguém do contencioso, no décimo andar. São pessoas muito ocupadas, lembra?

– Você acha que estamos procurando no escritório errado?

– Talvez o escritório errado, talvez a faculdade errada.

– O primeiro cara, Maylor, me passou os nomes de dois alunos da George Washington que estavam lá no verão passado. Vamos tentar falar com eles depois do almoço.

Ele diminuiu a velocidade e estacionou ilegalmente atrás de um prédio.

– Onde a gente está? – perguntou ela.

– A um quarteirão da Mount Vernon Square, no centro. O *Post* fica seis quarteirões pra lá. O meu banco fica quatro quarteirões pra cá. E tem uma lanchonete ali na esquina.

Eles caminharam até a lanchonete, que estava enchendo rapidamente por causa do horário do almoço. Ela esperou em uma mesa perto da janela enquanto ele ficou na fila e pediu sanduíches. Metade do dia já tinha se passado e, embora ela não gostasse daquela linha de trabalho, era bom estar ocupada e esquecer que estava sendo perseguida. Ela não seria repórter e, naquele momento, dificilmente seguiria com a carreira no direito. Não muito tempo atrás, ela pensava em se tornar juíza depois de alguns anos como advogada. Nem pensar. Era muito perigoso.

Gray trouxe uma bandeja com a comida e chá gelado, e eles começaram a comer.

– Está sendo um dia normal pra você? – perguntou ela.

– É isso que eu faço da vida. Passo o dia todo bisbilhotando, escrevo as matérias no final da tarde e depois fico cavando outras histórias até tarde da noite.

– Quantas matérias por semana?

– Às vezes três ou quatro, às vezes nenhuma. Eu sou exigente, e não tem muita cobrança. Mas isso aqui está sendo um pouco diferente. Faz dez dias que eu não publico nada.

– E se você não conseguir confirmar a conexão com o Mattiece? O que vai dizer na matéria?

– Depende de quão longe eu chegar. A gente podia ter publicado aquela matéria sobre o Verheek e o Callahan, mas por que se dar ao trabalho? Era uma matéria boa, mas eles não tinham nada pra desenrolar. Ia só fazer um arranhão, mais nada.

– E você está perseguindo um Big Bang.

– Estou torcendo pra isso. Se a gente conseguir confirmar o conteúdo do seu dossiê, vamos publicar uma baita matéria.

– Você já consegue até ver as manchetes, né?

– Consigo. A adrenalina está nas alturas. Esta vai ser a maior história desde...

– O Watergate?

– Não. O Watergate foi uma série de matérias que começaram pequenas e foram crescendo. Aqueles caras correram atrás das pistas durante meses e ficaram ciscando aqui e ali até conseguirem juntar as peças. Eram muitas pessoas que sabiam de diferentes partes da história. Isso aqui, minha querida, é muito diferente. Essa história é muito maior, só um grupo muito seleto sabe a verdade. O Watergate foi um roubo idiota seguido de uma tentativa fracassada de acobertamento. Isso aqui são crimes planejados com maestria por pessoas muito ricas e inteligentes.

– Mas também teve tentativa de acobertamento.

– Isso vem depois. Quando a gente conseguir vincular o Mattiece aos assassinatos, a gente publica a matéria. Depois que tudo vier à tona, todo mundo vai começar a investigar da noite pro dia. Este lugar vai ficar uma loucura, principalmente com a notícia de que o Presidente e o Mattiece são velhos amigos. Quando a poeira começar a baixar, a gente cai em cima da presidência e tenta descobrir quem sabia o que desde quando.

– Mas, primeiro, o Garcia.

– Ah, sim. Eu sei que ele está por aí em algum lugar. Ele trabalha aqui na cidade e sabe de alguma coisa muito importante.

– E se a gente encontrá-lo e ele não falar?

– A gente convence ele.

– E como?

– Tortura, sequestro, extorsão, ameaças das mais variadas.

Um homem corpulento de cara amarrada apareceu de repente ao lado da mesa.

– Vamos logo! – gritou ele. – Vocês falam demais!

– Obrigado, Pete – disse Gray sem erguer os olhos.

Pete se perdeu em meio à multidão, mas era possível ouvi-lo gritando com os ocupantes de outra mesa. Darby largou o sanduíche na bandeja.

– Ele é o dono – explicou Gray. – Faz parte da experiência.

– Que agradável. Está incluído no preço?

– A comida é barata, então ele depende da quantidade de clientes. Ele se recusa a servir café porque não quer que as pessoas fiquem aqui batendo papo. Ele espera que a gente coma rápido e vá embora.

– Eu já terminei.

Gray olhou para o relógio.

– São 12h15. A gente precisa estar na casa da Judith Wilson às 13h. Quer transferir o dinheiro agora?

– Quanto tempo vai levar?

– A gente pode fazer a transferência agora e pegar o dinheiro mais tarde.

– Então vamos.

– Quanto você quer transferir?

– Quinze mil.

JUDITH WILSON MORAVA no segundo andar de uma casa velha e caindo aos pedaços, dividida em apartamentos de dois quartos para estudantes. Deu 13h e ela ainda não tinha chegado, e Darby e Gray ficaram uma hora passeando de carro. Ele bancou o guia turístico. Passou lentamente pelo Montrose Theatre, ainda coberto com placas de madeira e todo queimado. Mostrou a ela o circo diário na Dupont Circle.

Estavam estacionados na rua de Judith quando, às 14h15, um Mazda vermelho entrou na garagem estreita.

– Olha lá ela – disse Gray, e saiu.

Darby ficou no carro.

Ele pegou Judith subindo a escada na frente da casa. Ela foi bastante simpática. Os dois conversaram, ele lhe mostrou a foto, ela olhou por alguns segundos e começou a balançar a cabeça. Pouco depois, ele estava de volta ao carro.

– Zero de seis – disse ele.

– Sobrou só o Edward Linney, que provavelmente é nossa melhor aposta, porque ele estagiou lá duas vezes.

Encontraram um telefone público em uma loja de conveniência a três quarteirões dali, e Gray ligou para o número de Edward. Ninguém atendeu. Ele bateu o telefone e entrou no carro.

– Ele não estava em casa às dez da manhã e não está agora.

– Pode ser que esteja em aula – disse Darby. – A gente precisa dos horários dele. Você deveria ter pegado junto com os outros.

– Você não falou isso naquela hora.

– Quem é o detetive aqui? Quem é o repórter investigativo mais importante do *Washington Post*? Eu sou só uma humilde ex-estudante de direito superanimada de estar aqui vendo de perto o seu trabalho.

– Está bem então. Pra onde vamos agora?

– Pra faculdade de direito – respondeu ela. – Vou ficar no carro esperando enquanto você entra lá e consegue os horários de aula do Edward.

– Sim, senhora.

DESSA VEZ, UM outro estudante estava atrás do balcão da secretaria. Gray pediu os horários das aulas nas quais Edward Linney estava matriculado, e o rapaz foi atrás da secretária. Cinco minutos depois, ela cruzou lentamente a porta e o encarou.

Ele deu um sorriso.

– Oi, lembra de mim? Gray Grantham, do *Post*. Preciso dos horários de outro aluno.

– O reitor disse que não.

– Pensei que o reitor estivesse viajando.

– Ele está. O vice-reitor disse que não. Nenhum horário de aula mais. Você já me causou muitos problemas.

– Não entendi. Não estou pedindo nenhuma informação pessoal.

– O vice-reitor disse que não.

– Onde está o vice-reitor?

– Ele está ocupado.

– Eu vou esperar. Onde fica a sala dele?

– Ele vai ficar ocupado por um bom tempo.

– Vou esperar por esse bom tempo.

Ela cruzou os braços.

– Ele não vai autorizar que você tenha acesso a mais nenhum horário. Nossos alunos têm direito a privacidade.

– Sem dúvida. Que tipo de problema eu causei?

– Eu vou te dizer, então.

– Por favor, me diga.

O estudante passou pela porta e desapareceu.

– Um dos alunos com quem você conversou hoje de manhã ligou pro White e Blazevich, eles ligaram pro vice-reitor, e o vice-reitor me ligou dizendo que não quer nenhum repórter tendo acesso aos horários dos alunos.

– Por que eles estão incomodados com isso?

– Eles estão, ok? A faculdade tem uma relação de longa data com o White e Blazevich. Eles contratam muitos dos nossos alunos.

Gray tentou parecer um coitadinho desamparado.

– Estou apenas tentando encontrar Edward Linney. Juro que ele não está envolvido em nada de errado. Só preciso fazer algumas perguntas pra ele.

Ela percebeu que tinha saído vitoriosa. Havia conseguido enxotar um repórter do *Post* e estava bastante orgulhosa. Decidiu dar a ele uma migalha.

– O Sr. Linney não está mais matriculado aqui. Isso é tudo o que eu posso dizer.

– Obrigado – disse ele se inclinando na direção da porta.

Ele estava quase no carro quando ouviu alguém chamar seu nome. Era o estudante que trabalhava na secretaria.

– Sr. Grantham – disse enquanto corria até ele. – Eu conheço o Edward. Ele meio que abandonou a faculdade por um tempo. Problemas pessoais.

– Onde ele está?

– Os pais o internaram em um hospital particular. Pra reabilitação.

– Onde fica o hospital?

– Em Silver Spring. Um lugar chamado Parklane Hospital.

– Há quanto tempo ele está lá?

– Mais ou menos um mês.

Grantham apertou a mão dele.

– Obrigado. Não vou dizer a ninguém que você me contou.

– Ele não está metido em nenhuma confusão, está?

– Não. Eu te garanto.

Eles pararam no banco e Darby saiu com quinze mil em dinheiro. Carregar aquela quantia em dinheiro a assustava. Edward Linney a assustava. O White e Blazevich de repente passou a assustá-la.

PARKLANE ERA UMA clínica de reabilitação para pessoas ricas ou com planos de saúde caros. Era um prédio pequeno, cercado de árvores e sem mais nada ao redor, a oitocentos metros da estrada. Eles entenderam que aquilo ia ser difícil.

Gray entrou no saguão primeiro e perguntou à recepcionista por Edward Linney.

– Ele é um paciente daqui – disse ela em um tom um tanto formal.

Ele deu seu melhor sorriso.

– Sim. Eu sei disso. Me disseram na faculdade onde ele estudava que ele é paciente aqui. Em que quarto ele está?

Darby entrou no saguão e caminhou até o bebedouro, onde passou um bom tempo bebendo água.

– Ele está no quarto 22, mas você não pode vê-lo.

– Me disseram lá na faculdade que eu poderia.

– E quem seria você?

Ela era muito amigável.

– Gray Grantham, do *Washington Post*. Me disseram na faculdade que eu poderia fazer umas perguntas pra ele.

– Sinto muito se eles te disseram isso. Como pode ver, Sr. Grantham, nós administramos este hospital e eles administram a faculdade de direito.

Darby pegou uma revista e se sentou em um sofá.

O sorriso de Grantham diminuiu consideravelmente, mas ainda estava lá.

– Eu entendo – disse ele, ainda gentil. – Será que eu posso falar com a pessoa responsável?

– Por quê?

– Porque é um assunto muito importante, e eu tenho que falar com o Sr. Linney hoje à tarde. Se você não pode me autorizar, eu preciso falar com seu chefe. Não vou sair daqui até falar com a pessoa responsável pela clínica.

Ela lançou a ele seu melhor olhar de "vá para o inferno" e se afastou do balcão.

– Só um momento. Pode se sentar.

– Obrigado.

Ela saiu e Gray se virou para Darby. Ele apontou para uma porta dupla que parecia levar ao único corredor. Ela respirou fundo e a atravessou rapidamente. Dava num grande entroncamento a partir do qual se ramificavam três corredores extremamente limpos. Uma placa de metal indicava os quartos 18 a 30. Era a ala central do hospital, e o hall, escuro e silencioso, tinha um carpete grosso e papel de parede floral.

Acabaria sendo presa por fazer aquilo. Seria abordada por um segurança grandalhão ou por uma enfermeira corpulenta e trancada em uma sala onde os policiais a agrediriam quando chegassem, e seu fiel escudeiro lá fora ficaria parado assistindo a tudo aquilo, impotente, enquanto a levavam algemada. O nome dela sairia no jornal, no *Post*, e o brutamontes, se soubesse ler, veria a matéria, e então eles a pegariam.

Enquanto ela se arrastava pelo corredor ao longo das portas fechadas, as praias e as *piña coladas* pareciam cada vez mais distantes. A porta de número 22 estava fechada e tinha um papel com os nomes Edward L. Linney e Dr. Wayne McLatchee afixado nela. Ela bateu na porta.

O ADMINISTRADOR DO hospital era ainda mais babaca do que a recepcionista. Mas pelo menos recebia bem para fazer aquilo. Ele explicou que o hospital tinha políticas rígidas sobre visitas. Os pacientes internados lá eram muito doentes e frágeis, e o hospital precisava protegê-los. E os médicos, os melhores na área, eram muito rigorosos sobre quem podia ver os pacientes. A visitação era permitida apenas aos sábados e domingos, e mesmo assim apenas um grupo de pessoas cuidadosamente selecionado, geralmente apenas familiares e amigos, podia estar com os pacientes, e mesmo assim só por trinta minutos. Eles tinham que ser muito rigorosos.

Aquelas eram pessoas sensíveis e certamente não eram capazes de suportar o interrogatório de um repórter, independentemente da gravidade das circunstâncias.

Grantham perguntou quando Edward deveria receber alta.

– Isso é estritamente confidencial! – exclamou o administrador. – Provavelmente, quando expirar o seguro de saúde – sugeriu Grantham, que estava conversando e enrolando, à espera de gritos irritados vindos da direção da porta dupla.

A menção ao seguro de saúde incomodou profundamente o administrador. Grantham perguntou se ele, o administrador, poderia fazer apenas duas perguntas ao Sr. Linney em seu lugar, o que não levaria mais de trinta segundos.

– Fora de cogitação – devolveu o administrador.

Eles tinham políticas rígidas.

UMA VOZ RESPONDEU suavemente, e Darby entrou no quarto. O carpete era ainda mais grosso e os móveis eram feitos de madeira. Ele estava sentado na cama, vestindo jeans, sem camisa, lendo um romance volumoso. Ela ficou impressionada com a boa aparência do rapaz.

– Com licença – disse ela afetuosamente enquanto fechava a porta.

– Entre – respondeu ele com um sorriso suave.

Era o primeiro rosto de alguém que não fosse um médico que ele via em dois dias. E um rosto bonito. Ele fechou o livro.

Ela caminhou até a ponta da cama.

– Meu nome é Sara Jacobs, eu estou trabalhando em uma matéria pro *Washington Post*.

– Como você entrou aqui? – perguntou ele, obviamente feliz por ela estar ali.

– Só saí andando. Você estagiou no White e Blazevich no verão passado?

– Sim, e no anterior também. Eles me ofereceram um emprego pra quando eu me formar. Se eu me formar.

Ela entregou a foto para ele.

– Você reconhece esse homem?

Ele pegou a foto e sorriu.

– Sim. O nome dele é... Espera... Ele trabalha no setor de petróleo e gás no nono andar. Qual é mesmo o nome dele?

Darby mal conseguia respirar de tanta expectativa.

Edward fechou os olhos com força e tentou se lembrar. Então olhou para a foto e disse:

– Morgan. Acho que o nome dele é Morgan. Isso.

– O sobrenome dele é Morgan?

– É ele mesmo. Não me lembro do primeiro nome dele. É tipo Charles ou alguma coisa assim, mas não é isso. Acho que começa com C.

– E você tem certeza de que ele trabalha no setor de petróleo e gás?

Embora ela não conseguisse se lembrar do número exato, estava certa de que havia mais de um Morgan no White e Blazevich.

– Sim.

– No nono andar?

– Sim. Eu trabalhei no setor de falências no oitavo andar, e o de petróleo e gás ocupa metade do oitavo e o nono inteiro.

Ele devolveu a foto para ela.

– Quando você vai sair daqui? – perguntou ela. Seria grosseiro simplesmente ir embora.

– Semana que vem, eu espero. O que esse cara fez?

– Nada. A gente só precisa conversar com ele – respondeu ela, já se afastando da cama. – Tenho que correr. Obrigada. E boa sorte.

– Imagina. Sem problemas.

Ela fechou a porta sem fazer barulho e correu em direção ao saguão de entrada. Uma voz veio de algum lugar atrás dela.

– Ei! Você! O que você está fazendo?

Darby se virou e encarou um segurança alto com uma arma na cintura. Ela olhou com uma expressão absolutamente culpada.

– O que você está fazendo? – questionou novamente enquanto a encurralava contra a parede.

– Visitando meu irmão – disse ela. – E não grite comigo de novo.

– Quem é o seu irmão?

Ela apontou com a cabeça em direção à porta.

– Quarto 22.

– Você não pode visitar ele agora. É proibido.

– Era importante. Já estou indo embora, ok?

A porta do quarto 22 se abriu e Edward olhou para eles.

– Ela é sua irmã? – perguntou o segurança.

Darby implorou com os olhos.

– É, deixa ela em paz – disse Edward. – Ela já estava indo embora.

Darby respirou aliviada e sorriu para Linney.

– A mamãe vai vir no fim de semana.

– Ótimo – disse Edward suavemente.

O segurança recuou e Darby praticamente correu até a porta dupla. Grantham estava dando lições ao administrador sobre quão caros eram os cuidados de saúde. Ela atravessou rapidamente a porta, entrou no saguão e já estava quase na saída quando o administrador falou com ela.

– Senhorita! Ei, senhorita! Qual o seu nome, por favor?

Darby cruzou a porta e se dirigiu para o carro. Grantham deu de ombros para o administrador e saiu tranquilamente do prédio. Os dois entraram no carro e foram embora depressa.

– O sobrenome do Garcia na verdade é Morgan. O Edward reconheceu ele na hora, mas não lembrava direito do nome. O primeiro nome começa com C – disse ela enquanto fuçava as anotações que pegara do *Martindale-Hubbell Legal Directory*. – Disse que ele trabalha com petróleo e gás no nono andar.

Grantham saiu em disparada do hospital.

– Petróleo e gás!

– Foi o que ele disse – devolveu ela segundos antes de encontrar o que procurava. – Curtis D. Morgan, setor de petróleo e gás, 29 anos. Tem um outro Morgan no contencioso, mas ele é sócio e, vamos ver, tem 51 anos.

– O nome do Garcia é Curtis Morgan – disse Gray, aliviado, olhando para o relógio. – São 15h45. Precisamos correr.

– Mal posso esperar.

RUPERT OS AVISTOU quando eles saíram do hospital. O Pontiac alugado voava a toda pela estrada. Ele correu como um louco para não os perder de vista, depois informou a posição deles pelo rádio.

37

Matthew Barr nunca havia andado de lancha antes e, depois de cinco horas de uma viagem agitada pelo oceano, estava ensopado e cheio de dores. Seu corpo estava dormente e, quando viu a terra firme, agradeceu a Deus, pela primeira vez em décadas. Depois voltou a praguejar contra Fletcher Coal.

Eles atracaram em uma pequena marina perto de uma cidade que ele acreditava ser Freeport. O capitão dissera algo sobre Freeport ao homem conhecido como Larry quando eles deixaram a Flórida. Nenhuma outra palavra foi pronunciada durante aquele suplício. O papel de Larry na viagem era incerto. Ele tinha quase dois metros de altura, um pescoço tão grosso quanto um poste, e não fazia nada além de observar Barr, o que pareceu razoável no começo, mas depois de cinco horas se tornou um incômodo.

Quando o barco atracou eles tentaram ficar em pé direito. Larry foi o primeiro a sair, e fez um sinal para Barr se juntar a ele. Outro homem grande se aproximou do píer e, juntos, escoltaram Barr até uma van que os aguardava. A van, sem nenhuma janela, era bastante suspeita.

Naquele momento, Barr preferia ter se despedido de seus novos amigos e simplesmente desaparecido em direção a Freeport. Ele pegaria um avião para Washington e enfiaria a mão na cara de Coal assim que visse aquela testa brilhante dele. Mas precisava ficar calmo. Eles não ousariam machucá-lo.

A van parou um tempo depois em uma pequena pista de pouso, e Barr foi escoltado até um Learjet preto. Ele o admirou brevemente antes de seguir Larry pela escada. Estava calmo, tranquilo; era só mais um trabalho. Afinal, ele tinha sido um dos melhores agentes da CIA na Europa. Era um ex-fuzileiro naval. Sabia cuidar de si mesmo.

Sentou-se sozinho na cabine. As janelas estavam fechadas, e isso o incomodava. Mas ele entendeu. O Sr. Mattiece valorizava sua privacidade, e Barr definitivamente era capaz de respeitar isso. Larry e o outro peso pesado estavam na parte da frente da cabine, folheando revistas e ignorando-o solenemente.

Trinta minutos após a decolagem, o Learjet começou a descer e Larry se aproximou dele.

– Coloque isso – exigiu enquanto lhe entregava uma venda grossa de tecido.

Naquele ponto, um novato entraria em pânico. Um amador começaria a fazer perguntas. Mas Barr já havia sido vendado antes e, embora tivesse várias questões em relação àquela missão, pegou a venda calmamente e cobriu os olhos.

O HOMEM QUE tirou a venda de Barr se apresentou como Emil, um assistente do Sr. Mattiece. Ele era um sujeito miúdo e franzino, com cabelos escuros e um bigode fino cujas pontas se estendiam até o lábio inferior. Ele se sentou em uma cadeira a pouco mais de um metro de distância e acendeu um cigarro.

— O nosso pessoal falou que podemos confiar em você. Mais ou menos — disse ele com um sorriso amigável.

Barr olhou ao redor da sala. Não havia paredes, apenas janelas com várias pequenas vidraças. O sol estava forte naquele dia e incomodava seus olhos. Um jardim luxuoso rodeava uma série de fontes e piscinas do lado de fora. Estavam nos fundos de uma casa muito grande.

— Estou aqui em nome do Presidente — disse Barr.

— A gente acredita em você — assentiu Emil.

Não havia dúvidas de que ele era *cajun*, descendente dos colonos de origem francesa expulsos do Canadá.

— Posso saber quem é você? — perguntou Barr.

— Meu nome é Emil, e isso é o suficiente. O Sr. Mattiece não está se sentindo bem. Talvez seja melhor você deixar a sua mensagem comigo.

— Tenho ordens para falar diretamente com ele.

— Ordens do Sr. Coal, eu imagino.

Emil nunca parava de sorrir.

— Isso mesmo.

— Entendo. O Sr. Mattiece acha melhor não se encontrar com você. Ele quer que você fale comigo.

Barr balançou a cabeça. Naquele momento, se as coisas fugissem do controle e medidas mais drásticas se mostrassem eventualmente necessárias, ele teria prazer em conversar com Emil, se fosse preciso. Mas, por enquanto, se manteria firme.

– Não estou autorizado a falar com ninguém além do Sr. Mattiece – disse Barr educadamente.

O sorriso de Emil praticamente desapareceu. Ele apontou para além das piscinas e das fontes, na direção de uma grande construção em forma de gazebo, com janelas altas do chão ao teto. Fileiras de arbustos e flores muito bem cuidadas a cercavam.

– O Sr. Mattiece está no gazebo. Vem comigo.

Eles deixaram a sala ensolarada e caminharam lentamente em volta de uma piscina rasa. Barr sentia um nó imenso no estômago, mas seguiu seu amiguinho como se aquele fosse apenas mais um dia de trabalho. O som de água caindo ecoava pelo jardim. Um passadiço estreito levava ao gazebo. Eles pararam diante da porta.

– Vou ter que pedir pra você tirar os sapatos – disse Emil com um sorriso.

Ele estava descalço. Barr desamarrou os sapatos e os colocou ao lado da porta.

– Não pise nas toalhas – avisou Emil em tom sério.

Toalhas?

Emil abriu a porta para Barr, que entrou sozinho. A sala era perfeitamente redonda, com cerca de quinze metros de diâmetro. Havia três cadeiras e um sofá, todos cobertos com lençóis brancos. Havia toalhas grossas de algodão no chão, formando pequenas e perfeitas trilhas pela sala. O sol brilhava através das claraboias. Uma porta se abriu e Victor Mattiece surgiu de uma pequena sala.

Barr congelou e encarou o homem. Ele era magro, esquálido, com longos cabelos grisalhos e uma barba imunda. Vestia apenas uma bermuda branca e caminhava cuidadosamente sobre as toalhas sem olhar para Barr.

– Sente-se ali – disse ele, apontando para uma cadeira. – Não pise nas toalhas.

Barr desviou das toalhas e se sentou.

Mattiece deu as costas para ele, se virando para as janelas.

Sua pele parecia ter a textura de couro e tinha um tom de bronze-escuro. Seus pés descalços eram atravessados por veias horríveis. As unhas dos pés eram compridas e amareladas. Ele era doido de pedra.

– O que você quer? – perguntou ele baixinho ainda olhando na direção das janelas.

– O Presidente me mandou aqui.

– Não mandou, não. Foi o Coal que te mandou. Duvido que o Presidente saiba que você está aqui.

Talvez Mattiece não fosse louco. Ele falava sem mover um único músculo do corpo.

– O Coal é o chefe de gabinete, então é como se tivesse sido o Presidente.

– Eu conheço o Coal. E conheço você. E sei também sobre a Unidade. O que você quer, afinal?

– Informações.

– Não vem com joguinho pra cima mim. O que você quer?

– Você leu o Dossiê Pelicano? – perguntou Barr.

Seu corpo frágil permaneceu imóvel.

– Você leu? – rebateu Mattiece.

– Sim – respondeu Barr prontamente.

– Você acha que aquilo tudo é verdade?

– Talvez. É por isso que eu estou aqui.

– Por que o Sr. Coal está tão preocupado com o Dossiê Pelicano?

– Porque alguns repórteres ficaram sabendo. E, se for verdade, a gente precisa saber imediatamente.

– Que repórteres são esses?

– Gray Grantham, do *Washington Post*. Ele foi o primeiro e é quem sabe mais coisas. Ele está investigando pesado. O Coal acha que ele está prestes a publicar alguma coisa.

– A gente pode dar um jeito nele, não pode? – disse Mattiece na direção das janelas. – Quem é o outro?

– Rifkin, do *Times*.

Mattiece ainda não havia se movido nem um centímetro.

Barr olhava em volta, para os lençóis e as toalhas. Sim, o cara era maluco. O local era absurdamente limpo e cheirava a álcool. Talvez ele estivesse doente.

– O Sr. Coal acha que é verdade?

– Eu não sei. Ele está muito preocupado com isso. É por isso que estou aqui, Sr. Mattiece. A gente precisa saber.

– E se for verdade?

– Então a gente tem um problema.

Mattiece finalmente se moveu. Ele transferiu o peso do corpo para a perna direita e cruzou os braços sobre o peito estreito. Mas seus olhos não se mexiam nunca. Era possível ver as dunas e a vegetação à distância, mas não o mar.

– Você sabe o que eu acho? – perguntou ele calmamente.

– O quê?

– Acho que o Coal é o problema. Ele passou o dossiê para muita gente. Entregou pra CIA. Deixou que você lesse. Isso realmente me incomoda.

Barr não conseguiu pensar em uma resposta. Era ridículo sugerir que Coal quisesse sair por aí distribuindo o dossiê. "O problema é você, Mattiece. Você mandou matar os juízes. Você entrou em pânico e matou o Callahan. Você é o desgraçado ganancioso que não estava satisfeito com meros cinquenta milhões."

Mattiece se virou lentamente e olhou para Barr. Seus olhos eram escuros e vermelhos. Ele não se parecia em nada com o homem na foto ao lado do Presidente, mas aquilo havia sido sete anos antes. Ele tinha envelhecido vinte anos nos últimos sete, e talvez enlouquecido ao longo do caminho.

– Vocês, palhaços de Washington, são os culpados por isso – disse ele, um pouco mais alto.

Barr não conseguiu olhar para ele.

– É verdade, Sr. Mattiece? É tudo o que eu quero saber.

Atrás de Barr, uma porta se abriu sem emitir som. Larry, de meias e evitando pisar nas toalhas, deu dois passos adiante e parou.

Mattiece caminhou sobre as toalhas até uma porta de vidro e a abriu. Ele olhou para fora e falou suavemente.

– Claro que é verdade.

Ele saiu e fechou a porta devagar. Barr ficou olhando enquanto aquele cretino andava por uma trilha em direção às dunas.

"E agora?", pensou ele. Talvez Emil viesse buscá-lo. Talvez.

Larry se aproximou com uma corda e Barr não ouviu ou sentiu nada até que já fosse tarde demais. Mattiece não queria sangue em seu gazebo, então Larry simplesmente quebrou seu pescoço e o estrangulou até que o serviço fosse finalizado.

38

O plano exigia que ela estivesse naquele elevador naquele momento da busca, mas ela achou que já houvera imprevistos suficientes para justificar uma mudança de estratégia. Ele achava que não. Eles haviam debatido amigavelmente a respeito daquele passeio de elevador, e lá estava ela. Ele estava certo; aquele era o caminho mais rápido até Curtis Morgan. E ela estava certa; era um caminho perigoso até chegar a Curtis Morgan. Mas os outros caminhos poderiam ser igualmente perigosos. O plano inteiro era perigoso.

Darby usava o único vestido e o único par de sapatos de salto alto que tinha. Gray disse que ela estava muito bonita, mas isso já era esperado. O elevador parou no nono andar e, quando ela saiu, sentiu um nó no estômago e mal conseguia respirar.

A recepcionista estava do outro lado de um saguão luxuoso. O nome WHITE E BLAZEVICH cobria a parede atrás dela em letras grossas de metal. Suas pernas estavam bambas, mas ela conseguiu se aproximar da recepcionista, que sorriu educadamente. Faltavam dez minutos para as cinco da tarde.

– Posso ajudar? – perguntou ela.

A placa de identificação informava que seu nome era Peggy Young.

– Sim – conseguiu responder Darby, pigarreando. – Tenho uma reunião às cinco com Curtis Morgan. Meu nome é Dorothy Blythe.

A recepcionista ficou atordoada. Ela escancarou a boca e olhou para Darby, então Dorothy, sem expressão. A mulher não conseguiu dizer nada.

O coração de Darby parou.

– Algum problema?

– Bem, não. Me desculpe. Só um momento.

Peggy Young se levantou rapidamente e desapareceu às pressas.

"Corre!" Seu coração batia disparado como um tambor. "Corre!" Ela tentava controlar a respiração, mas estava lutando para não hiperventilar. Suas pernas estavam completamente bambas. "Corre!"

Darby olhou em volta, tentando parecer tranquila, como se fosse apenas mais uma cliente à espera de seu advogado. Certamente eles não a matariam ali no saguão de um escritório de advocacia.

O homem veio primeiro, seguido pela recepcionista. Tinha uns 50 anos, cabelos grisalhos e um semblante extremamente fechado.

– Olá – disse, apenas por educação. – Meu nome é Jarreld Schwabe, sou um dos sócios do escritório. Você disse que tem uma reunião com Curtis Morgan.

"Segura firme."

– Sim. Às cinco. Algum problema?

– E seu nome é Dorothy Blythe?

"Sim, mas pode me chamar de Dot."

– Foi o que eu disse. Sim. Qual é o problema? – perguntou, parecendo genuinamente irritada.

Ele começou a se aproximar dela.

– Quando você marcou essa reunião?

– Eu não sei. Umas duas semanas atrás. Conheci Curtis em uma festa em Georgetown. Ele me disse que era advogado na área de petróleo e gás e, por acaso, eu estava precisando de um. Liguei pra cá e marquei um horário. Agora, por favor, você pode me dizer o que está acontecendo?

Ela ficou impressionada com a naturalidade com que essas palavras saíam de sua boca completamente seca.

– Por que você precisa de um advogado de petróleo e gás?

– Eu não acho que tenho que ficar me explicando pra você – retrucou ela, desaforada.

O elevador se abriu e um homem vestindo um terno barato se aproximou rapidamente para participar da conversa. Darby fechou a cara para ele. Seus joelhos cederiam a qualquer momento. Schwabe estava pressionando de verdade.

– Não temos nenhum registro dessa reunião.

– Então mande embora a secretária responsável pela agenda. É assim que você recebe todos os novos clientes?

Ela estava indignada, mas Schwabe não desistiu.

– Você não pode se reunir com Curtis Morgan – disse ele.

– E por que não? – questionou ela.

– Porque ele morreu.

Suas pernas fraquejaram. Uma dor intensa perfurou seu estômago. No entanto, pensou ela rapidamente, não havia problema algum em parecer chocada. Afinal, ela esperava contratá-lo como advogado.

– Sinto muito. Por que ninguém me ligou?

Schwabe ainda parecia desconfiado.

– Como eu disse, não temos registro de nenhuma reunião marcada com Dorothy Blythe.

– O que aconteceu com ele? – perguntou ela, atordoada.

– Ele levou um tiro durante um assalto uma semana atrás.

O cara de terno barato se aproximou dela.

– Você tem algum documento de identificação?

– Quem é você, por acaso? – retrucou ela em voz alta.

– Ele é o segurança do escritório – disse Schwabe.

– Segurança pra quê? – indagou ela, falando ainda mais alto. – Isso aqui é um escritório de advocacia ou um presídio?

O sócio olhou para o homem de terno barato, e era óbvio que nenhum dos dois sabia exatamente o que fazer naquele momento. Eles a tinham irritado e a história dela era bastante plausível. Então relaxaram um pouco.

– Por que você não vai embora, Srta. Blythe? – sugeriu Schwabe.

– Mal posso esperar!

– Por aqui – disse o segurança, esticando o braço para conduzi-la.

Ela deu um tapa na mão dele.

– Encosta um dedo em mim e eu meto um processo em você amanhã de manhã. Sai de perto de mim!

Aquilo os deixou um pouco assustados. Ela estava muito irritada e partindo para cima. Talvez eles estivessem pegando pesado demais.

– Vejo a senhora lá embaixo – disse o segurança.

– Eu sei o caminho. Estou abismada que babacas como vocês tenham clientes – disse ela dando um passo para trás, o rosto vermelho, não de raiva e sim de medo. – Tenho advogados em quatro estados e nunca fui tratada assim – gritou para eles, já no meio do saguão. – Paguei meio milhão de dólares em honorários ano passado e tenho um milhão pra pagar no ano que vem, mas vocês, seus idiotas, não vão ganhar nem um centavo.

Quanto mais se aproximava do elevador, mais alto ela gritava. Ela era louca. Eles ficaram olhando até a porta do elevador se abrir e ela foi embora.

GRAY ANDAVA DE um lado para o outro na cama, segurando o telefone e esperando por Smith Keen. Darby estava esticada na cama de olhos fechados.

Gray parou.

– Oi, Smith. Preciso que você veja uma coisa pra mim, rápido.

– Onde você está? – perguntou Keen.

– Em um hotel. Dá uma olhada aí, seis ou sete dias atrás. Preciso do obituário de Curtis D. Morgan.

– Quem é esse?

– O Garcia.

– Garcia! O que aconteceu com o Garcia?

– Morreu, obviamente. Levou um tiro em um assalto.

– Eu me lembro disso. A gente publicou uma matéria na semana passada sobre um advogado que foi assaltado e morreu baleado.

– Provavelmente é ele. Você pode checar isso pra mim? Preciso do nome e do endereço da esposa dele, se a gente tiver.

– Como você encontrou ele?

– É uma longa história. A gente vai tentar falar com a viúva dele hoje à noite.

– O Garcia está morto. Isso é bem esquisito, hein.

– É mais do que esquisito. O garoto sabia de alguma coisa e apagaram ele.

– Você está em perigo?

– Quem sabe?

– Cadê a garota?

– Está comigo.

– E se estiverem vigiando a casa dele?

Gray não tinha pensado nisso.

– A gente vai ter que arriscar. Te ligo de volta em quinze minutos.

Gray colocou o telefone no chão e se sentou em uma cadeira de balanço antiga. Havia uma cerveja quente em cima da mesa e ele deu um longo gole. Observou Darby. Cobria os olhos com um dos antebraços. Ela estava de calça jeans e moletom. O vestido estava jogado no chão. Os saltos tinham sido chutados para um canto.

– Você está bem? – perguntou ele suavemente.

– Estou ótima.

Ela não se dobrava, e ele gostava disso. Claro, ela era praticamente uma advogada, e os estudantes deveriam aprender essa habilidade na faculdade de direito. Deu outro gole da cerveja e passou um tempo olhando para ela até ser flagrado.

– Você está me encarando? – perguntou ela.

– Sim.

– Sexo é a última coisa que está passando pela minha cabeça.

– Então por que falou nisso?

– Porque eu posso sentir seu olhar tarado para minhas unhas vermelhas.

– Verdade.

– Estou com dor de cabeça. Uma dor de cabeça de verdade, lancinante.

– Você se esforçou pra isso. Quer alguma coisa?

– Sim. Uma passagem só de ida pra Jamaica.

– Você pode ir embora hoje à noite. Eu te levo pro aeroporto agora mesmo.

Ela removeu o antebraço da frente dos olhos e massageou suavemente as têmporas.

– Me desculpe por ter chorado.

Ele terminou a cerveja em um longo gole.

– Você estava no seu direito.

Ela estava chorando quando saiu do elevador. Gray esperava como um pai ansioso, exceto pelo fato de estar com um .38 no bolso do casaco – sobre o qual ela não sabia nada a respeito.

– Então, o que você está achando de ser uma repórter investigativa? – perguntou ele.

– Prefiro trabalhar em um matadouro de porcos.

– Bem, honestamente, nem todo dia é tão agitado assim. Às vezes eu só fico sentado na minha mesa dando um milhão de telefonemas pra burocratas que não têm nada a declarar.

– Parece ótimo. Vamos fazer isso amanhã.

Ele chutou os sapatos para longe e colocou os pés em cima

da cama. Ela fechou os olhos e respirou fundo. Vários minutos se passaram sem nenhum dos dois dizer uma palavra.

– Você sabia que o apelido oficial da Louisiana é The Pelican State? – perguntou ela com os olhos fechados.

– Não. Eu não sabia.

– Isso é um tanto constrangedor, porque os pelicanos-pardos foram praticamente exterminados no início dos anos 1960.

– O que aconteceu com eles?

– Pesticidas. Eles só comem peixe, e os peixes vivem na água do rio cheia de hidrocarbonetos clorados dos pesticidas. As chuvas arrastam os pesticidas do solo pra dentro dos pequenos riachos, que em algum momento deságuam nos rios, que eventualmente deságuam no Mississippi. Os peixes estão tomados de DDT e outros produtos químicos, e, quando os pelicanos da Louisiana se alimentam deles, isso tudo se acumula nos tecidos gordurosos das aves. Eles não morrem imediatamente, mas em momentos difíceis, como a fome ou o mau tempo, os pelicanos, as águias e os cormorões são forçados a usar suas reservas de energia e podem literalmente ser envenenados pela própria gordura. Mesmo quando não morrem, geralmente não conseguem se reproduzir. Os ovos ficam tão finos e frágeis que quebram durante a incubação. Você sabia disso?

– Por que eu saberia disso?

– No fim dos anos 1960, a Louisiana começou a trazer pelicanos-pardos do sul da Flórida e, ao longo dos anos, a população aos poucos aumentou. Mas as aves ainda estão em risco. Quarenta anos atrás, havia milhares deles. O pântano de ciprestes que Mattiece quer destruir abriga apenas algumas dezenas de pelicanos.

Gray refletiu sobre aquilo tudo. Ela ficou em silêncio por um bom tempo.

– Que dia é hoje? – perguntou ela sem abrir os olhos.

– Segunda-feira.

– Faz uma semana que eu saí de Nova Orleans. Faz duas que

o Thomas e o Verheek jantaram juntos. Esse jantar, claro, foi o momento fatídico em que o Dossiê Pelicano foi passado adiante.

— Amanhã completa três semanas que o Rosenberg e o Jensen foram assassinados.

— Eu era só uma estudante de direito inocente cuidando da minha própria vida e tendo um maravilhoso caso de amor com meu professor. Acho que esses dias acabaram.

"A faculdade de direito e o professor podem ter acabado...", pensou ele.

— Quais são seus planos agora?

— Não tenho. Só estou tentando sair dessa confusão dos infernos e continuar viva. Vou fugir pra algum lugar e me esconder por alguns meses, quem sabe alguns anos. Eu tenho dinheiro suficiente pra sobreviver por um bom tempo. Se e quando eu chegar ao ponto de não ficar mais achando que estou sendo seguida, talvez eu volte.

— Pra faculdade de direito?

— Acho que não. O direito perdeu o sentido.

— Por que você queria ser advogada?

— Por idealismo, e por dinheiro. Eu achava que poderia mudar o mundo e ainda ser paga pra fazer isso.

— Mas já tem tanto advogado por aí. Por que tanta gente brilhante continua migrando pra faculdade de direito?

— Simples. Ganância. Eles querem BMWs e cartões de crédito sem limite. Se você cursar uma boa faculdade de direito, terminar entre os dez por cento mais bem colocados e conseguir um emprego em um escritório grande, o seu salário vai chegar aos seis dígitos em poucos anos, e depois só vai aumentar. Isso é certo. Com 35 anos, você vai ser um sócio que arrecada pelo menos duzentos mil ao ano. Alguns ganham muito mais.

— E os outros noventa por cento?

— Pra eles não é tão vantajoso. Eles ficam com as sobras.

— Muitos advogados que eu conheço odeiam a profissão. Eles prefeririam estar fazendo outra coisa.

— Mas não conseguem abandonar por causa do dinheiro.

Mesmo um advogado ruim em um escritório pequeno chega a ganhar cem mil por ano depois de dez anos de profissão. Ele pode até odiar o direito, mas o que mais ele faria pra ganhar essa quantidade de dinheiro?

– Eu detesto advogados.

– E imagino que você ache que os repórteres são adorados.

Bom argumento. Gray olhou para o relógio e pegou o telefone. Discou o número de Keen, que atendeu, leu o obituário e a matéria do *Post* sobre o assassinato sem sentido do jovem advogado. Gray fez algumas anotações.

– E tem mais umas coisas – disse Keen. – Feldman está muito preocupado com a sua segurança. Ele esperava que fizéssemos um briefing na sala dele hoje e ficou puto quando viu que isso não ia acontecer. Dá um jeito de passar alguma coisa pra ele antes do meio-dia de amanhã. Entendeu?

– Vou tentar.

– Tentar não é suficiente, Gray. O clima está tenso por aqui.

– O *Times* está na nossa cola, não é?

– Neste momento não estou preocupado com o *Times*. Estou muito mais preocupado com você e a garota.

– A gente está bem. Está tudo bem. O que mais você tem aí?

– Você recebeu três mensagens nas últimas duas horas de um cara chamado Cleve. Ele disse que é policial. Você o conhece?

– Conheço.

– Bem, ele quer conversar com você hoje à noite. Disse que é urgente.

– Eu ligo pra ele mais tarde.

– Ok. Tenham cuidado, vocês dois. A gente vai estar aqui até tarde, então dê notícias.

Gray desligou e olhou para as anotações. Eram quase sete horas.

– Eu vou atrás da Sra. Morgan. Quero que você fique aqui.

Ela se sentou entre os travesseiros e cruzou os braços sobre os joelhos.

– Eu preferia ir com você.

– E se eles estiverem vigiando a casa? – perguntou ele.

– Por que eles vigiariam a casa? O cara está morto.

– Talvez estejam desconfiados agora, já que apareceu uma cliente misteriosa hoje procurando por ele. Mesmo estando morto, o cara está chamando atenção.

Ela pensou naquilo por um minuto.

– Não. Eu vou com você.

– É muito arriscado, Darby.

– Não vem com esse papo de risco. Tem doze dias que eu estou sobrevivendo em um campo minado. Isso não é nada.

Ele esperou por ela na porta.

– A propósito, onde eu vou ficar hoje à noite?

– Jefferson Hotel.

– Você tem o telefone de lá?

– O que você acha?

– Pergunta idiota.

O JATINHO PARTICULAR com Edwin Sneller a bordo pousou no aeroporto de Washington alguns minutos depois das sete. Ele estava feliz em deixar Nova York. Havia passado seis dias trancafiado em uma suíte no Plaza. Por quase uma semana, seus homens haviam checado hotéis, vigiado aeroportos e andado pelas ruas, e sabiam muito bem que estavam perdendo tempo, mas ordens eram ordens. Eles foram instruídos a ficar lá até que alguma coisa nova acontecesse e eles pudessem seguir em frente. Era bobagem tentar encontrar a garota em Manhattan, mas eles tinham que ficar por perto caso ela cometesse algum erro, como um telefonema ou um pagamento com o cartão de crédito, que pudessem ser rastreados e, de repente, eles precisassem agir.

Ela não cometeu nenhum erro até às 14h30, quando precisou de dinheiro e acessou a conta. Eles sabiam que isso aconteceria, principalmente se ela planejasse deixar o país e tivesse medo de usar o cartão. Em algum momento, ela precisaria de dinheiro e teria que transferi-lo, já que seu banco ficava em Nova Orleans e ela não estava lá. O cliente de Sneller era dono de oito por cento do banco; não era muito, mas uma singela e conveniente participação de 12 milhões de dólares, que poderia fazer as coisas acontecerem. Alguns minutos depois das três, ele recebeu uma ligação de Freeport.

Eles não suspeitavam de que ela estivesse em Washington. Ela era uma garota inteligente que estava fugindo de problemas, e não indo na direção deles. E eles certamente não esperavam que ela se juntasse ao repórter. Eles não faziam ideia, mas depois pareceu muito lógico. E a situação se tornou bem mais do que crítica.

Quinze mil dólares saíram da conta dela para a dele, e de repente Sneller estava de volta ao jogo. Tinha dois homens com ele. Outro jatinho particular estava a caminho saindo de Miami. Ele havia solicitado uma dezena de homens imediatamente. Seria um trabalho rápido, ou não teriam trabalho algum. Não podiam perder nem um segundo.

Sneller não estava esperançoso. Com Khamel na equipe, tudo parecia possível. Ele havia matado Rosenberg e Jensen de maneira tão eficaz e depois desaparecera sem deixar rastro. Agora ele estava morto, com um tiro na cabeça, por causa de uma estudante de direito.

A CASA DOS Morgans ficava em um subúrbio bem frequentado em Alexandria. O bairro era jovem e abastado, com bicicletas e triciclos em todos os quintais.

Três carros estavam estacionados na entrada da garagem. Um deles tinha placas de Ohio. Gray tocou a campainha e ficou de olho na rua. Nada suspeito.

Um homem mais velho abriu apenas uma fresta da porta.

– Sim – disse ele suavemente.

– Meu nome é Gray Grantham, eu trabalho no *Washington Post*, e essa é minha assistente, Sara Jacobs – disse ele enquanto Darby forçava um sorriso. – Nós gostaríamos de falar com a Sra. Morgan.

– Acho melhor não.

– Por favor. É muito importante.

Ele olhou para os dois cautelosamente.

– Espere um minuto.

O homem fechou a porta e desapareceu.

A casa tinha uma varanda estreita de madeira, com uma pequena sacada acima dela. Eles estavam no escuro e não podiam ser vistos da rua. Um carro passou devagar.

Ele abriu a porta novamente.

– Meu nome é Tom Kupcheck, eu sou o pai dela, e ela não quer falar com vocês.

Gray assentiu, como se fosse algo compreensível.

– Não vai demorar nem cinco minutos. Eu prometo.

Ele foi até a varanda e fechou a porta.

– Acho que você está com problemas de audição. Eu disse que ela não quer conversar.

– Eu ouvi, Sr. Kupcheck. Eu respeito a privacidade dela e sei o que ela passou.

– Desde quando vocês da imprensa respeitam a privacidade de alguém?

Evidentemente, o Sr. Kupcheck tinha um pavio curto. Estava prestes a explodir.

Gray manteve a calma. Darby recuou. Ela tinha se envolvido em brigas suficientes por um dia.

– O marido dela me ligou três vezes antes de morrer. Falei com ele ao telefone e não acredito que a morte dele tenha sido um assassinato aleatório por conta de um assalto.

– Ele morreu. Minha filha está mal. Ela não quer conversar. Agora dê o fora daqui.

– Sr. Kupcheck – disse Darby em tom caloroso. – Temos motivos pra acreditar que seu genro foi testemunha de uma atividade criminosa altamente organizada.

Isso o acalmou um pouco, e ele olhou para Darby.

– É mesmo? Bem, você não tem como perguntar isso pra ele, tem? Minha filha não sabe de nada. Ela teve um dia ruim e está sedada. Agora vão embora.

– Podemos falar com ela amanhã? – perguntou Darby.

– Duvido muito. Liguem primeiro.

Gray entregou um cartão de visita a ele.

– Se ela quiser conversar, use o número na parte de trás. Estou hospedado em um hotel. Vou ligar amanhã por volta do meio-dia.

– Faça isso. Mas agora vão embora. Vocês já a incomodaram.

– Desculpe – disse Gray, enquanto eles caminhavam para fora da varanda.

O Sr. Kupcheck abriu a porta, mas ficou parado olhando enquanto eles saíam. Gray parou e se virou para ele.

– Algum outro repórter ligou ou apareceu por aqui?

– Vários ligaram pra cá no dia seguinte ao da morte. Queriam arrancar qualquer coisa. Gente sem educação.

– Mas nenhum recentemente?

– Não. Agora vai embora.

– Alguém do *New York Times*?

– Não.

Ele entrou e bateu a porta.

Darby e Gray correram para o carro, estacionado quatro casas antes.

Não havia trânsito. Gray ziguezagueou pelas ruas do subúrbio e deu diversas voltas antes de sair do bairro. Vigiou o retrovisor até se convencer de que eles não estavam sendo seguidos.

– O Garcia já era – disse Darby quando entraram na Interestadual 395 em direção à cidade.

– Ainda não. Vamos fazer uma última tentativa amanhã, e talvez ela fale com a gente.

– Se ela soubesse de algo, o pai também saberia. E se o pai dela soubesse, por que ele não iria querer cooperar? A gente não vai conseguir nada lá, Gray.

Isso fazia todo o sentido. Eles seguiram em silêncio por alguns minutos. O cansaço estava batendo.

– A gente consegue chegar ao aeroporto em quinze minutos – disse ele. – Eu te deixo lá, e em meia hora você já estará fora daqui. Só pegue um avião pra qualquer lugar e vá embora.

– Vou embora amanhã. Preciso descansar um pouco e quero pensar pra onde eu vou. Obrigada.

– Você está se sentindo segura?

– Nesse momento, sim. Mas isso pode mudar a qualquer momento.

– Eu vou ficar feliz de dormir no seu quarto hoje. Como em Nova York.

– Você não dormiu no meu quarto em Nova York. Você dormiu em um sofá na sala.

Ela estava sorrindo, e aquilo era um bom sinal.

Ele também estava sorrindo.

– Está bem. Vou dormir na sala hoje à noite.

– Esse quarto não tem sala.

– Veja só. Então, onde eu posso dormir?

De repente, ela parou de sorrir. Mordiscou o lábio e seus olhos lacrimejaram. Ele tinha ido longe demais. Era Callahan novamente.

– Não estou pronta ainda – disse ela.

– Quando você vai estar pronta?

– Gray, por favor. Me deixa em paz.

Ela observou os carros ao redor sem dizer nada.

– Desculpe – disse ele.

Lentamente, ela se deitou no banco e colocou a cabeça no colo dele. Ele gentilmente acariciou o ombro dela, e ela apertou a mão dele.

– Estou morrendo de medo – disse ela baixinho.

39

Ele deixou o quarto dela por volta das dez, depois de uma garrafa de vinho e comida chinesa. Tinha ligado para Mason Paypur, o repórter que cobria o plantão noturno do *Post* nas delegacias, e pedido que ele consultasse suas fontes sobre o assassinato de Morgan. O crime tinha acontecido no centro da cidade em uma área onde homicídios não eram comuns, apenas alguns assaltos e agressões.

Gray estava exausto e sem ânimo. E triste porque Darby iria embora no dia seguinte. O *Post* lhe devia seis semanas de férias, e ele ficou tentado a ir com ela. Que Mattiece ficasse com todo o petróleo. Mas tinha medo de nunca mais voltar, o que não seria o fim do mundo, exceto pelo constrangedor fato de que Darby tinha dinheiro, ele não. Daria para eles irem de praia em praia e se divertirem ao sol por cerca de dois meses com o dinheiro dele, mas depois seria por conta dela. E, o mais importante, ele não havia sido convidado a se juntar a ela na fuga. Ela estava de luto. Quando ela mencionava Thomas Callahan, ele podia notar a sua dor.

Gray estava agora no Jefferson Hotel, na Rua 16, seguindo, é claro, as instruções dela. Ligou para a casa de Cleve.

– Cadê você? – perguntou Cleve, irritado.

– Em um hotel. É uma longa história. O que aconteceu?

– Eles deram uma licença médica de noventa dias para Sarge.

– O que houve com ele?

– Nada. Ele disse que querem que ele fique fora de lá por um tempo. Aquele lugar é feito um bunker. Todo mundo recebeu ordens pra ficar de boca calada, não falar com ninguém. Eles estão morrendo de medo. Mandaram Sarge pra casa hoje ao meio-dia. Ele acha que você pode estar correndo sério risco. Semana passada ele ouviu seu nome milhares de vezes. Eles estão obcecados por você, por causa de tudo o que você sabe.

– Eles quem?

– O Coal, é claro, e o assessor dele, o Birchfield. Eles comandam a Ala Oeste como se fossem da Gestapo. Às vezes tem também, como é que é o nome dele, aquele com cara de esquilo e gravata-borboleta? Da política interna?

– Emmitt Waycross.

– Isso, ele mesmo. Mas essencialmente Coal e Birchfield estão fazendo ameaças e traçando estratégias.

– Que tipo de ameaça?

– Ninguém na Casa Branca, a não ser o Presidente, pode falar com a imprensa, seja oficialmente ou em off, sem a aprovação de Coal. Isso inclui até o assessor de imprensa. O Coal é que media tudo.

– Inacreditável.

– Eles estão apavorados. E o Sarge acha que eles são perigosos.

– Tudo bem. Eu estou escondido.

– Passei no seu apartamento ontem à noite. Seria bom se você tivesse me avisado antes de sumir.

– Eu te dou notícias amanhã à noite.

– Que carro você está dirigindo?

– Um Pontiac quatro portas alugado. Bastante esportivo.

– Conferi o Volvo hoje à tarde. Tudo certo com ele.

– Obrigado, Cleve.

– Você está bem?

– Acho que sim. Fala pro Sarge que está tudo bem comigo.

– Me liga amanhã. Estou preocupado.

ELE DORMIU POR quatro horas, e já tinha acordado quando o telefone tocou. Estava escuro lá fora e ficaria assim por pelo menos mais duas horas. Ele ficou encarando o aparelho e atendeu no quinto toque.

– Alô – disse ele, desconfiado.

– Gray Grantham? – Era uma mulher muito tímida.

– É ele. Quem está falando?

– Beverly Morgan. Você passou aqui ontem à noite.

Gray estava de pé, ouvindo com atenção, bem acordado.

– Sim. Desculpa se a gente incomodou você.

– Tudo bem. Meu pai é muito protetor. E está muito nervoso. Os repórteres foram horrorosos quando Curtis morreu. Ligavam de todos os cantos. Queriam fotos antigas dele, fotos recentes minhas e da minha filha. Eles ligavam a qualquer hora do dia. Foi terrível, e meu pai ficou de saco cheio daquilo. Ele teve que enxotar dois repórteres da varanda aqui de casa aos empurrões.

– Acho que a gente teve sorte então.

– Espero que ele não tenha ofendido vocês.

A voz dela parecia vazia e distante, ao mesmo tempo tentando ser forte.

– De forma alguma.

– Ele está dormindo agora, no andar de baixo, no sofá. Então a gente pode conversar.

– Por que você não está dormindo? – perguntou ele.

– Estou tomando alguns remédios pra dormir e meu sono está desajustado. Tenho dormido de dia e passado as noites me arrastando.

Era claro que ela estava sem sono e queria conversar.

Gray se sentou na cama e tentou relaxar.

– Não consigo nem imaginar o choque que é passar por uma coisa dessas.

– Leva vários dias até cair a ficha. No começo, a dor é horrível. Horrível. Eu não conseguia me mexer sem sentir dor. Eu não conseguia nem pensar, tamanho o choque e a incredulidade. Liguei o piloto automático pra passar pelo enterro, que olhando agora é como se tivesse sido um pesadelo. Estou sendo chata?

– Nem um pouco.

– Tenho que parar de tomar esses remédios. Estou dormindo tanto que não consigo nem conversar com ninguém. Além disso, meu pai está botando todo mundo pra correr. Você está gravando isso?

– Não. Estou só ouvindo.

– Hoje faz uma semana que mataram o Curtis. Eu achei que ele estivesse trabalhando até tarde, o que não era raro. Atiraram nele e roubaram a carteira dele, pra que a polícia não conseguisse identificá-lo. Vi no jornal da noite que um advogado tinha sido assassinado no centro da cidade, e tive certeza que era o Curtis. Não me pergunte como eles sabiam que ele era advogado sem saberem o nome dele. É estranho, todas essas coisinhas esquisitas no meio de um assassinato.

– Por que ele estava trabalhando até tarde?

– Ele trabalhava oitenta horas por semana, às vezes mais. O White e Blazevich é uma fábrica. Passam sete anos tentando matar os associados e, quando não conseguem, transformam eles em sócios. O Curtis odiava aquele lugar. Ele estava cansado da advocacia.

– Fazia quanto tempo que ele trabalhava lá?

– Cinco anos. Ele ganhava noventa mil por ano, então aturava toda a aporrinhação.

– Você sabia que ele tinha me ligado?

– Não. Meu pai me contou que você disse isso, e eu fiquei pensando sobre isso a noite toda. O que ele te disse?

– Ele nunca se identificou. Usava o codinome Garcia. Não me pergunte como descobri a identidade dele, levaria horas pra explicar. Ele me disse que provavelmente sabia algo sobre os assassinatos dos juízes Rosenberg e Jensen, e que queria me contar.

– Randy Garcia era o melhor amigo dele na escola quando ele era criança.

– Eu tive a impressão de que ele tinha visto alguma coisa no escritório, e que talvez alguém de lá soubesse disso. O Curtis estava muito nervoso e sempre me ligava de telefones públicos. Ele achava que estava sendo seguido. A gente tinha combinado de se encontrar no penúltimo sábado, mas ele me ligou de manhã desmarcando. Ele estava com medo e disse que tinha que proteger a família. Você sabia de alguma dessas coisas?

– Não. Eu sabia que ele andava muito estressado, mas já tinha cinco anos que ele estava assim. O Curtis nunca trazia assuntos de trabalho pra casa. Ele odiava aquele lugar, de verdade.

– Por que ele odiava o escritório?

– Ele trabalhava pra um bando de assassinos, um bando de marginais que arrancariam o seu couro por uma ninharia. Eles gastam rios de dinheiro pra manter aquela imagem maravilhosa de integridade, mas são a escória. O Curtis tinha sido um dos melhores alunos da turma dele e podia escolher o emprego que quisesse. Eles pareciam caras bacanas quando o contrataram, mas se tornaram uns monstros no dia a dia de trabalho. Eram totalmente antiéticos.

– Por que ele não saiu do escritório?

– O salário sempre aumentava. Ele quase saiu um ano atrás, mas a proposta de emprego que tinha recebido caiu. Ele ficou bem triste, mas guardou isso para si. Acho que se sentia culpado por ter cometido um erro tão grande. A gente tinha um hábito que se repetia quase sempre. Quando ele chegava em casa, eu perguntava como tinha sido o dia dele. Às vezes já eram dez da noite quando ele aparecia, então eu sabia que tinha sido um dia ruim. Mas ele sempre dizia que o dia tinha sido rentável; essa era a palavra que ele usava, rentável. E então nós conversávamos sobre o nosso bebê. Ele não queria falar sobre o escritório, e eu não queria saber.

"Bem, adeus, Garcia. Ele estava morto e não tinha contado nada à esposa."

– Quem esvaziou a mesa dele?

– Alguém do escritório. Trouxeram as coisas dele na sexta-feira, tudo cuidadosamente arrumado e fechado com fita em três caixas de papelão. Fique à vontade se quiser dar uma olhada.

– Não, obrigado. Tenho certeza de que eles fizeram uma limpa. Quanto era o valor do seguro de vida dele?

Ela hesitou por um segundo.

– Você é um homem esperto, Sr. Grantham. Duas semanas

atrás ele contratou uma apólice de um milhão de dólares, com indenização em dobro em caso de morte por acidente.

– Ou seja, dois milhões de dólares.

– Sim, senhor. Acho que você está certo. Acho que ele estava desconfiado.

– Não acho que ele tenha sido morto por assaltantes, Sra. Morgan.

– Não posso acreditar.

Ela ficou sem ar, mas logo se recuperou.

– Os policiais fizeram muitas perguntas pra você?

– Não. Foi só mais um assalto em Washington que acabou saindo do controle. Nada raro. Acontece todo dia.

A parte do seguro era interessante, mas inútil. Gray estava ficando cansado da Sra. Morgan e de seu tom monocórdio e lento. Ele sentia muito por ela, mas se ela não sabia de nada, era hora de dar tchau.

– O que você acha que ele sabia? – perguntou ela.

Aquilo ia acabar durando horas.

– Não sei – respondeu Gray, olhando para o relógio. – Ele disse que sabia de coisas sobre os assassinatos, mas nunca passou disso. Eu tinha certeza de que ia me encontrar com ele em algum lugar e ele ia botar tudo pra fora e me dar alguma informação útil. Mas me enganei.

– Como ele ia saber alguma coisa sobre a morte desses juízes?

– Eu não sei. Ele só me ligou um dia, do nada.

– Se ele tivesse alguma coisa pra te mostrar, o que poderia ser? – perguntou ela.

O jornalista era ele. Era ele que deveria estar fazendo as perguntas.

– Não faço a menor ideia. Ele nunca deu nenhuma pista.

– Onde ele esconderia uma coisa dessas? – A pergunta era válida, mas irritante. E só então ele se deu conta. Ela estava querendo chegar a algum lugar.

– Não sei. Onde Curtis guardava as coisas de valor dele?

— A gente tem um cofre no banco pra escrituras, testamentos, coisas do gênero. Eu sempre soube do cofre. Ele cuidava de toda a parte burocrática, Sr. Grantham. Fui ver o cofre na quinta-feira passada com meu pai e não tinha nada fora do normal lá.

— Você não estava esperando nada fora do normal, né?

— Não. Aí, sábado de manhã, bem cedo, ainda estava escuro, eu estava dando uma olhada nos papéis em cima da escrivaninha dele no quarto. A gente tem uma escrivaninha antiga com tampo rolante que ele usava pra guardar correspondências e documentos pessoais, e eu encontrei uma coisa um pouco estranha.

Gray estava de pé, segurando o telefone e olhando fixamente para o chão. Ela tinha ligado às quatro da manhã. Tinha ficado jogando conversa fora por vinte minutos. E esperado até que ele estivesse prestes a desligar para soltar a bomba.

— E o que era? — perguntou ele da forma mais serena possível.

— Uma chave.

Ele sentiu um nó na garganta.

— Uma chave do quê?

— Do outro cofre.

— Em qual banco?

— No First Columbia. Nós nunca tivemos conta lá.

— Entendi. E você não sabia nada sobre esse outro cofre?

— Não, não. Não até sábado de manhã. Fiquei intrigada com isso, ainda estou, mas toda a nossa papelada estava no antigo cofre, por isso eu não tinha motivo nenhum pra verificar este. Acho que vou dar uma passada rápida lá quando me sentir disposta.

— Você quer que eu veja o que tem nele?

— Eu sabia que você ia dizer isso. E se você achar o que está procurando?

— Eu não sei o que estou procurando. Mas e se eu encontrar alguma coisa que ele tenha deixado, e essa coisa se mostrar bastante, digamos, digna de virar notícia?

— Fique à vontade pra usar.

— Sem restrições?

— Só uma condição. Se for algo que desonre o meu marido, você não pode usar.

— Justo. Você tem a minha palavra.

— Quando você quer pegar a chave?

— Você está com ela em mãos?

— Sim.

— Se você me esperar na varanda da frente, chego aí em três segundos.

O JATINHO PARTICULAR de Miami tinha trazido apenas cinco homens, então Edwin Sneller contava apenas com sete para o planejamento. Sete homens, tempo escasso e pouquíssimo equipamento. Ele passou a noite de segunda-feira em claro. A suíte do hotel onde estava parecia uma sala de operações em miniatura onde eles viraram a noite vendo mapas, tentando organizar as 24 horas seguintes. Algumas coisas eram certas. Grantham tinha um apartamento, mas não estava lá. Tinha um carro que não estava usando. Trabalhava no *Post*, que ficava na Rua 15. O White e Blazevich ficava em um edifício na Rua 10, perto da New York Avenue, mas ela não iria lá de novo. A viúva de Morgan morava em Alexandria, na Virgínia. Além disso, eles estavam procurando por duas pessoas em meio a outros três milhões.

Aqueles homens não eram do tipo que se catava em qualquer buraco e mandava para a frente de batalha. Era preciso encontrá-los e contratá-los, ele havia ouvido a promessa de receber a maior quantidade possível deles até o fim do dia.

Sneller não era nenhum principiante, e passar por aquilo era desesperador. Angustiante. Estava tudo dando errado. Ele faria o melhor que pudesse naquelas circunstâncias, mas já estava pronto para meter o pé.

Ela não saía da cabeça dele. Ela tinha estado com Khamel, exatamente como ele havia planejado, e tinha conseguido escapar. Ela tinha desviado de tiros e bombas, e deixado para trás os melhores do ramo. Ele adoraria se encontrar com ela, não para matá-la, mas para lhe dar os parabéns. Uma garotinha que conseguia escapar e sobreviver para contar.

Eles iriam concentrar as atenções no edifício do *Post*. Era o único lugar ao qual ele não poderia deixar de voltar.

40

O trânsito no centro da cidade estava totalmente engarrafado, e aquilo era ótimo para Darby. Ela não estava com pressa. O banco abria às 9h30 e, por volta das 7h, em seu quarto, enquanto ela tomava café mas nem tocava nos *bagels*, ele a convencera de que era ela quem deveria ver o que havia no cofre. Ela não estava muito certa, na verdade, mas deveria ser uma mulher a ir até lá, e não havia muitas disponíveis. Beverly Morgan disse a Gray que o outro banco, o First Hamilton, tinha vetado o acesso ao cofre assim que soube da morte de Curtis, e que ela só recebera permissão para visualizar o conteúdo e fazer um inventário. Ela também havia sido autorizada a fazer uma cópia do testamento, mas o original foi colocado de volta no cofre e trancado. Esse original só seria liberado depois que os auditores fiscais concluíssem o trabalho deles.

Portanto, a dúvida imediata era se o First Columbia estava ciente ou não de que ele estava morto. Os Morgans nunca tinham tido conta lá. Beverly não fazia ideia do motivo para Curtis escolher aquele banco. Era um banco enorme, com um milhão de clientes, e Gray e Darby chegaram à conclusão de que havia grandes chances de que eles ainda não estivessem cientes.

Ela estava cansada de correr riscos. Tinha desperdiçado uma oportunidade de ouro de embarcar em um avião na noite anterior, e agora lá estava ela, prestes a encarnar Beverly Morgan e medir forças com o First Columbia para roubar um homem morto. E o que seu fiel escudeiro estaria fazendo? Ele estaria lá para protegê-la. Gray tinha uma arma, o que a deixava apavorada, e a ele também, embora não admitisse, e planejava ficar bancando o guarda-costas do lado de fora enquanto ela surrupiava o conteúdo do cofre.

– Vou ter que fingir que ele não morreu. E se eles já souberem? – perguntou ela.

– Então você dá um tapa na cara da pessoa que estiver te atendendo e sai correndo de lá. Vou esperar na entrada principal. Estou armado, e a gente sai em disparada pela calçada.

– Sei lá, Gray. Não sei se eu consigo fazer isso.

– Você consegue, tá bem? Aja com naturalidade. Seja assertiva. Banque a engraçadinha. Vai acabar vindo naturalmente.

– Obrigada, viu. E se eles chamarem os seguranças? Eu criei essa fobia súbita de seguranças.

– Eu te resgato. Atravesso aquele saguão inteiro como se eu fosse a SWAT.

– E aí eles matam nós dois.

– Relaxa, Darby. Vai dar tudo certo.

– Por que você está tão confiante?

– Tenho um pressentimento. Tem alguma coisa naquele cofre, Darby. E você tem que ir lá pegar, garota. Está tudo nas suas mãos.

– Obrigada por aliviar a pressão.

Eles estavam na E Street, perto da Rua 9. Gray reduziu a velocidade e estacionou ilegalmente em uma área de embarque e desembarque a dez metros da entrada do First Columbia. Ele pulou para fora do carro. Darby demorou mais a sair. Lado a lado, se dirigiram rapidamente à porta. Eram quase dez horas.

– Te espero aqui – disse ele, apontando para uma coluna de mármore. – Vai fundo.

– "Vai fundo" – murmurou ela enquanto desaparecia pela porta giratória.

Era sempre ela a ser lançada aos leões. O saguão era do tamanho de um campo de futebol, com colunas, lustres e imitações de tapetes persas.

– Onde ficam os cofres? – perguntou ela a uma jovem no balcão de informações.

A garota apontou para um canto à direita.

– Obrigada – disse ela, e se encaminhou para aquela direção.

À sua esquerda as filas diante dos caixas davam quatro voltas, e à direita havia centenas de gerentes ocupados falando ao telefone. Era o maior banco da cidade, então ninguém prestou atenção nela.

A área dos cofres ficava atrás de duas enormes portas de bronze, tão polidas que pareciam de ouro, sem dúvida para conferir uma aparência infinita de segurança e invulnerabilidade. As portas estavam abertas apenas o suficiente para permitir a entrada e a saída de alguns poucos privilegiados. À esquerda, uma senhora de 60 anos, de aparência importante, estava sentada a uma mesa com a palavra COFRE estampada. Seu nome era Virginia Baskin.

Virginia Baskin olhou para Darby sem demonstrar nenhuma simpatia quando ela se aproximou da mesa.

– Eu preciso de acesso a um cofre – disse Darby sem nem respirar. Ela não tinha respirado nos últimos dois minutos e meio.

– Número, por favor – falou a Sra. Baskin ao mesmo tempo que se virava para o monitor e começava a digitar.

– F566.

Ela digitou o número e aguardou as palavras surgirem na tela. Franziu a testa e aproximou mais o rosto do monitor. "Corra!", pensou Darby. A Sra. Baskin franziu ainda mais o cenho e coçou o queixo. "Corra, antes que ela pegue o telefone e chame os seguranças. Corra, antes que os alarmes disparem e o idiota do meu parceiro irrompa pelo saguão."

A Sra. Baskin descolou a cara do monitor.

– Ele foi alugado há apenas duas semanas – disse ela quase que para si mesma.

– Sim – confirmou Darby, como se ela própria o tivesse alugado.

– Presumo que você seja a Sra. Morgan – disse a senhora, catando milho no teclado.

"Continue presumindo as coisas, querida."

– Sim, Beverly Anne Morgan.

– E seu endereço?

– Pembroke Street, 891, Alexandria.

Ela assentiu para a tela, como se o computador pudesse vê-la também e lhe dar o aval. E catou milho de novo.

– Telefone?

– É 703-664-5980.

A Sra. Baskin gostou daquilo. O computador também.

– Quem alugou este cofre?

– Meu marido, Curtis D. Morgan.

– Qual o número da previdência social dele?

Darby casualmente abriu sua bolsa de couro nova e um tanto grande e pegou sua carteira. Quantas esposas saberiam o número da previdência social do marido de cor? Ela abriu a carteira e falou:

– É 510-96-8686.

– Muito bem – disse a Sra. Baskin educadamente enquanto deixava o teclado de lado e procurava alguma coisa em sua mesa. – Quanto tempo a senhora deve levar?

– Só um minuto.

Ela prendeu uma ficha em uma pequena prancheta que estava sobre a mesa e apontou para ela.

– Assine aqui, Sra. Morgan.

Darby, apreensiva, assinou no segundo espaço. Curtis tinha assinado no primeiro, no dia em que havia alugado o cofre.

A Sra. Baskin passou os olhos pela assinatura e Darby prendeu a respiração.

– Você está com a sua chave? – perguntou ela.

– Claro – respondeu Darby com um sorriso afetuoso.

A Sra. Baskin retirou uma caixinha preta da gaveta e contornou a mesa.

– Venha comigo.

Elas cruzaram as portas de bronze. A área dos cofres era do tamanho de uma agência bancária de uma cidade pequena. Projetado à semelhança de um mausoléu, era um labirinto de corredores e de pequenas câmaras. Dois homens de uniforme passaram por elas. As duas atravessaram quatro salas idênticas, com paredes repletas de cofres de cima a baixo. A quinta sala guardava o F566, é claro, porque a Sra. Baskin entrou nela e abriu sua caixinha. Darby olhou apreensiva ao redor e às suas costas.

Virginia estava totalmente concentrada. Ela caminhou até o F566, que ficava à altura dos ombros, e introduziu sua chave. Ela mirou Darby e revirou os olhos, como se quisesse dizer: "Sua vez, idiota." Darby puxou a chave do bolso e a enfiou na fechadura ao lado da outra. Virginia então girou as duas chaves e puxou o cofre uns cinco centímetros para fora da gaveta. Depois, retirou a chave do banco e apontou para uma pequena cabine com uma porta sanfonada de madeira.

– Leve pra lá. Quando terminar, tranque-o de volta na gaveta e vá até a minha mesa – disse enquanto saía da sala.

– Obrigada – respondeu Darby.

Ela esperou até Virginia sumir de vista, depois terminou de puxar o cofre da gaveta. Não era pesado. A frente tinha cerca de quinze por trinta centímetros, e 45 de profundidade. A parte superior era aberta e dentro do cofre havia dois itens: um fino envelope pardo formato ofício e uma fita de vídeo sem nenhuma identificação.

Ela não precisava da cabine. Enfiou o envelope e a fita na bolsa, recolocou o cofre de volta na abertura e saiu da sala.

Virginia ainda estava terminando de contornar a mesa de volta quando Darby apareceu.

– Pronto – disse ela.

– Nossa, mas que rapidez.

Sem dúvida. Tudo acontece rápido quando se está com os nervos à flor da pele.

– Encontrei o que precisava – explicou ela.

– Que bom. – A Sra. Baskin subitamente se tornou afetuosa. – Sabe aquela história horrível que saiu no jornal semana passada, sobre aquele tal advogado. Aquele que foi morto por assaltantes não muito longe daqui. O nome dele não era Curtis Morgan? Acho que era Curtis Morgan, sim. Que absurdo.

"Ah, sua estúpida."

– Eu não vi isso, não – disse Darby. – Eu estava fora do país. Obrigada.

Seus passos foram um pouco mais apressados ao cruzar o saguão pela segunda vez. O banco estava lotado e não havia seguranças à vista. Moleza. Já era mesmo hora de ela conseguir concluir alguma coisa sem ninguém tentando agarrá-la.

O guarda-costas estava de prontidão ao lado da coluna de mármore. Ela cruzou a porta giratória em direção à rua, e estava quase chegando ao carro quando ele a alcançou.

– Entre no carro! – ordenou ela.

– O que tinha lá?! – perguntou ele.

– Vamos embora daqui agora.

Ela abriu a porta e pulou para dentro do carro. Ele deu a partida e saiu disparado.

– Me conta – disse ele.

– Eu limpei o cofre – respondeu ela. – Tem alguém atrás da gente?

Ele olhou o retrovisor.

– Como que eu vou saber? O que tinha lá?

Ela abriu a bolsa, tirou o envelope e abriu. Gray deu uma freada brusca e quase bateu no carro da frente.

– Presta atenção no volante! – gritou ela.

– Tá bem, tá bem! O que é que tem no envelope?!

– Não sei! Ainda não li e, se você me matar, não vou poder ler nunca.

O carro voltou a andar. Gray respirou fundo.

– Olha só, vamos parar de gritaria, tá bom? Vamos manter a calma.

– Fechado. Você dirige e eu fico calma.

– Combinado. Pronto. Estamos calmos?

– Estamos. Relaxa. Se concentra em pra onde você está indo. Pra onde você está indo?

– Não sei. O que é que tem no envelope?

Ela tirou uma espécie de documento de dentro dele. Olhou para Gray e viu que ele estava com a atenção voltada para o documento.

– Olha pra frente.

– Lê logo essa porra.

– Eu fico enjoada. Não consigo ler com o carro em movimento.

– Merda! Merda! Merda!

– Você está gritando de novo.

Gray virou o volante bruscamente para a direita e jogou o carro em uma área sujeita a reboque na E Street. Os outros carros buzinaram quando ele deu uma freada. Ele a encarou.

– Obrigada – disse ela, e começou a ler em voz alta.

Era um depoimento de quatro páginas, muito bem datilografado e juramentado em cartório. Era datado de sexta-feira, um dia antes do último telefonema para Grantham. Sob juramento, Curtis Morgan declarou que trabalhava no setor de petróleo e gás do White e Blazevich desde que entrara para o escritório, cinco anos antes. Seus clientes eram empresas privadas de exploração de petróleo de diversos países, mas sobretudo americanas. Desde que ingressara no escritório, ele tinha trabalhado para um cliente envolvido em um enorme processo no sul da Louisiana. O cliente era um homem chamado Victor Mattiece, e o Sr. Mattiece, que ele nunca vira pessoalmente, mas que era bastante conhecido pelos sócios sêniores do White e Blazevich, estava desesperado para ganhar a causa e, então, extrair milhões de barris de petróleo dos pântanos de Terrebonne Parish, na Louisiana. Havia também centenas de milhões de metros cúbicos de gás natural. O sócio do White e Blazevich que supervisionava o caso era F. Sims Wakefield, que era muito próximo de Victor Mattiece e que o visitava regularmente nas Bahamas.

Gray e Darby ficaram parados na área de estacionamento proibido, com o para-choque do Pontiac se projetando perigosamente sobre a faixa da direita, alheios aos carros que passavam. Ela lia devagar, enquanto ele permanecia ali de olhos fechados.

Continuando, o processo era muito importante para o escritório White e Blazevich. O escritório não estava diretamente envolvido nem no julgamento nem no recurso, mas tudo passava pela mesa de Wakefield. Ele não trabalhava em mais nada além do Caso Pelicano, como tinha ficado conhecido. Passava a maior parte do tempo ao telefone com Mattiece ou um dos milhares de advogados que também trabalhavam no caso. Morgan dedicava uma média de dez horas por semana ao processo, mas sempre em assuntos menores. Suas faturas eram entregues diretamente a Wakefield, o que era incomum, porque todas as outras faturas iam para o funcionário que cuidava da cobrança das empresas de petróleo e gás, que as repassava à contabilidade. Ele passara anos e anos ouvindo os rumores, e acreditava piamente que Mattiece não estava pagando ao White e Blazevich os honorários que o escritório costumava cobrar. Pressupunha que a empresa havia aceitado o caso em troca de um percentual do petróleo. Ele tinha ouvido falar em uma cifra de dez por cento do lucro líquido dos poços. Aquilo era algo inédito no setor.

Eles ouviram uma freada brusca e se prepararam para o impacto. Foi por pouco.

– Desse jeito a gente vai morrer – esbravejou Darby.

Gray engatou a marcha e jogou a roda dianteira direita sobre o meio-fio em direção à calçada. Agora eles estavam fora da pista. O carro estava parado na diagonal em local proibido, com a parte dianteira na calçada e a traseira por muito pouco fora da pista.

– Continua lendo – gritou ele de volta.

No dia 28 de setembro, ou em torno disso, Morgan estava na sala de Wakefield. Ele entrou com duas pastas e uma pilha de documentos não relacionados ao Caso Pelicano. Wakefield estava ao telefone. Como sempre, as secretárias entravam e saíam o tempo todo. A sala estava sempre um caos. Ele ficou parado alguns minutos esperando Wakefield acabar a ligação, mas a conversa se arrastou. Por fim, depois de quinze minutos de espera, Morgan pegou as pastas e os documentos de cima da mesa desordenada de Wakefield e saiu. Ele foi para sua sala, do outro lado do escritório, se sentou à mesa e retomou o trabalho. Eram mais ou menos duas da tarde. Enquanto procurava uma pasta, encontrou um memorando escrito à mão no fundo da pilha de documentos que tinha acabado de levar para sua sala. Morgan o pegara por engano da mesa de Wakefield. Ele se levantou na mesma hora, com a intenção de devolvê-lo a Wakefield. Então o leu. E releu. Olhou para o telefone. O ramal de Wakefield ainda estava ocupado. Uma cópia do memorando estava anexada ao depoimento.

– Lê o memorando – disparou Gray.

– Ainda não terminei o depoimento – retrucou ela.

Não adiantava discutir com Darby. Era ela a especialista na parte jurídica, e aquele era um documento jurídico, portanto ela o leria da forma que bem entendesse.

Continuando, Morgan ficou chocado com o memorando. Ficou completamente horrorizado com ele. Ele saiu da sala, foi até a máquina de xerox mais próxima e fez uma cópia. Depois voltou para sua sala e colocou o memorando original na mesma posição em que estava, debaixo das pastas em sua mesa. Ele ia jurar que nunca o tinha visto.

O memorando tinha dois parágrafos escritos à mão em papel timbrado do White e Blazevich. Tinha sido enviado por M. Velmano, ou Marty Velmano, sócio sênior. Estava datado de 28 de setembro, remetido a Wakefield, e nele se lia:

> *Sims:*
>
> *Informe ao cliente, a pesquisa está concluída – e a Corte ficará muito mais leve se o Rosenberg estiver aposentado. A segunda aposentadoria é um pouco mais inusitada. Dentre todos, o Einstein descobriu um elo com o Jensen. O garoto, é claro, tem aqueles outros problemas.*
>
> *Informe também que o Pelicano deve chegar aqui em quatro anos, levando em consideração outros fatores.*

Não estava assinado.

Gray estava rindo e franzindo a testa ao mesmo tempo. Sua boca estava escancarada. Darby começou a ler mais rápido.

Continuando, Marty Velmano era um tubarão voraz que trabalhava dezoito horas por dia e só ficava contente quando alguém perto dele estivesse sofrendo. Ele era o coração e a alma do White e Blazevich. Para os poderosos de Washington, ele era um jogador durão com muito dinheiro. Almoçava com deputados e jogava golfe com membros do gabinete. A parte suja do negócio ele fazia em sua sala, a portas fechadas.

Einstein era o apelido de Nathaniel Jones, um idiota prodígio do direito que a empresa mantinha trancafiado na pequena biblioteca do sexto andar. Ele lia todos os casos decididos pela Suprema Corte, pelas onze cortes federais de apelação e pelos supremos tribunais dos cinquenta estados. Morgan nunca chegou a conhecer Einstein. Era raro vê-lo no escritório.

Depois de tirar a xerox, ele dobrou a cópia do memorando e a colocou dentro de uma gaveta. Dez minutos depois, Wakefield irrompeu na sala dele, bastante transtornado e pálido. Fuçaram por toda a mesa de Morgan e encontraram o memorando. Wakefield estava extremamente irritado, o que não era raro. Ele perguntou se Morgan tinha lido aquilo. Não, ele afirmou. Estava claro que ele havia pegado o documento por engano quando saiu da sala dele, explicou. Qual era o problema, afinal? Wakefield estava furioso. Deu uma lição em Morgan falando de quanto a mesa alheia era um espaço sagrado. Ele foi um estúpido, repreendendo Morgan e fazendo toda aquela cena na sala dele. Por fim, se deu conta de que estava exagerando. Tentou se acalmar, mas o espetáculo já tinha sido feito. Ele pegou o memorando e saiu.

Morgan escondeu a cópia em um compêndio na biblioteca do nono andar. Tinha ficado chocado com a paranoia e a histeria de Wakefield. Naquela tarde, antes de voltar para casa, arrumou metodicamente os documentos e papéis em sua mesa e nas prateleiras. Na manhã seguinte, foi conferir. Alguém tinha vasculhado sua mesa durante a noite.

Morgan passou a ser bastante cuidadoso. Dois dias depois, ele achou uma pequena chave de fenda atrás de um livro em seu aparador. Em seguida, encontrou um pedacinho de fita isolante amassado jogado em sua lata de lixo. Ele presumiu que sua sala e seu telefone tivessem sido grampeados. Começou a notar olhares desconfiados de Wakefield. Passou a ver Velmano na sala de Wakefield com mais frequência do que o normal.

Então, os juízes Rosenberg e Jensen foram assassinados. Não havia dúvida de que tinha sido obra de Mattiece e seus comparsas. O memorando não mencionava Mattiece, mas se referia a um "cliente". Wakefield não tinha outros clientes. E nenhum cliente tinha tanto a ganhar com uma nova Corte quanto Mattiece.

O último parágrafo do depoimento era assustador. Em duas ocasiões após os assassinatos, Morgan notou que estava sendo seguido. Ele foi retirado do Caso Pelicano. Começou a chegar mais trabalho, maior carga horária, mais demandas. Ele estava com medo de ser morto. Se eles eram capazes de matar dois juízes da Suprema Corte, seriam capazes de matar um simples advogado.

O depoimento havia sido assinado perante a tabeliã Emily Stanford. O endereço dela constava logo abaixo do nome.

– Segura firme. Eu já volto – disse Gray, abrindo a porta e pulando para fora do carro.

Ele desviou dos veículos que passavam e saiu em disparada

pela E Street. Havia um telefone público em frente a uma padaria. Discou o número de Smith Keen e olhou para o carro alugado estacionado displicentemente do outro lado da rua.

— Smith, é o Gray. Presta atenção e faz exatamente o que vou te pedir. Tenho uma outra fonte no Dossiê Pelicano. É coisa grande, Smith, e preciso que você e o Krauthammer estejam na sala do Feldman daqui a quinze minutos.

— O que é?

— O Garcia deixou uma carta de despedida. Precisamos passar em mais um lugar só e depois a gente vai praí.

— A gente? A garota está vindo também?

— Sim. Arrume uma TV com videocassete na sala de reuniões. Acho que o Garcia quer falar com a gente.

— Ele deixou uma fita?

— Sim. Quinze minutos.

— Você está em segurança?

— Acho que sim. Só estou nervoso pra caramba, Smith.

Ele desligou e correu de volta para o carro.

A SRA. STANFORD trabalhava em um cartório na Vermont Avenue. Ela estava tirando pó das estantes quando Gray e Darby entraram. Eles estavam com pressa.

— Você é Emily Stanford? — perguntou ele.

— Sou eu. Por quê?

Ele mostrou a ela a última página do depoimento.

— Esse documento foi juramentado aqui?

— Quem é você?

— Gray Grantham, do *Washington Post*. Esta assinatura é sua?

— Sim. Eu fiz a juramentação.

Darby mostrou a ela a foto de Garcia, agora Morgan, na calçada.

— Este é o homem que assinou o depoimento? — perguntou ela.

— Curtis Morgan. Sim. Foi ele, sim.

— Obrigado — disse Gray.

— Ele morreu, não foi? — perguntou a Sra. Stanford. — Eu vi no jornal.

– Sim, ele morreu – confirmou Gray. – Você por acaso leu esse depoimento?

– Ah, não. Eu só testemunhei a assinatura. Mas eu sabia que tinha alguma coisa errada.

– Obrigado, Sra. Stanford.

Eles saíram dali tão rápido quanto tinham entrado.

O MAGRICELO ESCONDIA sua testa reluzente debaixo de um chapéu fedora gasto. Suas calças estavam em trapos e seus sapatos, furados, e ele estava sentado em sua velha cadeira de rodas em frente ao *Post*, segurando um cartaz que dizia que ele era sem-teto e passava fome. Ele apoiava a cabeça ora em um ombro, ora no outro, como se os músculos do pescoço tivessem arriado em decorrência da fome. Uma caixa de papelão com algumas notas e moedas estava em seu colo, mas era o próprio dinheiro dele. Talvez ele tivesse um desempenho melhor se fosse cego.

Sua aparência era lamentável, sentado ali como um vegetal, a cabeça caída, usando óculos de sol de armação verde. Estava de olho em tudo o que passava na rua.

Viu o carro virar na esquina e parar em local proibido. O homem e a mulher saltaram e correram em direção a onde ele estava. O magricelo tinha uma arma embaixo de sua manta esfarrapada, mas eles estavam indo rápido demais. E havia muita gente na calçada. Os dois entraram no prédio do *Post*.

Ele esperou um minuto, depois se arrastou para longe dali em sua cadeira.

41

Smith Keen estava andando de um lado para o outro, inquieto, diante da porta da sala de Feldman sob os olhares da secretária. Ele os viu passar apressados pelo corredor entre as fileiras de mesas. Gray vinha na frente e segurava a mão dela. Ela era mesmo muito bonita, mas isso não tinha a menor importância naquele momento. Eles estavam sem fôlego.

– Smith Keen, essa é Darby Shaw – disse Gray, ofegante.

Eles trocaram um aperto de mão.

– Oi – disse ela, olhando ao redor da extensa redação.

– É um prazer, Darby. Pelo que eu ouvi dizer, você é uma mulher incrível.

– Certo – respondeu Grantham. – Podemos jogar conversa fora depois.

– Venham – disse Keen, e eles retomaram o passo. – Feldman quis usar a sala de reuniões.

Eles atravessaram a barulhenta redação e entraram em uma sala imponente, com uma mesa comprida no meio. Havia vários homens conversando, que imediatamente se calaram quando ela entrou. Feldman fechou a porta e apertou a mão dela.

– Sou Jackson Feldman, editor-executivo. Você deve ser Darby.

– Quem mais seria? – disse Gray, ainda respirando com dificuldade.

Feldman o ignorou e olhou em volta da mesa. Foi apontando um a um.

– Howard Krauthammer, editor-chefe. Ernie DeBasio, editor-assistente e de assuntos internacionais. Elliot Cohen, editor-assistente e de assuntos nacionais; e Vince Litsky, nosso advogado.

Ela assentiu educadamente e esqueceu o nome de cada um imediatamente depois de ouvi-los. Todos tinham pelo menos

50 anos, usavam camisa social mas sem paletó, e pareciam profundamente preocupados. Ela podia sentir a tensão no ar.

– Me dê a fita – disse Gray.

Ela pegou a fita na bolsa e entregou a ele. A televisão e o videocassete estavam em uma ponta da sala, em um rack portátil. Ele colocou a fita no videocassete.

– Conseguimos isso faz vinte minutos, então ainda não vimos.

Darby se sentou em uma cadeira encostada na parede. Os homens se debruçaram na direção da tela e ficaram esperando a imagem aparecer.

Em uma tela preta estava escrita a data: "12 de outubro". Então apareceu Curtis Morgan, sentado diante de uma mesa em uma cozinha. Ele segurava um controle que evidentemente comandava a câmera.

– Meu nome é Curtis Morgan, e se você está assistindo isso, é provável que eu esteja morto.

Que frase de abertura. Os homens fizeram uma careta e se aproximaram mais da tela.

– Hoje são 12 de outubro e estou gravando isso na minha casa. Estou sozinho. Minha esposa foi ao médico. Eu deveria estar trabalhando, mas aleguei estar doente. Minha esposa não sabe de nada disso. Eu não contei a ninguém. Se você está assistindo a esse vídeo, você também leu isso aqui. [*Ele pega o depoimento e mostra.*] Este é um depoimento que assinei e pretendo deixar junto com essa fita, provavelmente em um cofre em um banco no centro da cidade. Vou ler o depoimento e falar sobre outras coisas.

– A gente está com o depoimento – avisou Gray na mesma hora.

Ele estava de pé apoiado na parede ao lado de Darby. Ninguém olhou para ele. Estavam todos de olhos grudados na tela. Morgan leu lentamente o depoimento. Seus olhos oscilavam entre o papel e a câmera, indo e voltando, indo e voltando.

Levou dez minutos. A cada vez que ouvia a palavra *pelicano*, Darby fechava os olhos e balançava a cabeça lentamente. Tudo se resumia àquilo. Era como um pesadelo. Ela se esforçava para ouvir.

Quando Morgan terminou de ler o depoimento, ele o colocou sobre a mesa e olhou para algumas anotações em um bloco. Ele parecia estar confortável e relaxado. Era um rapaz bonito, que aparentava menos que 29 anos. Estava em casa, então não usava gravata. Apenas uma camisa branca engomada. O White e Blazevich não era o lugar ideal para se trabalhar, disse ele, mas a maioria dos quatrocentos advogados eram honestos e provavelmente não sabiam de nada sobre Mattiece. De fato, ele duvidava de que muito mais gente além de Wakefield, Velmano e Einstein estivesse envolvida na conspiração. Havia um advogado chamado Jarreld Schwabe que era perverso o suficiente para se envolver, mas Morgan não tinha provas. (Darby se lembrava bem dele.) Havia uma ex-secretária que tinha pedido demissão repentinamente poucos dias após os assassinatos. O nome dela era Miriam LaRue e trabalhava no departamento de petróleo e gás havia dezoito anos. Talvez ela soubesse de alguma coisa. Ela mora em Falls Church. Uma outra secretária cujo nome ele não revelaria dissera a ele que tinha ouvido uma conversa entre Wakefield e Velmano, e o assunto era se eles podiam confiar nele, Morgan. Mas ela ouvira apenas partes do diálogo. Eles começaram a tratá-lo de uma forma diferente depois de o memorando ter sido encontrado na mesa dele. Principalmente Schwabe e Wakefield. Era como se os dois quisessem colocá-lo contra a parede e ameaçá-lo de morte se ele contasse a alguém sobre o memorando, mas não pudessem fazer isso porque não tinham certeza de que ele o vira de fato. E eles tinham medo de chamar a atenção para o assunto. Mas Morgan tinha visto, e os dois tinham quase certeza de que ele tinha visto. E se eles haviam conspirado para matar Rosenberg e Jensen, bem, deus do céu, ele era um mero advogado. E podia ser substituído em questão de segundos.

Litsky, o advogado, balançou a cabeça, incrédulo. Eles se remexeram um pouco em seus assentos para espantar a dormência do corpo.

Morgan ia de carro para o trabalho, e por duas vezes havia

sido seguido. Uma vez, durante o almoço, notou um homem olhando para ele. Ele falou sobre sua família por um tempo e começou a divagar. Estava claro que ele não tinha mais o que dizer. Gray entregou o depoimento e o memorando a Feldman, que os leu e os entregou a Krauthammer, que os passou adiante na mesa.

Morgan terminava com uma despedida arrepiante: "Não sei quem vai ver esta fita. Vou estar morto, então no fundo não importa, eu acho. Espero que você use isso para pegar Mattiece e seus advogados desprezíveis. Mas se os advogados desprezíveis estiverem assistindo a esta fita, que vocês vão todos pro inferno."

Gray ejetou a fita, esfregou as mãos e sorriu em direção ao grupo.

– Bem, senhores, isso é confirmação suficiente ou vocês precisam de mais?

– Eu conheço esses caras – disse Litsky, atordoado. – Wakefield e eu jogamos uma partida de tênis um ano atrás.

Feldman tinha se levantado e estava andando de um lado para o outro.

– Como você encontrou Morgan? – perguntou ele.

– É uma longa história – respondeu Gray.

– Me conta uma versão bem curta.

– Achamos um aluno de direito da Georgetown que trabalhou no White e Blazevich no verão passado. Ele identificou Morgan a partir de uma foto.

– E como você conseguiu essa foto? – perguntou Litsky.

– Não interessa. Isso não tem nada a ver com a história.

– Eu acho que a gente tem que publicar essa matéria – anunciou Krauthammer em alto e bom som.

– Publiquem – disse Elliot Cohen.

– Como você descobriu que ele estava morto? – perguntou Feldman.

– Darby foi até o White e Blazevich ontem. Eles deram a notícia.

– Onde estavam o vídeo e a declaração?

– Em um cofre no First Columbia. A esposa de Morgan me deu a chave hoje às cinco da manhã. Não fiz nada de errado. O Dossiê Pelicano foi inteiramente confirmado por uma fonte independente.

– Publiquem a matéria – afirmou Ernie DeBasio. – Publiquem, e com a maior manchete desde NIXON RENUNCIA.

Feldman parou perto de Smith Keen. Os dois amigos se entreolharam cuidadosamente.

– Publique a matéria – disse Keen.

Feldman se virou para o advogado.

– Vince?

– Em termos legais, não há dúvida. Mas eu queria ver a matéria depois de escrita.

– Quanto tempo você vai levar pra escrever? – perguntou o editor a Gray.

– A parte sobre o dossiê já está rascunhada. Consigo terminar em uma hora, mais ou menos. Me dê mais duas horas pro Morgan. Três, no máximo.

Feldman não tinha mais dado nenhum sorriso desde que cumprimentara Darby com um aperto de mão. Ele foi para o outro lado da sala e ficou cara a cara com Gray.

– E se esta fita for uma farsa?

– Farsa? Estamos falando de cadáveres, Jackson. Eu vi a viúva. Ela é uma viúva de verdade. Nós publicamos a notícia do assassinato de Morgan. Ele está morto. Até o escritório de advocacia diz que ele está morto. E é ele na fita, falando sobre morrer. Eu sei que é ele. E a gente falou com a tabeliã que testemunhou a assinatura dele no depoimento. Ela o identificou. – Gray estava falando cada vez mais alto e olhando ao redor da sala. – Tudo o que ele disse confirma o Dossiê Pelicano. Tudo. Mattiece, o processo, os assassinatos. E temos a Darby, a autora do dossiê. E mais mortes e gente a perseguindo pelo país inteiro. Não tem nenhuma lacuna, Jackson. Nós temos uma reportagem.

– É mais que uma reportagem – disse Feldman, por fim

sorrindo. – Quero ela pronta às duas. São onze agora. Usa essa sala aqui e deixa a porta fechada. – Feldman recomeçou a andar. – Vamos voltar aqui às duas em ponto pra ler o rascunho. Sem mais.

Os homens se levantaram e deixaram a sala, mas não antes de cada um apertar a mão de Darby Shaw. Eles não tinham certeza se queriam lhe parabenizar, agradecer ou o que quer que fosse, então apenas sorriam e apertavam a mão dela. Ela permaneceu sentada.

Quando ficaram a sós, Gray se sentou ao lado dela e pegou sua mão. Estava diante da mesa de reuniões vazia. As cadeiras alinhadas perfeitamente em torno dela. As paredes eram brancas, e a sala era iluminada por lâmpadas fluorescentes e duas janelas estreitas.

– Como você está? – perguntou ele.

– Não sei. Acho que é o fim da linha. A gente conseguiu.

– Você não parece muito feliz.

– Já tive meses melhores. Estou feliz por você.

– Por que você está feliz por mim? – perguntou ele, encarando-a.

– Você vai juntar as peças e amanhã isso vai estar na rua. Tem cheiro de Pulitzer do início ao fim.

– Eu não tinha pensado nisso.

– Mentiroso.

– Tá, talvez uma vez. Mas quando você saiu do elevador ontem e me disse que o Garcia tinha sido morto, parei de pensar no Pulitzer.

– Não é justo. Eu fiz todo o trabalho. A gente usou o meu cérebro, o meu rosto e as minhas pernas, e você que fica com todos os louros.

– Terei prazer em usar o seu nome. Seu nome vai receber o crédito como a autora do dossiê. Vamos publicar sua foto na primeira página, junto com o Rosenberg, o Jensen, o Mattiece, o Presidente, o Verheek e...

– Thomas? A foto dele vai estar na matéria?

– Depende do Feldman. Ele que vai editar.

Ela refletiu sobre aquilo, mas não falou nada.

– Bem, senhorita Shaw, eu tenho três horas para escrever a maior reportagem da minha carreira. Uma reportagem que vai abalar o mundo. Uma reportagem que pode derrubar um presidente. Uma reportagem que vai solucionar os assassinatos. Uma reportagem que vai me tornar rico e famoso.

– É melhor você me deixar escrever.

– Você faria isso por mim? Estou exausto.

– Vai pegar suas anotações. E um café.

ELES FECHARAM A porta e organizaram as anotações que tinham. Um assistente levou um computador com impressora para a sala. Gray e Darby pediram a ele que levasse um bule de café. E algumas frutas. Eles fizeram um esboço da matéria em partes, começando com os assassinatos, passando para o Caso Pelicano do sul da Louisiana, depois para Mattiece e seu vínculo com o Presidente, e finalmente para o Dossiê Pelicano e todo o caos que ele criou: Callahan, Verheek, depois Curtis Morgan e os assaltantes, então o White e Blazevich, e Wakefield, Velmano e Einstein. Darby preferiu escrever à mão. Ela fez um resumo da disputa judicial, do conteúdo do dossiê e de tudo o que se sabia sobre Mattiece. Gray ficou com o restante e rascunhou suas anotações no computador.

Darby era um exemplo de organização, com suas anotações dispostas de forma ordenada sobre a mesa e as palavras escritas cuidadosamente no papel. Ele era um furacão – deixava os papéis no chão, falava com o computador, imprimia parágrafos aleatórios que eram descartados assim que iam parar no papel. Ela pedia o tempo todo para ele fazer silêncio. "Isso aqui não é a biblioteca da faculdade", retrucou ele. "Isso aqui é um jornal. Você trabalha com um telefone em cada ouvido e alguém gritando na sua direção."

Quando foi meio-dia e meia, Smith Keen mandou comida para eles. Darby comeu um sanduíche frio enquanto observava o trânsito lá embaixo. Gray ficou vasculhando os relatórios da campanha.

Ela o viu. Ele estava encostado na lateral de um prédio do outro lado da Rua 15, e ele não teria parecido suspeito se não estivesse encostado na lateral do Madison Hotel uma hora antes. Estava bebendo alguma coisa em um copo grande de isopor e vigiando a entrada do edifício do *Post*. Usava um boné preto, jaqueta e calças jeans. Tinha menos de 30 anos. E estava ali parado olhando para o outro lado da rua. Ela mordiscou o sanduíche e observou por dez minutos. Ele bebia do copo e parecia não se mover.

– Gray, vem cá, por favor.

– O que é?

Ele se aproximou. Ela apontou para o homem de boné preto.

– Presta atenção nele – disse ela. – Me diz o que ele está fazendo.

– Ele está bebendo alguma coisa, provavelmente café. Está encostado na lateral daquele prédio e vigiando a entrada do edifício.

– Como ele está vestido?

– Jeans da cabeça aos pés e um boné preto. E botas, eu acho. O que é que tem?

– Eu vi esse cara uma hora atrás, parado perto do hotel. Ele estava meio que escondido por causa daquela van da companhia telefônica, mas eu sei que era ele. Agora ele está ali.

– E?

– E aí que, durante a última hora, pelo menos, ele ficou perambulando sem fazer outra coisa além de ficar de olho neste prédio.

Gray assentiu. Não era hora de bancar o engraçadinho. O cara parecia suspeito, e ela estava preocupada. Fazia duas semanas que ela vinha sendo seguida, de Nova Orleans a Nova York, e agora talvez até Washington, portanto ela entendia mais do assunto do que ele.

– O que você está insinuando, Darby?

– Me dê uma boa razão pra esse homem, que obviamente não é um mendigo, estar fazendo isso.

O homem olhou o relógio e caminhou lentamente pela calçada até sumir de vista. Darby olhou para o próprio relógio.

– É uma em ponto – disse ela. – Vamos verificar a cada quinze minutos, tá bem?

– Tá bem. Duvido que seja alguma coisa – respondeu ele, tentando soar reconfortante. Não funcionou.

Ela se sentou à mesa e olhou para as anotações.

Gray ficou olhando para ela e voltou ao computador sem pressa. Digitou freneticamente por quinze minutos, depois voltou à janela. Darby olhava para ele com atenção.

– Não estou vendo o cara – disse Gray.

Mas, à uma e meia, ele o viu.

– Darby – chamou ele, apontando para o local onde ela o vira pela primeira vez.

Ela olhou pela janela e lentamente focou no homem de boné preto. Agora ele usava um casaco verde-escuro e não estava de frente para o *Post*. Ficava olhando para as próprias botas, e a cada dez segundos, mais ou menos, espiava a entrada do edifício. Isso o fazia parecer ainda mais suspeito, mas ele estava parcialmente escondido atrás de um caminhão de entrega. O copo de isopor havia sumido. Ele acendeu um cigarro. Olhava para o edifício do jornal, depois ficava observando a calçada em frente.

– Por que eu estou com esse mau pressentimento? – perguntou Darby.

– Como eles conseguiram te seguir? Isso é impossível.

– Eles sabiam que eu estava em Nova York. Isso também parecia impossível na época.

– Talvez eles estejam me seguindo. Me disseram que eles estavam de olho em mim. É o que esse cara está fazendo. Como ele poderia saber que você está aqui? Esse cara está me seguindo.

– Talvez – disse ela devagar.

– Você já viu ele antes?

– Eles não costumam se apresentar.

– Presta atenção. A gente tem meia hora antes de eles voltarem aqui de tesoura na mão pra editar o texto da reportagem. Vamos terminar logo, aí depois a gente pode ficar olhando esse cara lá fora.

Eles voltaram ao trabalho. Às 13h45, ela voltou à janela, e o homem tinha sumido. A impressora estava cuspindo o primeiro rascunho, e Darby começou a revisá-lo.

OS EDITORES ESTAVAM lendo de lápis na mão. Litsky, o advogado, lia por puro prazer. Ele parecia estar se divertindo mais do que os outros.

A reportagem era extensa, e Feldman estava ocupado fazendo cortes como se fosse um cirurgião. Smith Keen rabiscava nas margens. Krauthammer estava gostando do que lia.

Os editores liam devagar e em silêncio. Gray revisava mais uma vez. Darby estava na janela. O cara tinha voltado, agora vestindo um blazer azul-marinho com a calça jeans. Estava nublado e fazia uns quinze graus, e mais uma vez ele bebia algo de um copo. Estava encolhido para se manter aquecido. Tomou um gole, olhou para o *Post*, para a rua e de volta para o copo. Ele estava na frente de outro prédio agora, e, às 14h15 em ponto, começou a olhar na direção da Rua 15.

Um carro parou junto à calçada onde ele estava. A porta de trás se abriu, e eis que ele surgiu. O carro partiu em disparada e ele olhou ao redor. Mancando ligeiramente, o brutamontes caminhou despreocupado em direção ao homem de boné preto. Eles conversaram por alguns segundos, depois o brutamontes caminhou no sentido sul, até a esquina da Rua 15 com a L Street. O cara de boné preto continuou no mesmo lugar.

Ela olhou ao redor da sala. Eles estavam mergulhados na reportagem. O brutamontes estava fora de vista, então ela não tinha como mostrá-lo a Gray, que estava lendo com um sorriso no rosto. Não, eles não estavam atrás dele. Estavam esperando por ela.

E era visível que eles estavam desesperados. Estavam parados no meio da rua, esperando que algum milagre acontecesse e a garota saísse de repente do edifício e eles pudessem pegá-la. Eles estavam assustados. Darby estava lá, botando tudo pra fora e espalhando cópias daquele maldito dossiê por todo lado. No dia seguinte já seria tarde demais. Eles tinham que dar um jeito de detê-la. Essa era a missão deles.

Ela estava em uma sala cheia de gente, mas, ironicamente, não estava segura.

Feldman foi o último a acabar. Ele deslizou sua cópia para Gray.

– Besteirinhas. Deve levar uma hora, mais ou menos. Vamos falar sobre os telefonemas.

– Bastam três, eu acho – disse Gray. – Casa Branca, FBI e White e Blazevich.

– A única pessoa do escritório que você cita nominalmente é o Sims Wakefield. Por quê? – perguntou Krauthammer.

– Foi sobre quem o Morgan mais falou.

– Mas o memorando é do Velmano. Acho que ele deveria ser citado.

– Concordo – disse Smith Keen.

– Eu também – acrescentou DeBasio.

– Eu incluí o nome dele – disse Feldman. – Vamos tratar do Einstein depois. Espera até quatro e meia ou cinco antes de ligar pra Casa Branca e pro White e Blazevich. Se você ligar antes disso, eles podem pirar e sair correndo atrás de uma liminar.

– Concordo – disse o advogado. – Eles não têm como impedir, mas podem tentar. Eu esperaria até as cinco pra ligar pra eles.

– Tudo bem – disse Gray. – Às três e meia já vou ter terminado de reescrever. Então ligo pro FBI pra eles se manifestarem. Depois pra Casa Branca e, por último, pro White e Blazevich.

– Todos de volta aqui às três e meia. Não saiam de perto do telefone – avisou Feldman já quase do lado de fora da sala.

Quando a sala ficou vazia novamente, Darby trancou a porta e apontou para a janela.

– Eu já falei pra você do brutamontes?

– Não acredito.

Eles examinaram minuciosamente a rua lá embaixo.

– Acredite. Ele se encontrou com nosso amiguinho e depois sumiu. Era ele com certeza.

– Acho que não é de mim que eles estão atrás.

– Também acho. Eu quero muito sair daqui.

– Vamos pensar em alguma coisa. Vou alertar a segurança. Você quer que eu fale com o Feldman?

– Não. Ainda não.

– Eu conheço alguns policiais.

– Ótimo. Aí eles simplesmente vão até lá e dão uma surra nele.

– Os policiais que eu conheço fariam isso.

– Eles não podem encher o saco desses caras. O que esses dois estão fazendo de errado?

– Planejando um assassinato, só isso.

– Quão seguros estamos aqui nesse prédio?

Gray refletiu por um momento.

– Deixa eu falar com o Feldman. Ele vai arrumar dois seguranças para ficarem plantados na frente dessa porta.

– Tá bem.

FELDMAN APROVOU O segundo rascunho às três e meia e deu sinal verde para Gray ligar para o FBI. Quatro telefones haviam sido levados para a sala de reuniões e o gravador estava conectado. Feldman, Smith Keen e Krauthammer ficaram ouvindo nas extensões.

Gray ligou para Phil Norvell, um velho conhecido seu e fonte ocasional, se é que havia algo assim no FBI. Norvell atendeu na própria mesa.

– Phil, Gray Grantham, do *Post*.

– Acho que eu sei quem está aí com você, Gray.

– O gravador está ligado.

– Deve ser coisa séria. O que você conta?

– Vamos publicar uma reportagem amanhã de manhã detalhando uma conspiração em torno dos assassinatos do Rosenberg e do Jensen. Estamos citando o Victor Mattiece, um especulador da indústria petrolífera, e dois dos advogados dele aqui de Washington. Também citamos o Verheek, não na conspiração, é claro. A gente acredita que o FBI sabia sobre o Mattiece desde o início, mas se recusou a investigá-lo a pedido da Casa Branca. Queríamos dar a vocês a oportunidade de se manifestarem.

Não houve resposta do outro lado da linha.

– Phil, você está aí?

– Sim. Acho que sim.

– Algum comentário?

– Tenho certeza de que vai haver um, mas vou ter que retornar sua ligação.

– A gente vai começar a imprimir o jornal em breve, então você precisa correr.

– Gray, isso vai ser o caos. Você não pode segurar mais um dia?

– De jeito nenhum.

Norvell fez uma pausa.

– Ok. Deixa eu falar com o Voyles e te ligo de volta em seguida.

– Obrigado.

– Não, eu que agradeço, Gray. Isso é maravilhoso. O Sr. Voyles vai ficar emocionado.

– Estamos esperando.

Gray apertou um botão e encerrou a ligação. Keen desligou o gravador.

Eles esperaram oito minutos, e o próprio Voyles ligou. Ele insistiu em falar com Jackson Feldman. O gravador foi novamente ligado.

– Sr. Voyles? – disse Feldman calorosamente. Os dois já haviam se visto dezenas de vezes, então o "senhor" era desnecessário.

– Me chama de Denton, caramba. Olha, Jackson, o que o seu garoto tem aí? Isso é loucura. Vocês estão pulando de um penhasco. Nós investigamos o Mattiece, ainda estamos investigando, e é muito cedo pra partir pra cima dele. Agora me diz, o que o seu garoto tem aí?

– O nome Darby Shaw soa familiar? – Feldman deu um sorriso malicioso para ela enquanto fazia a pergunta. Ela estava de pé, apoiada na parede.

– Sim – respondeu Voyles, lacônico, depois de algum tempo.

– Meu garoto tem o Dossiê Pelicano, Denton, e eu estou sentado aqui, olhando pra Darby Shaw.

– Eu temia que ela estivesse morta.

– Não. Ela está bem viva. Ela e o Gray Grantham confirmaram por meio de outra fonte os fatos expostos no dossiê. É uma bela reportagem, Denton.

Voyles deu um suspiro demorado e jogou a toalha.

– O Mattiece está na lista de suspeitos – admitiu ele.

– O gravador está ligado, Denton, tenha cuidado.

– Bem, precisamos conversar. Quer dizer, pessoalmente. Pode ser que eu tenha bastante coisa aqui pra você.

– Você pode vir aqui, se quiser.

– Vou fazer isso. Em vinte minutos estou aí.

Os editores se divertiram enormemente ao imaginar o grande F. Denton Voyles correndo até o seu veículo oficial e voando para o *Post*. Eles o acompanhavam havia anos e sabiam que ele era um mestre na arte de se safar. Ele odiava a imprensa, e aquela disposição de ir até o território deles, sob a mira deles, só podia significar uma coisa: ele ia dedurar alguém. E provavelmente seria a Casa Branca.

Darby não tinha nenhuma vontade de conhecê-lo. Ela só pensava em fugir. Ela poderia mostrar o homem do boné preto, mas já fazia meia hora que ele havia desaparecido. E o que o FBI poderia fazer? Primeiro eles teriam que pegá-lo, mas e depois? Iriam acusá-lo de vadiagem e de planejar uma emboscada? Iriam torturá-lo e fazê-lo contar tudo? Eles provavelmente não acreditariam nela.

Ela não tinha a menor vontade de tratar com o FBI. Não queria a proteção deles. Ela estava prestes a entrar em um avião, e ninguém saberia para onde. Talvez contasse a Gray. Talvez não.

Ele discou o número da Casa Branca, e todos pegaram as extensões. Keen ligou o gravador.

– Fletcher Coal, por favor. Quem fala é Gray Grantham, do *Washington Post*, e é bastante urgente.

Ele esperou.

– Por que o Coal? – perguntou Keen.

– Tudo tem que passar por ele agora – respondeu Gray, com a mão sobre o fone.

– Quem disse?

– Uma fonte.

A secretária voltou e avisou que o Sr. Coal estava a caminho. "Aguarde um momento, por favor." Gray estava sorrindo. A adrenalina estava correndo solta.

Por fim, ele atendeu.

– Fletcher Coal.

– Sr. Coal. Aqui é Gray Grantham, do *Post*. Quero que você esteja ciente de que esta ligação está sendo gravada, ok?

– Ok.

– É verdade que você emitiu uma diretiva para todo o pessoal da Casa Branca, exceto o Presidente, com a orientação de que todas as comunicações com a imprensa devem passar primeiro por você?

– Isso é absolutamente falso. O assessor de imprensa é que lida com esses assuntos.

– Entendo. Vamos publicar uma reportagem amanhã de manhã que, em suma, confirma os fatos expostos no Dossiê Pelicano. Você está familiarizado com o Dossiê Pelicano?

– Estou – respondeu Coal lentamente.

– Nós confirmamos que o Sr. Mattiece contribuiu com mais de quatro milhões de dólares para a campanha do Presidente há três anos.

– Quatro milhões e duzentos mil, tudo respeitando as vias legais.

– Acreditamos também que a Casa Branca interveio e tentou obstruir a investigação do FBI sobre o Sr. Mattiece, e queríamos que o senhor se manifestasse, caso tenha algo a dizer.

– Isso é algo em que você acredita ou é algo que você pretende publicar?

– Estamos tentando confirmar isso agora.

– E quem você acha que vai confirmar isso pra você?

– Temos fontes, Sr. Coal.

– Você com certeza tem. A Casa Branca nega enfaticamente qualquer envolvimento com essa investigação. O Presidente pediu para ser informado de todos os detalhes da investigação sobre as trágicas mortes dos juízes Rosenberg e Jensen, mas não houve envolvimento direto ou indireto da Casa Branca em nenhum aspecto dessa investigação. Você recebeu informações equivocadas.

– O Presidente considera Victor Mattiece um amigo?

– Não. Eles se encontraram em apenas uma ocasião e, como afirmei, o Sr. Mattiece foi um colaborador importante, mas ele não é amigo do Presidente.

– Ele foi o maior colaborador da campanha, não foi?

– Não posso confirmar isso.

– Mais algum comentário?

– Não. Tenho certeza de que o assessor de imprensa tratará deste assunto amanhã cedo.

Ambos encerraram a ligação e Keen desligou o gravador. Feldman se levantou e estava esfregando as mãos.

– Eu daria o salário de um ano para estar na Casa Branca agora – comentou ele.

– Ele parecia tranquilo, não é? – disse Gray com admiração.

– É, mas aquele traseiro tranquilo dele está prestes a sentar em um caldeirão de água fervendo.

42

Para um homem acostumado a gingar com todo o seu peso e ver as pessoas ao redor se encolherem de medo, era difícil avançar humildemente, de chapéu na mão, para pedir uma trégua. Ele atravessou a redação com o máximo de discrição possível, levando K. O. Lewis e outros dois agentes a tiracolo. Usava seu habitual sobretudo amarrotado, com o cinto amarrado bem firme ao redor do corpo baixo e atarracado. Ele não era imponente, mas sua forma de gesticular e de andar não deixava dúvida de que era um homem acostumado a conseguir o que queria. Em seus casacos escuros, pareciam um chefe da máfia acompanhado de seus guarda-costas. A atribulada redação ficou em silêncio enquanto eles passavam por ela apressados. Embora não fosse imponente, F. Denton Voyles tinha presença, com ou sem humildade.

Um pequeno e tenso grupo de editores estava amontoado no hall diante da porta da sala de Feldman. Howard Krauthammer conhecia Voyles e foi ao encontro dele. Eles trocaram um aperto de mão e cochicharam alguma coisa. Feldman falava ao telefone com Ludwig, o *publisher*, que estava na China. Smith Keen entrou na conversa e cumprimentou Voyles e Lewis. Os dois agentes se mantiveram a alguns metros de distância.

Feldman abriu a porta, olhou em direção à redação e viu Denton Voyles. Fez sinal para que ele entrasse. K. O. Lewis entrou depois dele. Eles trocaram as gentilezas de sempre até Smith Keen fechar a porta e todos se sentarem.

– Parece que você tem uma confirmação sólida da veracidade do Dossiê Pelicano – disse Voyles.

– Sim – respondeu Feldman. – Por que você e o Sr. Lewis não leem um rascunho da matéria? Acho que vai deixar as coisas mais claras. Vamos começar a rodar daqui a uma hora, e o repórter, o Sr. Grantham, quer que vocês tenham a oportunidade de se manifestar.

– Fico grato por isso.

Feldman pegou uma cópia do rascunho e entregou a Voyles, que o pegou com cuidado. Lewis se inclinou e eles imediatamente começaram a ler.

– Vamos deixar vocês à vontade – disse Feldman. – Não tenham pressa.

Ele e Keen saíram da sala e fecharam a porta. Os dois agentes se aproximaram.

Feldman e Keen cruzaram a redação em direção à sala de reuniões. Dois enormes seguranças estavam postados diante da porta. Gray e Darby estavam sozinhos lá dentro quando eles entraram.

– Você precisa ligar pro White e Blazevich – disse Feldman.

– Eu estava só te esperando.

Eles pegaram as extensões. Krauthammer tinha se ausentado por um instante, e Keen passou o fone dele para Darby. Gray discou o número.

– Marty Velmano, por favor – disse Gray. – Sim, quem fala é Gray Grantham, do *Washington Post*, e eu preciso falar com ele. É urgente.

– Um momento, por favor – disse a secretária.

Depois de um tempo, outra secretária surgiu na linha.

– Escritório do Dr. Velmano.

Gray se identificou novamente e perguntou pelo chefe dela.

– Ele está em uma reunião – disse ela.

– Eu também – disse Gray. – Entre nessa reunião, fala pra ele o meu nome e que a foto dele vai estar na primeira página do *Post* à meia-noite.

– Está bem. Sim, senhor.

Em segundos, Velmano atendeu:

– Sim, o que é?

Gray se identificou pela terceira vez e explicou sobre o gravador.

– Estou ciente – retrucou Velmano.

– Vamos publicar uma reportagem amanhã de manhã sobre seu cliente, Victor Mattiece, e o envolvimento dele no assassinato dos juízes Rosenberg e Jensen.

– Ótimo! Eu vou processar o seu rabo pro resto da sua vida. Você está completamente equivocado, camarada. Nós vamos virar donos do *Post*.

– Sim, senhor. Lembre-se, esta conversa está sendo gravada.

– Grave o que você quiser! Você vai sentar no banco dos réus. Vai ser incrível! Victor Mattiece vai ser dono do *Washington Post*! Isso é sensacional!

Gray olhou para Darby e balançou a cabeça, incrédulo. Os editores sorriram olhando para o chão. Aquilo ia ser extremamente divertido.

– Sim, senhor. Você já ouviu falar do Dossiê Pelicano? Nós temos uma cópia dele.

Silêncio mortal. Depois, um grunhido distante, como o último suspiro de um cachorro moribundo. E então, mais silêncio.

– Dr. Velmano, o senhor está aí?

– Sim.

– Também temos a cópia de um memorando que o senhor enviou a Sims Wakefield, datado de 28 de setembro, no qual o senhor sugere que o seu cliente vai ficar em uma posição bem mais favorável se o Rosenberg e o Jensen forem removidos da Corte. Temos uma fonte que afirma que essa ideia partiu de uma pesquisa feita por um sujeito chamado Einstein, que fica em uma biblioteca no sexto andar do seu escritório, acredito eu.

Silêncio.

Gray prosseguiu.

– A reportagem está pronta pra ser publicada, mas eu queria dar a você a chance de se manifestar. O senhor gostaria de se manifestar, Dr. Velmano?

– Estou com dor de cabeça.

– Certo. Algo mais?

– Você vai reproduzir o memorando palavra por palavra?

– Sim.
– Você vai publicar minha foto?
– Sim. É antiga, de uma audiência no Senado.
– Seu escroto de merda.
– Obrigado. Algo mais?
– Notei que você esperou até dar cinco horas. Uma hora a menos, e a gente podia conseguir uma liminar e impedir vocês.
– Sim, doutor. Foi planejado dessa forma.
– Seu escroto de merda.
– Ok.
– Você não se importa de arruinar a vida dos outros, não é? – A voz dele falhou, e quase deu pena. Que fala maravilhosa.

Gray mencionou o gravador duas vezes, mas Velmano tinha ficado abalado demais para se lembrar disso.

– Não me importo, senhor. Algo mais?
– Avise ao Jackson Feldman que vamos dar entrada no processo às nove da manhã, assim que o tribunal abrir.
– Farei isso. O senhor nega que escreveu o memorando?
– Claro.
– O senhor nega a existência do memorando?
– Isso foi armado.
– Não vai ter processo nenhum, Dr. Velmano, e acho que o senhor sabe disso.
– Seu escroto de merda – disse ele depois de algum tempo em silêncio.

O telefone fez um clique e todos ouviram o tom de discagem. Eles sorriam uns para os outros, sem conseguir acreditar.

– Você não quer virar jornalista, Darby? – perguntou Smith Keen.
– Ah, até que é divertido – disse ela. – Mas quase fui agredida duas vezes ontem. Então não, obrigada.

Feldman se levantou e apontou para o gravador.

– Eu não usaria nada disso.
– Mas eu meio que gostei da parte de arruinar vidas. E as ameaças de processo, não? – perguntou Gray.

– Você não precisa disso, Gray. A matéria já ocupa a primeira página inteira. Talvez outra hora.

Houve uma batida na porta. Era Krauthammer.

– Voyles quer falar com você – disse ele a Feldman.

– Traz ele aqui.

Gray se levantou de pronto e Darby andou até a janela. O sol estava se pondo e a cidade escurecia. O trânsito se estendia pela rua. Não havia sinal do brutamontes e de seus cúmplices, mas eles estavam lá, com certeza, esperando em meio à escuridão, sem dúvida planejando uma última tentativa de matá-la, fosse por precaução ou vingança. Gray disse que tinha um plano para sair do prédio sem troca de tiros assim que fechasse a matéria. Ele não foi muito preciso.

Voyles entrou, acompanhado de K. O. Lewis. Feldman os apresentou a Gray Grantham e a Darby Shaw. Voyles andou até ela, sorrindo e a admirando.

– Então, foi você quem começou tudo isso – disse ele, em uma tentativa de elogio. Não funcionou.

Ela sentiu um desprezo imediato por ele.

– Acho que foi o Mattiece, não eu – disse ela com frieza.

Ele se afastou e tirou o sobretudo.

– Podemos nos sentar? – perguntou ele para ninguém em específico.

Eles se sentaram ao redor da mesa: Voyles, Lewis, Feldman, Keen, Grantham e Krauthammer. Darby ficou em pé junto à janela.

– Eu gostaria de dizer algumas coisas oficialmente – anunciou Voyles, pegando uma folha de papel que Lewis lhe passou. Gray começou a anotar.

– Primeiro, faz duas semanas hoje que recebemos uma cópia do Dossiê Pelicano, e o submetemos à Casa Branca no mesmo dia. Ele foi entregue pessoalmente pelo vice-diretor, K. O. Lewis, ao Sr. Fletcher Coal, que o recebeu junto com um relatório que vínhamos enviando diariamente à Casa Branca. O agente especial Eric East esteve presente nessa reunião. Achamos que o dossiê suscitava perguntas suficientes para justificar uma investigação, mas não fizemos nada por seis dias, até que o Gavin Verheek, procurador-especial do diretor, foi encontrado morto em Nova Orleans. Naquele momento, o FBI deu início imediatamente a uma investigação em larga escala em torno do Victor Mattiece. Mais de quatrocentos agentes de 27 escritórios participaram, totalizando 11 mil horas de investigação, entrevistando mais de seiscentas pessoas e viajando a cinco países. A investigação prossegue com força total nesse momento. Acreditamos que o Victor Mattiece é o principal suspeito dos assassinatos dos juízes Rosenberg e Jensen, e neste momento estamos tentando localizá-lo.

Voyles dobrou o papel e o devolveu a Lewis.

– O que você vai fazer se conseguir encontrar o Mattiece? – perguntou Grantham.

– Prendê-lo.

– Você tem um mandado?

– Teremos um em breve.

– Você tem alguma ideia de onde ele está?

– Para ser sincero, não. Estamos tentando localizá-lo há uma semana, sem sucesso.

– A Casa Branca interferiu na sua investigação em torno de Mattiece?

– Só posso falar sobre isso em *off*. Combinado?

Gray olhou para o editor-executivo.

– Combinado – respondeu Feldman.

Voyles encarou Feldman, depois Keen, depois Krauthammer, depois Grantham.

– Isso aqui é em *off*, certo? Vocês não podem usar essa declaração sob nenhuma circunstância. Está claro?

Os jornalistas assentiram e ficaram olhando para ele atentamente, incluindo Darby.

Voyles lançou um olhar desconfiado para Lewis.

– Doze dias atrás, no Salão Oval, o Presidente dos Estados

Unidos pediu que eu ignorasse Victor Mattiece como suspeito. Ele pediu, nas palavras dele, que eu "deixasse isso pra lá".

– Ele deu alguma justificativa? – perguntou Grantham.

– A mais óbvia. Disse que seria muito constrangedor e que prejudicaria seriamente seus esforços para a reeleição. Ele não via relevância no Dossiê Pelicano, e, se ele fosse investigado, a imprensa ficaria sabendo da existência desse material e isso teria um impacto político pra ele.

Krauthammer ouvia de queixo caído. Keen olhava para a mesa. Feldman prestava atenção a cada palavra.

– Você tem certeza disso? – perguntou Gray.

– Eu gravei essa conversa. Tenho uma fita, que eu não vou permitir que ninguém ouça a menos que o Presidente negue isso.

Houve um longo silêncio enquanto eles olhavam admirados aquele cretino e seu gravador. Uma fita!

Feldman pigarreou.

– Você acabou de ver a matéria. Houve um atraso por parte do FBI, do momento em que o dossiê foi entregue até que ele começasse a ser investigado. Isso tem que ser explicado na reportagem.

– Você tem minha declaração. Nada mais.

– Quem matou Gavin Verheek? – perguntou Gray.

– Não vou falar sobre os detalhes da investigação.

– Mas você sabe?

– Temos uma pista. Mas isso é tudo o que eu vou dizer.

Gray passou os olhos pela mesa. Estava claro que Voyles não tinha mais nada a dizer naquele momento, portanto todos relaxaram. Os editores ficaram saboreando aquele momento.

Voyles afrouxou a gravata e quase sorriu.

– Isso é em *off*, claro, mas como vocês descobriram sobre o Morgan, o advogado que foi assassinado?

– Não vou falar sobre os detalhes da investigação – respondeu Gray com um sorriso malicioso.

Todos riram.

– O que você vai fazer agora? – perguntou Krauthammer a Voyles.

– Um grande júri vai se reunir amanhã ao meio-dia. Indiciamentos rápidos. Vamos tentar encontrar o Mattiece, mas vai ser difícil. Não temos ideia de onde ele está. Ele passou a maior parte dos últimos cinco anos nas Bahamas, mas tem casa no México, no Panamá e no Paraguai.

Voyles olhou para Darby pela segunda vez naquela tarde. Ela estava encostada na parede, próximo à janela, ouvindo tudo.

– A que horas a primeira edição sai das máquinas? – perguntou Voyles.

– Passa a noite inteira rodando, começa às 22h30 – disse Keen.

– Em qual edição essa reportagem vai ser publicada?

– Na última, que fica pronta pouco antes da meia-noite. É a maior edição.

– Vai ter uma foto do Coal na primeira página?

Keen olhou para Krauthammer, que olhou para Feldman.

– Acho que deveria ter. Vamos citar você como tendo dito que o dossiê foi entregue pessoalmente ao Coal, que também vamos citar como tendo dito que o Mattiece doou ao presidente 4,2 milhões de dólares. Sim, acho que o Sr. Coal deveria ter o rosto estampado na primeira página, junto com todos os outros.

– Também acho – concordou Voyles. – Se eu mandar alguém aqui à meia-noite, posso pegar algumas cópias?

– Sem dúvida – disse Feldman. – Mas por quê?

– Porque eu quero entregar uma pessoalmente pro Coal. Quero bater na casa dele à meia-noite, vê-lo abrir a porta de pijama e esfregar o jornal na cara dele. Depois, quero dizer a ele que vou voltar lá com uma intimação judicial, e depois disso com a cópia do indiciamento. E depois vou voltar com as algemas.

Ele disse aquilo com tanto prazer que foi assustador.

– Que bom que você não guarda rancor – disse Gray. Apenas Smith Keen achou graça.

– Você acha que ele vai ser indiciado? – perguntou Krauthammer inocentemente.

Voyles olhou mais uma vez para Darby.

– Ele vai receber o impacto pelo Presidente. Ele iria até pro paredão de fuzilamento se fosse necessário pra salvar o chefe.

Feldman olhou o relógio e se afastou da mesa.

– Posso pedir um favor? – perguntou Voyles.

– Claro. Qual?

– Eu gostaria de passar alguns minutos a sós com a Srta. Shaw. Quer dizer, se ela não se importar.

Todos olharam para Darby, que deu de ombros. Os editores e K. O. Lewis se levantaram ao mesmo tempo e saíram da sala. Darby pegou Gray pela mão e pediu que ele ficasse. Eles se sentaram de frente para Voyles, do outro lado da mesa.

– Eu queria falar em particular – disse Voyles, olhando para Gray.

– Ele fica – disse ela. – Pode deixar que vai ser em *off*.

– Pois bem.

– Se você planeja me interrogar, não falarei sem a presença de um advogado – atacou ela com força.

Ele balançou a cabeça.

– Não é nada disso. Eu estava só me perguntando o que é que você está planejando fazer.

– Por que eu deveria contar pra você?

– Porque a gente pode ajudar.

– Quem matou o Gavin?

– Em *off*? – hesitou Voyles.

– Em *off* – respondeu Gray.

– Vou contar pra você quem nós achamos que o matou, mas primeiro me conta quanto você falou pra ele antes de ele morrer.

– A gente conversou várias vezes ao longo do fim de semana. Nós íamos nos encontrar na segunda-feira passada e sair de Nova Orleans.

– Quando você falou com ele pela última vez?

– Domingo à noite.

– E onde ele estava?

– No quarto dele, no Hilton.

Voyles respirou fundo e olhou para o teto.

– E você falou com ele sobre encontrá-lo na segunda-feira?

– Sim.

– Você já tinha estado com ele?

– Não.

– O homem que matou Gavin foi o mesmo que teve os miolos estourados enquanto estava de mãos dadas com você.

Ela teve medo de perguntar. Gray perguntou por ela.

– E quem era ele?

– O grande Khamel.

Ela engasgou e pôs a mão sobre os olhos, como se quisesse dizer alguma coisa. Mas não ia adiantar.

– Isso é um tanto confuso – disse Gray, se esforçando para extrair algum sentido daquilo tudo.

– Um tanto, sim. E o homem que matou Khamel é um agente contratado por fora pela CIA. Ele esteve na cena do crime quando Callahan foi assassinado, e acho que fez contato com você, Darby.

– Rupert – disse ela baixinho.

– Esse não é o verdadeiro nome dele, claro, mas Rupert serve. Ele tem provavelmente uns vinte nomes. Se é quem estou pensando que é, ele é um camarada britânico muito confiável.

– Você faz alguma ideia de quão confuso é isso tudo? – perguntou ela.

– Posso imaginar.

– Por que o Rupert estava em Nova Orleans? Por que ele estava seguindo a Darby? – perguntou Gray.

– É uma história bem longa, e eu não sei de todos os detalhes. Tento manter distância da CIA, acreditem. Eu já tenho coisa suficiente com que me preocupar. Isso nos leva de volta pro Mattiece. Alguns anos atrás, ele precisava de dinheiro pra dar andamento ao grande esquema dele. Então, ele vendeu uma parcela dos negócios pro governo líbio. Não tenho certeza se foi uma operação legal, mas é aí que entra a CIA. Eles, é claro, ficavam de olho no Mattiece e nos líbios com bastante interesse, e, quando o litígio surgiu, a CIA começou a monitorar. Acho que eles não suspeitaram do Mattiece nos assassinatos da Suprema Corte, mas o Gminski recebeu uma cópia do seu dossiê apenas algumas horas depois de entregarmos uma cópia à Casa Branca. Foi o Coal quem entregou a ele. Não faço ideia de a quem o Gminski contou sobre o dossiê, mas as palavras erradas chegaram aos ouvidos errados e, 24 horas depois, o Sr. Callahan estava morto. E você, minha querida, teve muita sorte.

– Por alguma razão eu não me sinto nada sortuda – respondeu ela.

– Isso não explica o Rupert – disse Gray.

– Não sei com certeza absoluta, mas suspeito de que o Gminski mandou imediatamente o Rupert seguir a Darby. Acho que o dossiê assustou o Gminski mais do que a todos nós. Ele provavelmente mandou o Rupert segui-la, em parte para vigiar, em parte para protegê-la. Então o carro explodiu e, de repente, o Sr. Mattiece tinha acabado de atestar a veracidade do dossiê. Por que outra razão alguém iria matar o Callahan e a Darby? Tenho motivos para acreditar que dezenas de pessoas da CIA chegaram a Nova Orleans poucas horas depois que o carro explodiu.

– Mas por quê? – perguntou Gray.

– O documento havia sido legitimado, e o Mattiece estava matando pessoas. A maior parte dos negócios dele é em Nova Orleans. E acho que a CIA estava muito preocupada com a Darby. Sorte dela. Eles estavam lá quando foi preciso.

– Se a CIA conseguiu agir tão rápido, por que você não? – perguntou ela.

– Boa pergunta. Não fizemos muito caso do dossiê, e não sabíamos nem metade do que a CIA sabia. Juro, parecia um tiro no escuro, e tínhamos uma dezena de outros suspeitos. Nós subestimamos o dossiê. Pura e simplesmente. Além disso, o Presidente pediu pra recuar, e isso não foi problema, porque eu nunca tinha ouvido falar do Mattiece. Não tinha motivo. Então meu amigo Gavin acabou morrendo e eu botei meu exército na rua.

– Por que o Coal deu o dossiê pro Gminski? – perguntou Gray.

– Ele ficou assustado. E, sinceramente, esse foi um dos motivos pelos quais a gente entregou o dossiê pro Coal. O Gminski é, bem, ele é o Gminski, e às vezes faz as coisas do jeito dele, sem dar bola pros pequenos obstáculos, como a lei e afins. O Coal queria que o dossiê fosse analisado, e ele supôs que o Gminski faria isso de maneira rápida e discreta.

– Mas o Gminski não abriu o jogo com o Coal.

– Ele odeia o Coal, o que é perfeitamente compreensível. O Gminski tratou com o Presidente e, não, ele não abriu o jogo. Tudo aconteceu muito rápido. Não esqueçam, hoje está fazendo só duas semanas que o Gminski, o Coal, o Presidente e eu vimos o dossiê pela primeira vez. O Gminski provavelmente estava esperando para contar ao Presidente um pouco da história, mas simplesmente ainda não teve oportunidade.

Darby afastou a cadeira da mesa e voltou para a janela. Já anoitecera, e o trânsito ainda estava lento e intenso. Era bom ver aqueles mistérios serem desvendados, mas isso criava mais mistérios. Ela só queria ir embora. Estava cansada de fugir e de ser perseguida; cansada de brincar de repórter com Gray; cansada de pensar em quem fez o quê e por quê; cansada da culpa por ter escrito aquele maldito dossiê; cansada de comprar uma escova de dentes nova a cada três dias. Sonhava com uma casinha em uma praia deserta, sem telefones e sem pessoas por perto, principalmente pessoas escondidas atrás de carros e de prédios. Queria dormir por três dias seguidos sem ter pesadelos e sem ver assombrações. Estava na hora de partir.

Gray a observava com atenção.

– Ela foi seguida em Nova York, e agora aqui – disse ele a Voyles. – Quem são eles?

– Você tem certeza? – perguntou Voyles.

– Eles passaram o dia inteiro do outro lado da rua vigiando o prédio – disse Darby, apontando com o queixo para a janela.

– Nós vimos – disse Gray. – Eles estão lá fora.

Voyles parecia cético.

– Você já os viu antes? – perguntou Voyles a Darby.

– Um dos caras, sim. Ele foi ao velório do Thomas em Nova Orleans. Ele me perseguiu no French Quarter. Quase me achou em Manhattan, e eu o vi conversando com um outro sujeito umas cinco horas atrás. Eu sei que é ele.

– Quem é ele? – perguntou Gray a Voyles novamente.

– Acho que a CIA não iria atrás de você.

– Ah, mas ele me seguiu.

– Você os está vendo agora?

– Não. Eles sumiram faz duas horas. Mas estão lá fora.

Voyles se levantou e esticou os braços grossos. Contornou lentamente a mesa, desembrulhando um charuto.

– Vocês se importam se eu fumar?

– Sim, eu me importo – disse ela sem olhar para ele.

Voyles colocou o charuto sobre a mesa.

– A gente pode ajudar – anunciou ele.

– Não quero a ajuda de vocês – respondeu Darby da janela.

– O que você quer?

– Quero sair do país, mas quando eu fizer isso, quero ter certeza de que ninguém vai estar atrás de mim. Nem você, nem eles, nem o Rupert nem nenhum dos amigos dele.

– Você vai ter que voltar e testemunhar diante do grande júri.

– Só se eles conseguirem me encontrar. Eu vou pra um lugar onde as intimações não chegam.

– E o julgamento? Vão precisar de você no julgamento.

– Isso vai ser só daqui a um ano, no mínimo. Aí eu penso sobre isso.

Voyles colocou o charuto na boca, mas não acendeu. Ele andava e pensava melhor com um charuto entre os dentes.

– Eu tenho uma proposta pra você.

– Não estou a fim de ouvir nenhuma proposta.

Ela estava encostada na parede agora, olhando ora para ele ora para Gray.

– É uma boa proposta. Eu tenho aviões, helicópteros e muitos homens armados e que não têm nem um pingo de medo desses garotões que estão por aí brincando de esconde-esconde. Primeiro a gente tira você daqui do edifício sem ninguém perceber. Depois, colocamos você no meu avião e te levamos pra onde você quiser. Quando você chegar lá, pode desaparecer. Nós não vamos te seguir, você tem a minha palavra. Mas eu queria permissão pra entrar em contato com você por meio do Sr. Grantham aqui se, e somente se, for urgentemente necessário.

Enquanto Voyles falava Darby ficou olhando para Gray, e estava claro que ele tinha gostado da proposta. Ela fez cara de paisagem, mas, porra, a proposta parecia boa. Se ela tivesse confiado em Gavin desde o primeiro telefonema, ele estaria vivo e ela nunca teria andado de mãos dadas com Khamel. Se ela simplesmente tivesse fugido de Nova Orleans com Gavin quando ele sugeriu, ele não teria sido assassinado. Ela tinha passado a última semana pensando nisso de cinco em cinco minutos.

Ela precisava ceder. Chega um momento em que a gente desiste e começa a confiar nas pessoas. Ela não gostava daquele homem ali, mas nos últimos dez minutos ele tinha sido notavelmente franco com ela.

– É o seu avião, com os seus pilotos?

– Sim.

– Cadê ele?

– Na base de Andrews.

– Vamos fazer assim: eu entro no avião, com destino a Denver. Não vai mais ninguém além de mim, Gray e os pilotos. E, trinta minutos depois da decolagem, eu ordeno que o piloto vá, digamos, pra Chicago. Ele pode fazer isso?

– Ele tem que registrar um plano de voo antes de decolar.

– Eu sei. Mas você é o diretor do FBI e pode mexer alguns pauzinhos.

– Tá. E quando você chegar em Chicago acontece o quê?

– Eu saio do avião sozinha e ele volta pra Andrews com o Gray.

– E o que você vai fazer em Chicago?

– Eu me misturo à multidão no aeroporto e pego o primeiro voo pra fora do país.

– Parece razoável, mas dou a minha palavra de que não vamos seguir você.

– Eu sei. Peço desculpas por ser tão cautelosa.

– Combinado. Quando você pensa em partir?

– Quando? – perguntou ela, olhando para Gray.

– Vou levar uma hora pra revisar o texto de novo e acrescentar a declaração do Sr. Voyles.

– Em uma hora – disse ela a Voyles.

– Eu vou estar esperando.

– Você poderia nos dar licença? – perguntou ela a Voyles enquanto fazia sinal com a cabeça para Gray.

– Claro.

Ele pegou o sobretudo e parou na porta.

– Você é uma mulher incrível, Srta. Shaw – disse ele enquanto sorria para ela. – Sua inteligência e sua coragem estão derrubando um dos homens mais doentios deste país. Eu a admiro muito. E prometo que sempre vou jogar limpo com você.

Ele enfiou o charuto no meio de seu sorriso gorducho e saiu da sala.

Darby e Gray ficaram olhando a porta se fechar.

– Você acha que eu vou ficar segura? – perguntou ela.

– Sim. Ele pareceu sincero. Além disso, ele tem homens armados que podem tirar você daqui. Está tudo bem, Darby.

– Você pode ir comigo, não pode?

– Claro.

Darby andou até Gray e colocou os braços em volta da cintura dele. Ele a abraçou com força e fechou os olhos.

ÀS SETE, OS editores se reuniram na sala de reuniões pela última vez naquela noite de terça-feira. Eles leram rapidamente o trecho que Gray tinha acrescentado para incluir a declaração de Voyles. Feldman chegou atrasado, com um enorme sorriso no rosto.

– Vocês não vão acreditar – disse ele. – Eu recebi dois telefonemas. O Ludwig ligou da China. O Presidente achou ele lá e implorou pra que ele segurasse a matéria por 24 horas. Disse que o homem estava à beira das lágrimas. O Ludwig, sendo o cavalheiro que é, ouviu com respeito e recusou com educação. A segunda ligação foi do juiz Roland, um velho amigo meu. Parece que os garotos do White e Blazevich ligaram pra casa dele bem no meio do jantar pedindo autorização pra apresentar uma liminar pra ser apreciada ainda esta noite. O juiz Roland ouviu sem respeito algum e recusou sem nenhuma educação.

– Vamos imprimir essa belezura! – gritou Krauthammer.

43

A decolagem foi suave e o jato rumou na direção oeste, supostamente para Denver. Era confortável sem ser luxuoso, mas era de propriedade dos contribuintes e mantido por um homem que não ligava para o requinte. Nada de uísque, constatou Gray ao abrir os armários. Voyles era um abstêmio, e naquele momento isso deixou Gray realmente irritado, já que ele era um convidado e estava morrendo de sede. Ele encontrou duas latas de Sprite não muito geladas no frigobar e deu uma para Darby. Ela abriu a lata.

O jato pareceu ter estabilizado. O copiloto apareceu na porta da cabine e se apresentou com cortesia.

– Disseram que teríamos um novo destino logo após a decolagem.

– Isso mesmo – disse Darby.

– Bem. Precisamos ter essa informação em cerca de dez minutos.

– Ok.

– Tem alguma bebida aqui? – perguntou Gray.

– Infelizmente não.

O copiloto sorriu e voltou à cabine.

Darby e suas longas pernas ocupavam a maior parte do pequeno sofá, mas Gray estava determinado a se juntar a ela. Ele levantou os pés dela e se sentou na ponta do sofá, colocando os pés dela no colo. Unhas vermelhas. Ele esfregou os tornozelos dela e só conseguiu pensar naquele primeiro grande acontecimento: ele segurando os pés dela. Aquilo representava uma intimidade enorme para ele, mas ela não parecia ligar. Ela estava dando um leve sorriso agora, relaxando. Tinha acabado.

– Você estava com medo? – perguntou ele.

– Sim. E você?

– Estava, mas eu me senti seguro. Quer dizer, dificilmente alguém se sente vulnerável com seis coleguinhas armados usando o corpo como escudo. Não dá pra gente achar que está sendo seguido quando está sentado na parte de trás de uma van sem janelas.

– O Voyles adorou, não foi?

– Ele era como um Napoleão, traçando estratégias e comandando a tropa. Foi um grande momento para ele. Ele vai levar chumbo grosso amanhã de manhã, mas vai ricochetear. A única pessoa que pode demiti-lo é o Presidente, mas eu acho que nesse momento o Voyles o tem na palma da mão.

– E os assassinatos estão solucionados. Ele devia estar feliz com isso.

– Acho que acrescentamos uns dez anos à carreira dele. Belo feito, o nosso!

– Ele é fofo – comentou Darby. – Não gostei dele no começo, mas ele meio que conquista a gente aos poucos. E é humano. Quando ele mencionou o Verheek, eu acho que vi uma lágrima no olho dele.

– Um querido mesmo. Tenho certeza de que o Fletcher Coal vai ficar encantado ao deparar com aquela fofura de homem daqui a algumas horas.

Os pés dela eram finos e compridos. Perfeitos, sem dúvida. Ele massageou a parte de cima deles, e se sentiu como um garoto de 20 anos indo um pouco além das mãos no joelho no segundo encontro. Os pés estavam pálidos e precisavam de sol, e ele sabia que em poucos dias estariam bronzeados e com areia entre os dedos o tempo todo. Ele não tinha sido convidado a fazer uma visitinha, e aquilo o chateou. Ele não fazia ideia de para onde ela estava indo, e o objetivo dela era esse. Ele não tinha certeza nem mesmo de que ela sabia para onde estava indo.

A carícia nos pés a fez se lembrar de Thomas. Quando bebia, ele gostava de pintar as unhas dos pés dela. Com o jato zumbindo e tremendo suavemente, Thomas de repente pareceu estar a quilômetros de distância dela. Ele morrera havia duas semanas, mas parecia muito mais tempo. Tanta coisa tinha mudado. Melhor assim. Se ela estivesse na Tulane, passando o tempo todo pelo escritório dele e pela sala onde ele dava aulas, conversando com os outros professores, parada na calçada olhando para o apartamento dele, seria extremamente sofrido. As pequenas lembranças são boas a longo prazo, mas durante o luto elas só atrapalham. Ela agora era uma pessoa diferente, com uma vida diferente em um lugar diferente.

E um homem diferente estava massageando seus pés. Gray tinha sido um idiota no começo, arrogante e grosseiro, o típico repórter. Mas o gelo estava se derretendo rapidamente, e debaixo dessa camada Darby tinha começado a descobrir um homem caloroso que visivelmente gostava muito dela.

– Amanhã vai ser um grande dia pra você – comentou ela.

Ele tomou um gole de Sprite. Pagaria uma fortuna por uma cerveja importada gelada em uma garrafa verde naquele momento.

– Um grande dia – disse ele, admirando os dedos dos pés dela.

Seria mais do que um grande dia, mas ele não queria pensar naquilo naquele momento. A atenção dele estava toda voltada para ela, não para o caos que seria o dia seguinte.

– O que vai acontecer? – perguntou ela.

– Provavelmente vou voltar para a redação e esperar que a notícia se espalhe. Smith Keen disse que ia passar a noite lá. Muita gente vai chegar cedo. Vamos ficar na sala de reuniões e eles vão botar umas televisões lá. Vamos passar a manhã assistindo à repercussão. Vai ser bem divertido ouvir o pronunciamento oficial da Casa Branca. O White e Blazevich vai ter que falar alguma coisa. O Mattiece, não dá pra saber. O Runyan, presidente da Suprema Corte, vai se pronunciar. O Voyles vai ficar muito visado. Os advogados vão começar a tomar providências. E os políticos irão ao delírio. Vão dar entrevistas coletivas o dia todo no Congresso. Vai ser um dia pra lá de cheio no noticiário. É uma pena que você vai perder.

Ela deu uma risada ligeiramente sarcástica.

– Qual vai ser sua próxima reportagem?

– Provavelmente sobre o Voyles e a fita dele. É claro que a Casa Branca vai negar ter tido qualquer interferência nas investigações, e, se o noticiário começar a pesar demais pro lado do Voyles, ele vai revidar com força. Eu queria muito ouvir essa fita.

– E depois?

– Depende, são muitas incógnitas. Depois que o jornal sair, a competição vai ficar muito mais acirrada. Vai haver um milhão de boatos e milhares de versões, e todos os jornais do país vão estar na cobertura.

– Mas a estrela vai ser você – disse ela com admiração, sem sarcasmo.

– É, vou ter meus quinze minutos de fama.

O copiloto bateu na porta e abriu. Ele olhou para Darby.

– Atlanta – disse ela, e ele fechou a porta.

– Por que Atlanta? – perguntou Gray.

– Você já teve que fazer conexão em Atlanta?

– Já.

– Você já se perdeu fazendo conexão em Atlanta?

– Acho que já.

– Caso encerrado. O aeroporto é enorme e maravilhosamente lotado.

Ele esvaziou a lata e a colocou no chão.

– E de lá pra onde? – Ele sabia que não deveria perguntar, porque ela não havia tomado a iniciativa de dizer. Mas ele queria saber.

– Vou pegar um voo rápido pra algum lugar. Vou repetir minha estratégia de quatro aeroportos em uma noite. Provavelmente ela é desnecessária, mas vou me sentir mais segura assim. Por fim vou desembarcar em algum lugar no Caribe.

Em algum lugar no Caribe. Isso reduzia o escopo a milhares de ilhas. Por que Darby era tão vaga? Ela não confiava nele? Ele estava sentado ali brincando com os pés dela e ela não queria lhe dizer para onde estava indo.

– O que que eu digo ao Voyles? – perguntou ele.

– Eu ligo pra você quando chegar. Ou mando uma carta.

Ótimo! Eles podiam ser amigos por correspondência. Ele poderia mandar suas reportagens pra ela e ela poderia mandar cartões-postais do balneário.

– Você vai se esconder de mim? – perguntou ele, olhando para ela.

– Não sei pra onde estou indo, Gray. Não vou saber até chegar lá.

– Mas você vai ligar?

– Em algum momento, sim. Prometo.

ÀS ONZE DA noite, apenas cinco advogados ainda estavam no White e Blazevich, reunidos no escritório de Marty Velmano, no décimo andar. Velmano, Sims Wakefield, Jarreld Schwabe, Nathaniel (Einstein) Jones e um sócio já aposentado chamado Frank Cortz. Duas garrafas de uísque repousavam na beirada da mesa de Velmano. Uma estava vazia, a outra quase lá. Einstein estava sentado sozinho em um canto, resmungando consigo mesmo. Ele tinha cabelos grisalhos encaracolados e um nariz pontudo, e de fato parecia maluco. Principalmente naquele momento. Wakefield e Schwabe estavam sentados diante da mesa sem gravata e com as mangas das camisas arregaçadas.

Cortz terminou uma ligação com um assistente de Victor Mattiece. Ele passou o fone para Velmano, que o colocou sobre a mesa.

– Era o Strider – informou Cortz. – Eles estão no Cairo, em uma suíte na cobertura de algum hotel. Mattiece não vai falar com a gente. O Strider disse que ele está no limite, agindo de forma bizarra. Ele se trancou em um dos quartos e, nem preciso dizer, não pretende cruzar o oceano pra cá. O Strider disse que eles deram ordem pros garotões armados irem embora de Washington imediatamente. A perseguição acabou. Já era.

– E a gente, faz o quê? – perguntou Wakefield.

– A gente está por nossa própria conta – respondeu Cortz. – O Mattiece lavou as mãos.

Eles falavam baixo e com cautela. Os gritos tinham acabado horas atrás: primeiro, Wakefield culpou Velmano pelo memorando; Velmano culpou Cortz por trazer um cliente tão desprezível quanto Mattiece, antes de mais nada; Cortz devolveu que aquilo acontecera doze anos antes e que todo mundo tinha tirado proveito dos honorários dele aquele tempo todo; Schwabe culpou Velmano e Wakefield por terem sido tão descuidados com o memorando. O tempo todo eles praguejaram contra Morgan. Só podia ter sido ele. Einstein ficou sentado em um canto observando. Mas, naquele momento, as acusações tinham parado.

– O Grantham só mencionou o meu nome e o do Sims – disse Velmano. – Pode ser que o restante de vocês tenha se safado.

– Por que você e o Sims não saem do país? – perguntou Schwabe.

– Vou estar em Nova York amanhã às seis da manhã – respondeu Velmano. – De lá, vou pra Europa passear de trem por um mês.

– Eu não tenho como fugir – disse Wakefield. – Tenho mulher e seis filhos.

Eles estavam ouvindo Wakefield choramingar sobre os seis filhos fazia cinco horas. Como se eles não tivessem família. Velmano era divorciado e seus dois filhos já estavam criados. Eles poderiam lidar com aquilo. E ele poderia lidar com aquilo. Era mesmo hora de se aposentar. Ele tinha muito dinheiro guardado, e amava a Europa, especialmente a Espanha, portanto daria *adiós* para tudo aquilo. Em alguma medida ele sentia pena de Wakefield, que tinha só 42 anos e pouco dinheiro. Ele ganhava bem, mas sua esposa era uma gastadora que tinha uma propensão a engravidar. As contas de Wakefield não estavam fechando.

– Eu não sei o que fazer – repetiu Wakefield pela trigésima vez. – Simplesmente não sei.

Schwabe tentou ser útil de alguma forma.

– Acho que você devia ir pra casa e contar pra sua esposa. Não sou casado, mas se fosse, tentaria preparar minha esposa pra tudo isso.

– Eu não posso fazer isso – choramingou Wakefield.

– Pode, sim. Você pode contar agora ou esperar mais seis horas até ela ver sua cara estampada na primeira página. Você tem que contar pra ela, Sims.

– Eu não posso fazer isso. – Ele estava quase chorando de novo.

Schwabe olhou para Velmano e Cortz.

– E os meus filhos? – perguntou ele mais uma vez. – Meu filho mais velho tem 13 anos. – Ele esfregou os olhos.

– Pelo amor de deus, Sims. Se controla – disse Cortz.

Einstein se levantou e caminhou até a porta.

– Estou indo pra minha casa na Flórida. Não me liguem, a menos que seja urgente.

Ele saiu batendo a porta com força.

Wakefield levantou vacilante e caminhou em direção à porta.

– Aonde você vai, Sims? – perguntou Schwabe.

– Pra minha sala.

– Fazer o quê?

– Está tudo bem. Só preciso me deitar um pouco.

– Deixa eu te levar em casa – disse Schwabe.

Eles ficaram o observando atentamente. Wakefield começou a abrir a porta.

– Está tudo bem – disse ele, falando mais alto. Ele saiu e fechou a porta.

– Você acha que ele está bem? – perguntou Schwabe a Velmano. – Ele me preocupa.

– Eu não diria que ele está bem. Todos nós já tivemos dias melhores. Por que você não vai lá falar com ele daqui a pouco?

– Vou fazer isso – concordou Schwabe.

Wakefield caminhou sem fazer barulho até as escadas e desceu um lance, até o nono andar. Começou a andar mais rápido ao se aproximar de sua sala. Estava chorando quando entrou e trancou a porta.

Seja rápido! Nada de bilhete. Se você começar a escrever, vai desistir. Tem um milhão de seguro de vida. Ele abriu uma gaveta da escrivaninha. Não pense nas crianças. Daria no mesmo se ele morresse em um acidente de avião. Ele pegou o revólver calibre .38 que estava debaixo de uma pasta. Seja rápido! Não olhe para as fotos deles na parede.

Talvez um dia eles entendam. Ele enfiou o revólver no fundo na boca e apertou o gatilho.

O VEÍCULO PAROU abruptamente em frente à casa de dois andares em Dumbarton Oaks, em Upper Georgetown. Ele bloqueou a rua, mas não havia problema, porque eram 0h20 e não havia trânsito. Voyles e dois agentes desceram da parte de trás do carro e caminharam apressados em direção à porta de entrada. Voyles segurava um jornal e bateu na porta com o punho fechado.

Coal não estava dormindo. Ele estava sentado no escuro do escritório, de pijama e roupão, e Voyles ficou bastante satisfeito ao vê-lo abrir a porta.

– Belo pijama – disse Voyles, olhando para as calças dele.

Coal deu um passo para fora e se postou na pequena varanda de concreto. Os dois agentes vigiavam da calçada.

– Que merda você quer? – perguntou ele devagar.

– Só queria te trazer isso – disse Voyles, esfregando o jornal na cara dele. – Tem uma bela foto sua bem do lado do Presidente abraçando o Mattiece. Sei quanto você gosta de jornal, então resolvi trazer um pra você.

– É a sua foto que vai estar nele amanhã – retrucou Coal como se já tivesse até escrito a matéria.

Voyles jogou o jornal aos pés dele e começou a se afastar.

– Eu tenho algumas fitas, Coal. Se você começar a mentir eu arranco suas calças na frente de todo mundo.

Coal olhou para ele, mas não falou nada.

– Daqui a dois dias eu volto com uma intimação – gritou Voyles já no meio-fio. – Vou chegar umas duas da manhã e entregá-la pessoalmente. – Ele estava ao lado do carro. – Depois disso, vou trazer a cópia do indiciamento. É claro que, a essa altura, o seu rabo já vai ter ido pro espaço e o Presidente vai ter um novo bando de idiotas dizendo pra ele o que fazer.

Ele desapareceu dentro do carro, que saiu em disparada.

Coal pegou o jornal e entrou.

44

Gray e Smith Keen estavam a sós na sala de reuniões, lendo as palavras no papel. Fazia bastante tempo que ver suas matérias na primeira página já não deixava mais Gray tão empolgado, mas aquela mexeu com ele. Tinha sido a maior de todas. As caras estavam alinhadas no topo: Mattiece abraçando o Presidente, Coal com ar de importante falando ao telefone em uma foto oficial da Casa Branca, Velmano sentado diante de uma subcomissão do Senado, Wakefield recortado de uma convenção da ordem dos advogados, Verheek sorrindo para a câmera em uma foto fornecida pelo FBI, Callahan no anuário da faculdade, e Morgan em uma imagem retirada da fita. A Sra. Morgan havia autorizado. Paypur, o repórter que cobria o plantão noturno junto às delegacias, tinha contado a eles sobre Wakefield uma hora antes. Gray tinha ficado mal com a notícia. Mas não iria se culpar.

Eles começaram a chegar por volta das três da manhã. Krauthammer levou uma caixa de *donuts* e prontamente comeu quatro deles enquanto admirava a primeira página. Ernie DeBasio foi o seguinte. Disse que não tinha dormido nada. Feldman chegou renovado e agitado. Às 4h30, a sala estava cheia e quatro televisores estavam ligados. A CNN foi a primeira a dar a notícia, e em poucos minutos todos os canais estavam transmitindo ao vivo da Casa Branca, que ainda não havia se pronunciado, mas Zikman falaria alguma coisa às sete.

Com exceção da morte de Wakefield, a princípio não havia nenhuma novidade. Os canais oscilavam entre a Casa Branca, a Suprema Corte e as bancadas dos noticiários. Estavam à espera diante do Hoover Building, que ainda estava muito calmo àquela hora. Exibiam as fotos do jornal. Não conseguiam localizar Velmano. Faziam suposições sobre Mattiece. A CNN mostrou imagens ao vivo da casa de Morgan em Alexandria, mas o sogro dele manteve as câmeras fora da propriedade. A NBC mandou um repórter para a frente do edifício onde ficava o White e Blazevich, mas ele não tinha novidades. E, embora não houvesse aspas dela na matéria, não era segredo a identidade da autora do dossiê. Havia muitas especulações em torno de Darby Shaw.

Às sete, a sala estava lotada e silenciosa. As quatro TVs transmitiam as mesmas imagens quando Zikman caminhou nervosamente até o púlpito na sala de imprensa da Casa Branca. Ele estava cansado e abatido. Leu uma declaração curta em que a Casa Branca admitia ter recebido doações de campanha de várias fontes controladas por Victor Mattiece, mas negou enfaticamente que qualquer parte daquele dinheiro fosse ilícito. O Presidente se encontrara com o Sr. Mattiece apenas uma vez, quando ainda era vice-presidente. Ele não tinha falado com o Sr. Mattiece desde que havia sido eleito Presidente, e indiscutivelmente não eram amigos, apesar das doações. A campanha recebera mais de 50 milhões em doações e o Presidente não tinha lidado diretamente com nenhuma delas. Havia um comitê para isso. Ninguém na Casa Branca tentara interferir na investigação que tinha Victor Mattiece como suspeito, e quaisquer alegações em contrário eram totalmente falsas. Com base no limitado conhecimento da Casa Branca, o Sr. Mattiece não morava mais no país. O Presidente apoiava a investigação irrestrita das alegações contidas na reportagem do *Post*, e se o Sr. Mattiece fosse mesmo o autor daqueles crimes hediondos, deveria ser levado a julgamento. Aquele era apenas um pronunciamento, por enquanto. Uma coletiva de imprensa completa seria organizada em breve. Zikman saiu correndo do púlpito.

Foi um desempenho fraco de um assessor de imprensa problemático, e Gray ficou aliviado. De repente, se sentiu sufocado de gente e precisava de ar fresco. Ele encontrou Smith Keen logo do lado de fora da sala.

– Vamos tomar café da manhã em algum lugar – sussurrou ele.

– Vamos.

– Preciso dar uma passada rápida no meu apartamento também, se você não se importar. Faz quatro dias que não piso lá.

Eles pegaram um táxi na Rua 15 e desfrutaram do ar fresco de outono que entrava pelas janelas.

– Pra onde a garota foi? – perguntou Keen.

– Não faço ideia. Eu a vi pela última vez em Atlanta, umas nove horas atrás. Ela disse que estava indo pro Caribe.

Keen deu um sorriso malicioso.

– Presumo que você esteja planejando tirar umas longas férias em breve.

– Como você adivinhou?

– Tem muita coisa ainda a ser feita, Gray. Agora estamos no meio da explosão, mas os destroços vão começar a cair muito em breve. Esse momento é todo seu, mas você não pode parar. Tem que começar a juntar esses destroços.

– Eu conheço bem o meu trabalho, Smith.

– Sim, mas você está com esse olhar distante. Isso me preocupa.

– Você é editor. O seu trabalho é se preocupar.

Pararam no cruzamento com a Pennsylvania Avenue. A Casa Branca repousava majestosamente diante deles. Era quase novembro, e o vento soprava folhas pelo gramado.

45

Depois de oito dias ao sol, sua pele estava bronzeada e seu cabelo havia retornado à cor natural. Talvez ela não tivesse estragado o cabelo, afinal. Perambulou por quilômetros para cima e para baixo nas praias e não comeu nada além de peixe grelhado e frutas da ilha. Dormiu bastante nos primeiros dias, mas depois se cansou daquilo.

Ela tinha passado a primeira noite em San Juan, onde encontrou uma agente de viagens que dizia ser especialista nas Ilhas Virgens. A mulher encontrou um pequeno quarto em uma pousada no centro de Charlotte Amalie, na ilha de St. Thomas. Darby queria multidões e dezenas de carros amontoados em ruas estreitas, pelo menos por alguns dias. Charlotte Amalie era o destino perfeito. A pousada localizava-se na encosta de uma colina, a quatro quadras do porto, e seu minúsculo quarto ficava no terceiro andar. Não havia persianas nem cortinas cobrindo a vidraça rachada, e o sol a acordou na primeira manhã, um despertador delicado que a convocava até a janela para admirar o porto majestoso. Era de tirar o fôlego. Dezenas de navios de cruzeiro de todos os tamanhos permaneciam perfeitamente imóveis na água cintilante. Eles se enfileiravam desordenadamente quase até o horizonte. Em primeiro plano, perto do píer, centenas de veleiros pontilhavam o porto e pareciam manter os imponentes navios turísticos afastados. A água sob os veleiros era de um azul-claro, límpida e transparente como vidro. Fazia uma curva suave na altura da ilha Hassel e ficava cada vez mais escura, passando pelo índigo e chegando a um tom violeta ao tocar o horizonte. Uma fileira perfeita de nuvens demarcava a linha onde a água encontrava o céu.

Seu relógio estava em uma bolsa, e ela não tinha planos de usá-lo pelo menos pelos próximos seis meses. Mas olhou para o pulso mesmo assim. A janela rangeu ao ser aberta, e os sons do distrito comercial ecoavam pelas ruas. O calor invadiu o quarto como em uma sauna.

Ela ficou na pequena janela por uma hora naquela primeira manhã na ilha e observou o porto ganhar vida. Não havia pressa. Ele despertou lentamente quando os grandes navios avançaram pela água, e um vozerio baixo vinha dos conveses dos veleiros. A primeira pessoa que viu em um dos barcos pulou na água para um banho de mar matinal.

Ela poderia se acostumar com aquela vida. O quarto era pequeno, mas limpo. Não havia ar-condicionado, mas o ventilador funcionava bem e não era desagradável. Havia água corrente na maior parte do tempo. Ela decidiu permanecer ali por alguns dias, talvez uma semana. O prédio era um entre dezenas, espremidos ao longo das ruas que davam no porto. Por enquanto, ela gostava da segurança das multidões e das ruas. Podia encontrar qualquer coisa que precisasse a pé. A ilha de St. Thomas era famosa por suas lojas, e ela gostava da ideia de comprar roupas que pudesse guardar e usar mais de uma vez.

Havia quartos melhores, mas aquele serviria por enquanto. Quando deixou San Juan, prometeu parar de olhar para trás o tempo todo. Ela tinha visto o jornal em Miami, assistira ao frenesi na TV do aeroporto e soube que Mattiece havia sumido. Se eles estivessem atrás dela agora, seria simplesmente por vingança. E se a encontrassem depois de todo o zigue-zague que ela tinha feito, então realmente não eram deste mundo, e ela jamais se livraria deles.

Não estavam atrás dela, ela acreditava naquilo. Ela circulou pelos arredores da pousada por dois dias, nunca se aventurando a ir muito longe. O distrito comercial ficava a uma curta caminhada. Com apenas quatro quarteirões de comprimento e dois de largura, era um labirinto de centenas de lojinhas exclusivas que vendiam de tudo. As calçadas e os becos estavam repletos de americanos saídos dos navios. Ela era apenas mais uma turista com um grande chapéu de palha e um short colorido.

Ela comprou o primeiro livro em um ano e meio e o leu em dois dias, deitada na pequena cama, sob o movimento suave do ventilador de teto. Jurou nunca mais ler nenhum texto jurídico até os 50 anos. Pelo menos uma vez a cada hora, ela caminhava até a janela aberta e observava o porto. Em uma dessas vezes, contou vinte navios de cruzeiro esperando para atracar.

O quarto servia bem ao seu propósito. Ela passou algum tempo pensando em Thomas, chorou, e estava determinada a não chorar mais. Queria deixar a culpa e a dor naquele pequeno canto de Charlotte Amalie e sair dali com as boas lembranças e a consciência limpa. Foi ficando cada vez menos difícil conforme ela insistia, e no terceiro dia as lágrimas tinham ido embora. Ela arremessou o livro na parede só uma vez.

Na manhã do quarto dia colocou suas coisas nas malas recém-compradas e pegou uma balsa para Cruz Bay, na ilha de St. John, a vinte minutos de distância. Pegou um táxi para cruzar a North Shore Road. Os vidros estavam baixados e o vento soprava no banco de trás. A música era uma mistura cadenciada de blues e reggae. O motorista batucava no volante e cantava junto. Ela acompanhava o ritmo com o pé e fechou os olhos para sentir a brisa. Era inebriante.

Ele pegou um desvio na altura de Maho Bay e foi lentamente em direção ao mar. Ela tinha escolhido aquele local em meio a uma centena de ilhas porque era pouco desenvolvido. Naquela baía, tinha sido autorizada a construção de apenas um punhado de casas de praia e chalés. O motorista parou em uma estradinha estreita e arborizada, e ela pagou a corrida.

A casa ficava quase no ponto em que a montanha encontrava o mar. A arquitetura era típica caribenha – madeira branca com telhas vermelhas –, construída quase já na encosta para proporcionar aquela vista. Ela caminhou por uma curta trilha e subiu os degraus da casa. Era de um andar só, com dois quartos e uma varanda de frente para o mar. Custava dois mil dólares por semana, e ela havia feito a reserva por um mês.

Colocou as malas no chão do vestíbulo e caminhou até a varanda. A praia estava a dez metros dos seus pés. As ondas deslizavam silenciosamente rumo à costa. Dois veleiros repousavam imóveis na baía, protegida por montanhas em três dos quatro lados. Um bote cheio de crianças agitadas deslizava sem direção por entre os barcos.

A casa mais próxima ficava no final da praia. Ela mal podia ver o telhado por entre as árvores. Algumas pessoas relaxavam na areia. Darby vestiu rapidamente o biquíni e andou em direção à água.

ESTAVA QUASE ESCURO quando o táxi finalmente parou junto à trilha. Ele saiu, pagou o motorista e ficou olhando para os faróis enquanto o táxi passava pela sua frente e desaparecia. Carregava apenas uma bolsa e seguiu a trilha até a casa, que não estava trancada. As luzes estavam acesas. Ele a encontrou na varanda, tomando uma bebida gelada e parecendo nativa, com a pele bronzeada.

Ela estava à sua espera, e isso era o mais importante. Ele não queria ser tratado como um hóspede. Ela sorriu assim que o viu e pousou a bebida na mesa.

Beijaram-se na varanda por um longo minuto.

– Você está atrasado – disse ela enquanto se abraçavam.

– Esse não é um lugar muito fácil de achar – respondeu Gray.

Massageou as costas dela, que estavam nuas até a cintura, de onde descia uma saia longa que cobria a maior parte das pernas. Ele olharia para elas mais tarde.

– Não é lindo? – perguntou ela, olhando a baía.

– É magnífico – respondeu ele. Ficou atrás dela enquanto eles observavam um veleiro deslizar pela água. Segurou os ombros dela. – Você está deslumbrante.

– Vamos dar uma volta.

Gray vestiu rapidamente um short e a encontrou esperando

por ele próximo ao mar. Eles deram as mãos e caminharam devagar.

– Essas pernas precisam de exercício – comentou ela.

– Estão meio branquelas, não estão?

Sim, pensou Darby, elas estavam branquelas, mas não eram de se jogar fora. Nem um pouco. A barriga era retinha. Uma semana na praia com ela e ele ia ficar parecendo um salva-vidas. A maré batia nos pés deles conforme andavam.

– Você desistiu rápido – disse ela.

– Eu me cansei. Escrevi uma matéria por dia desde então, mas eles queriam mais. Keen queria isso, Feldman queria aquilo, e comecei a trabalhar dezoito horas por dia. Ontem resolvi dar adeus.

– Faz uma semana que não abro um jornal – disse ela.

– Coal caiu. Armaram pra que fosse ele a receber o impacto, mas não dá pra ter certeza de que ele vai ser indiciado. Não acho que o Presidente soubesse de muita coisa, para ser sincero. Ele é burro demais, infelizmente. Você leu sobre o Wakefield?

– Li.

– O Velmano, o Schwabe e o Einstein foram indiciados, mas Velmano não foi encontrado. O Mattiece, é claro, foi indiciado, com mais quatro do grupinho dele. Outros indiciamentos serão feitos posteriormente. Alguns dias atrás, me dei conta de que a Casa Branca não estava acobertando tanto a história assim, então perdi o gás. Acho que a reeleição foi pro espaço, mas ele não é um criminoso. A cidade virou um circo.

Eles caminharam em silêncio conforme anoitecia. Ela já tinha ouvido o suficiente daquela história, e ele também estava cansado. Havia uma meia-lua que refletia nas águas calmas. Ela o abraçou pela cintura, e ele a puxou mais para perto. Agora estavam na areia, longe da água. A casa ficava a menos de um quilômetro atrás deles.

– Senti saudades – disse ela carinhosamente.

Ele deu um suspiro demorado, mas não falou nada.

– Quanto tempo você vai ficar? – perguntou ela.
– Não sei. Algumas semanas. Talvez um ano. Você me diz.
– Que tal um mês?
– Um mês é uma boa.

Ela sorriu para ele, que sentiu os joelhos bambearem. Ela olhou para a baía, para o reflexo da lua na água enquanto um veleiro deslizava.

– Um mês de cada vez, tá bem?
– Perfeito.

Agradecimentos

Muito obrigado ao meu agente literário, Jay Garon, que descobriu meu primeiro romance há cinco anos e o espalhou por Nova York até que alguém decidisse publicá-lo.

Muito obrigado a David Gernert, meu editor, que também é meu amigo pessoal e entusiasta do beisebol; e a Steve Rubin, Ellen Archer e a toda a família da editora Doubleday; e a Jackie Cantor, minha editora na Dell.

Muito obrigado àqueles que me escreveram. Tentei responder a todos, mas se deixei passar alguém, por favor, me perdoem.

Um agradecimento especial a Raymond Brown, um cavalheiro e grande advogado na cidade de Pascagoula, no Mississippi, que aguentou firme a pressão; a Chris Charlton, um colega da faculdade de direito que conhece as vielas de Nova Orleans; a Murray Avent, um amigo de Oxford e da universidade Ole Miss que agora vive em Washington D.C.; a Greg Brock, do *Washington Post*; e, claro, a Richard e sua quadrilha da Square Books.

CONHEÇA OUTROS TÍTULOS DA COLEÇÃO POP CHIC

Origem, de Dan Brown

Segredos de uma noite de verão, de Lisa Kleypas

O melhor de mim, de Nicholas Sparks

O príncipe dos canalhas, de Loretta Chase

O duque e eu, de Julia Quinn

PRÓXIMOS LANÇAMENTOS

Era uma vez no outono, de Lisa Kleypas (2021)

Pecados no inverno, de Lisa Kleypas (2021)

Escândalos na primavera, de Lisa Kleypas (2021)

A mulher na janela, de A. J. Finn (2021)

O visconde que me amava, de Julia Quinn (2021)

Para saber mais sobre os títulos e autores da Editora Arqueiro,
visite o nosso site e siga as nossas redes sociais.
Além de informações sobre os próximos lançamentos,
você terá acesso a conteúdos exclusivos
e poderá participar de promoções e sorteios.

editoraarqueiro.com.br